U0876163

谋局者

谋局者

何常在 著
HECHANGZAI

北京联合出版公司
Beijing United Publishing Co.,Ltd.

图书在版编目（CIP）数据

谋局者 / 何常在著．—北京：北京联合出版公司，2017.1

ISBN 978-7-5502-8965-9

Ⅰ．①谋…　Ⅱ．①何…　Ⅲ．①长篇小说－中国－当代　Ⅳ．①I247.5

中国版本图书馆 CIP 数据核字（2016）第 261250 号

谋局者

作　　者：何常在
监　　制：王那厮
产品经理：陈　也
责任编辑：张　萌
封面设计：仙　境

北京联合出版公司出版
（北京市西城区德外大街 83 号楼 9 层　100088）
北京嘉业印刷厂印刷　新华书店经销
字数 300 千字　700 毫米 ×980 毫米　1/16　23.5 印张
2017 年 1 月第 1 版　　2017 年 1 月第 1 次印刷
ISBN 978-7-5502-8965-9
定价：39.80 元

未经许可，不得以任何方式复制或抄袭本书部分或全部内容

版权所有，侵权必究

本书若有质量问题，请与本公司图书销售中心联系调换。电话：010-82069336

目录

CONTENTS

CONTENTS

/楔/子/

昨天的我你爱理不理，今天的我你高攀不起

2014年，星辉公司成功在美国上市，市值超过2000亿美元，成为全球第二大互联网公司，而星辉的创始人赵向飞也一举成为首富！

星辉募集了高达250亿美元的资金，成为全球最大的首次公开募股，被称为史上最大IPO，震惊了世界。

然而，在纽交所敲响上市钟声的人并不是创始人赵向飞，而是星辉的几位神秘客户。更让人意想不到的是，赵向飞在接受采访的时候，在问到他最感谢的人是谁时，他说出一个他从来没有在任何公开场合说过的名字……

"我能走到今天，最感谢一个人，他叫商深。"身为首富并被誉为改变世界互联网格局的赵向飞无比恭敬地说道。

时间倒流到10年前，2004年，企鹅上市。上市之后，企鹅创始人王启东在一次采访中声称，企鹅能够成功上市，能有今天的成功，他要感谢一个人。当众多记者追问王启东感谢的人是谁时，王启东微笑着回应："10年后，如果企鹅的股价能够飙升100倍，我会告诉你们他的名字。"

2013年，受企鹅旗下一款即时通信软件发布的影响，企鹅股价一路飙升，再创历史新高，收盘价也达到其2004年上市发行价的100倍！

有记者想起了当年王启东的承诺，就再次向王启东求证他想要感谢的那个人是谁，身为亚洲排名前八的全球十大CEO的王启东，郑重其事地说出了

他的名字："商深。"

2005年，全球最大中文搜索引擎公司千方在美国纳斯达克上市，融资一个多亿美元，刷新了之前互联网企业海外IPO的纪录。千方的掌门人薛奇在庆功会上，举杯向一位特邀的嘉宾满怀敬意地致意："商深，如果不是你当初对我的提醒，千方也不会有今天的成就，谢谢你神一般的预言。"

时间再次来到2015年，在大稻科技5周年的内部会议上，大稻科技创始人刘凌无比感慨地说道："时光如飞梭，岁月如炮弹，转眼5年就过去了。5年时间，大稻从大稻手机做起，从零开始，从一无所有到现在估值500亿美元，有理由相信，大稻将会是继企鹅、星辉和千方之后的下一个千亿市值的互联网公司。我可以提供一个数据供你们参考，鸿海近年市值在300亿至400亿美元之间，全球员工超过150万人，以及拥有遍地开花的巨型工厂，是不是想想都觉得可怕？但再一想，用30多年来打造的全球最大工厂，市值跟我们成立仅仅5年的大稻相当，为什么？因为我们始终有一个信念——昨天的我你爱理不理，明天的我你高攀不起！"

"10年后，大稻科技要做到世界第一，有没有信心？有。因为商深对我说过，大稻做不到世界第一，就是失败。既然商深说大稻科技可以做到世界第一，我就相信10年后的天下，肯定是大稻科技的天下。我相信我的能力，更相信商深的预言，因为商深的预言从来没有失误过！"

与会的众人面面相觑，有着传奇经历并在短短三五年时间内创造了一家估值超过500亿美元的大型互联网公司的刘凌，在他们心目中就是神一般的存在，居然还有被他奉为神明的人……

商深到底是谁？

2015年，富豪排行榜公布，排名前十的有三人来自互联网行业，分别是赵向飞、王启东和薛奇，其中赵向飞的财富增速之快，堪称第一。至此，互联网三巨头并驾齐驱，他们只用了短短十几年的时间，积累的财富就已经与走过了几十甚至上百年的房地产和制造业的大亨并肩而立，从此成功地傲立在了时代的潮头。

互联网财富神话被赵向飞、王启东和薛奇三人，推向了顶峰。其中赵向飞个人财富超过200亿美元，王启东160多亿美元，薛奇150多亿美元，用富可敌国来形容他们也毫不夸张。

有人甚至说过，互联网被称为史上最伟大的发明也不为过，因为互联网不但颠覆了许多行业，也颠覆了我们的生活方式，更缔造了前所未有的财富神话，让许多出身贫微的草根借助互联网的崛起之势，一飞冲天，创造了一个又一个激动人心的传奇。

然而财富榜的创始人在一次接受采访时透露，财富榜并不能真实地反映出世界首富的排名，因为有许多低调的超级富豪并不愿意面对公众，而且他们的财富很隐蔽，公众无法得知他们究竟有多少惊人的财富。或许在外界眼中，他们的财富只有十几亿美元，但十几亿美元只是露出海平面之上的冰山一角，至于海平面以下的部分到底有多么庞大，无人知晓。

就如美国的20个超级家族一样，他们掌控了美国的经济却不为公众所知。这里也有类似的人物。当被记者追问类似的人物是谁时，创始人含蓄地一笑，并没有正面回答问题，而是说出了一句话：

"能让互联网三巨头同时感谢的人，肯定不简单，你可以研究一下他的经历，或许可以从中发现一些有趣的事情……"

/ 第 / 一 / 章 /

低起点

正午的阳光强烈而耀眼，站在阳光下，背着行李戴着草帽的商深气喘吁吁、汗流浃背。举目四望，大街上只有几个人在树荫下无精打采地行走，时光像被烈日烤得凝固了一样，不再流逝，而是静止在了 1997 年 7 月的盛夏。

“石油部物探局怎么会在德泉县有一个仪表厂？”穿着白衬衣黑裤子黑皮鞋的商深，走出车站后看到的第一眼就对他即将工作的地方失望了，自言自语地说道，“还以为分配到石油部能留在北京工作，没想到直接发配到了县城，真是倒霉。”

县城很小，一条大街贯穿了整个县城，一眼就可以从西望到东，将县城全景尽收眼底。坑坑洼洼的街道以及低矮、破旧的楼房，再加上尘土飞扬的道路，说是县城，其实和乡镇区别不大。

商深眯起眼睛，尽管阳光明亮，天气晴朗，但他的眼前却一片迷茫。没想到，在互联网时代即将来临的今天，在许多 IT 人物开始崭露头角的现在，在距离北京仅仅 100 多公里的德泉县，居然还和上个世纪一样落后而古老。

1994 年是中国互联网的开端之年，这一年，中国通过一条 64K 国际专线全功能接入了互联网世界；这一年，中国国家顶级域名服务器出现于中国；这一年，中国科学院高能物理研究所设立了国内第一个 WEB 服务器；这一年，中国大陆第一个 BBS 诞生。

到了1995年，赵向飞就在杭州创办了中国黄页，到今年才短短两年的时间，中国黄页已经是中国最有影响力的网站之一。

1996年2月27日，外经贸部中国国际电子商务中心正式成立。

1997年1月，人民网正式成立，同月，傅开诚在北京成立祥麟网站，6月，纪德佑在广州成立韵舟网站，风起云涌的1997年，大有中国互联网山雨欲来风满楼之势。

心中默默回忆了一遍他所了解的国内互联网的所有动向，商深努力昂起了头，他在大学期间的志向就是毕业后投身于火热的互联网事业之中，成为紧紧抓住时代脉搏的一员，却没想到，他被分配到了一个小县城工作。

理想和现实总是有不小的差距。原以为被分配到了石油部学计算机信息系统工程的他，会留在部里负责网络系统工作，调令下来后，他才知道他的工作地点居然是位于北京以南150公里的德泉县。

德泉县位于太行山东麓，河北省中部，属保定市管辖，总面积723平方公里，一个城区办事处,304个行政村，总人口30多万，县城人口3万多……心中默默回忆了一遍德泉县的资料，想想一个才3万多人口的县城，能有多大的发展前景？这么一想，商深对未来更加灰心了。

不过互联网的世界就是不论身在何处，都可以连接世界，如果仪表厂可以安排他负责厂里的网络系统，他也就心满意足了。

烈日炎炎，才在阳光下站了一会儿，就出了一身汗，商深擦了擦额头上的汗，摘下草帽当扇子扇了扇风，虽然失望，但抱着既来之则安之的想法，他整理了一下行李，迈步就要前往仪表厂报到，才走了两步，身后忽然传来一个女孩的声音："同学，请等一下。"

这种声音是带着南方口音的普通话，听上去绵软而纯净。

一个一身蓝碎花白底子连衣裙的女孩站在离他身后不远的地方，她微显瘦削，清秀亮丽，双眼大而有神，眼珠漆黑如墨，小巧的嘴唇十分红润，肤色白里透红，绽放着青春的光泽。阳光打在她的脸上，一双耳朵近乎透明，裸露在外的小腿光洁如玉，脚上穿着一双绿色的凉鞋，好像江南水乡山水画里走出的人物。

商深愣了一愣，被女孩的美丽惊呆了片刻，微有失神。

“同学，同学……”女孩抿嘴而笑，冲商深摇了摇手，她细长而白皙的手指在阳光下犹如美玉，“你也是来仪表厂实习的吗？”

“实习？”商深才注意到女孩和他一样也带了一大包行李，他笑着摇了摇头，“要是实习就好了，可惜的是，我是来工作的。对了，你叫什么名字，哪个大学的？”

“先说你叫什么名字，又是哪个大学的……”女孩狡黠地笑了笑，欢快地跑到了商深的面前，目光在商深的身上迅速扫了一遍，注意到了商深手中很老土很“农民伯伯”的草帽，一丝轻视的眼神一闪而过，“看你的样子，像是北京哪所大学的学生……”

“如何面对，曾一起走过的日子。现在剩下我独行，如何用心声一一讲你知……”不远处的一家音像店正在播放刘德华的《一起走过的日子》，矗立在门口两侧的黑色的方形音箱虽然音质一般，但胜在声音够大，差不多整个县城都能听到。

正是中午时分，大街上行人稀少，刘德华的声音在炎热的空气中飘来荡去，忽远忽近，再配合烈日当空之下空旷的街道营造的空城气氛，就颇有一种不真实的梦幻感觉。

顺着街道极目远望，可以看到街道在地平线的消失处升腾起的波纹状的阳焰，县城如进入了午睡一样沉寂。

商深被女孩敏锐的眼光惊呆了：“这你也能看得出来？我哪里像是在北京上大学的学生？”

“哪里都像！”女孩嘻嘻一笑，露出了一对好看的虎牙，“同学，你到底是北京哪所大学的学生，还有，你的尊姓大名是什么？”

商深揉了揉鼻子，带有几分腼腆地嘿嘿一笑：“是不是我穿得比较土，长得比较矬，你才认为我是在北京上的大学？我叫商深，是人大的学生。你呢，是南方人吧？”

其实商深也就是穿得土一些，人长得不但不矬，相反还有几分帅气。虽然不是一眼看上去就帅呆了的类型，但也不差，有时看上去呆呆的，笑的时候，却又有点坏坏的感觉，还带有几分可爱，是一个阳光腼腆的大男孩。

“猜对了，我来自南方，叫范卫卫，是深圳大学的学生，本来是来石油部实习，谁想到居然被派到了德泉，真是一个落后贫穷的地方，”范卫卫摇了摇头，一脸无奈，目光在商深的脸上停留了片刻，“一想到要在这里实习一年，我都不知道怎么熬过去。商深，你好歹也是名牌大学毕业，怎么不留在北京或者到南方闯荡闯荡？来一个县城的仪表厂上班，会有什么未来？想想就够了。”

商深何尝不想留在北京或是去南方闯荡，问题是，他没有选择。他刚刚大学毕业，户口和关系能留在北京就已经不错了，虽然被分配到了部里下属的县城工厂工作，至少也拥有了北京户口，比起许多同学被分配回到家乡的待遇，他也算是幸运儿了。

去南方闯荡的想法也有过，却只是想想而已，没有付诸行动。商深家庭条件不好，不想离家太远，他是河北人，留在北京可以方便回家照顾父母。父母含辛茹苦供他读了大学很不容易，他不能大学毕业了既没有能力赡养父母，又不能陪在父母身边，这样就太不孝了。

“深圳大学？你来自深圳？”一听范卫卫来自改革开放的窗口城市深圳，商深顿时眼睛亮了，“你听说过王启东没有？惠多网深圳站的王启东？”

虽然国内的互联网刚刚起步，但在互联网圈子之内，已经有了几个鼎鼎大名的人物，如天马集团的陈安平、中国黄页的赵向飞、祥麟网站的傅开诚、深圳马站的王启东。

“没听过，”范卫卫摇了摇头，不明白商深说的王启东是何方神圣，不过她倒是知道惠多网，“我上过惠多网。”

“王启东是股霸卡的作者，”见范卫卫身在深圳却连王启东都不知道，估计她不是狂热的互联网的爱好者，商深也就不再继续聊这个话题了，不过还是补充强调了几句，“王启东毕业于深圳大学计算机专业，和你还是校友，在深圳的 IT 圈子内，他的名气很大，就和陈安平在北京的 IT 圈子内的地位一样。”

不料他说完之后，范卫卫还是一脸茫然，没什么反应，他只好笑着摇了摇头。

“你学的是什么专业？”范卫卫背起行李，见商深发愣，不觉好笑，一推商深，“别站着了，赶紧去报到要紧。时间就是金钱！”

“信息系统工程。”商深迈开方步，慢腾腾地走着，心中闪过惊讶，“时间就是金钱？这说法真新奇，我还是第一次听说。”

“啊，不是吧？你连时间就是金钱都没有听说过？太落后了吧？”范卫卫不敢相信地笑了，眼波流转飞了商深一眼，“怪不得都说内地城市和沿海城市相比落后至少20年，我以前还不相信，现在信了，就连你这个从北京名牌大学毕业的高才生也才第一次听到‘时间就是金钱’的说法，这么看来，我在这里是真的学不到什么了。”

范卫卫是土生土长的广东人，从小在深圳长大，目睹了深圳从一个小渔村变成繁华城市的神奇巨变，也经历了改革开放思想的冲击，对新事物、新观念接受得很快。她家庭条件很好，爸爸经商，妈妈在政府机关工作，是既富裕又有社会地位的新贵阶层。

在上深圳大学之前，她从来没有离开过广东，毕业实习的时候，在妈妈的安排下，她来到了北京，想见识一下首都的气象。不料却被石油部安排到了德泉仪表厂，她听说要下到县里，就不想来，也是在妈妈的劝说下，抱着增长见识的想法才勉强答应来仪表厂实习。

当然还有一个更重要的原因，妈妈有意让她毕业后留在北京工作，在政府机关工作的妈妈的观念是，只有在北京才会有更大的发展前途。范卫卫不想从政，却又不能不听妈妈的话，只好抱着走一步算一步的想法，来了再说。

越想越是懊恼，眼前的一切比她想象中更贫穷落后，破旧的不超过三层的楼房，坑坑洼洼的道路，以及缓慢的生活氛围，走着走着，一粒石子硌了她的脚，她一时气愤，飞起一脚踢飞了碍眼的石子。

范卫卫力气不大，但往往事有凑巧，石子飞出之后，在空中划出了一个优美的弧度，越过了十几米宽的街道，飞到了马路的对面。

仅仅是飞到对面也没什么，如果落到地上，也许什么事情也不会发生，石子在飞行了十几米后，眼见就要坠落之时，却偏偏落在了路边一辆马车的轮胎上，借助轮胎的弹性，石子又加速飞了起来，冲向了天空。

石子奋力一跃，飞起大概三五米高，上弹之力耗尽，在地心引力的作用下，又开始坠落。商深和范卫卫在马路对面，目睹了石子落下又飞起的巧合，都惊呆了，一动不动地望着石子越过对面平房的房顶，然后又迅速地回落，犹如欣赏了一出一波三折的戏剧。

见石子就要落地了，范卫卫长舒了一口气，手拍胸口说道："吓死我了，我还以为石子会飞到谁家窗户打碎谁家玻璃就麻烦了……"

话未说完，忽然一人骑着自行车从旁边的小巷中杀了出来，就在他转弯的瞬间，正好和从天而降的石子迎面相遇，"哎哟"一声，骑车人的脑袋被落下的石子击个正着，他猝不及防被打得生疼，惊慌之下，再也掌握不住平衡，"扑通"摔了个仰面朝天。

"啊！"范卫卫吓得失手摔落了行李，双手捂嘴，惊惶失措，"不好了，我闯祸了。"

真是出师不利，商深摇头苦笑，一粒石子也能引发一桩惨案，巧合得太让人无语了。

"我和你有仇吗！"骑车人从地上爬了起来，他 50 岁出头，戴一顶草帽，穿绿军装裤子，上身是一件洗得发黄的白色半袖衬衣，他一边拍打身上的土，一边气势汹汹地朝范卫卫和商深冲了过来，"你们两个娃子，打破了我的头，谁也别想跑！说，是谁拿石头扔我？"

范卫卫吓得瑟瑟发抖，一把抓住了商深的胳膊，躲在了商深的背后，把头埋在了商深的肩膀上，别说勇于承认是她干的坏事了，连头都不敢抬。

"是我，大叔，真对不起，不是故意扔你，我是走路绊了一脚，踢到了路上的石子，谁知道石子就飞了起来，正好砸了您的头，真的对不起！"商深毫不犹豫地挺身而出，挡在了范卫卫的前面，替她承担了全部罪责，他见对方一副得理不饶人的气势，心想人生地不熟，还是三十六计走为上策。

“范卫卫，等一下如果形势不对，你别管我，赶紧跑，跑到仪表厂叫人来帮忙，”商深先想好了退路，他回头小声对范卫卫交代了一番，“记住了，等下如果那个人动手打我，你就马上跑，不要犹豫。”

“知道了。”范卫卫此时已经六神无主了，她长这么大还从来没有遇到过这样的事情，商深说什么她听什么。

“对不起管什么用，我的头都破了。让我把你的头打破，我也跟你说一声对不起，成不？”对方三步并作两步来到了商深面前，手里还拿着一个扳手，他高高举起扳手，作势要打。

商深吓得不轻，却没有退缩，他不是不想退缩，而是无路可退，身后就是范卫卫，想退也退不了，只好硬着头皮梗着脖子，强作镇静：“我都道歉了，你还想怎么样？要不，我赔你钱。”

赔钱是最直接有效的方法。

一听有钱可赔，对方高高举起的扳手就没有落下，他两条浓密的眉毛拧成一团，咧嘴一笑，露出了一口黄牙：“赔钱，必须赔钱，就赔 50 块好了……”

“50 块？”商深差点没被气笑，张大了嘴巴，“赔你 5 块就不少了，就你头上的伤，流那么一点儿血，5 块钱足够包扎了，又不是打断了你的腿！”

“小子，说话注意点儿！”对方生气了，挥舞了几下手中的扳手，“信不信我打破你的头，再打断你的腿？敢跟我较劲，知道我是谁吗？我是毕工。”

作为一个初来德泉的外地人，商深当然不知道毕工是谁，他被毕工的咄咄逼人惹怒了，犟脾气上来一挺胸膛：“我才不管你是什么毕工，顶多赔你 10 块钱，多了没有。如果你还没完，那你就把我脑袋打破再赔我 50 块好了！”

毕工愣住了，被商深的气势震惊了，想了一想，总觉得商深的话似乎哪里不对，有耍赖之嫌，却又无从反驳，明明是商深先打了他，他如果还了回去打了商深，还要再赔 50 块给商深，绕了一圈，他头上的血不是白流了？

1997 年时 50 块可是一笔不小的巨款，他虽然是工程师级别了，一个月也才两三百元的收入。

这小伙子，长得挺精神，看上去也质朴憨厚，没想到心眼儿挺多，毕工抬手看了看手腕上的精工手表，想起他还有没办完的事，没时间和商深纠缠了，就伸手一推商深："废话少说，赔我 50 块就放你走，否则，我打你一个头破血流才算扯平。"

"不行，就 5 块！"商深才不舍得赔对方 50 块，他分配到仪表厂工作，一个月的收入才 100 多块，吃住再加上别的开销，一个月能剩下 50 块就不错了，"要就要，不要你就砸我的头。"

"哎呀，你这个后生娃真是要钱不要命呀。"毕工也火大了，一把揪住了商深的衣领，"你打破了我的头，还要跟我耍横是不是？今天我就给你一个教训，让你记住做错了事情就得付出代价……"

其实商深真的不是耍横，而是真的没钱，在赔钱和被砸得头破血流之间，他只能选择后者。人穷的时候，一分钱难倒英雄汉一点儿不假。

"住手！"见商深为她要被砸得头破血流了，范卫卫知道她再不出面就太没道义了，她从商深的身后跳了出来，手中举着一张 50 元的钞票，"不就是 50 块钱嘛，给你。早说赔钱就可以解决问题，也不用非拿一个铁东西吓人不是？"

"范卫卫，赔他 50 块太多了，他是讹人……"商深心疼 50 块钱，就要夺过来，不料手慢了一步，毕工眼疾手快，一把抢了过去。

"50 块就 50 块吧，我就吃一次亏，看你们是外地人，就不欺负你们了。"毕工收起钱，转身就走，"你小子走运，交了一个有钱的女朋友。"

"她不是我女……"商深还想解释清楚，却见毕工已经飞快地骑上自行车跑了。

"能用钱解决的问题就不是问题。"范卫卫又变得青春飞扬，她拍了拍手，"走了商深，别愣着了。刚才的事情谢谢你，你为我挺身而出，宁肯脑袋被砸破也不出卖我，够男人。"

商深嘿嘿地笑了笑，没说话，心里却闪过一个念头，范卫卫一个实习生拿出 50 块钱都不当一回事儿，肯定是家里有钱。

将刚才的插曲抛到了脑后，二人安步当车，十几分钟后来到了仪表厂。

/第/二/章/

冤家路窄

仪表厂坐北朝南，白底黑字的木牌上是几个隶书大字——石油部德泉仪表厂，由于年代久远，有些地方漆都脱落了，露出了斑驳的印迹。茁壮的野草从砖缝中破土而出，阳光穿过树叶在墙上映出斑驳的影子，呈现出一派荒凉、沧桑的景象。

尽管在北京读了4年大学，见识过了都市的繁华，但对于从小生长在农村见多了荒凉景象的商深来说，城乡之间的巨大差距早已习惯，所以见怪不怪了。

而范卫卫就不同了，她在看到仪表厂大门的一刻，目光中就流露出强烈的失望之色，再注意到门前的衰败，就更是掩饰不住失落："太贫穷太落后了，早知道这样我就坚持不来了，商深，你真要在这里待一辈子？你为什么不去考公务员？"

公务员考试制度最早在1990年率先在哈尔滨市和深圳市进行了地区性的试点，1993年8月，国务院正式签署颁发了《国家公务员暂行条例》，1994年开始实行国家公务员考试录用制度。

"据说年底中央、国家机关考试才开始采取向全社会公开招考的方式招考公务员，到时有机会我去试试，"商深对未来没有太多的想法，现在他只想先拥有一份安稳的工作，然后再一步步来，"也许以后我不会去考公务员，会下海经商。以后的社会，会是一个商界精英和企业家影响时代发展的社会。”

“你是技术出身，不适合下海经商，”范卫卫眼神中又一次不经意流露出轻视之意，只是她善于掩饰，没有被商深发现而已，她对商深的商界精英和企业家影响时代发展的看法不置可否，“我看人很准，你最适合的工作是当一名程序员。”

“是吗？”商深有口无心地应付了一句，他的心思不在以后，而是在眼前，而且他的志向也不是当一名程序员，而是要投身到互联网浪潮之中开创一番事业，“去报到吧，明天的事情明天再说，今天的事情今天解决。”

“人无远虑，必有近忧，商深，你的目光应该放长远一些。”范卫卫虽然才 21 岁，不过举手投足间总是时不时流露出高人一等和见多识广的优越感，在她看来，北方比南方落后多了，哪怕是北京也是内陆城市，比不了深圳得天独厚的地理优势，可以第一时间跟世界接轨。

商深毕业于人民大学，却连“时间就是金钱”都不知道，可见和沿海城市相比，首都北京在接受新事物、新观念上面，至少要晚上好几年。

报到的过程还算顺利，在人事部门交接了手续之后，又安排好了办公室和宿舍。巧的是，商深不但和范卫卫同一间办公室，而且两人的宿舍还相邻。

办公和住宿条件都一般，范卫卫很是不满，却又只能无奈地接受，商深却觉得还算满意，毕竟有了落脚之地，就不要要求那么多了。

和商深同办公室的还有一位热情的大姐名叫杜子静，她 35 岁，长得眼大嘴大手大，再加上微胖的体型，一看就是一个典型的热心人。她是当地人，对商深和范卫卫的到来十分高兴，拉着二人的手说个没完。

“小商呀，来到了这里，就是到了家，缺什么就和我说，别不好意思，别跟大姐客气，听到没？”

“卫卫，你可真俊，长得跟电影明星似的。多好的姑娘，来我们这穷地方一路上没少受罪吧？瞧你这细皮嫩肉的，肯定没吃过什么苦。生活上有什么困难，大姐帮你解决……”

“小商，你有对象了没有？我有一个妹妹也是刚大学毕业，在北京祥麟网站工作，收入挺高，长得不比卫卫差，要不要跟你介绍介绍？不对，你和卫卫不是男女朋友吧？”

“卫卫，你跟大姐说实话，你是不是小商的女朋友？”

杜子静过度的热情让商深和范卫卫受不了了，范卫卫还好，就是笑，不管杜子静说什么，她一概不答。商深却闹了一个大红脸，连忙摆手说道：“杜大姐，我和卫卫刚认识，不是男女朋友，您可别乱说……我现在还不想交女朋友，不劳您费心了。呀，都 12 点多了，该吃午饭了吧。”

由于紧张，他连杜子静声称妹妹在祥麟网站工作的细节都疏忽了。

“对对对，该吃午饭了，走，我带你们去食堂。食堂条件虽然简陋了点，不过饭菜还说得过去。”杜子静还是不肯放过商深，她看上了商深的淳朴和憨厚，怎么看怎么觉得商深可靠，希望商深可以成为她的妹夫。

“中午我们不在食堂吃饭了，出去吃，顺道熟悉一下环境，谢谢你杜大姐。”范卫卫才不管杜子静是不是愿意，拉过商深就逃出了办公室。

县城不大，总共也没几家饭店，范卫卫和商深转了半天，才算找到一家还算干净的饭店，饭店的名字也起得很有意思，叫吴家那。

范卫卫是南方人，吃不惯北方的饭菜，简单吃了几口就饱了。商深却是饿了，吃了不少。本来商深想埋单，最后结账的时候，还是范卫卫抢先一步。

“别跟我客气了，不就是一顿饭嘛，和一顿饭比起来，你为我挺身而出相当于救命之恩了。”范卫卫一笑就露出了俏皮可爱的虎牙，她站在饭店门口，伸了伸懒腰，纤细的腰身和完美的手臂在阳光下就如随风摇曳的柳枝。

“别这么说，这么说就见外了，再说什么救命之恩你就是不把我当朋友……”商深憨厚地笑了笑，忽然笑容凝固了，不远处有两个人走了过去，其中一人穿着打扮明显来自城里，戴金丝眼镜，分头梳理得一丝不乱，天气虽热但却一丝不苟地把衬衣扎在裤子里，还打了领带，手里拎了个公文包……从多年港台片的熏陶之中让他判断，金丝眼镜男不是来自香港就是来自台湾。

怪事，小小的县城怎么会有香港或是台湾的客人？

不过让商深震惊的不是金丝眼镜男的出现，而是和金丝眼镜男并肩行走的男人正是和他起了冲突、险些和他打得头破血流让他赔了 20 块钱的毕工！

人生无处不相逢，还真是冤家路窄，商深转念一想，县城本来就很小，再次遇到毕工的可能性很大，也没什么值得大惊小怪的。遇到就遇到好了，已经赔钱了，他还能没完没了不成？

范卫卫也发现了毕工的身影，她先是愣了愣，然后不以为然地笑了："不过是一个见钱眼开的穷鬼，商深，不用怕他，大不了再给他 20 块打发了他。"

商深虽然不齿毕工讹诈的行径，但也不喜欢范卫卫金钱万能的理论，他忍不住说了一句："钱真的不是万能的，世界上总有许多用钱解决不了的问题。"

"金钱不是万能的，但没有钱是万万不能的，"范卫卫没和商深辩论，嘻嘻一笑，一拉商深的胳膊，"走啦，回厂里。"

范卫卫习惯性一拉，没注意到商深的胳膊朝前一伸，她本来是要拉商深的胳膊，却拉住了商深的手。拉手和拉胳膊是完全不同的感觉，入手之后她才感觉到了不对，脸一红，迅速松开了手，跑开了。

感受到触手可及的温滑，商深心中也是瞬间闪过一丝异样，远去的如一株生动而饱满的向日葵般的背影在阳光下跳跃，羊角辫在跑动时晃来晃去，配合她飞扬的裙摆，犹如一首在阳光下跳动的诗歌。

真好看……商深深吸了一口气，范卫卫是南方女孩，皮肤好身材好，性格开朗，人也大方，似乎没有缺点，比大学班花李梦涵还要漂亮几分，如果真的可以让范卫卫当他的女朋友，也是人生的一大胜利。

不想了，商深又摇了摇头，想也没用，他和范卫卫距离太远，不管是天南地北的空间距离和巨大的贫富差距，还是生活习惯的不同，都是横亘在他和范卫卫之间不可逾越的大山。

回到厂里，刚推开办公室的门，就听到了杜子静夸张而响亮的笑声。

"哈哈哈哈，真的呀卫卫，你真的确定要和商深处朋友了？也太快了吧！不过想想也可以理解，一见钟情对吧？你们现在的年轻人可比我们以前开放多了，也敢爱敢恨了……好吧，既然你喜欢上了商深，我就不给商深介绍我妹妹了，其实我妹妹杜子清长得不比你差，而且说实话，她比你胸还大。"杜子静听到门响，一抬头见商深进来了，笑得更响了，“恭喜你呀小商，刚来报到就捡了一个漂亮的女朋友，你可真有福气。”

和口无遮拦的杜子静相比，商深还是纯情腼腆的纯真青年，他顿时脸红了：“杜大姐别开玩笑了，我和卫卫是纯洁的友谊关系。”

“还纯洁？不是手都拉过了？”杜子静掩嘴一笑，可惜她不是风摆杨柳的身姿，一只比商深的手还要大上几分的手掌掩在大嘴上，颇有几分滑稽。

“嗯……”怎么范卫卫什么都和杜子静说，范卫卫真说要和他处朋友了，到底是真心话还是故意逗杜子静或是逗他？商深脸更红了，不好意思地挠了挠头，“卫卫，我们……”

“哎哟，一个大男人还脸红，真是稀罕！卫卫，脸红的男人都是可靠的好男人，你可得抓住了。”杜子静连连咂舌，越看商深越是喜欢。

本来范卫卫对商深只有好感没有喜欢，只是她初来德泉，人生地不熟，放眼望去，又都是和她层次相差很多的乡下人，没有多少共同语言，自然而然愿意和从北京来的商深走近。何况她来到德泉之后遇到的第一个人就是商深，而且刚一见面商深就为她挺身而出，不怕头破血流也要保护她的男人让她很感动，心里除了感激之外，她又对商深多了些许好感。

刚才无意中拉到了商深的手，当时虽然心如鹿撞，但她并没有多想什么，回来后只是当作笑话讲给了杜子静。谁知杜子静听了，却说她和商深般配，非说她喜欢上了商深。

有时候人的感觉就是奇怪，明明只是好感，在旁人的调侃玩笑之中，却增添了几分甜蜜的想法，最后变成了真的喜欢。杜子静说话很有技巧，平常又热衷于撮合单身男女，一来二去地调侃就让范卫卫真的心动了。她偷看了商深一眼，果然如杜子静说的一样，商深的脸红得像个苹果，记忆中身边不乏追求的男孩，但大多也都来自于条件很好的家庭，所以都是自我感觉良好的主动进攻型，还真没有见过脸红的男孩……这么一想，她对商深的感觉又复杂了几分，心中对商深有了一丝说不清道不明的感觉。

到底是喜欢商深对她挺身而出时的勇敢，还是喜欢商深纯真的腼腆，她也不清楚，反正她只是知道，商深和她见过的别的男孩大不相同。不像别的男孩在女生面前口若悬河，遇到事情却又怯懦无助。商深却恰恰相反，他在事情面前勇敢得像个英雄，但在杜子静的玩笑面前，却又无助得像一个从来没有和女生拉过手的小男孩，这种反差显得尤为难得。

女孩子最终都会喜欢纯情认真并且专一的男孩。

杜子静的话一说完，商深手足无措，不知道说什么好了，范卫卫也是羞不可抑，低下了头，不说话，也不敢再多看商深一眼，一时间房间的气氛就有几分尴尬。

"哐当"一声，门被人从外面撞开来，一个人风风火火闯了进来，打破了房间中的沉默，他进来之后，目光直接盯在了杜子静的身上："杜子静，工具箱在哪里？"

杜子静是办公室的负责人，负责保管办公用品和公共财物。

"在桌子底下……毕工，专家请来了？"杜子静用手一指商深的座位。

"啊！"

"啊！"

商深和范卫卫同时惊呆了，来人不是别人，正是和他们起了冲突让他们赔了20块钱的毕工！

还真是冤家路窄！

"怎么是你们？"毕工才发现房间中多了两个人，等他看清是谁时，愣住了，然后哈哈大笑，"怎么着，跑厂里找我来了？行呀，是送钱还是让我打破脑袋？不过我现在没时间和你们计较，我忙着处理大事，不和你们两个小屁孩儿一般见识。"

"毕工，你认识商深和卫卫？"杜子静看出了端倪，眼睛转了几转，"是不是你们有什么误会呀？都是一家人了，有什么误会也别放在心里，一家人不说两家话，是吧？"

"一家人了？"毕工眯着眼睛，他的颧骨突起，眼窝深陷，脸显得过于干瘦，颇有几分阴冷之意，"想起来了，说是有一个北京来的大学生来厂里上班，还有一个深圳来的大学生过来实习，这么说，就是你们两个了？”

“哼！”范卫卫扭过头去，不理毕工，她对之前的事耿耿于怀。

“毕工好。”商深搓了搓手，腼腆地笑了笑，毕恭毕敬地说道，“失敬，失敬。刚才的事情，是我们不对，您别放在心上。不打不相识嘛，以后还请您多多关照。”

原以为毕工会和他没完——商深看了出来，和他们说话没深没浅的杜子静对毕工的态度相当地恭敬，说明毕工在厂里是一个有分量的人物，他心里一沉，怎么这么倒霉，还没有正式上班就得罪了厂里的元老，从毕工的称呼可以推断，他必定是厂里排得上号的工程师，就算不是总工程师，估计也是副总工程师之一——不料毕工却只是撇了撇嘴，没再理他，弯腰到桌子下面去拉工具箱。

商深忙让开，一边伸手要帮忙，却被毕工一把推开，毕工不满地瞪了商深一眼：“一边儿去，别添乱！”

范卫卫得意地看了商深一眼，眼神中流露出戏谑，言外之意是商深你真是自作多情，和一个不讲理的土老帽客气什么，一个连 20 块钱就可以打发的人，不值得尊敬！

商深却不管范卫卫的嘲讽，也不在意毕工对他冰冷的态度，依然替毕工从桌子下面拉出了工具箱，主动拎在手里，笑眯眯地说道：“箱子挺沉，我来拎……去哪里？”

毕工想说什么，见商深笑得很阳光、很灿烂，伸手不打笑脸人，他话到嘴边又咽了回去，心想既然有人代劳，他也正好乐得轻松，就低头朝外迈步：“跟我来。”

“哎……”杜子静喊住了商深，欲言又止，“小商，你的工作是负责办公室的事情，不是……”

言外之意商深自然听了出来，杜子静是提醒他不要多管闲事，维修不在他的职责范围之内，当然，杜子静的提醒之中有没有拦着不让他和毕工走近的含义就不得而知了。

“别那么多废话，杜子静，多嘴。”毕工头也没回，冷冰冰扔下一句，推门出去了。

商深稍一迟疑，朝杜子静点了点头，还是拎着箱子跟了出去。

才一出门，范卫卫也一路小跑跟了出来。

“为什么要理他？”范卫卫亦步亦趋地跟在商深身后，小声地问道，“就算他是总工，你也不归他管，他还能怎么你？退一万步讲，他真能管你又能怎样？如果他非要无理取闹处处刁难你的话，大不了辞职走人，都什么年代了，谁还非得在一棵树上吊死？”

/第/三/章/

牛刀小试

箱子挺沉，不知道里面装了什么，商深单手拎着很是吃力，他故作轻松地笑了笑：“与人方便自己方便，既然是新人，多出些力气手眼勤快总归没错不是。还有，我一直相信一个道理……”

“什么道理？”范卫卫飞了商深一眼，眼神中有责怪、有不满，也有好奇和疑问，她嘴角上翘，弯成一个好看的弧度，就如一道彩虹点缀在明净的天空，一刹那的风情闪过，瞬间点亮了商深的眼睛。

商深在北京上了4年大学，不提本班本校的女生，外校的女生也见过不少，其中比范卫卫漂亮的也不在少数，但如范卫卫一般一个眼神一个微笑都充满妩媚味道的，他还从来没有见过。有些女孩因过于矜持而失去了应有的活泼之美，有些女孩又因过于奔放而失去了应有的含蓄之美，范卫卫却是该矜持的时候矜持该奔放的时候奔放，把活泼和含蓄之美拿捏得恰到好处。

“咳咳……”商深假装咳嗽，用来驱散心中的胡思乱想，他收回了目光，一本正经地说道，“要善待你遇到的每一个人，因为你不知道你遇到的哪个人会改变你一生的命运。”

“这是谁的名言？”范卫卫一根手指放在了腮上，微笑，沉思。

“我的。”商深哈哈一笑。

“讨厌！”范卫卫被气笑了，一笑，双眼之中升腾起似烟似雾的神色，如两个让人不能自拔的旋涡，“你又不是名人，你的话才不是名言。”

“哪个名人天生就是名人？说不定有一天我也会成为名人，到时我的话就都成了名言了。”商深的目光从范卫卫的脸上收回，他怕看久了会陷了进去。

“哈哈，你可真自恋，”范卫卫笑得更开心了，“你现在在一个贫穷落后的小县城的一个名不见经传的仪表厂，还只是一个什么都不是的无名小卒，在连温饱还没有解决的时候，就做着不切实际的名人梦，商深，你的志向还真的挺远大。”

商深岂能听不出范卫卫话中的讽刺，不过谁也不能阻挡他想要飞翔的梦想，互联网就是他的翅膀，他才不会生气：“就算是一滴露水也可以闪烁太阳的光芒，就算是一棵小草也可以有长成参天大树的梦想。梦想是最公平的，谁都有资格拥有。现在是互联网时代，互联网改变世界的同时，也在改变着许多人的命运。”

范卫卫被商深的话打动了，若有所思地点了点头，目光迷离地望向了远处，也不知道在想些什么。过了一会儿才说了一句：“你对互联网的前景是不是盲目乐观了……”

“工作时间，禁止谈情说爱！”毕工走在前面，回头看见商深和范卫卫落下好大一截，很是不满，“走快点儿，慢腾腾的，跟牛一样慢，专家都等不及了。”

“喂，毕工，我们是义务帮忙好不好？再说商深今天还没有正式上班，明天才开始，你讲不讲道理？”范卫卫忍不住了，反唇相讥，“别说我和商深不是谈情说爱了，就算是，你管得着吗？”

“别说了，”商深一拉范卫卫，不让范卫卫和毕工吵架，“毕工说得对，我们不能让专家等。”

“商深！”范卫卫对商深的表现很失望，该据理力争的时候就得据理力争，不能无条件退让，“你有点儿原则好不好？不能任人摆布！”

“少说多做，永远没错！”商深并不争辩，更不反驳，只是呵呵一笑。倒不是他真的没有原则，而是他不想在无谓的事情上浪费时间和精力。人生之中总有一些取舍，该较真的时候必须较真，但该应付的时候也要学会应付。

和毕工辩论一番，不仅说服不了毕工，反而可能加深误解，还不如保持沉默。

何况又不是什么原则性问题，没必要非要争论，争论下去就会变成了无意义的吵架。

已是仲夏的时节，厂子里遍布高大的杨树、柳树和榆树，还有月季和一些叫不上名的花花草草，走在青砖铺成的路面上，树荫浓密，蝉鸣阵阵，清风习习，没有都市的繁华和喧嚣，别有一番沉静、空旷的意境。

天空蓝得让人心旷神怡，只有几朵白云点缀其间。商深的心情忽然平静了许多，不管明天怎样，也不管遇到什么样的人和事，平静面对并且做好眼前的每一件事情，才是应有的正确态度。

厂子不小，走过一条长长的通道，拐过一个弯，穿过一个长满葡萄藤的走廊之后，才终于来到了一间房子面前，房子的门上有一个铭牌——技术部。

商深跟在毕工身后，进了房间。房间不大，有两张老旧的办公桌，靠窗户的地方有一台复印机，复印机的旁边有一台打印机，连接打印机的是一台清华同方的台式电脑。

作为清华同方集团出品的清华同方电脑，在 1997 年的时候，是和联想电脑并驾齐驱的国内著名品牌电脑之一。虽然后来清华同方电脑逐渐退出了第一阵营，但在此时此地，绝对是高端品牌。

复印机是佳能的，打印机是天马针式打印机。佳能就不用说了，是日本的一家全球领先的生产影像与信息产品的综合集团。自 1937 年成立以来，经过多年的不懈努力，佳能已将自己的业务全球化并扩展到各个领域，不管是相机还是复印机、打印机，佳能一直都是高端品牌的象征，当然，价格也是十分昂贵。

天马针式打印机是天马集团的产品。天马集团公司是中国著名的民营科技企业，1984 年 5 月，借款 2 万元创业的几名科技人员，办起了北京市天马新兴产业开发公司。1986 年，北京天马集团公司成立，注册资金 1 亿元。天马集团主要致力于办公自动化产品的开发经营，1986 年由天马集团研制开发的第一代 MS 系列文字处理机——MS-2400 诞生。之后以 MS 系列文字处理机的销售为契机，开始建立遍及中国各地的营销服务网，极大地促进了天马的发展，天马文字处理机国内的市场占有率一度达到85%以上。

房间中还有一个人，戴金丝眼镜，穿衬衣打领带，正是商深和范卫卫在外面吃饭时看见的和毕工走在一起的人。

“毕工，工具带来了？”“金丝眼镜”说着一口带着浓重的南方口音的普通话，他长得白白净净，高颧骨深眼窝，有着明显的广东人的特征，他的目光从商深身上扫过，并没有停留片刻，商深还是刚出校门稚气未脱的学生模样，并没有引起他过多的关注。

何况他要做的事情很重要很紧迫。

“带来了。”毕工从商深手中接过工具箱，打开之后放到了“金丝眼镜”的前面，很是谦恭地说道，“董总，拜托您了，我实在是无能为力了。上面急着要资料，整个县城就这一台打印机，如果修不好，就得跑北京一趟，不但多花钱，还耽误时间。您是厂家的专家，打印机出现的小问题，您一定可以手到擒来。如果资料打印不出来，不能及时送到北京，就会错过仪表厂的资格审查。那样的话，麻烦就大了。”

原来是打印机坏了，而打印机的好坏事关仪表厂的资格审查，商深兴趣来了，想看看被毕工尊称为专家的人能不能解决难题。不对，又一想，天马打印机坏了，厂家派人过来，说明专家是天马集团的专家，天马集团现在的总经理可是陈安平。

陈安平是北京IT圈子里大名鼎鼎的人物，曾经有“第一程序员”之称，在南方农村长大的他考上大学之前，还在工厂打过零工。大学毕业后留在了北京，直接进入了国内最有影响力的高科技上市企业从事专业开发工作，他是第一个写出操作系统中文平台的程序员。

陈安平是商深的偶像之一，他在大学毕业之前的经历和商深类似，都是出身于平民之家，都是靠自己的努力考上了北京的大学，大学毕业后都留在了北京。所不同的是，陈安平是真的留在了北京工作，而且还从事了和自己专业相关自己又感兴趣的软件开发工作，而商深却被分配到了县城的仪表厂。

人生际遇虽然不大相同，但商深坚信他终有一天可以和陈安平一样从事自己喜欢的工作，并且在互联网的大潮之中拥有自己的一席之地。

兴趣是最好的老师，爱好是最好的动力。

范卫卫对此不感兴趣，她轻轻一拉商深：“走啦，没意思，我们出去转转。”

商深摇头：“等下再出去，多好的学习机会。”

“我对电脑一类的东西没兴趣，”范卫卫嘻嘻一笑，咬着嘴唇说道，“未来的发展方向是房地产和教育。”

“未来的发展方向是房地产和教育没错，但我觉得电脑的普及会改变人们的生活方式和生活习惯，甚至会改变人类的发展方向，尤其是互联网的出现，绝对是历史上开天辟地的一件大事，说不定以后互联网会改变整个人类社会的结构。”一说到电脑和互联网，商深谈兴大起，“我一直认为，在未来几十年的时间内，电脑的普及和互联网的发展，会创造出令人想象不到的巨大的财富。”

1997 年，电脑硬件配置大致在 486 到 586 之间，CPU 主频一般在 50-100MHz，电脑大多使用 DOS 操作系统，可以同时使用 Windows3.2，Win95 系统虽然已经面世并且也比较成熟，但使用者不多。

此时中国的互联网刚起步没多久，上网人数极少，而且都是拨号上网，网速极慢，56K 的速度在现在看来比 2G 手机还要慢上许多。1995 年中国第一家网络公司“瀛海威”的网站，是当时上网人数最多的网站。后来的三大门户网站以及众多的互联网巨头，要么还没有问世，要么还是幼苗。

商深的话引起了董总的注意，他意味深长地看了商深一眼，心中闪过一丝惊讶，没想到商深这么年轻居然对电脑和互联网这么有研究、有看法，他还以为商深和大多数刚毕业的大学生一样，只想着有一份安稳的工作拿一份还算不错的工资就没有什么想法了，很少有人会站在未来发展的高度看待电脑的兴起和互联网的出现。

虽然他对商深微感惊讶，却只是简单一想，就拿起工具修理起了打印机，毕竟眼前的难题比商深重要多了。

商深的话虽然在董总心中激起了波澜，却没有引起毕工的注意，一是毕工的目光没那么高远，他对电脑和互联网所知不多，二是他的心思全在打印机上面，才不会在意一个刚出校门的大学生的高谈阔论。

董总的穿着一丝不苟，干活的时候也一点儿不含糊，他拆开打印机，检查了色带，清洗了一番之后，又依次检查了每一个零件，然后小心地装了回去。

毕工在一旁专注地观察董总的举动，没有工夫再理会商深和范卫卫。范卫卫虽然没有再反驳商深的话，却心不在焉，东看看西看看，注意力不在打印机上面。商深则不同，他目不转睛地盯着董总的每一个动作，时而皱眉，时而沉思，等董总重新装好了打印机，他露出了会心的笑容。

“修好了？”见董总一脸笃定的神情，毕工小心地问道。

“应该是好了。”董总推了推眼镜，打开了电脑。机械硬盘转动时咯吱咯吱的响声犹如用久的吊扇转动时的声音，经过几分钟的开机，电脑终于出现了欢迎画面。

董总点开一份文件，选择了打印，点击之后，打印机迟疑了一下，针头就开始左右滑动。

“真的好了，董总太厉害了。”毕工高兴得连连搓手，不过片刻之后，他脸上的笑容就消失了，“怎么只滑动不打印呢？”

董总皱起了眉头，伸手推了推针头，不解地说道：“硬件上没有任何问题，针头和色带都正常，怎么就是不打印呢？到底哪里出了问题？”

毕工掩饰不住失望之色：“怎么办呢？我还以为董总可以解决问题，这样就不用跑北京一趟了，也就没打算去北京。现在就算再去北京也来不及了，完了，完了，错过了递交审查资料的最后期限，仪表厂审查不过关，我就成了仪表厂的罪人了……”

双手抱头，毕工蹲在了地上，痛苦不堪。

董总敲敲打印机，又插了插线，还是不起作用，他也是无计可施了，摆了摆手：“不好意思啦毕工，我也没有办法了。香港那边的打印机也出现过这种情况，请了许多电脑高手都解决不了，估计得返厂了。”

“返厂？您不就是厂家吗？”毕工哭笑不得。

“我只是负责管理技术部门的副总经理，可不是副总工程师。”董总习惯性地一推眼镜，一脸歉意，“抱歉帮不了你了，毕工，你另请高明吧。等我回厂后，组织技术人员攻关解决难题。”

“我从哪里另请高明呀？”毕工急得团团转，回身看到了商深，他顿时火起，“你怎么还没走？赶紧走，别在这里碍事！”

一边说，他一边还不耐烦地伸手去推商深。

商深憨厚地笑了笑，躲开了，搓了搓手，脸上却是跃跃欲试的神情：“要不让我试试？”

“你试试？试什么？”毕工正急得不可开交，没深思商深的话，继续推商深，他不想让商深看到他的窘态，“你出去，立刻马上！”

“毕工你别推我……”商深还真是好脾气，一点儿也不恼，脸上还挂着淡淡的笑，“我觉得不是硬件的原因，可能是软件的问题，就是说，驱动程序出问题了。我觉得我可以重写驱动程序解决问题……”

“你说什么？”董总本来收拾起公文包就要离开了，商深的话让他为之一惊，他放下公文包来到商深面前，“年轻人，你再说一遍。”

虽然刚才商深的一番高谈阔论让董总注意到了商深，但他并不认为商深一个初出校门的年轻人可以解决连他都束手无策的难题，他不由多看了商深几眼，见商深露出一脸淡淡的笑意，既没有故弄玄虚的卖弄，又没有按捺不住想要大出风头的冲动，莫名心中一动，难道这个年轻人真能解决困扰所有人的难题？

不可能！董总随即又否定了自己的想法，仪表厂的打印机故障不是孤立的事件，之前就出现过几次，不只是他，就连公司的工程师也一直以为是硬件原因，一般通过拆装打印机或是重新插拔接线暂时解决了问题，谁也没有往软件方面去想。毕竟如果真是驱动程序问题，应该会有大规模的反馈才对。

到目前为止，他所知道的类似的故障一共才不到10例，眼前的年轻人也许都没有真正接触过天马公司的打印机，怎么可能一上来就知道是软件问题？肯定是信口开河了。

更何况天马公司的打印机驱动程序都是请高级程序员写的代码。退一万步讲，就算真是软件问题，是驱动程序的故障，麻烦就更大了，除非请专业的程序高手重写程序，香港也未必可以解决，更不用提内地了。

自然也包括商深！

不过……转念一想，反正事已至此，索性死马当活马医，给年轻人一个尝试的机会，他也没有什么损失不是？董总就随和地微微一笑：“你真的这么认为？不是硬件问题而是驱动程序的原因？”

见董总如此郑重其事，毕工也就松开了商深，一脸的疑惑和不解，还有轻视。

商深整理了一下衣服，嘿嘿一笑，谦和地说道：“打印机运转良好，刚才董总拆开打印机的时候，色带还很新，说明打印机的使用次数有限，而且这台打印机是市面上最新的型号，是天马公司的最新产品，也是天马公司几年来最成功的一款打印机，那么硬件上出现问题的可能性不大，所以就是把打印机拆上十遍也解决不了问题。”

/ 第 / 四 / 章 /

一炮打响

范卫卫睁大了眼睛，一脸的难以置信，商深看上去呆呆的，话不多，原来还真有几分本事，刚才一番话说得合情合理，不由得让她刮目相看。

她觉得商深只是技术型人才，却没想到，商深还有演讲的天赋，范卫卫不停地眨动眼睛，商深到底是一个什么样的人呢？

而且商深不是性格腼腆吗，怎么突然变得胆大包天敢于挑战权威了？要知道，眼前的毕工和董总，一个是仪表厂的工程师，一个是厂家的副总经理，都是业界的资深人士，是商深仰视才见的大人物，连他们都解决不了的麻烦，商深真有办法解决？他是为了出风头故意吹牛吧？

出风头不是错，年轻人谁没有一举成名出人头地的梦想？可是范卫卫说什么也不会相信以商深刚刚大学毕业的水平真能解决让毕工和董总都棘手的难题。

最主要的是，现在可不是吹牛和出风头的好时机，范卫卫心里替商深担心，唯恐商深弄巧成拙，悄悄一拉商深的胳膊，小声说道："商深，你干什么？毕工的事情，你没资格管，再说也和你没关系。"

范卫卫的言外之意是，一是商深初出茅庐，没资格插手毕工的大事，万一弄不好会落不是；二是就算商深真能解决问题，最好不要帮毕工，袖手旁观是最好的选择。因为如果商深真的解决了问题，是毕工和董总的功劳，解决不了，却是他自己一个人的不是。左右不落好的事情，何必去做？

商深却没想那么多，他只是觉得既然麻烦让他遇上了，而他又恰好是信息系统专业毕业，接触过相关的疑难杂症，本着与人方便自己方便的出发点，他愿意尽他所能替人解决难题。

当然，如果非要说他有什么深谋远虑的话，他也不想在小小的仪表厂待一辈子，有任何可以改变命运的机会，都要主动抓住。现在是风起云涌的互联网时代的开端，他既然恰逢其时地遇上了，就不能错过。

“拆上十遍也解决不了问题，年轻人，你口气真是不小。”董总一开始还对商深得出的结论有几分兴趣，当听到商深不无嘲讽地说他拆上十遍打印机也解决不了问题时，不由得生气了，“说大话容易，真正解决问题就难了。年轻人，你叫什么名字？你真能解决了这个问题？”

“我叫商深。”商深微微弯了腰，表现出了足够的谦恭，他刚才说就算拆上十遍也解决不了问题时，并没有嘲讽之意，见董总误会了他的意思，他就实事求是地说道，“董总，我不敢保证百分之百解决问题……但我可以试一试，能解决了最好，解决不了，也不会比现在的情况更糟不是？打印机在电脑发出指令后，可以正常运转，但没有完全按照指令打印文件，说明驱动程序有漏洞，不完善。”

商深的话从两方面打动了董总，一是情理方面，一是技术方面，也是，如果好可以更好，坏却不会再坏，谁都愿意尝试，而后面商深对问题的补充说明，也符合他对故障的初步判断，他不由心中暗暗惊奇，先不管商深能不能解决问题，只说商深进退有度的表现和胸有成竹的分析就足以让他认定商深是一个难得的人才，他沉吟片刻，点了点头：“好，商深，你试试也行。”

“不行，不能让他动电脑。”毕工向前一步，挡在了商深的面前，尽管他也被商深的表现震惊了，但并没有触动他的内心，再者，因为先入为主，他对商深有成见，“电脑是厂里最值钱的资产之一，万一让他弄坏了，他赔得起吗？”

“我就说不要多管闲事嘛！”范卫卫见状，鄙夷地白了毕工一眼，生气了，拉起商深就走，“走了商深，你出于好心想帮忙，有人却认为你是添乱。吃力不讨好的事情，谁干谁是大傻瓜。干好了没奖励，干不好落埋怨。”

商深虽然很想解决问题，但一想上赶着的不是买卖，他太过积极就容易用力过猛，表现出迫不及待就不好了，就点头冲董总无奈地一笑，转身就走。

“等一下！”至此，董总相信商深是真的想帮忙而不是另有所图，他被商深打动了，不知何故，他总觉得商深别看年轻并且一脸稚气，身上却有一种从容不迫的气度和内涵，一瞬间他做出了一个连他自己都不敢相信的决定，“商深，你来！做好了，是你的功劳；做不好，出了问题我负责！”

“董总……”毕工吓了一跳，他担心真要出了问题责任会由他承担，用手一指电脑，“这台电脑要1万块，相当于我两年的工资……”

不等他说完，董总摆了摆手：“我说过了，出了问题我会负责，如果电脑坏了，我赔！”他伸手和商深握手，郑重地拍了拍商深的手，“商深，拜托你了。”

商深感受到董总手上传来的重托和期待，他也回应了董总一个坚定的眼神：“我尽力而为。”

毕工很不情愿地让到了一边，商深熟练地打开了软件，检查了一遍驱动程序，又测试了一会儿，时间很快就过去了十几分钟。

“到底行不行呀？你是不是就是想玩电脑？”毕工见商深在键盘上敲来敲去，只盯着电脑屏幕看个没完，不像是在修打印机，倒像是在玩电脑。之前不少想玩电脑的年轻人以各种借口来玩电脑，所以他现在也怀疑商深是不是就想借机摸摸电脑。这年头，电脑可是稀罕东西，一般人买不起也摸不到，何况商深只是一个刚毕业的穷学生。

董总却不说话，紧盯着电脑屏幕不放，心中却又是一阵惊叹，不提商深熟练的操作手法，一看就是电脑资深玩家，再看他打开程序后直接查找代码的做法就可以断定商深确实是一个专业的电脑高手——现在电脑还属于新兴事物，许多人还停留在只会开机关机的阶段，甚至很多人摸都没有摸过，更不用说会熟练地使用软件和写代码了。

商深目不斜视，只管盯着电脑屏幕，时而沉思，时而敲击键盘。沉思的时候，他微蹙双眉，凝神思索，十指纷飞的时候，他会心而笑，轻松随意。

范卫卫在一旁看呆了，她惊讶的不是商深敲击键盘时的专注，也不是商深思索问题时的投入，而是商深在敲击键盘时的自信，他紧抿的嘴唇以及洋溢在脸上自信的光芒，让他犹如一个指挥千军万马的将军，一瞬间她甚至产生了错觉，眼前的商深既不是个表情木讷、会腼腆脸红的书呆子，也不是关键时刻能站出来替她挡在前面的英雄，而是一个可以谈笑间解决任何难题的成功人士！

从侧面望去，商深眼睛明亮，充满了神采，他的双眼皮比平常的双眼皮多出一层，几乎是三层眼皮了，更显英俊之气。睫毛长得过分，范卫卫羡慕之余不免嫉妒，一个男孩儿长那么长的睫毛有什么用，真是浪费，不如给她才能物尽其用。肤色不算白的商深，也不算黑，呈现出一种男孩特有的健康的肤色。高挺的鼻梁配上方正的脸形，让看惯了南方男孩瘦小脸形的她没来由地就心生出一种依赖感和安全感，商深虽然不是第一眼就帅气逼人的类型，但绝对是越看越耐看、越看越顺眼的男孩。

怎么胡思乱想了？范卫卫意识到自己想多了，莫名地脸上发烫，忙收回心思，又将注意力落在了他究竟能不能解决打印机的问题上。

商深突然停下了敲击键盘的双手，眉头紧锁，陷入了沉思之中。没有了敲击键盘的声音，房间中陷入了寂静，空气凝重起来。董总推了推眼镜，眼中不经意间闪过一丝紧张，连他自己都没有意识到，他居然也开始紧张商深究竟能不能解决得了难题。

毕工的白色的半袖衬衣和军绿色的裤子不是很搭配，穿在他的身上，如果不是他沧桑的面孔还透出几分知识分子的气质，这身打扮搭配上他布满皱纹的脸，和一个老农没什么区别。和董总不动声色的紧张不同，他的紧张写在脸上和手上——双手不停地搓来搓去，搓得满手的死皮和黑泥。

“行不行，到底行不行呀？”终于还是忍不住了，在双手全是汗水之后，毕工终于问了一声。

“嘘！”董总朝毕工做了一个噤声的手势，他比毕工有耐心也有眼力，知道商深遇到了一个小小的难关，现在需要安静地思索而不是被人催促。

毕工敢吼商深敢批评范卫卫，却不敢对董总不敬，立刻就不说话了。

思索了一会儿，商深紧锁的眉头慢慢地舒展开来，他的双手重新放到了键盘上，侧头想了一想，就又开始十指纷飞地敲击键盘了。这一敲就再也没有停下，足足敲击了十多分钟！

就在范卫卫也怀疑商深解决不了问题而毕工已经绝望时，商深终于停了下来，他站了起来，双手交叉在身前用力伸了伸懒腰，脸上露出了满意的笑容：“驱动程序的源代码丢失了一个字串，我重新补上了，应该能用了。”

商深说得轻松，董总却是知道从浩瀚的代码中找到一个丢失的字串难度之大，不啻于大海捞针。先不说有没有真正解决问题，只说商深认真负责的态度，就值得肯定，他拍了拍商深的肩膀：“辛苦了，商深！”

“真的能用了？”毕工虽然也是工程师，对电脑却懂得不多，不相信商深敲了一些奇怪的符号就能解决打印机不能正常工作的问题，他才不管商深的付出是不是值得肯定，他只在乎结果，“董总，真的好了？”

“试试不就知道了！”董总虽然亲眼目睹了商深改写代码的过程，但他不是程序员出身，只知道商深的思路正确，却也不清楚商深写得对不对，只是认为商深解决问题的方法可行，但理论还是需要实践检验，“商深，打印一张测试页。”

“好。”商深笑了笑，十指如飞敲下了几个字，然后发送了打印命令。

打印机又发出了吱吱的声响，所有人都屏住了呼吸，范卫卫也攥紧了拳头。

毕工的一颗心提到了嗓子眼儿里，感情有些复杂，他既希望商深可以解决问题，让资料顺利打印出来，不耽误厂里的大事；又不希望看到商深大出风头。他对商深的第一印象很差，觉得他就是一个毛手毛脚的愣头青。矛盾的心理让他患得患失，不知道怎么是好了。

董总也有些紧张，他是希望商深可以为仪表厂解决难题，更深层次的原因是他对商深有好感，动了惜才之心。天马集团现在需要大量的新鲜血液的补充，而且明年就要上线的新网站，更是需要尖端人才。

而商深是不是人才，全在此一举了。

针头左右滑动几次，又重新归位，然后发出了悦耳的正常的打印声……半分钟后，毕工迫不及待地从打印机上扯下了打印纸，上面清晰地打印出了八个大字——与人方便自己方便。

“真好了！”他高兴地把手中的纸递给了董总，喜形于色，“董总，打印机修好了，谢谢你，太谢谢了。”

董总接过纸，目光落在上面的几个字上，眼中闪过了一丝喜悦，他将纸收了起来：“商深，我留下了，做个纪念。毕工，不要谢我，要谢就谢商深。商深是个了不起的年轻人，是个人才！”

“谢谢你，商深！”毕工高兴之余，也忘记了先前和商深发生过的不快，主动和商深握手，“你修好了打印机，等于是挽救了仪表厂，你是仪表厂的大功臣。”

商深摆了摆手，谦虚地笑了：“毕工过奖了，也言重了，不过是举手之劳的事情。”

“不一样，不一样呀！”毕工见商深不居功自傲，对商深的看法有所改观，哈哈一笑，“做不做是一回事儿，做好做不好，又是另外一回事儿，小商，我一定会向领导汇报，今天的事情，记你大功一件。”

“谢谢毕工！”商深谦逊地笑着，依然保持了宠辱不惊的从容。

真是一个既有才华又有涵养的年轻人，没想到在一个小县城还能遇到这样的人物，董总就动了心思，他递上一张名片：“商深，我是天马公司的副总经理董博瀚，很高兴认识你，希望以后保持联系。说不定有一天，我们还有机会可以合作。”

西天的火烧云如绸如缎、如丝如缕地飘荡在天边，不时有一群飞鸟飞过，发出一阵阵鸟鸣，忽远忽近。正是难得的夕阳美景，热气渐消的黄昏，沿街的路灯次第点亮。夏夜的轻风吹拂，带来一股清凉的气息，令人格外清爽。商深和范卫卫并肩走在一条小河的河沿之上，有一句没一句地说着话，醉心于空气的清新之中，犹如一对陶醉的恋人。

“天马公司可是有名的大公司，我看董博瀚对你有想法，想挖你。”换了一身黄色连衣裙的范卫卫走在商深的右边，装模作样地背着手，一边走，一边无聊地踢着路边的杂草，她匀称而纤细的小腿在路灯的灯光下，闪耀着迷人的光泽。

“怎么会？才见了一面而已。”商深依然只是憨厚地笑了笑，并未多说。

初来报到，一出手就帮厂里解决了一个天大的难题，是让副总工程师毕晓束手无策——当从杜子静嘴里知道毕工的大名叫毕晓时，范卫卫当场就笑喷了，天知道长得很老土的毕工怎么就起了一个很女性化的名字——让厂家负责技术的副总董博瀚无计可施的疑难杂症，在毕晓无意的透露下，在董博瀚有意的宣扬下，在杜子静添油加醋的八卦下，商深的名字如一场夏天午后的雷雨，迅速席卷了整个仪表厂！

短短几个小时内，仪表厂上下几百号人都知道了一个刚分配到厂里的叫商深的大学生解决了一个连副总工程师都解决不了的难题，知道了商深是一个高深莫测的电脑高手。

在电脑才问世没多久的 1997 年，在许多人没有见过、摸过甚至不知道电脑是何物的时代，电脑高手的称呼就和武林高手的称呼一样神秘并令人肃然起敬。

整整一个下午，前来访问他的人络绎不绝，让他焦头烂额，喜欢热闹的杜子静在一旁笑得合不拢嘴。

杜子静逢人便说她早就看出了商深的不凡，从见到商深第一眼起就觉得商深是个人才，在认识商深几分钟后就想介绍她的妹妹杜子清跟他处朋友，她还不厌其烦地一遍遍告诉每一个前来访问商深的人，说她的妹妹杜子清也是在北京上大学的高才生，也是一个在祥麟网站上班的电脑高手……

/ 第 / 五 / 章 /

重　逢

对于被人当猴子一样参观的尴尬场面，商深明显缺少应付经验，他腼腆地笑着，含蓄地回答所有人的疑问，终于在他不胜其烦时，范卫卫挺身而出，编了一个理由就拉着他逃离了办公室。

呼吸了几口新鲜空气之后，他们才感受到，县城虽然不及大城市繁华，却胜在安逸而恬静，还有一条小河横穿其中，小河虽然不宽，却也为这个不起眼的中部平原的小城增添了几分秀色。

吃烧烤，是范卫卫的提议。商深却想在食堂吃饭。食堂吃饭，一顿才一两块钱，出去吃，一顿少说十几二十块。他没钱，他又是男人，怎好意思总花范卫卫的钱，但又实在拗不过范卫卫的盛情，只好陪着她出来。

“怎么不会？你的眼光也太差了，连董博瀚欣赏你都没有看出来，商深，你以后怎么才能出人头地呀？”范卫卫俏皮地笑了笑，从大城市来到小县城的失落在认识了商深之后大大缓解，再加上杜子静有意无意地撮合，她现在对商深的好感在短短一天时间内就上升到了喜欢的程度。

不过喜欢只是单纯的喜欢，只是青春的萌动，而不是爱情。而且她也清楚，商深和她的思想观念差距太大了，尽管商深是一个电脑高手，但她并不认为电脑会为商深的命运带来什么改变。现在部分人在鼓吹互联网时代的到来以及互联网终将改变世界的言论，她却不信，在互联网没有出现之前的几千年，人类生活得很美好。现在互联网的出现，只是为生活增加了额外的乐趣，而不会真正改变生活。除非商深改变观念跟上她的思路，否则，商深只能属于大地，而她早晚会翱翔在无垠的天空。

“一个人踏实地做好自己，该出人头地的时候就会出人头地了。如果做不好自己，再怎么钻营也是没用。”商深还是淡淡的表情，仿佛没有受到半点触动，他望了望远处，用手一指，“烧烤店到了，事先说好了，我请客，你不许埋单了。”

“好吧，”见商深听不进她的话，却只在意细枝末节的事情，范卫卫无所谓地摇了摇头，“几十块钱的事情，不用那么计较。早晚你会明白，能用钱解决的问题就不是问题。”

“呵呵……”商深依然是憨厚地笑了笑，挠了挠头，没说什么，其实他心里明白得很，谁都想成为有钱人，有钱确实可以做很多事情，但有太多的事情是金钱所不能解决的难题，如创意。

在互联网出现之后，有太多依靠创意成功的例子，如ICQ。1996年，三个以色列人维斯格、瓦迪和高德芬格聚在一起，决定开发一种使人与人在互联网上能够快速直接交流的软件。他们为新软件取名ICQ，即“I SEEK YOU（我找你）”的意思。ICQ支持在Internet上聊天、发送消息、传递文件等功能。

由于可以免费下载、免费注册，所以ICQ的传播速度十分惊人，仅仅一年多之后，ICQ的用户就发展到了几百万。

据传现在美国在线有意收购ICQ，风传的收购报价是4亿美元。4亿美元在1997年是一个无法想象的天文数字，三个年轻人依靠创意编写的一个小软件，在不到两年的时间里就创造了4亿美元的价值，这是任何一家企业都很难做到的巨大成功。

算了，不想那么多了，商深收回了思绪，互联网不管孕育了多么巨大的商机，眼下的他还只是一个需要解决吃饭问题的小角色，先吃饱肚子再说。

位于河边的烧烤一条街是县城有名的美食区。这里小店林立，各色人等都喜欢在夏天的晚上来吃烧烤，开奔驰宝马的大款、骑自行车或是步行的小老百姓，都会在下班后呼朋唤友地来这里要上一些羊肉串和啤酒，伴着河水的哗哗声，一醉方休。

商深找了一个僻静的角落，要了一份毛豆、一盘花生米、六个鸡翅、二十串羊肉串、两杯扎啤，总共花费二十多块，商深唯恐范卫卫埋单，就抢先付了钱。范卫卫只是笑笑，没有动作，维护了商深作为男人的尊严。

二人边吃边聊，不知不觉夜色就深了。二人决定回厂里。

宿舍和办公室在同一个大院，办公室在前院，宿舍在后院。夜晚的厂子里没什么人，路灯也不太明亮，树木茂密，走在青砖的路上，有一种阴森的感觉。

范卫卫却不知道害怕，她的眼睛在沉醉的夜色之中，闪耀着令人心醉的光泽。也不知是因为酒精的刺激，还是什么别的原因，她一路开心地笑个不停，双眼如同天边的星星，闪闪发亮。她时而背着双手，时而又甩来甩去，还不时跳起来去够垂下来的柳枝，开心得就如得到了糖果的小女孩。

范卫卫和商深走得很近，范卫卫又不安分，她的手总是无意间碰到商深的手，甚至还有一次落在了他的大腿之上，范卫卫却浑然不觉，依然蹦跳个不停。

商深目光平静，心中却波澜起伏，他得承认，如春天般多情、如夏天般热烈的范卫卫确实讨人喜欢，他是正常男人，要说他对范卫卫没有一丝好感那是自欺欺人的假话，只是现在的他别说没有谈情说爱的心思，就算有，他也自知配不上范卫卫。

尽管商深也毕业于北京的名牌大学，但和来自沿海开放城市的范卫卫相比，他还是感觉到了不小的差距。差距不仅仅体现在观念和思想上，还可以具体到穿着打扮以及生活的方方面面，当然，最重要的是家境上的差距。

宿舍是平房，本来应该是两人一间，商深同宿舍的人是本地的，每天回家住，就暂时成了商深的单间。但范卫卫的情况不同，厂里特意照顾她，专门给她分了一个单间，正好与商深的房间挨着。同时来到仪表厂，又是同一间办公室，还住着相邻的宿舍，一来二去，两人的关系就比别人更亲近了些。

“不早了，睡吧。”商深在自己的门口朝范卫卫挥了挥手，推开自己宿舍的门。

不料范卫卫紧跟在商深的身后进了他的宿舍，一点儿也不客气地坐在了床上：“倒口水喝，渴了！”

宿舍很简陋，除了一个双层的铁架床和一张涂了黄漆的旧木桌子，仅有的两件电器就是灯和一台雪花牌的落地电扇。

范卫卫的一双腿悬在床外不老实地荡来荡去，头顶50瓦的白炽灯照下来，在她的脸庞和裸露在外的小腿和胳膊上罩上了一层朦胧的光晕。

所谓雾里看花水中望月灯下赏美人，喝了点啤酒的范卫卫如雨后的桃花，红润喜人，更添了几分娇艳之色。

屋外风吹树叶的飒飒声和夏虫的鸣叫声更衬托了这夜晚的宁静，仿佛整个院子就只有商深和范卫卫二人。孤男寡女同居一室，现在又是他乡相识的唯一的朋友，商深忽然感觉心中最柔软的地方被某种东西击中了。

商深给范卫卫递水的时候，不经意碰到了范卫卫的手，本来是再正常不过的肢体接触，范卫卫忽然脸红了，她一口气喝干了杯里的水，将杯子往桌子上一放，起身走向门口：“晚安。”

望着范卫卫苗条动人的背影，商深一时痴了。

第二天商深算正式上班，而范卫卫也正式进入了实习期。

仪表厂主要为石油部生产指定的仪表，除了一线的车间工人之外，办公室、后勤等部门的工作并不繁忙。一天下来，商深除了打扫卫生、打开水和杜子静、范卫卫聊天之外，几乎没什么事情可做。

闲聊中，听杜子静提到毕晓和董博瀚一早就走了，先去省城后去北京。想起范卫卫还说董博瀚对他有想法，想挖他，现在看来也不是那么回事。作为天马集团的副总，董博瀚见多识广，光是天马就有多少电脑高手，他或许还没能入董博瀚之眼。商深这样想了一想，觉得自己未免有些天真，莫名地有一丝失望。

一天的无所事事让商深的心情难以平静，办公室的工作不但和他的专业相去甚远，喝茶看报的生活状态也和汹涌到来的互联网浪潮格格不入，在这个设施陈旧观念落后的工厂，仿佛只要关上大门就和时代完全脱节了。

这不是他想要的生活和未来。

快下班的时候，杜子静出去了一趟，回来的时候一脸灿烂："小商，告诉你一个好消息，我妹妹从北京回来了。你说怎么这么巧，本来她还说最近不回来了，谁知道现在没打招呼突然就回来了，说句不怕卫卫不高兴的话，我觉得她和你有缘。"

范卫卫正在整理文件，听了杜子静的话，咯咯地笑了："杜姐，别说商深还不是我男朋友，就算是，在没结婚之前，他都有重新选择的机会，我也不怕别人喜欢他，大不了公平竞争，谁最后抢到商深算谁的……对了杜姐，子清在哪里工作？"

见范卫卫这么大方，杜子静反倒一愣，随即也笑了："卫卫到底是大城市的人，见过世面，说话就是大方。子清在祥麟 ITC 网站工作，公司不大，听说老总是一个海归……"

祥麟 ITC 网站？商深的互联网基因被激发了，脑中立刻闪过一个人名——美国麻省理工学院的物理系博士生傅开诚。1986 年傅开诚毕业于清华大学物理系，且同年考取李政道奖学金并赴美留学。1993 年在麻省理工学院获得博士学位后，在麻省理工学院继续博士后研究，1996 年回国后，33 岁的他创办了祥麟 ITC 网站。

在大学期间，商深就听说过傅开诚的事迹，也一直将傅开诚当作他的偶像之一。可惜大学毕业后，他既没和陈安平一样进入北大方正从事喜欢的专业开发工作，也没有和傅开诚一样有出国深造接触世界最前沿科技的机会。

"祥麟网站？网站能有什么前景？"范卫卫张口就说，她始终不认为电脑和互联网会有发展空间。

杜子静脸色微微一变，不爱听范卫卫的这个说法，正要辩驳几句，门一响，一个女孩进来了。

长发长裙长腿长脸，第一眼望去，女孩亭亭玉立、摇曳生姿，她同样穿着长裙，却不是如同范卫卫的连衣裙，而是上半身着简单图案的T恤，下半身是一条白色的长裙，如清风般的清丽，又如明月般的皎洁。

“姐，我回来了！”白裙女孩一进门就跑到了杜子静面前，拉住了杜子静的手，“想我没有，姐？”

杜子静是圆脸，杜子清是长脸，如果不是杜子静再三强调，谁也不会相信她们是姐妹。或者说，漂亮的杜子清和杜子静站在一起，姐妹俩就是天壤之别。

“想，想死你了！”杜子静亲热地拉住杜子清的手，怜惜地摸了摸她的脸，“看你不好好照顾自己，又瘦了……来，子清，介绍你认识两个朋友，他叫商深，是人大的高才生。她叫范卫卫，是深圳大学的大四学生。”

杜子清大方地伸手和商深握手：“你好商深，我是杜子清，在北京祥麟工作，幸会。”

商深微微一笑：“你好杜子清，我是商深，幸会。”

“子清你好，我叫范卫卫，是深圳大学的学生，很高兴认识你！”范卫卫主动和杜子清握手，她对杜子清的第一印象不错，英雄惜英雄，同样地，美女也爱美女。杜子清的清丽脱俗让她大生好感，“子清，你怎么不去金融部门工作，去网站发展前景好吗？”

杜子清也一下就喜欢上了范卫卫的率真，拉着范卫卫的手笑得十分灿烂：“我倒觉得网站是未来的发展趋势，所以愿意试一试。卫卫，你真漂亮……你是商深的女朋友吗？”

范卫卫脸微微一红，摇了摇头：“不是，准确地说，现在还不是，以后是不是，就不知道了。”

“呵呵，卫卫你真有个性，真有意思。”范卫卫的直爽让杜子清很是惊叹，虽然在她的观念里女孩还是含蓄一些好，但并不表示她不喜欢主动的女孩，女孩也要自己追求自己的幸福。

“等待别人给幸福的人，往往都不怎么幸福，所以我一向喜欢自己去追求幸福。”范卫卫意味深长地看向了商深，见商深无动于衷得像根木头一样，不由心里恨恨的，咬牙说道，“如果遇到一个喜欢的人，偏偏他又是一棵铁树，难道你要等到地老天荒等铁树开花？”

杜子清看出了什么，掩嘴一笑：“商深，你什么时候开花呀？”

“开花？开什么花？”

商深的心思早就跑到了十万八千里之外，正在想傅开诚的一些事迹，祥麟网站作为中国最早的一批网站之一，开站之初虽然不如瀛海威引起的轰动惊人，却一步一个脚印，坚定地走出了一条属于自己的道路，他相信祥麟会有前景。

而作为中国第一个互联网接入服务商，瀛海威甚至比中国电信的ChinaNet还要早两年出世。正在广州创办韵舟的纪德佑当年的个人BBS就挂在瀛海威的网站上，傅开诚祥麟网站的一些总监当年也曾经是若干喜欢在瀛海威上网的小孩中的一个。

但是现在，瀛海威已经呈现衰败之势，瀛海威作为中国互联网代名词的时代已经完结。商深还记得1996年早春的一天，当他路过北京中关村南大门时被惊呆的情景，零公里处竖起了一块硕大的广告牌：中国人离信息高速公路有多远——向北1500米。这一天，被公认为是中国互联网的一个纪念日。

然而谁也想不到的是，1996年瀛海威就被收购了，1997年出现大亏损，现在随着祥麟网站的崛起、天马利方论坛的影响力越来越广以及韵舟网站的正式推出，瀛海威逐渐式微，以前无数人打开电脑拨号上网之后的第一件事情就是打开瀛海威网站的习惯正在改变。

每况愈下的瀛海威怕是支撑不了多久了，商深不无遗憾地想，互联网的浪潮之中，不是每一个先行者都成了先驱，有不少先行者最终成为了先烈。

傅开诚和纪德佑这两个在创业时期经常一起泡吧喝酒的青年，无论是外在形象还是个性都迥然不同，此时的他们，都很嫩很年轻，也毫无管理经验，但有一个共同点就是对互联网的痴迷，而且还是不可救药地痴迷！或许正是因为他们的痴迷，才是打败瀛海威的致命利器。

不过作为开放的平台，瀛海威最终还是败给了自己，即使没有天马利方论坛、祥麟网站和韵舟网的崛起，瀛海威的命运也是一样。作为新兴事物的互联网，有太多的不确定性，不管成败，所有的开拓者都值得后来者尊敬。

痴迷才能成就事业，商深始终相信有一天他也会不可救药地痴迷一件事情。

杜子清在祥麟网站工作，也算是互联网的先行者之一了，商深忽然就对杜子清多了好感。在现在互联网还没有完全被人认可的今天，敢于去一家网站工作，不仅仅需要勇气和胆识，肯定还因为是真心地喜欢互联网事业。

“他和我们没有生活在一个维度，别理他，他只生活在他自己的世界里。”范卫卫嘻嘻一笑，又冲商深吐了吐舌头，“开什么花？当然是开你心里的花。”

“春天里的花，夏天里的花，秋天里的花，都开不过心里的花。”出乎范卫卫和杜子清意料的是，像木头一样的商深忽然就冒出了一段诗一样的句子，然后他又憨厚地笑了。

“傻！”范卫卫嗔怪地白了商深一眼，也欣喜地笑了。

“姐，有件事情我要向你坦白……”杜子清忽然扭捏了起来，她的脸一下子红了，双手交叉在身前，“我不是一个人回来的，有两个同学陪我一起……”

“同学？”杜子静没有多想，忙说，“同学来了，赶紧让他们进来呀！”

“我想先征求一下你的意见……”杜子清的脸愈加红了几分，羞不可抑。

范卫卫看出了什么，调皮地一笑：“同学？男同学吧？或者说，是男朋友吧？”

“嗯。”杜子清羞涩地点了点头，一脸紧张地看着杜子静。姐姐比她大十几岁，她从小在姐姐的关爱下长大，姐大如母，她有几分惧怕姐姐。

杜子静先是一愣，然后开心地笑了：“我就说嘛，我妹妹那么漂亮，怎么会没人追？哎呀，对不起商深，我还想介绍子清和你交朋友，不知道她自己都先谈上了，幸好你有了卫卫，要不你真当真了，我可就丢脸了。”

“怎么又扯我？我可不是替补！”范卫卫不高兴地噘了噘嘴。

“人呢？快请进来让姐姐瞧瞧。”杜子静迫不及待地想鉴别一下妹妹的眼光。

“在外面呢，我去让他们进来。”杜子清见姐姐没有反对的意思，她一直悬着的心也就踏实了，一直以来她都最在意姐姐的意见，就算是谈恋爱，也要事先经她把关并且通过了才行。

杜子清推门出去，片刻之后回来了，身后多了两个人。一个长得人高马大，身高足有一米八以上，浓眉大眼，方脸，宽肩膀，一看就是孔武有力的类型，不但身材伟岸，相貌也颇有几分英俊之气，是一个标准的很吸引女生的那种帅哥。

另一个就长得相貌平平了，个子不高，应该还不到一米七，虽然不是尖嘴猴腮的类型，但眼小嘴小鼻子小，五官挤在一起，看上去很纠结，别说是帅哥了，连及格都勉强。

杜子静显然喜欢前面的那位帅哥，但又不能十分确定哪一位才是妹妹的意中人，一时犹豫了起来，不知怎么应对这二人。

/ 第 / 六 / 章 /

暗中较量

“姐，叶十三，我的男朋友，”杜子清深知姐姐的心思，她才不给杜子静猜疑的机会，赶紧介绍了来人，“毕京，叶十三的同学。”

“毕京，你是毕京？”听了这个名字，杜子静竟没先理会叶十三，惊讶得张大了嘴巴，“都说女大十八变，原来男大也十八变，我记得你小时候长得不难看，怎么现在长成了这个样子……”

话一出口，杜子静才意识到失言了，尴尬地笑了笑：“我没别的意思，毕京……”

“没事，杜姐，你没说我别出来吓人就已经很给我面子了，哈哈，我都习惯了，别人见到我的第一眼都会被我的尊容震惊到。但是，”他突然改口说，“男人不怕长得丑，就怕没本事。叶十三的老总赵向飞长得比我还丑，就跟外星人一样，人家不照样当上了老总？”毕京倒也开朗，嬉笑之间就化解了尴尬，他谈笑自若，自嘲的时候一脸淡定，显然已经见怪不怪了。

“毕京是毕工的儿子，”杜子静见商深和范卫卫一脸疑惑，就忙解释了情况，“他小时候经常在我面前晃来晃去，我还打过他屁股。后来他出去上学后，就很少见到他了。”

介绍完，杜子静这才转身又打量了叶十三几眼，心满意足地笑了：“不错，不错，我妹的眼光还行，可以打八十分。”

叶十三温和地笑了笑，没说话，只是微微弯腰致意，表现出了十足的文艺范儿。

“对了毕京，你怎么和子清一起回来了？”杜子静问。

“我是十三的同学，十三又是子清的男友，我们就一起回来了。”毕京很是活络，他不用杜子清介绍就主动上前和商深握手，“商深是吧？我是毕京，听我爸说你谈笑间就解决了连香港工程师都解决不了的电脑难题，我最佩服电脑高手了，回头你一定得教教我。”

毕京笑得很真诚，握手的动作也很热情，只是眼中悄悄闪过一丝不易察觉的冷漠。他是听说了商深一举成名的事迹，对商深大出风头一事既羡慕又嫉妒，如果非要认真区分的话，还是嫉妒的成分多一些。

而且，他今天刚一回来就听到有人议论，说是在电脑时代，经验和资历已经不管用了，毕晓当了一辈子的工程师，到现在还不如一个刚出校门的大学生，照这样下去，说不定商深很快就可以评上总工，在毕晓之上了。

尽管毕京知道传言是对爸爸早有不满的个别人有意散播的，但他还是认为商深的做法损害了爸爸的名誉。商深真是可恶！

本来毕京并不想回来，但在听说了商深的事情之后，又改变了主意，觉得有必要回来一趟，他倒要看看商深到底有几斤几两。

商深哪里知道毕京的心思，他呵呵一笑，摆了摆手：“哪里，哪里，我只是碰巧写过类似的程序，算是瞎打误撞。”

第一印象让毕京对商深轻视了不少，也许真如商深自己所说是瞎打误撞，看商深的样子，憨厚、腼腆，似乎毫无城府，相信远不是他的对手，他略松了口气。

当毕京的目光落在范卫卫的清秀漂亮的脸上时，明显停顿了一下，目光就被点亮了：“范卫卫，好名字，你肯定是一个有独特想法、不会轻易被别人影响的女孩，不知道我猜得对不对？”

范卫卫歪着头，一脸好奇：“为什么这么说？”

“卫，保卫，捍卫，从你的名字就可以看出你原则性很强，会坚定地捍卫自己的立场……不知道我说得对不对？”毕京表露出了对范卫卫浓厚的兴趣。

“算你聪明！”范卫卫开心地笑了，下意识朝商深身边靠近了几分，“不过人性太复杂了，有时利益就是用来出卖的、原则就是用来突破的，而理念也是用来交换的……嘻嘻。”

毕京注意到了范卫卫的小动作，眼中又闪过一丝嫉妒，刚刚因为商深的憨厚和腼腆而压下的敌意又猛烈地高涨了，不过他控制情绪的水平很高，他没再继续范卫卫名字的话题，而是着重介绍了自己：“我也是刚刚大学毕业，现在还在找工作，不过已经收到了微软的面试通知。”

“微软是跨国公司，待遇很好，恭喜你毕京。”商深由衷地对毕京表示了祝贺。

毕京说到微软的时候，一脸傲然，商深心知毕京以可以进入到微软工作而自豪，说来也是，微软是外企，起点会高上不少，如果坐到了中层的位置，据说年薪 10 万也不在话下。而他现在月收入才二三百元，以后转正了也许可以到四五百，也不知道什么时候才能达到上千元的月收入。

在月入千元就已经算是高薪的年代，月入过万绝对是无数人羡慕并且仰望的高级白领。

虽然在杜子清眼中，叶十三才是主角，但毕京就是一个喜欢处处抢人风头的人，叶十三反倒被晾到了一边，一直等毕京炫耀完之后，杜子清才有机会向范卫卫和商深介绍叶十三。

叶十三话不多，和范卫卫也没有握手，只是客气地点头问好。尽管叶十三英俊帅气高大，范卫卫对这种男生却见得多了，并没有表现出太多的兴趣，也友好地点一点头算是回应。

叶十三来到商深面前，他比商深高出半头有余，和商深面对面站立，就有居高临下的意味。

商深虽然不如叶十三高大，却淡然而立，平静地回应叶十三挑衅的目光，他双手抱肩，嘴角露出似笑非笑的神情，和叶十三迎面对视。

二人都不说话。

范卫卫、杜子清等人都一时惊讶，不知道商深和叶十三对视不语是什么意思。一边的杜子清微微紧张，范卫卫也摸不着头脑，几人面面相觑，不知道该不该上去打破僵局。

房间内鸦雀无声。

“哈哈！”又过了一会儿，叶十三憋不住了，大笑出来，“认输，认输，我还是不如你沉得住气。商深，这么多年比谁更有定力，我总是输给你，算了，以后再也不和你比耐心了！”

“认输就好！”商深也哈哈大笑，一拳打在叶十三的肩膀上，“你小子来德泉也不提前说一声，故意打我一个措手不及是不是？既然你不事先通知我，今天晚上就你请客了。”

“好，请客就请客，算我不对行了吧？只是没想到要来德泉，是临时决定的。我从杭州跟随赵总到北京，子清说让我跟她回德泉见见姐姐，我一想来德泉还可以见到你，就临时起意决定来了，”叶十三也还了商深一拳，笑道，“怎么样，够哥们儿吧？而且子清也不知道我和你的关系。”

“十三，你怎么会认识商深？”杜子清惊呆了，她怎么也没有想到叶十三居然和商深认识，“你们是什么关系！”

不只杜子清，范卫卫、杜子静和毕京都惊呆了。

“我从记事时起就认识叶十三了，然后从小学到中学，我们都是同学，到了高中毕业才分开，他去杭州上大学，我去了北京，”商深亲热地抱了抱叶十三，开心地说道，“我和他是什么关系？”

“我和他是发小！从小一起长大的死党！”叶十三也回应了商深一个热情的拥抱，“小时候有一次游泳，我差点淹死，还是商深救了我。要是我学习和他一样，也考上北京的大学，说不定我们现在还在一起。十几年的哥们儿了，你说我和他是什么关系？子清，我认识商深的时候，你还不知道和谁在一起玩过家家呢！”

“去你的！”杜子清嗔怪地白了叶十三一眼，“我从小就是一个乖乖女，从来不和男孩子玩过家家的游戏。倒是你，不知道和多少个小女生过过家家……”

众人哄笑。

哄笑声中，商深注意到毕京的目光一直在范卫卫身上打转，眼神热烈而贪婪，明显对范卫卫有了想法。他不以为然地笑着摇了摇头，虽然毕京很会表现自己，但可惜的是，先天条件的不足让他大大失分了。当然话又说回来，男人长得不帅并不要紧，毕竟男人不以长相论英雄，只不过过度地自我炫耀和推销，有时反而因为过犹不及而惹人厌烦。

刚才毕京就有点过于抢镜了，就算叶十三不以为意，商深也从杜子静的眼中看出了她对毕京的不满。

有朋自远方来，不亦乐乎？虽然刚才开玩笑时让叶十三请客，但商深还是要尽地主之谊，就主动提出请客，于是商深一行五人来到了烧烤一条街。

晚风吹拂，暑气消减了几分。五个人选了一家叫醉春风的小店，找了一个靠窗的位置坐下，头顶是吱吱作响的吊扇，隔窗而望，朦胧的月光和岸边的灯光投影到了小桥下的流水，如果不是旁边吆五喝六的划拳声和烧烤发出的刺鼻的烟味，如此情景，倒也别有一番情调。

虽然，嘈杂的声音和光着膀子的人群破坏了美感，但也增添了一种人间的烟火气。

“真没素质！看什么看？”一个光着膀子的小年轻从范卫卫身边经过的时候，斜着眼睛打量范卫卫胸前的风光，范卫卫瞪了他一眼。

小年轻本来还想说些什么，一见范卫卫旁边坐着人高马大的叶十三，顿时打消了念头，灰溜溜地走了。

商深笑道：“十三从小就长得高大威猛，我们出去打架的时候，从来都让他冲在前面，大多时候他一出马，总能吓跑不少胆小的对手。”

叶十三嘿嘿一笑，他炫耀地露了露肱二头肌：“我可不仅仅是长得高大威猛，事实上也是真的威猛，就刚才的小混混，我一个打三个不成问题！”

“行了，别吹牛了，换了是你遇到偷井盖的事情，你会和赵向飞一样见义勇为挺身而出吗？”杜子清一推叶十三，一撇嘴，“我看你未必就有赵总的勇气。”

“什么偷井盖？”范卫卫正要问，却被服务员过来点单打断了。

几个人要了桶扎啤，点了几十串肉串，还有鸡翅、花生、毛豆，大小碟子，摆了一桌，虽不是大鱼大肉，却也乐在其中。

“十三，”商深坐定，才开始细问十三的现状，“你现在跟着赵向飞发展？”

“没错，我在中国黄页网站工作，赵向飞就是创始人，也是我的老总。怎么，你也想知道赵向飞？”叶十三捏起一颗毛豆剥开，扔到嘴里，“赵向飞是一个很有意思的人，长得比毕京还丑，个子也不高，但很有远见，做过许多有传奇色彩的事情。”

商深自然知道赵向飞是何许人，对互联网的痴迷让他研究过在中国互联网上每一个闪亮的名字，对于赵向飞的事迹，他也知道一些。不过只是知道一些公开的部分，肯定没有跟在赵向飞身边的叶十三了解得详细。

赵向飞大学毕业后当过几年的英文教师，后来辞职下海创办了翻译社，翻译社不赚钱，他就自己去进货，靠卖鲜花礼品等小商品来支撑翻译社的日常运转。纪德佑也是辞去了电信局的正式工作去广州发展了，互联网事业的开拓者中，不少都有一个共同点，就是不满于现状，敢于挑战自己，有不破不立的勇气。

后来赵向飞在一次出国的时候，第一次接触到了互联网，就被互联网的魅力深深地吸引了，回国后就创办了中国黄页网站。

“说说赵向飞的事情。”说实话，商深很羡慕叶十三可以从事互联网工作，而且还跟随在他的偶像之一的赵向飞身边，太幸运了。

毕京不再喋喋不休地表现自己，而是坐在一边，向范卫卫大献殷勤——他不断地将剥好的毛豆、花生米放在范卫卫的面前。

范卫卫对毕京送来的毛豆和花生米不好拒绝，只管和杜子清说话，并不正眼看毕京一眼。杜子清微有不安，几次心怀歉意地观察商深，她总觉得是她带来的毕京，明明谁都看了出来商深和范卫卫才是一对，毕京却故意视而不见，还想横插一脚，她反而觉得跟自己有关，心有愧疚。

商深的表现让她十分不解——商深显然已经察觉到了毕京对范卫卫的心思，不但没有向毕京表明立场，也没有刻意表现出和范卫卫的关系密切，杜子清心中纳闷，难道她看错了，商深和范卫卫真的只是正常的朋友关系，不是男女朋友？

可问题是，范卫卫不管是走路还是坐下的时候，都有意和商深在一起，分明是喜欢商深，而商深对她的靠近也没有拒绝或是回避，说明商深对她也有好感，可是为什么商深没有一点儿防范之心或是竞争意识，对毕京明目张胆地讨好范卫卫没有任何表示呢？

杜子清想不通了，记得叶十三和她说过，商深表面上很谦让随和，实际上是一个很有主见轻易不肯认输的人……

不只杜子清想不通，叶十三也看不明白，他还记得小时候有一个叫宝家的小男孩追在他们的朋友甜甜屁股后面，非要甜甜当他的媳妇，甜甜却只和商深好，不理他。商深一开始没什么表示，在一群小伙伴一起玩的时候，他好像并不在意宝家对甜甜的示好。大概过了半个月后，有一天傍晚，别的小伙伴都走了，只剩下商深、甜甜和宝家三个人时，商深一本正经地摆了三块砖头当椅子，让甜甜和宝家坐下谈判。

最后谈了些什么，商深是怎么说服的宝家，叶十三一概不知，他只知道的是，从此以后宝家一见到商深就和老鼠见到猫一样躲得远远的，再也不敢跟在甜甜后面了。

当时商深才6岁，6岁的商深就有如此的策略和能耐，现在的商深会放任毕京抢走范卫卫不成？

叶十三和商深是发小，和毕京是同学，如果商深和毕京真因为范卫卫而起了冲突，他到底该帮谁呢？

“赵总大名赵向飞，浙江人，大学毕业后先是教书，1995年去美国，第一次接触到了互联网，从此对互联网产生了浓厚的兴趣，回国后就创办了中国黄页网站。据说今年外经贸部有意调赵总过去工作，让赵总负责官方网站和中国产品网上交易市场，赵总应该是同意了，不出意外的话，不用多久赵总可能就常驻北京了，”说到赵向飞，叶十三一脸崇拜之意，“赵总长得不帅，长相常被人开玩笑。据说赵总有一次去应聘酒店清洁工，结果许多学历不如他的人留下了，只有他没有被留用。他不服气，去问为什么，对方说，你长得那么丑，怕你影响酒店形象吓坏了客人。”

/ 第 / 七 / 章 /

醉　酒

“真的假的？真有这么丑？”范卫卫坦然地享用毕京剥好的毛豆和花生米，她被叶十三讲的故事吸引了，惊讶得张大了嘴巴，“堂堂的大学毕业生，连一个酒店清洁工都应聘不上，形象也太差了。他如果做企业，怎么和别人谈判？”

“你说对了，卫卫，赵总后来自己创办中国黄页，上门推销时，好多次因为长相问题而被人拒之门外，甚至有一次一个老总都答应见赵总了，一见赵总的面就毫不客气地摆手让赵总出去，说长那么丑不配和他说话，当时赵总尴尬地退了出去，”叶十三摇头叹息了一声，感慨地说道，“换了是我，我早就自暴自弃了，可是赵总在经历了无数次的失败和嘲讽之后，在无数次被嘲笑长得丑被人当骗子轰出来之后，依然没有放弃心中的信念。他组建了杭州第一个英语角、为外国游客担任导游赚外汇、四处接课做兼职，同时还成为了杭州十大杰出青年教师之一，他还背着麻袋去义乌、广州进货，贩卖鲜花、礼品、服装，做了 3 年的小商小贩，才让他的网站渡过了开始的难关……”

商深听了更加地佩服。人们成功和失败的差距就在于，有时前九十九次都失败了，在第一百次的时候成功，但百分之九十九的人却坚持不到最后的第一百次！

一个人的长相是天生的，自己无法决定，但自己可以决定的是信念、拼搏和不屈不挠的奋发精神，尽管他和赵向飞素未谋面，只听了他的事迹就认定赵向飞必定是一个做大事的人。忍常人所不能忍，吃常人所不能吃的苦，都是成大事者必备的基本素质。

商深点头，有感而发：“丑而不陋才是正确的心态，丑是天生的相貌，而陋则是一种精神状态，一种对待他人、对待生活、对待工作的态度。因此，要善于扬长避短，去致力于发挥自己的优点，而不是去弥补自己的缺点。只有依靠自身的努力和奋斗，才能实现自身的价值……赵总是一个让人敬佩的人。对了，刚才说的偷井盖又是什么典故？”

“说得好，商深，丑而不陋的说法太好了。赵总就是我的人生偶像，我以后一定可以和赵总一样成为一个可以拥有自己公司的成功者！”毕京虽然不止一次听说过赵向飞的事迹，再听一遍的时候，还是热血沸腾，他暂时忘记了对商深的不满，举起了酒瓶，“来，希望我们以后都可以成为赵向飞一样的人物！”

众人都举杯和毕京碰杯，只有范卫卫不碰，毕京笑道：“卫卫，不给面子？”

“不是给不给面子的问题，愿意成为赵向飞一样的人物是你的想法，我可不想。你长得丑，我可长得不丑，”范卫卫举起酒杯，和商深轻轻一碰，然后一饮而尽，“我只想要赵向飞式的成功，不要赵向飞式的丑。”

“噗！”杜子清笑喷了，“卫卫你说得太对了，丑这种事情，谁也不愿意摊上。我们的口号就是，只要成功不要丑！”

“哼！”毕京一拍桌子站了起来，“看不起我是吧？好，我不配和你们交朋友，我走！”本来毕京对这种戏谑已经见怪不怪了，但来自于一个有好感的女孩的时候，而且还当着对手的面，突然就变得不那么能接受。

“哎，毕京……”叶十三起身想拉住毕京，却慢了一步，毕京转身竟然气呼呼地走了。

“别管他！”别看杜子清从小和毕京一起长大，和商深、范卫卫才刚认识不久，但她就对商深和范卫卫有了好感，在情感上更愿意向着商深和范卫卫，下意识里也觉得商深和范卫卫才是一对，毕京不识时务地对范卫卫的追求让她对毕京反感，“十三，坐下，继续说赵向飞偷井盖的事情。”

叶十三有些不情愿地坐下，摸了摸后脑勺：“都是朋友，何必呢？算了，一会儿回去再跟他说说，我知道毕京的脾气，来得快去得也快……来说说赵向飞偷井盖的事情，不对，不是赵向飞偷井盖，而是赵向飞有一次晚上回家，遇到了一伙人在偷井盖……”

“当时赵向飞刚刚开始创业，在杭州经济大厦租了间办公室，那天晚上他骑着自行车去办公室，看见马路边五六个大汉在抬窨井盖，看他们偷偷摸摸的样子似乎是要偷了去卖钱。前几天报纸都在报道一个孩子掉进没有盖的窨井里淹死了，他就动了制止的念头。但他又顾虑对方五六个人而且个个身强体壮，他肯定打不过，于是犹豫了一下，就骑车跑到四五百米远的地方去找帮手，结果没有一个人愿意出手帮忙，也没有找到一个警察，”叶十三犹如身临其境一般讲起了赵向飞的一件往事，“怎么办？赵向飞既担心打不过对方，又不想眼睁睁看着对方偷井盖，他原地绕了两圈，终于下定了决心，做出一个艰难的决定——他一只脚踩地，一只脚踩在自行车的脚踏上，做好了随时逃跑的准备，然后才敢一手指着对方喝道：‘偷井盖的，你给我抬回去！’”

“然后呢？”商深心中暗暗赞叹，赵向飞天生具备的正义感以及凡事做好应急方案的准备，可见他是一个事事考虑周全的人。

“然后嘛……”叶十三卖弄地笑了，“你们肯定想不到事情会以一个什么样的方式收场。告诉你们吧，就在赵向飞大喝一声制止对方之后，对方几个人放下井盖就朝他围了过来，他大吃一惊，骑上自行车就想逃走，不料还没有来得及跑路，又有几个人不知道从哪里冒了出来，一下十几个人把他围在了中间。”

“啊，还有同伙？”范卫卫惊叫一声，“赵向飞要被打惨了吧？”

叶十三摇了摇头，会心地一笑：“围上来的几个人中，有一个人手里拿着话筒，递到了赵向飞面前：‘你好，我是杭州电视台的记者，今天我们做了一个小测试，想知道有多少人见义勇为敢于出面制止偷井盖的行为，一共有上百人路过，你是唯一一个敢站出来的路人……’”

“啊，原来是测试，上百人只有赵向飞一个人通过……”范卫卫被突如其来的转折逗乐了，笑过之后又说，“商深，这件事情说明了什么呢？”

“说明了两个问题，第一，成功并非偶然，性格是一个人成功的首要因素，他有跟常人不一样的地方，”商深若有所思，目光望向了窗外无边的夜色，“第二，有些人天生就具备成功的潜质。”现在没人给她剥毛豆和花生米了，范卫卫就自己剥，同样吃得津津有味。

杜子清暗笑，人和人之间的关系也真有意思，毕京对范卫卫好，范卫卫安然享受的同时，却还是对毕京理也不理，而商深对范卫卫不冷不热，更没有剥毛豆和花生米给她，她也毫不在意，为什么恋爱中的双方总有一人对另一人的好安之若素呢？就如她对叶十三一心一意而叶十三对她却……

摇了摇头，驱散了心中的胡思乱想，她又竖起耳朵听他们说下去。

“你呢？你天生具备哪些潜质？”范卫卫嘻嘻一笑，趁机向商深抛出了问题。

“我？”商深指了指自己的鼻子，含蓄地笑了笑，“很快你就会知道了。”

“哼，你天生具备装腔作势的潜质，”范卫卫眼睛一弯鼻子一皱，顽皮又可爱，“我倒觉得你最会装了，表面上你都一副满不在乎的样子，其实你心里最有事了。”

商深一脸无辜，揉了揉鼻子：“怎么这么说我？我哪里得罪你了？我再纯洁善良不过了，心里坦荡得就像大海，什么事儿都没有。”

“信你才怪！”范卫卫冲商深噘了噘嘴，顺手拿过一瓶啤酒，打开，“我们对吹一瓶，敢不？”

叶十三饶有兴趣地看着，范卫卫对商深的挑衅让他认清了一个事实——范卫卫是想摸透商深的脾气。开玩笑，范卫卫才认识商深多久，他都认识商深十几年了，都不敢说摸透了商深的脾气。商深虽不是什么城府很深的性格，但也确实很有主见和原则，别看他平时不声不响，真要遇到事情时，爆发的潜能或是突如其来的反差绝对会吓你一大跳。

至于商深的酒量，叶十三就更是含蓄地笑了，他认识商深以来，跟商深喝酒无数次，只见过商深醉过三次。一次是初中毕业的散伙饭；一次是高中毕业后的聚会上；还有一次是宝家的葬礼之后。

宝家高中毕业后外出打工，在工地给人当小工，失足摔了下来，当场身亡。

最后这一次醉了之后，商深当众宣布，从此以后他要戒酒，一是为了纪念逝去的宝家，二是为了美好的明天。其实他知道商深还有一个原因是为了甜甜。长大以后，甜甜既没有跟商深在一起，也没有跟宝家在一起，高中毕业后去了省城打工，开始在酒店当迎宾，后来去了娱乐场所从事了特殊工作。

宝家说了，等他赚够了钱就回来娶甜甜。结果却是甜甜失足，而宝家也失足了，丢掉了性命。

之前的两次醉酒，商深都是倒头大睡。最后一次醉酒，商深却是又哭又闹发了一通酒疯，先是掀翻了桌子，然后他号啕大哭，大骂宝家是个傻子，还活在过去的梦里，不知道有些事情永远不必问，有些人你永远不必等。

因为不值得！

之后，叶十三再也没有见过商深喝过一滴酒。

“商深戒酒了，我替他喝。”叶十三抓过一瓶酒，打开，就要和范卫卫碰杯。

“戒酒了？”范卫卫一把推开叶十三的酒瓶，眉毛一挑，“昨天你不是陪我喝了啤酒，你真的戒酒了吗？”

叶十三诧异地看着商深，他本想替商深打掩护，却不想他昨天就和范卫卫喝酒了，这是怎么回事？

商深拿过酒瓶，严肃地说：“以前我确实戒酒了，昨天是这些年来第一次喝。好，既然你要喝，我就陪你。”

“以前为什么要戒酒？昨天为什么又要陪我喝酒？”范卫卫眼中闪过好奇的光芒，心中有了一丝触动，女孩子的心很容易被一些细节打动，商深戒酒多年，昨天却为她而破戒，她才知道原来商深这么在乎她。

她还以为商深在无所谓的表象之下对她真的不在意。

“说来话长，商深是为了一个女孩而戒酒，现在又为一个女孩重新喝酒，恭喜你卫卫，你打开了商深的心扉。”叶十三挤眉弄眼地笑了笑，笑得暧昧又含蓄。

范卫卫嘻嘻一笑，好奇心大起："十三，商深为了谁而戒酒？背后有什么故事，快说说。"

"她叫甜甜，是商深的初恋，"叶十三见商深没有要阻止他的意思，就添油加醋地说出了商深和甜甜的往事，"虽然商深和甜甜算是青梅竹马，不过从初中后，甜甜就跟不上商深的脚步了，后来商深上了县城的重点高中，甜甜只上了一个普通高中，他们就分开了，说是初恋，其实也就是童年时代的好感，还没有开始就已经结束了。再后来，甜甜高中毕业后出去打工，结果成了失足少女……到宝家失足摔死之后，商深对宝家恨其不争、对甜甜哀其不幸，就戒酒了。"

"有情有义，来，商深，我敬你一杯，不，一瓶。"从叶十三口中讲出的商深的往事，让范卫卫大受感动，她又了解了他更深层的一面，她碰了一下商深的酒瓶，然后一扬头，咕咚咕咚对着酒瓶一顿猛喝。

叶十三伸手拍了拍商深的肩膀，悄无声息地用口型暗示商深："卫卫是在试探你对她的感觉，赶紧的，陪一瓶，别让卫卫失望。"如果商深昨天真是为了范卫卫而破戒喝酒，以他对商深的了解，商深对范卫卫也是有了感觉。

商深能真切地感受到范卫卫的感情，说心里话，他也喜欢范卫卫的开朗、漂亮和直接，但他是凡事喜欢想得长远的人，以他目前的境况，他和注定要离开北方回到深圳的卫卫不会走到一起，与其谈一场没有结果的恋爱，还不如不开始。

一直等范卫卫喝完了整整一瓶啤酒，商深才倒了一杯啤酒："卫卫，昨天为了陪你，我戒酒之后第一次喝酒，是因为我觉得我们天南地北的相逢，真的很不容易。今天我为了你，再喝一瓶酒，是为了纪念我们有缘千里来相会的友情。"

话一说完，商深端起酒杯一饮而尽。喝完之后，他又倒满了第二杯，还是一饮而尽。直到倒完整整一瓶。

叶十三心中喟叹一声，他再清楚不过商深的习惯了，商深喝酒，如果他觉得对方是可交的朋友，看重对方，他才会直接一瓶喝干。如果他不认可对方，只会沾沾嘴唇。如果当对方是一般朋友，会一瓶酒分成几次喝完。这就说明在商深的心目中，他还没有完全接受范卫卫，只当范卫卫是朋友而不是女朋友。

范卫卫酒量本来就不大，又喝得急，一口气喝完一整瓶啤酒，就有了几分醉意，她醉眼蒙眬，手指在商深的胳膊上指指点点："这么不爽快，直接对着瓶喝多男人。"

杜子清虽然和商深才认识，却也从商深的话中听出了什么，商深特意强调了"有缘千里来相会的友情"，其实已经表明了他的真实想法，她心中一阵黯然，卫卫是多好的一个女孩，商深怎么就不接受她呢？

再看已经有了几分醉意的范卫卫在酒精的刺激下，一向冰雪聪明的她居然没有察觉到商深话里话外的暗示，还在眼巴巴地等着商深回应她的喜欢，杜子清感同身受，想起她对叶十三的爱恋也是长恨春归无觅处，不觉悲从中来，一时悲愤郁结，拿起酒瓶也喝了起来。

"哎，你怎么也喝起来了？"叶十三吓了一跳，伸手去抢杜子清的酒瓶，却被杜子清一把推开。

"不要你管，我就想喝，"杜子清心有千千结，却又说不出来，只好强颜欢笑，"认识商深和卫卫，我高兴，想喝酒庆祝一下，不行吗？"

叶十三被杜子清幽怨的眼神逼得眼神躲闪，闪烁其词："行，行，你喝，尽管喝，喝醉了我背你回去。"

叶十三了解商深，商深也熟知叶十三，他也注意到了叶十三和杜子清之间的关系似乎有嫌隙，见杜子清也借酒浇愁，事态有失控的迹象，就拿起桌上的最后一瓶啤酒，分了叶十三一半："来，各人自扫门前雪，清理门户，干了！"

/第/八/章/

诱　惑

“不嘛，我还要喝！”范卫卫半醉半醒，愈加娇艳如花，她伸手去夺商深的酒杯，“商深，酒给我，给我！”

商深朝叶十三使了个眼色，叶十三会意，迅速将他和杜子清的酒倒在一起，一口喝干。商深也是一样，喝完了他和范卫卫的酒，结账走人。

夜色已深，虽然没有白天热浪滚滚，但吹来的风仍然是热的。接近晚上10点了，烧烤一条街的客人依然络绎不绝，呼朋唤友声、叫骂声、划拳声，此起彼伏，是北方城镇夜晚难得的场景。一般入秋以后，天气一凉，北方城镇的夜晚就如落叶枯黄一样衰败了。

商深和叶十三,一人搀扶一个从饭店中出来，被外面的热风一吹，不但没有清爽的感觉，反而酒意上涌，更加昏沉了。

其实以商深的酒量，通常情况下五六瓶啤酒不过是三分醉意，但今天才喝了三瓶就有了五分酒劲，一是他确实很久没有开怀畅饮了，二是心情郁闷时酒量会降低到平常时的一半。感觉头重脚轻的商深，扶着摇摇晃晃的范卫卫，远望河岸如星星般远远近近的路灯，忽然就有了良辰美景的感慨。

也确实是良辰美景，和从小一起长大的发小叶十三重逢，身边又有范卫卫美人如玉，人生所求，不就是三两个知己、一个红颜吗？借着酒意，他用力抱了抱怀中的范卫卫。

范卫卫其实喝得也不多，只不过她酒量本来不行，今天的酒又喝得不是那么畅快，就醉了。醉却没有全醉，半醉半醒之间，她感觉脚步轻浮，像是踩在棉花上，软绵绵的，不着力，就趁机紧紧抱住了商深。

商深并不是健壮的类型，但身上的肌肉却也弹性十足，感受到商深既柔软又舒适的身体，闻着他身上特有的男人气息，范卫卫沉迷其中不能自拔，所有的思乡之情以及身在异地他乡的孤独全部化成了浓浓的爱意，寄托在了商深的身上。

所谓爱情，就是在合适的地方出现的合适的人，以一种合适的姿态恰到好处地填补了内心的空虚。范卫卫也知道她对商深的喜欢和依赖，或许在很大程度上是一种情感空虚的需要，但知道是一回事儿，能不能控制自己的感情不向商深倾斜又是另外一回事儿。

和商深想的不同的是，范卫卫也清楚她和商深可能最终不会走到一起，但以后是以后，现在是现在，为什么要用以后的不可能来决定现在的可能？

如果说商深为她挺身而出时，她对商深还只有好感而没有喜欢的话——当时她与生俱来的优越感让她还是俯视商深的姿态，觉得商深配不上她，那么到了商深出手解决了打印机的难题，震惊了毕工、董总和所有人时，她第一次对商深高看了一眼，也觉得商深虽然不管是出身还是眼界目前和她相比差了不少，但假以时日，以商深的能力和沉稳的为人，总有一天会上升到和她平等的高度，她就对商深从俯视变成了平视，从而有了那么一点点的喜欢。

后来杜子静不断地开她和商深的玩笑——环境也是促进感情升温的主要因素——还要为商深介绍女朋友时，她虽然没有强烈的危机感，却也隐隐有了不能让商深从她眼前溜走的紧迫感，等到杜子清、叶十三和毕京几人出现后，毕京向她大献殷勤的举动让她无比厌烦，虽然身为女孩也喜欢有男孩追求，但她却最不喜欢夸夸其谈过于表现自己的男孩，当时她多么希望商深可以挺身而出，抱住她的肩膀郑重其事地宣告她是他的女朋友，让毕京知难而退，不再骚扰她。

但是……商深没有。

越是求之不得的东西越让人着迷，商深对她不冷不热的态度反而更加激发了她的争强好胜之心。从小到大，她从来就是众星捧月的公主，有多少男孩围着她鞍前马后地效劳，她想要什么，只要一个眼神一个暗示就会有人立刻双手奉送，何曾有过被人忽视的失落？她发誓一定要让商深臣服在她的石榴裙下。

其实爱情来不得半点争强好胜，年轻的时候，谁能懂得这样的道理？都只是理智向情感投降，一路跟着感觉走了。当然，除了争强好胜之外，范卫卫确实也真心喜欢商深。商深和她见过的男孩大不相同，他看似呆呆的，有时又老实巴交像是任人欺负的窝囊废，但在她深入接触之后才发现，商深是一个很有原则也很有个性的人，如果不触及他的底线，他不会计较太多，无伤大雅的退让表面上是他的谦和，其实是他的保护色，是他与人方便自己方便的处世原则。

但一旦触及到了他的底线，他就露出了毫不妥协、寸步不让的另一面。还有一点，商深也是一个很善于抓住机会表现自己的人，出手修理打印机事件让范卫卫看清了一个事实，商深在他憨厚腼腆的外表之下，其实深藏了一颗既有内涵又有分寸的内秀之心。

被无数男孩追求过也拒绝过无数男孩的范卫卫生平第一次遇到了对她不心动的男孩，不对，准确地说，是她明显流露出喜欢对方的意思而对方仍然无动于衷的男孩，从来没有真正喜欢过一个男孩的她，第一次动心，却落花有意流水无情，她不甘心，何况在她眼中，商深绝对是一个洁身自爱不会博爱乱爱的好男孩。

从商深吃饭时不点菜而全权委托她点菜可以看出，商深是一个在许多小事上不挑剔的人，但同样地，不挑剔又是最大的挑剔。不挑剔的人，往往是最难受别人影响的人，他们表面随和，你点什么他们吃什么，但你和他们交往许多年之后才会想明白一个事实，你连他们爱吃什么都不知道！

你不知道他们的喜好，你就不会知道他们的弱点。

刚才喝酒的时候范卫卫才知道，原来商深戒酒多年了，就更让她在震惊之余肯定了她之前对商深的判断，在商深这样的年纪，居然可以说戒酒就戒酒，而且一戒多年，说明商深是多么有毅力有长性的一个人。这样的人，如果是朋友，将会是一个值得托付的至交。但如果是对手，会是一个可怕的让人永远无法战胜、无法摆脱的劲敌！

了解商深越多，范卫卫就越喜欢商深，就越想让商深也喜欢她。如果说一开始在她眼中商深是小地方的一个小小的土丘，而她是来自发达城市的高楼大厦，那么现在她重新认识了商深之后，商深的形象就高大了起来，变成了一座拔地而起的高山。

人们都不喜欢踏上没有难度的土丘，却愿意攀登需要付出勇气和汗水的高山，因为登临高山之巅之时会有征服的成就感。

“商深……”借着酒意，范卫卫鼓足了勇气——她一向是一个喜欢表露喜欢掌握主动权的女孩——正好走在前面的叶十三、杜子清与她和商深拉开了距离，她问出了藏在心底的心里话，“我喜欢你，你喜欢我吗？”

美人入怀，又是良辰美景，商深是一个正值血气方刚年龄的男人，何况怀中的范卫卫人比花娇，更何况只穿了薄薄一层夏天衣服的她和他肌肤相亲，让他感觉到青春女孩火热的身躯和醉人的体香，他怎能不怦然心动？

而且范卫卫的小手还紧紧抓住了他的手，商深感觉手上传来一丝丝微热和滑腻，低头一看，范卫卫的小手洁白如葱段，纤细如玉，手形整体匀称，不大不小，手指粗细得当，当真是他平生所见的最美的玉手。

“我……”商深一时犹豫，他是一个轻易不说喜欢的人，一旦说了，就会真心付出。他的原则就是事非宜，勿轻诺，苟轻诺，进退错，如果说他对范卫卫没有半点喜欢那是骗人，只是如果他亲口承认他喜欢她，以他的为人，他就要喜欢到底，为了能够和范卫卫在一起而付出一切代价。

“你说过要善待你遇到的每一个人，因为你不知道你遇到的哪个人会改变你一生的命运，”范卫卫轻声细语，如梦呓一般，“你说，我会不会成为改变你一生的命运的那个人？”

“不知道……”商深实话实说，谁也不会预测未来，当改变你一生命运的人出现在你生命里的时候，你并不知道，只有等以后改变真实地发生之后，回头去想，你才会恍然大悟，原来就在不经意的某一刻，你命运的轨迹已经发生了天翻地覆的巨变。

“你有女朋友吗？”

“没有……”

“那你到底喜不喜欢我嘛！”

“喜……欢，一点点。”

“一点点是多少？”

“一点点就是不多不少，刚刚好。”

就在一问一答中，商深的心也一点点融化了，他感觉怀中范卫卫的身躯越来越滚烫，而就在和范卫卫柔软温热的身躯的接触中，和她如呓语一般的对话中，一粒爱情的种子悄然生根发芽，植根在他人生的大地之上。

也不知道有一天会不会长成一棵参天大树。

从饭店到厂子的路程并不长，不超过一公里，几人却走了半个多小时。商深和范卫卫是沉醉在了夜风之中，叶十三和杜子清虽然也是相扶相携，二人却话很少，自始至终只说了三句话——他们是沉浸在了悲伤和无望之中。

杜子清眼神中流露出悲伤之色：“十三，你既然不喜欢我，为什么还要和我在一起？”

叶十三矜持地笑了笑：“因为你喜欢我。在找到我喜欢的人之前，和一个喜欢我的人在一起，也不失为一个不错的选择。”

“唉……”杜子清长叹一声，回头望了一眼商深和范卫卫，眼露羡慕之色，“你是不是就喜欢伤害最亲近的人？希望你以后不要伤害商深，他是你最好的朋友……”

“……”叶十三张了张嘴，想说什么又没有说出来，他目光闪动，嘴角挂着一丝若有若无的笑意，态度不明的表情和混沌的夜色融为一体，让人无法看清他的真实面容。

商深和范卫卫直接回了厂里，叶十三去找毕京，说是毕京安排了住处，杜子清去姐姐杜子静家了。

和昨天一样，宿舍区依然是漆黑一片，除了商深和范卫卫之外，似乎再无人居住。白天上班的时候，商深问过杜子静一次，杜子静说，商深和范卫卫所住的宿舍区是厂子的旧宿舍区，后来建了新区后，大部分人都搬到新区去住了，旧区只留给刚上班的新人和实习生。由于今年厂子可能要搬迁，就没有再招收多少实习生，范卫卫是唯一的一个。

而新进的新人一共三个人，就商深一个人是外地人，其他两个人是本地人，每天都回家去住。

没人也好，落个清静，商深才不计较宿舍的新旧。

“还要喝水吗？”商深打开了门，回身一看，范卫卫抱着双肩站在院中，瘦小的身影被灯光拉长，如丁香般动人。

“不喝了，我困，”范卫卫揉了揉太阳穴，露出了痛苦的神情，“头疼死了。”

醉后头疼正常，商深微带埋怨地说道：“谁让你喝那么多酒？一个女孩子，最好不要喝酒。”

“知道了，以后不喝了，”范卫卫开心地笑了，商深开始知道对她关心了，关心就是在意，在意就是喜欢，她朝商深吐了吐舌头，“晚安。”

“晚安。”商深等范卫卫进屋之后，他才回到房间，想了一想，又烧了一壶水，以备半夜起来喝水之用。

躺在床上却睡不着，大脑不停地飞速运转，一会儿是毕工和董总，一会儿又是叶十三、毕京和杜子清，一会儿又是范卫卫，甚至傅开诚、王启东、赵向飞、比尔·盖茨也出现了，一个个面孔如走马灯一般在他脑海中盘旋，生动而又真实，让他本来被酒精刺激的大脑更加疼了。

和叶十三久别重逢本来就已经让人高兴了，没想到叶十三居然是赵向飞的员工，就更是让他喜出望外了。而毕京在微软工作、杜子清在祥麟上班，身边的人都已经投身到了互联网的洪流之中，而他还没有入门，就更让他有了想要奋力一跃的迫切感。

尽管他也知道，许多互联网的先驱在纵身跳入互联网洪流之前，也有过一段犹豫迷茫的时光，但他希望他可以借鉴先驱们的经验，少走一段弯路。

虽说未必先到者就先得，但商深相信，在互联网浪潮汹涌之前先主动置身其中，肯定会比浪潮来临之后再被动跳入要好上许多，至少主动权可以掌控在自己手中。不过话又说回来，来得早不如来得巧，就如瀛海威一样，先驱有可能成为先烈。那么是否可以说，中国互联网的真正格局，还需要经过几番大浪淘沙才能最终定型？

年老的吊扇在头顶转动，发出了吱吱的声响，连接部分有些松动了，吊扇摇摇晃晃的样子，似乎要掉下来。有些泛黄的墙壁上，有一些污渍，有球印，有水印，也不知道是前几任留下的纪念。在窗户的上方，有一只壁虎正在悄悄地接近猎物——蚊子。还有几只苍蝇嗡嗡地在窗户前飞来飞去，不知疲倦地想要穿过玻璃去外面的世界飞翔。

商深很困，眼皮沉重，却就是睡不着，房间中的一切又历历在目，让他品尝了失眠的痛苦。其实也不算是失眠，只是酒精的刺激以及恋爱的甜蜜双重叠加的结果。真的要和范卫卫开始一场恋爱了？他闭了一会儿眼睛，又无意识地睁开，翻了一个身，床板传来不情愿的抗议的呻吟声。

开始就开始吧，无论你遇见谁，她都是在你生命中应该出现的人。既然是应该出现的人，就不要错过。不管明天会是什么样的结局，正如他坚持的想法，今天的事情今天解决，不必去管明天的风雨，因为你永远不知道明天到底是刮风还是下雨。

就如他当初出手解决打印机的难题一样，他只管去做了，不管有没有回报或是收获。有时候想太多了，反而会让自己活得太累。至于董博瀚是不是记住了他并且想挖他，他也不必在意，做好自己就好。只要自身有实力，总有发光的一天。

还是安心地睡吧，没有到达不了的明天，商深终于感觉到了困意如潮水一般袭来……就在他感觉即将睡着的一瞬，忽然发现在床和墙壁接壤的地方，有一缕灯光透了过来。

什么情况？商深一下睡意全无，凿壁偷光？不对，是墙漏了。

墙怎么会漏？商深惊醒了，别说没有睡意了，连酒意都没有了，他跳下床，用力拉开床，然后来到漏光的地方一看——顿时目瞪口呆！

墙上在离地一米高的地方有一个直径五厘米的洞，像是被人用电钻打穿了墙壁，洞被一团杂草塞住，外面还糊了一张白纸，如果不仔细看，还真不知道墙上有这样的文章。也不知道是商深无意中捅破了白纸，还是别的原因，白纸破了一个洞，隔壁的灯光就从中透了过来。

隔壁？隔壁不是范卫卫吗？还有灯光，怎么范卫卫还没有睡觉？商深也没多想，伸手一掏，就从洞里拿出了杂草，然后他下意识朝洞里一看……

商深从小到大一直是一个好孩子，是名副其实的三好学生，偷鸡摸狗的事情没干过，打小抄、在女同学的裙子上抹鼻涕气哭老师的事情，也一件没有做过，至于偷看邻家小妹洗澡的坏事，更是从未尝试，但他没有想到的是，一个人的一生之中总会做一两件坏事，有时是有意，有时却是无意……

事后商深才想明白墙洞的真正用处，既不是凿壁偷光学习，也不是革命年代被关押在监狱里面互相传递宝贵情报，而是出于偷窥的目的——当他下意识朝洞里望了一眼，只看了一眼，顿时就屏住了呼吸！

/第/九/章/

绑　架

洞口正对隔壁房间的床，床上躺着一个只穿了三点式的女孩，在灯光的映衬下，女孩肌肤胜雪，玉体横陈，侧卧在床上，身体正面正对着商深，让商深尽收眼底。

商深睁大了眼睛。

天热的缘故，女孩没盖被子，或者是盖了被踢到了一边，她身子蜷成一团，双手握在胸前，腿微弯，身子微弓，正睡得安详。修长的大腿、盈盈一握的腰身以及起伏的山峦，好一幅美人醉卧图。

商深是一个正当年的小伙子，正是荷尔蒙分泌旺盛的年龄，心中充满了对异性的向往，现在范卫卫近在咫尺的美好的青春胴体一览无余尽收眼底，如果说他无动于衷绝对是自欺欺人，他的呼吸一下急促了起来，浑身燥热，有一股无名欲火从体内蓦然升腾而起，几乎无法抑制。

商深一向自认自己就算不是正人君子，也绝不会是乘人之危的小人，但眼下他确实意动了，范卫卫喜欢他，他如果推开她的房门，她就算会拒绝他，相信也不会坚持太久，如果他用强的话，说不定还会得逞。在本能面前，男人都一样，就想贪图一时之快。

身上的燥热越来越厉害，商深强迫自己不去偷看范卫卫的身体，却控制不住自己的欲望，他蹲下又站起，看上一眼又闪开，闪开又回来看，如此反复了十几次，他终于明白了一件事情，他还是年轻，做不到发乎情止乎礼的境界。

正当商深天人交战，眼见就要控制不住想冲到范卫卫房间之时，忽然，院中传来了脚步声和说话声。脚步声杂乱而匆匆，至少是两个人以上。

“是这里吧？”一个尖细的声音小声地说道，“别弄错了。”

“是这里，没错，我来过好几次了，这里就是仪表厂的旧宿舍区，”一个沙哑的嗓音回应说道，“从右边数第二个房间就是范卫卫的宿舍。”

会是谁来找范卫卫？不对，范卫卫刚来仪表厂，她在德泉一共认识没几个人，再说深更半夜又是两个男人，肯定不是什么好事，商深身上的燥热顿消，心中大惊，支起了耳朵。

“商深睡了没有？别惊动商深，偷偷带走范卫卫就行。”尖细的声音低低地说道。

如果不是夜深人静，商深不会听到外面小声的说话声；如果商深已经入睡，他更是不会知道外面有人想害范卫卫。

“商深今天喝了不少酒，肯定睡了，”沙哑的声音笃定地说道，“范卫卫也喝了最少两瓶酒，她也醉了，等下带走她不用费力气，说不定背上就走了，也不会醒来。”

“嘿嘿，听说范卫卫是一个大美女，又白又嫩，待会儿摸几下过过瘾。咱小县城也能飞来金凤凰，真是稀罕了。”尖细的声音一阵浪笑。

“行了，少说几句，得手了再说。”沙哑的嗓音压低了声音，后面说了几句什么，声音太小，商深没有听见。

居然是要偷偷带走范卫卫？商深怒火中烧，什么人这么胆大包天，敢抢人，真是无法无天了！他恨不得马上冲出去大喝一声吓退二人。

还好，商深没有被怒火冲昏头脑，他强压下心头的愤怒，冷静地想了一想，对方是两个人，以他的小身板，在不知道对方体型和战斗值的前提下，贸然迎敌肯定不行。胜负不是关键，就算他被打得头破血流也无所谓，关键是即使他被打得头破血流也阻止不了坏人行凶怎么办？范卫卫被人带走羊入虎口，不知道会遭遇什么样的不幸，就算第二天警察出动再把坏人绳之以法，也晚了。

这么一想，商深更是强迫自己冷静再冷静，他深呼吸几口，脑中忽然又闪过一个强烈的疑问——对方怎么知道他和范卫卫都喝了酒？知道他和范卫卫喝酒的一共没有几个人，除了叶十三、杜子清之外，对，还有一个毕京，整个德泉再无他人知道他和范卫卫喝酒了。

难道说，对方之所以清楚他和范卫卫住在哪一间宿舍，又知道他和她喝了酒，是有人背后告诉他们了？会是谁呢？肯定不会是杜子清，也不会是叶十三，那么只有一个人是最大嫌疑了——毕京！

再一想，似乎哪里又不对？商深隐隐觉得他疏漏了一个什么细节，不过现在不是深思事情背后真相的时候，现在是怎么想办法度过眼前危机的时候，在他刚刚喜欢上范卫卫，刚刚欣赏了范卫卫青春美好的身体之时，如果范卫卫被人带走被人糟蹋了的话，他不知道他会不会发疯。

硬拼不行就只能智取了，心思电闪之间，商深的目光落在了桌子上一把长约五厘米的铅笔刀上。

不同于现在的先进的自动铅笔刀，90 年代的铅笔刀还是老式刀片式铅笔刀，长约五厘米，两片铁片是刀盒，一片铁片是刀片，简单而实用。

拿过铅笔刀抓在手里，商深悄悄推门出去。

夜色如水，月光如水银一般倾泻在大地之上，院子笼罩在梦幻一般的色彩之中。虫鸣、风声和沙沙的树叶摩擦的声音，交织成一曲大自然的交响乐。如果没有两个鬼鬼祟祟的人影的话，该是多么美好的夏天的夜晚。

可惜的是，总有一些不合时宜的人非要在美好的时刻做大煞风景的事情——远处的一棵高大的杨树下，有两个黑影正在蹑手蹑脚地摸向范卫卫的房间，此时距离范卫卫的房间已经不足十米了。

对方没有发现商深，商深弯了腰，悄悄来到范卫卫的门前，蹲下身子，不让窗户的灯光照在他的身上。他轻轻一推范卫卫的门，门居然开了，他出了一头的冷汗，范卫卫是对他太信任了，还是喝得太多了，晚上睡觉怎么连门也不锁？幸亏他没睡着，否则范卫卫被人抬走了也许也不会醒来，而他也不会知道。

商深悄无声息地进了范卫卫的房间，范卫卫没关灯，近乎赤身裸体躺在床上的她，春光外泄，就如盛开的鲜花任人采摘。近距离看到范卫卫诱人的身体，商深一阵头晕目眩，忙一咬牙稳定了心神，拿过范卫卫扔在一边的衣服盖在了她的身上。

范卫卫睡得正香，嘴巴动了几下，突然就说出了一句梦话："商深，你要爱护我保护我，不要让我伤心难过，不要让我受到伤害……"

"我会爱护你保护你，不会让你伤心难过，也不会让你受到伤害！"商深在心中默默地回答了范卫卫，然后俯身下去，轻轻一推范卫卫的胳膊："卫卫，醒醒。"

"啊……"范卫卫睡梦之中被人推醒，惊吓过度，张口就要大喊出声，话未出口，就被人捂住了嘴巴。

"嘘！"商深紧紧捂住范卫卫的嘴巴，唯恐她的声音惊动外面的两个人，他从范卫卫惊慌失措的眼神中看出了恐惧，心想幸好是他，如果是坏人，不知道她会受到怎样的惊吓，他压低了声音，"不要出声，卫卫，是我。听我说，外面有坏人想对你不利，坏人马上就要进来了，你赶紧穿上衣服，听我的安排，也许还能逃过一劫……"

范卫卫惊魂未定，出于本能地对商深信任，她强迫自己平息了内心的恐惧和不安，朝商深点了点头，心中闪过一个念头，怎么会有坏人对她不利？商深是在骗她还是想怎么着？又一想，她现在还半裸着身子，肯定被商深看了一个够，顿时又羞又急，不知道如何是好了。

"来不及了，"商深知道范卫卫扭捏磨蹭不肯穿衣服是顾忌他在一边，他转过身去，"等下坏人进来，不管我说什么做什么，你都不要说话，好不好？"

"好。"范卫卫见商深一脸肃然，知道事情紧急，不再多想，三下两下穿上了衣服，声音微微颤抖，"现在怎么办？"

"不怎么办！"商深既不跑也不摆出架势迎敌，而是坐在了床上，他一拉范卫卫，"你也坐下，我们守株待兔。"

"如果有手机就好了，就可以报警了，真是的，我都没有来得及办一张这里的卡。”范卫卫无比懊恼，她来的时候带了手机，因为要在德泉实习一年，她就想办一张当地的卡，谁知来了两天了，一直没时间去办。宿舍里面又没有固定电话，她就后悔得不行。

商深索性就更没有手机了，1997年的时候，手机还是奢侈品，最便宜的也要三五千元，贵一些的甚至七八千以上，以他的收入，怎么也买不起一部手机。就算买得起，也用不起，一分钟一块多的通话费用，不是他所能承受的消费。

范卫卫老老实实地坐在了商深的旁边，下意识拉住了商深的手。商深的手厚实而宽大，将她的小手完全包住，她忽然感觉平静了许多。

感受到范卫卫小手的冰凉，一种要爱护她呵护她的情愫蓦然在心中弥漫，商深轻轻揽住了她的肩膀，轻声安慰：“不要怕，只要有我在，谁也伤害不了你。”

范卫卫“嗯”了一声，将头靠在了商深的肩膀上，虽然此时此刻是危急之时，但有商深的不离不弃，有这样一个爱她如宝的男孩，她夫复何求？她心中充满了甜蜜……就在此时，门被人轻轻地推开了。

黄汉和宁二是从小光屁股长大的发小，二人初中毕业就不再上学了，整天无所事事在县城闲逛。二人的父母都在县城工作，也是非农户口，虽然工作一般，收入也不高，但比农民强了许多。不过也有不如农民的地方，就是黄汉和宁二如果是农民，有农业户口，不上学还可以去种地，现在倒好，二人是让农村人羡慕的非农户口，却一没地可种二又没工作，只能游手好闲地晃荡。

由于二人平常没少干偷鸡摸狗的事情，敲寡妇门挖绝户坟，偷看大姑娘洗澡以及调戏良家妇女，再加上二人打架心狠手辣，敢下狠手，很快就在县城闯出了名堂，都有了一个听上去很是威风的外号——黄汉叫黄三拳，宁二叫宁一脚。

顾名思义，黄汉出手，三拳打倒一个；宁二出招，一脚踢倒一人。

80年代初期有一次严打运动，如黄汉和宁二一样的小混混，早就被抓进局子要么判个十年八年，要么身上事情多甚至有可能就直接枪毙了。现在严打过去了多年，一批如黄汉、宁二一样游手好闲无所事事的社会青年又成长了起来，成了社会隐患。他们没有正事可做，又不读书，精力过剩，整天除了打架斗殴争强好胜之外，就是想方设法地去祸害别人。

后来电脑的普及和网络的兴起，让相当一部分类似黄汉和宁二的城镇青年迷上了电脑游戏和上网，从某个角度来说，电脑的普及和网络的兴起，也在某种程度上从侧面缓解了社会治安压力。等到再后来网络小说的出现，更是吸引了无数人每天都沉迷在小说的情节之中，不再心里空虚而惹是生非。

此为后话。

黄汉和宁二受人之托前来抓范卫卫，二人还以为神不知鬼不觉，可以瞒过旁边的商深。虽然二人不怕商深，相信不管是谁出手，一招之内就可以打得商深跪地求饶，但毕竟多一事不如少一事，“悄悄地进村打枪的不要”，才是做贼的最高境界。

二人见范卫卫的房门虚掩，还有灯光透出来，对视一眼，轻轻推开了房门——和他们想象中范卫卫只穿了内衣春光无限躺在床上酣然入睡的香艳场景截然相反的是，范卫卫穿戴整齐，安稳地坐在床上，正睁大一双好奇的眼睛，似乎在等他们的到来。

黄汉和宁二可是吓得不轻，差点跳起来，场景太诡异太惊人了，如果不是范卫卫旁边还坐着一个人，他们会怀疑闹鬼了——哪里有人半夜三更不睡觉，穿得整整齐齐坐在床上似乎在等待什么事情发生的怪事？

我的娘咧！黄汉和宁二面面相觑，二人不约而同地想到的是同一个问题——不会是范卫卫早就知道他们要来绑架她吧？可是……怎么可能？

对了，范卫卫旁边的男孩是谁？

也确实是个男孩，不是男人，他稚气未脱，眼神明亮，端正地坐在范卫卫的旁边，双手还规规矩矩地放在双腿之上，就和一个听话的学生没什么不同。只不过他沉稳的眼神和似笑非笑的表情让黄汉和宁二心里纳闷，不用说，他肯定是商深了，可是不是说商深只是一个毛头小伙子，既没有胆量又没本事，怎么看上去商深是小伙子不假，却一点儿也不毛头，而且他沉稳的气度，似乎还胸有成竹胜券在握。

“你是谁？”本来以为手到擒来的事情，却突然发生了如此意想不到的变故，黄汉被眼前的场景惊得有些慌乱了，他结结巴巴地问道，“你就是商深吧？”

四肢发达头脑简单用来形容一些笨人也确实不是侮辱他们，因为他们真的是头脑中只有一根筋，黄汉不知道他开口问商深“你就是商深吧”的问题，等于是直接告诉了商深他们的幕后指使认识商深，因为商深和他们从来没有见过面，而他们也根本不认识甚至不知道商深的存在。

黄汉的话让商深更加坚定了自己的判断，这两个家伙来对范卫卫使坏，背后的黑手就是认识他和范卫卫的某个人，商深点了点头，从容地一笑：“是，我就是商深。来了，喝水不？”

“不喝，”黄汉怎么也想不到商深这么镇静，他下意识地摇了摇头，“不渴，不用喝水。”

话一说完才觉得哪里不对，他是来抓范卫卫的，不是来和商深客套的，这么一想，顿时怒极，一脚踢飞了地上的暖瓶，玻璃暖瓶飞起几米远，落到了墙上，“砰”的一声巨响摔了个“粉身碎骨”。

还好暖瓶里面没有多少开水，否则飞溅一身的话，会严重烫伤。

“商深，识相的话赶紧滚，否则老子对你不客气了，看到没有，刚才的暖瓶就是你的下场。”黄汉的愤怒之中，有几分恼羞成怒的因素，想他纵横德泉多年，放眼县城，谁不知道他的大名，一听到黄三拳的名字，不是吓得浑身发抖就是干脆直接跪地求饶，还从来没有遇到如商深一样第一句话问他喝不喝水的家伙，而且他还傻乎乎回答不喝，丢人，太丢人了。

宁二也飞起一脚，一脚踢在了桌子上，“咚”的一声，桌子被踢得平移了一米，桌子上的东西散落了一地，他目露凶光，恶狠狠地咬牙说道：“这事儿和你没关系，商深，立马滚蛋，我和黄哥就高抬贵手当个屁把你放了。如果你非要强出头，哼哼，在德泉地面上，你从今往后一天也别想安生了。”

“你们的意思是，只要我现在走，不管范卫卫，你们就不打我？”商深一脸恐慌地站了起来，微微弯了腰，声音都颤抖了，显然吓得不轻。

/ 第 / 十 / 章 /

惊魂一刻

商深听出来了，第一个踢暖瓶的是尖细声音的人，第二个踢桌子的是沙哑嗓音的人，从二人说话的口气和先后顺序判断，尖细声音的人应该是头儿。

“没错，算你聪明。”黄汉对商深现在的表现很满意，他和人打架无数，还没有见过在他的淫威下不害怕的人，有许多名声很响的混混，和他一照面，只要他炫耀一下武力再说上几句狠话，基本上没有不服软的，偶尔有一两个硬气的，和他一动手，被他打上三拳，也会老老实实地跪地认输。

范卫卫刚才是强作镇静，因为之前商深交代过她，他会保护她，现在见商深点头哈腰的样子，明显是认输服软了，她害怕了，如果商深真的弃她于不顾，她都不敢想会有什么样的不堪的遭遇。

范卫卫紧紧抱住了商深的胳膊，哀求的目光紧盯着商深不放。

“要是我不走呢？”商深不理范卫卫的苦苦哀求，他紧张得双腿都颤抖了。

“不走？”黄汉冷冷一笑，解开了上衣的扣子，露出了胸前的狼头刺青，一脸凶狠之色，把手指按得啪啪直响，“把这个小妞儿给我们哥儿俩留下，我们乐呵乐呵！要是你挡路的话，哥们儿今天就帮你松松骨，保管让你生活不能自理！”

狼头刺青狰狞而恐怖，商深吓得闭上了眼睛，连连点头：“多谢两位大哥放我一马，我这就走，绝对不耽误两位大哥的好事，马上走！”说完，他挣脱了范卫卫紧抱着他的胳膊的双手，看也不看范卫卫一眼，起身就走。

范卫卫吓得脸色惨白，没有一点血色，心如死灰。她还以为商深还会和上次一样挺身而出，保护她不受坏人伤害，没想到，商深这么草包这么软蛋，居然就这么扔下她走了，真不是男人，算她认错人了！她双手绞在一起，浑身颤抖，张着嘴，却发不出一丝声音。

见商深如此识相如此配合，黄汉和宁二对视一眼，露出了得意的笑容。这年头，大学生上学都学傻了，不但没有了勇气，也没有了志气，连自己的女朋友都保护不了，以后能有什么出息？唉，真是窝囊废！

商深垂头丧气地走了过来，正好走到了黄汉和宁二的中间，黄汉和宁二见他十分配合，又低头弯腰表现良好，就心情大好，二人都向旁边一站，从中间给商深让开一条道，黄汉还得意地笑道："光棍不吃眼前亏，兄弟，算你有眼力，虽然是你的妞，不过是一个女人，犯不着为她把命搭上，是不是？等下哥儿几个玩好了，再还给你就是了，你也没什么损失不是，又不掉肉又不丢钱，对吧？"

"是，是！"走到两人中间的商深连连称是，还赔着谦恭的笑脸，他忽然停了下来，伸出了右手，"谢谢两位大哥的不杀之恩，请两位大哥赏脸握个手。"

"怎么这么多事儿？"宁二不耐烦了，抬腿就要踢商深，"赶紧滚蛋。"

黄汉却伸手和商深握了握手："握个手也没什么，是吧宁二？就给他一个面子，好歹他也是名牌大学生不是，哈哈。"

商深朝旁边一让，就躲开了宁二的一脚，他握住了黄汉的手，脸上谦恭的笑容突然不见了，取而代之的是阴沉和冷峻，他双眼冒火，恶狠狠地大喊一声："玩你妈个头！滚你娘的蛋！"

"哎呀！"商深话还未说完，黄汉就已经惊呼一声，"这小子使诈，宁二，快动手。"

却已经晚了。

商深低声下气装孙子，就是为了让二人放松警惕好接近二人，他很清楚如果他和二人正面为敌硬拼的话，他没有半点胜算，所以只能智取，现在他已经身处二人的中间，又一击得手伤了黄汉——铅笔刀藏在了他的手里，趁握手的时候，他手腕一翻，锋利的刀刃就在黄汉的右手上割了一个长长的伤口——他绝对不允许宁二反应过来而让他精心设计的局面毁于一旦，一转身，手中寒光一闪，铅笔刀一闪而过，如一道闪电划过了宁二的右手。

“啊！”宁二的右手顿时血流如注。

宁二见右手鲜血喷涌，顿时血往上涌，失去了理智，抬腿一脚就朝商深的肚子踹去，如果踹实了，商深不死也得重伤。

好在商深早有准备，知道对方肯定会有反击，情急之下，一下跃起，不过还是晚了半步，被宁二踢在了腿上，他哎呀一声，身子一歪，如果不是扶在了床上，肯定就摔倒在地了。

“打，打死他。”黄汉暴跳如雷，抄起椅子就要砸向商深。

“不想死就赶紧去医院！”商深大喝一声，声若雷震，要的就是震住对方，“你们被我割伤了动脉，五分钟后，你们就会流失一半的血，十分钟后，你们就会头晕无力，呼吸困难，十五分钟后，如果你们还没有止血，就会因为失血过多而完蛋！”

商深拼了全身力气，一口气喊出了这一番话，要的就是震慑黄汉和宁二，防止他们狗急跳墙。

“啊？”

“啊！”

商深话一说完，黄汉和宁二都停止了动手，二人再凶悍再玩命，也是只玩别人的命不想玩自己的命，一听自己还有十五分钟的生命，哪里还顾得上打人，都急急查看自己的伤口。

果然和商深所说的一样，伤口虽然不深，但鲜血不停地涌出来，跟不要钱的自来水一样。二人顿时吓得脸色惨白，腿都软了。

“兄弟，你说的是真的？”黄汉顺势放下高高举起的椅子，一屁股坐在了上面，手都颤抖了，“你别吓我。”

刚才的气势全然不见了，语气诚恳态度谦卑，连兄弟都叫上了。

“怎么着，想死在这里？”商深双手抱肩，不动声色，抬手一看手表，“只有十二分钟了。”

“妈呀！”黄汉连滚带爬地从椅子上下来，转身就跑，“你等着，商深，老子一定会让你一百倍地还回来。”

宁二脸色惨白，左手握住右手，眼中喷火：“小子，你够狠，别忘了德泉是谁的地盘，你一个外地人敢对我和黄哥下手，你死定了！”

“宁二是吧？你赶紧转告黄哥，别跑得太快了，跑得越快，血液流动越快，失血就越快，也就是说，死得就越快。”对宁二的威胁，商深只是淡淡一笑，“你还有十分钟时间。”

“算你狠！”宁二经历过大大小小的打架没有一百次也有几十次了，还是第一次见到如商深一样演技高明出手狠辣事后又如此镇静的狠角色，不知何故，他被商深的镇静自若惊到了，混了这么多年，心中第一次害怕了。

“王八蛋，小小年纪学什么不好，非要学流氓。我平生最看不起的就是强迫女人的男人，连个女人都不能哄到心甘情愿地跟你上床，非要用强，活着也是窝囊废！”等宁二夺门而出之后，商深冲宁二的背影又恶狠狠地骂了一句。

骂完之后，他整个人虚脱了一样，一下坐在了地上，大汗淋漓：“总算过关了，好险！卫卫，你没事吧？别害怕，有我在。只要有我在，我就不会让任何人伤害你！”

刚才急转直下的一幕，让范卫卫看得目瞪口呆，脑子都跟不上事态的一变再变了，她呆呆地站立原地，一动不动，脑中只有一个念头闪回——到底是怎么一回事儿？这到底是怎么一回事儿！

商深低声下气说要离开的时候，她还真以为商深要抛弃她独自逃走，当时心灰意懒，几乎都绝望了，心中对商深所有的美好和期待全部成了泡影，剩下的全是不甘、委屈和不满。

不想商深却突然发力，低声下气的谦卑只是为了迷惑对方。在商深出手重创了黄汉和宁二之后，在黄汉和宁二恼羞成怒之下出手对商深报复之时，范卫卫心中回荡的是惊喜和担心，惊喜的是，原来商深并没有放弃她，原来商深不是无情无义之人。担心的是，商深彻底激怒了对方，对方如果发疯失手打死了商深可怎么办是好？

更让她想不到的是，商深下手竟然如此之狠，一出手就划破了对方的动脉。她虽然不是医学专业毕业，也能粗懂一些医学常识，知道手腕上的动脉是大动脉之一，一旦割破，如果不及时救治，必出人命。已经有无数割脉自杀的先驱用生命验证了手腕动脉和生命紧密相连的密切关系。

万一黄汉和宁二真的死了怎么办？商深岂不是成了杀人凶手？商深之前为了她就先是和毕晓有了过节，现在为了她，又伤了人，商深为她付出太多了。

她还以为商深不喜欢她，有什么样的喜欢可以做到如商深一样奋不顾身并且不惜生命？范卫卫的一颗芳心不再摇摆，经此一事，已经完全寄托在了商深身上。

见商深坐在地上大喘粗气满头大汗，范卫卫才知道刚才的一幕，是商深勉力为之，硬撑着打退了坏人，她心中就更是充满了感动，如果不是为她，商深何必煞费苦心何必奋不顾身冒着生命危险和坏人周旋？商深对她，虽没有花言巧语甜言蜜语，但却是百分之百的真心。

易求无价宝，难得有情郎，太多追求她的男孩只是看重她的漂亮，对她大献殷勤不过是想得到她的身体，就如一条奔流的小溪，看似欢快却十分肤浅，而商深平常表现得很腼腆，甚至有几分木讷，却如一湾潭水，清澈而又有底蕴和内涵。

范卫卫蓦然想起吃饭的时候她问商深有什么样的潜质，她当时还说商深天生具备装腔作势的潜质，现在她知道自己错了，商深具备了临危不惧、临慌不乱，危急时刻绝不抛弃朋友自己逃脱的优秀潜质。

“商深，你没事吧？我没事，谢谢你！”范卫卫挪动脚步来到商深身边，她稍微恢复了几分平静，挨着商深坐在了地上，又想起刚才商深动手时狠辣的表情，她忍不住打了一个冷战，这还是那个有点腼腆有点木讷老实巴交的商深吗？他发起火来，原来这么可怕这么恐怖！

商深擦了一把额头上的汗水，抓住了范卫卫的小手："我没事，卫卫，你没事就好。别坐地上，地上凉，快起来。"

刚才的惊魂一刻，商深现在想起还有几分后怕。他从小到大虽然是一个彻头彻尾的三好学生，但也没少打过架，男孩子从小到大没有打过一次架的几乎没有，何况他又在农村长大，一群孩子成天在一起玩，难免会有矛盾冲突，难免会动手。

不过不管是小时候的闹着玩一样的打架，还是初中、高中时真正的动手打架，甚至是大学时代他有一次为了帮助一个哥们儿而和外校的学生动了真格，打得头破血流，都不如这一次惊心动魄，甚至可以说心惊肉跳。因为以前的打架只是单纯的打架，输了也没什么，大不了重新再来，而今天这一次不同，他不能输，或者说，他没有退路，如果他输了，范卫卫被人带走，后果不堪设想。

县城不比大城市，有太多不知法没有畏惧之心胡作非为的人，范卫卫落到他们手里，肯定不会有好。

出于一心保护范卫卫不让她受到丝毫伤害的想法，商深竭尽全力表演了一场，毫不夸张地说，从怎样欺骗两个人让对方相信他的无能和怯懦，再到什么时候动手，动手之后怎样再吓退对方，每一步他都做了精心的计算，以确保万无一失。对他来说，这一次的较量不亚于一场全方位的战争，体力上的消耗还在其次，智力上的比拼以及心力上的投入，才是让他筋疲力尽的根本原因。

商深坐在地上，大口地喘着粗气，连站起来的力气都没有了。现在别说黄汉和宁二去而复返了，就是范卫卫他也打不过了。

范卫卫没有听商深的话，依然坐在地上，她用手一摸商深的额头，烫得吓人，再看商深身上，也是大汗淋漓，才知道刚才短短几分钟的时间，商深不但经历了一场生死搏斗，内心也是经历了一场战争，她第一次对一个人产生了心疼的感觉，她紧紧抱住商深的身子，将头埋在了他的怀里，喃喃低语："商深，商深……"

商深轻轻抚摩范卫卫的秀发，心中也是涌动着无边的怜惜，她本是一个无忧无虑的女孩，生活在富足的南方，有一个幸福的家庭，却不远千里来到北方的一个小县城实习，不但遭受了流离之苦，还承受了不该承受的磨难。

但她没有从小娇生惯养的女孩带有的一贯的娇气，坚强、独立并且适应能力强，这样的好女孩，再不珍惜，错过了就太可惜了。

“卫卫，听话，到床上睡觉。”商深怕范卫卫着凉，轻声安慰。

“你抱我。”范卫卫一颗芳心已经彻底依附在了商深身上，商深就是她的英雄、她的依靠。

“好。”商深用力支撑着站了起来，弯腰抱起了范卫卫，身高一米六几的范卫卫，体重不过四十多公斤，对他来说，不费力气。

感受到怀中范卫卫滚烫的身躯，又被她的双臂紧紧抱住脖子，商深心神一阵荡漾，好在他还保持了清醒，将范卫卫轻轻放在床上，盖上了毛巾被，熄了灯，悄悄出门四下查看了一番，才又回到房间。

“没事了，相信两个坏蛋不敢回来了。”

“嗯，”范卫卫将头埋在枕头上，不敢抬头看商深，“我怕坏人还来，商……深，你能不能一直陪我，不走？”

“嗯。”

“我……”范卫卫转过身去，背对着商深，“你能不能抱着我，我怕……”

见范卫卫肩膀不停地颤抖，商深知道她还在后怕，就脱鞋上床，从背后抱住了她。黑暗中，他的双手环过范卫卫的脖颈，将她揽在了怀中。

一只小手摸索了过来，抓住了商深的手。商深将她的小手攥在手心，微凉、滑腻而柔软，他如捧着掌上明珠一般，用心地呵护。范卫卫蜷着身子，像是一只受伤的小猫，商深鼻中传来隐隐清香，紧闭眼睛，不去看范卫卫那一抹光洁白皙的粉颈。

掌心里的温柔让范卫卫感觉到了心安，她渐渐恢复了平静，慢慢地困意袭来，不知何时就睡着了。

……天还没亮，商深就早早醒了，睁开眼后的第一感觉就是意识到下身硬硬地顶在范卫卫的臀部之上，他心中有些发虚，见范卫卫睡得正香，还没有醒来，就急忙轻轻地抽出胳膊，然后跑到外面的院子里，呼吸一下新鲜空气，做了几个俯卧撑，才算消灭了心中的一股烦热。

商深不知道的是，他刚一出门，范卫卫就悄悄地睁开眼睛，眼神中闪过一丝羞涩一丝得意，左边的脸上一笑就露出一个浅浅的酒窝，美艳动人。

“商深……”

正在外面院子做广播体操的商深，听到屋中范卫卫的呼唤，大跨步地回了房间。推门进去，见范卫卫已经穿戴整齐，微微一笑：“我去打水。”

/ 第 / 十 / 一 / 章 /

剑走偏锋

“我和你一起去，”范卫卫弯腰拿起暖瓶——昨晚被踢坏一个，还有一个——又端起脸盆，将一条毛巾搭在了商深的肩膀上，“走，让你用我的脸盆和毛巾洗脸。”

“我就住在隔壁好不好？”商深憨笑，伸手接过脸盆，推门出来，“我回自己房间取了毛巾多好，干吗非用你的……”

话说一半，忽然愣住了，不知何时院中多了三个人，叶十三、杜子清和毕京。

“你们，你们……”叶十三见商深从范卫卫房间中出来，肩膀上搭着范卫卫的毛巾，手里端着范卫卫的脸盆，身后跟着范卫卫，二人亲密无间的样子。别说是他，任谁都能一眼看出昨晚住在了一起，他眨了眨眼睛，暧昧地笑了，“进展挺快呀，都双宿双飞了，可喜可贺。”

“……”范卫卫蓦然脸红了，想解释几句，忽然又觉得自己的事情何必非要向别人解释清楚，就一仰脖子从容地说道，“我们的事情我们做主……叶十三，昨天晚上你干什么去了？”

“昨天晚上？”叶十三一脸惊讶，十分不解地说道，“什么也没干呀，回去就睡了。怎么了，出什么事情了？”

毕京脸色阴沉，他的目光在范卫卫身上盘旋几圈，最后定格在了商深的身上，又嫉妒、又愤恨，又有不甘，奇怪的是，还有一丝畏惧。

“没事，没事！”商深悄然朝范卫卫使了一个眼色，暗示范卫卫不要再说下去，他腼腆地笑了笑，“这么早过来，不是为了请我们吃早饭吧？”

“你们这么恩爱，就不打扰你们了，都说和一个女孩最亲密的关系不是一起吃晚饭，而是一起吃早饭，你们自己去吃早饭好了。我要回北京了，向你告别！”叶十三扬了扬手中的车票，“八点半的汽车，还有半个小时。”

“要不要送你？”商深还以为叶十三还要待上几天，没想到今天就走。

“不用了，我和子清、毕京一起走，”叶十三上前给了商深一个大大的拥抱，“兄弟，希望我们下次再见面的时候，事业有成，前程似锦，要么手握重权，执掌一方，要么呼风唤雨，坐镇一家公司。”

说实话，商深在还没有毕业的时候，就无数次用豪言壮语为自己打气，如果从政的话，就为官一任造福一方；如果经商的话，就敢为天下先，做一个穷则独善其身，达则兼济天下的儒商。只不过梦想很美好，现实很骨感，毕业后，许多同学回到了老家，他还算幸运留在北京，却被分配到了县城的仪表厂。如果不出现什么奇迹的话，他未来最大的成就是成为厂子的总工程师，或者是成为主管技术的副总经理。

所有的梦想和壮志都会在日复一日的单调和重复中消磨殆尽。

当然，他绝不会让自己在日复一日的单调中磨灭理想，机会一来，他就会毫不犹豫地飞上蓝天。

商深还了叶十三一个有力的拥抱，又和他握了握手：“我相信总有一天，我们都会成为时代的弄潮儿，傲立潮头，成为行业的领军人物。”

“哧……”毕京终于忍不住笑出声来，他掩饰不住一脸的鄙视，朝商深投去了轻蔑和不以为然的目光，“还时代的弄潮儿，商深，你在一个小县城的一个仪表厂工作，你觉得会有成为弄潮儿的条件和机会吗？别做梦了，醒醒，天早亮了！我要去微软工作了，还不敢说自己是时代的弄潮儿，你可真自恋，不知道你有什么资格拿什么本事去弄潮？不是我看不起你，你混到副总工程师这辈子也差不多就到头了。”

“放屁！”范卫卫才不允许别人说商深的不是，尤其是让她无比厌恶的毕京，她就想当面还回来。

商深微微一笑，不等范卫卫说下来，抢先了一步：“副总工程师？毕京，你的意思是我和你爸水平相当了？”

毕京听出来商深的言外之意，知道商深嘲讽他，脸上一红，迅即又冷笑一声：“你哪里能和我爸比，告诉你吧，我爸马上就要升到总工了，对了，这事儿说来还得感谢你，要不是你帮忙解决了打印机的问题，我爸也许还得再等一年半载才能提上去。幸好你贱兮兮地主动帮忙，最后你出力，功劳归我爸，他被部里领导表扬，厂里领导就报他的名字上去，部里马上就批了，哈哈……”

叶十三神情古怪地站在一旁，冷眼旁观毕京和商深的正面冲突，一言不发，两不相帮。杜子清眼神复杂地看着叶十三，期盼叶十三可以挺身而出，从中调和，毕竟叶十三与他俩都熟，让她想不到的是，身为商深的发小和毕京的同学，叶十三选择了两不相帮，摆出置身事外的姿态。

叶十三玩味的态度让杜子清十分不解，不管叶十三帮谁，哪怕只是以居中的立场劝架，也比袖手旁观强。

范卫卫不是逆来顺受的性格，一听之下顿时火大：“真不要脸，明明是商深的功劳，却据为己有，这么大的人了，为老不尊，还没脸没皮。上梁不正下梁歪，一门俩坏人，父子双浑蛋。”她想起当时商深主动帮忙的情景就埋怨商深，“我就说不要帮毕工，商深你偏不听，最后还是为他人做了嫁衣裳，如果是帮了好人也就算了，帮的还是一个老坏蛋，亏大了……”

“你……”毕京被范卫卫的伶牙俐齿骂得张口结舌，气得暴跳如雷却又说不过范卫卫，气急败坏之下，上前一步就要动手打人。

别看商深刚才和毕京理论的时候一脸平和，既不急赤白脸又不气急败坏，谦和的态度让人以为他是一个任人拿捏的软柿子，不料毕京想要动手的时候，才向前一步，商深就动了。

商深一个箭步来到毕京面前，挡住了毕京的去路，他脸上依然挂着若有若无的笑意，目光却是冰冷如铁，脸色一寒：“拼不过智商就要赖，比不过口才就动手，毕京，你再往前一步试试！”

不知何故，商深的身上忽然迸发出一股逼人的气势，镇定、从容不迫，是一种丝毫不将他放在眼中的居高临下的感觉，毕京一向自认他是德泉县人，是土生土长的土著，而商深一个外地人，既懦弱又老实巴交，他想收拾他不过是分分钟一句话的事情，却没想到，被他认为善良可欺的商深也有锋芒毕露的一面。

有些人是剑，剑是双刃，时刻锋芒毕露，让人敬畏。而有些人是刀，刀一面锋利一面驽钝，如果你只看到他驽钝的一面就认为他老实可欺的话就大错特错了，一旦他翻转过来露出锋利的一面，一刀砍下，保证让你血流如注。

剑走偏锋，刀走刚猛。剑身细长轻盈，剑法以快为主，先入为主，以攻为主。刀身宽厚沉重，刀法以静为主，以后发为主，以守为主。所以轻易不要激怒后发制人的刀，剑法轻灵，轻灵固然可以取巧，但刀招沉猛，一力降十会，大刀一旦发威，势不可当。

此时此刻在毕京的眼中，商深就如一把出鞘的宝刀，刀刃寒光四射，蓄势待发，只要他稍有异动，就有可能一刀将他当场砍杀！

毕京硬撑了片刻，却发现商深的宝刀不出鞘则已，一出鞘则来势汹汹，他居然被商深的气势逼得没有还手之力，气焰消了大半，有心退让，又怕太失面子，一时骑虎难下。

“都是朋友，给我一个面子，各退一步，”叶十三知道他再不出面就说不过去了，而且现在时机正好，所谓四两拨千斤正是此时，他向前一步，双手一分，分开了对峙的商深和毕京，“年轻气盛，吵架斗嘴都没什么，动手就伤感情了。要我说，别说什么狠话，也别骂人，都没用，要比的话，就打一个赌，看一年后谁混得更好，怎么样？”

“好，赌就赌，赌什么吧？”毕京斜着眼睛，不服气的样子很拽，“如果我混得比商深好，我赢了，范卫卫到时就跟我。如果我不如商深混得好，我输了，我就组一个局，叫上十几个人，当面向商深认输，自认是孙子，怎么样？”

不得不说，毕京的赌约很是无理取闹，也有挑衅之意，拿范卫卫当赌注，明显有侮辱范卫卫之意，范卫卫是一个活生生的人，不是可以拿来打赌的物品。

商深压住了心中的怒火，他和毕京之间的过节算是彻底结下了，不提昨天晚上黄汉和宁二的幕后指使多半是毕京无疑，以及他和毕晓的矛盾，就说眼前的一出，他和毕京再也不可能握手言和了。

当然，就算没有眼前的一出，就凭昨天晚上发生的恶性事件，他早晚也会让毕京还回来。

只是让商深不解的是，叶十三在他和毕京发生冲突时袖手旁观的态度很发人深思，就算叶十三和毕京是同学，关系很好，不好意思直接帮他，也可以早早出面制止毕京对他的挑衅，但叶十三却一直没有，直到他和毕京的矛盾不可调和时，叶十三才出面调解，似乎是叶十三一直在等候一个最佳时机。

这就说明了一个问题，叶十三既不是真心想帮他，也不是真心要帮毕京，而只是想利用他和毕京的矛盾，以显示他的不可替代的重要性。或者说，叶十三想成为他和毕京的中间桥梁，成为他和毕京都想拉拢的人，这样，叶十三就可以游刃有余地周旋在他和毕京之间，充分利用他和毕京的矛盾达到他要风得风要雨得雨的效果。

十三变了，商深心如明镜，喟叹一声，不过又一想也可以理解，大学期间是一个人人生观和世界观形成的关键时期，他和叶十三正好分开，在环境的影响下，人都会改变，他亦不是当年的商深了，所以，叶十三不是以前的叶十三也没什么了。

“赌就赌，但我和毕京打赌，不关卫卫的事情。”商深不想拿范卫卫当赌注，不公平，也有辱人格。

“一年后，如果商深不如你，我就归你了！”范卫卫仰起小脸，以不屑一顾的口吻说道，“不是我看不起你，毕京，就凭你的本事和人品，你能混好了才怪。送你一句话——免费奉送——投机取巧早晚挨刀！”

“好，一言为定，”毕京冷冷一笑，他才不理会范卫卫的冷嘲热讽，回头对叶十三和杜子清说道，“十三，子清，你们都听到了，你们要做个见证，万一到时候有人赖账，你们记得替我讨还公道。范卫卫，你就等着一年后当我的女朋友吧，记住了，到时可得乖乖听话，我才会疼你哟，哈哈。”

毕京还以为他的狂笑可以激怒商深和范卫卫，不料商深只是摇了摇头，不见一丝恼怒，范卫卫更是呵呵一笑，拉过商深转身就走：“洗脸刷牙去，生活这么美好，不能被有些人没有刷牙的口臭熏了一下就抱怨生活不是？”

毕京的脸色顿时变了，又要发作，却被叶十三拉住了。叶十三冲他摇了摇头，示意他见好就收，他眼中的怒火闪了几闪，还是熄灭了。

“再见，商深，再见，卫卫，去了北京记得找我。”杜子清咬着嘴唇，不让眼泪流下来，她也不知道是离别的情绪还是因为见到叶十三对待商深的态度，反正她更加绝望，反正她就是想哭。

“再见，子清姐！”范卫卫也使劲地挥动手臂和杜子清再见，叶十三、杜子清和毕京三个人中，她只对杜子清一个人有好印象，“要对自己好一点，别太委屈了自己，该坚强的时候坚强。等待别人给幸福的人，往往都不会幸福。”

“嗯。”杜子清听出了范卫卫话里话外的暗示，用力点了点头。

送走了三人，商深和范卫卫一起去水房洗漱之后，又回到了宿舍。范卫卫想起刚才毕京的嘴脸，就又生气了，她一把把毛巾扔到了脸盆里，溅了一地的水。

“毕京太气人了，和他的浑蛋爸爸一个德行。商深，你说昨天晚上的事情是不是毕京背后指使的？刚才为什么不让我说出来昨天晚上的事情？”范卫卫气呼呼地坐在了床上，鼓起了腮帮子。

“多半是，但没有证据也不好明说。不让你说昨天晚上的事情，是现在没必要说，说了也没用。早晚有一天会真相大白，到时新账旧账一起算。”商深有一句话埋在心里没有说出，他严重怀疑叶十三在昨天晚上的事情之中也有嫌疑，但叶十三是他从小一起长大的发小，他不想也不愿意猜测叶十三会对他不利。

“你呀……”范卫卫摇了摇头，不知道该怎么形容商深了，“有时觉得你老实巴交跟一块木头似的，有时又觉得你锋芒毕露就像一把出鞘的宝刀，商深，你到底是一个什么样的人呢？”

“我到底是一个与人方便自己方便的好人。”商深呵呵一笑，伸手一摸范卫卫的头发，“行了，别胡思乱想了，赶紧想想怎样让我进步吧，万一一年后我输给了毕京，你难道还真去当他的女朋友？你也真是，为什么非要答应毕京的提议？”

“我才不相信你会输给他！”范卫卫伸手推开商深，佯怒，“起开，别弄乱我头发，讨厌！我告诉你商深，如果你不从现在起就努力上进，一年后你输给了毕京，我真的会当他的女朋友，你信不信？”

好吧，商深相信范卫卫的犟脾气，连连点头：“遵命，范女王！从今天起，我要一日三省吾身，高否？帅否？富否？否，滚去努力！”

“咯咯……”范卫卫笑得前仰后合，抬腿踢了商深一脚，“你太坏了，商深。”

说笑间，二人的关系不知不觉又更近了一层。

“对了商深，昨晚你真的割破了两个坏人的动脉？”范卫卫忽然想起了从昨天晚上就一直萦绕在心里挥之不去的疑问，“你下手也太狠了，万一真的救治不及时死人了怎么办？你就成杀人犯了。真是的！”

商深眨眨眼睛一脸调皮：“如果两个坏蛋真的死了，一早就有警察来抓我了。我才没那么傻真的划破他们的动脉，真要是破了动脉，他们连厂子都跑不出去就死掉了，我只是划破了他们的手掌而已……唉，没文化真可怕，手掌上哪里有动脉？他们居然信了，可见即使是流氓，如果是一个有文化的流氓，昨天晚上就是我败了。”

“你真的是……”范卫卫愣了一愣，似笑非笑的神情似乎有几分耐人寻味的意味。

“真的是什么？”

“真的是让人琢磨不透，”范卫卫嘻嘻一笑，眼波流转，“我怕有一天被你卖了都不知道，还傻傻地等你回心转意。以前我觉得你不怎么说话是因为内向才沉默寡言，而现在却明白了，你话不多是心中有事，不动声色。”

“意思是，我是一个深藏不露的高人了？”商深哈哈一笑，忽然就抱了范卫卫一下，“就算我是深藏不露的高人，却已经被你识破了，说明你比我更高明。”

/ 第 / 十 / 二 / 章 /

香　吻

“啊！”猛然被商深一抱，范卫卫本能地防范，惊叫一声跳到一边，由于她动作幅度过大，上衣摆动之间，露出了洁白细腻的腰肉。她的腰身盈盈一握，平坦光洁，白生生直晃人眼。

“讨厌！”范卫卫深深地白了商深一眼，眼神却流露了欢喜和爱意，她整理了一下衣服，盖住了白生生的腰肉，“你智斗两个坏人的手段，比赵向飞对付偷井盖的人时的手法还要高明、还要有水平，是不是说明你以后会比赵向飞成就更大？”

“不能这样类比……”嘴上不承认，商深心里却还是有几分高兴，他感慨加向往地说道，“什么时候有机会见见赵向飞就好了，我对他的为人和经历很感兴趣，很想认识他一下。十三太幸运了，居然成了赵向飞的员工，跟着赵向飞，他不愁没有未来。”

“信我的，没错，肯定有机会。不过我觉得你的结论太武断了，跟着赵向飞就一定有未来？”范卫卫感受到她和商深之间越来越默契和亲密的关系，心花怒放了，不过又一想，不解地问道，“你就真的这么看好互联网的未来？瀛海威都快倒闭了，当年多有影响多有前景？我觉得互联网就是一个泡沫，说不定再有一两年泡沫就全部破灭了。以前有太多泡沫破灭的例子，你还是立足现实为好，别抱着不切实际的幻想。”

“瀛海威一家的衰败不能说明问题，相反，成功的例子我可以举出更多，”商深笑了笑，他并不想说服范卫卫，只想陈述一下自己的看法，“互联网也好，房地产也好，都会有泡沫，问题不在于有没有泡沫，而是在于挤掉泡沫之后，还会剩下什么。互联网从出现到现在还没有几年，却已经影响到了生活的方方面面，就说明互联网比以往任何一项发明都更能带来生活上的改变。任何能改变生活的发明，都将深远地影响历史。”

范卫卫还想和商深争论几句，转念一想又收回了心思，她就算和他争论一整天恐怕谁也说服不了谁，何况未来到底怎样，谁也不知道，反正现在她比商深强了太多就行了。商深现在一无所有一无是处，却做着借助互联网的浪潮一飞冲天的美梦，也可以理解，有多少出身贫寒的年轻人想要成功，除了走捷径之外，难道还要让他们去投资房地产、开酒店或是办工厂？开玩笑，他们就算想也要有资本才行。

说话间，范卫卫和商深来到了办公室。

“你学的是信息系统工程，应该负责电脑和网络方面的工作才对，怎么就被安排在办公室成了闲杂人等了？”范卫卫转移了话题。她的专业就是行政管理学，她跟着杜子静算是专业对口，商深跟着杜子静是浪费生命，对于商深的遭遇，她一心认定是毕晓在背后做了手脚，“你想呀，你来到仪表厂对谁的威胁最大？肯定是毕晓了。毕晓是副总工，专门负责厂子的电脑和网络，而且很明显，他的电脑知识很贫乏，对网络也很陌生，对编程更是一窍不通，你来了后，直接威胁到他的地位，所以他干脆不让你接触到电脑，你再有本事也施展不了，就怎么也动摇不了他在厂子里的威望了……”

坐在办公桌前，范卫卫一边擦桌子，一边并不避讳杜子静在场，直接说出了她的想法，当然，她也不是没有头脑，不是不知道一些职场应有的注意事项，她就是故意说给杜子静听。

商深笑笑没有说话，范卫卫的话有偏见，以他的看法，一是毕晓并没有权限直接插手人事部门的工作，当然，他的建议人事部门还是会慎重考虑的；二是毕晓也未必想得那么长远，在他还没有到来之前就先堵死他的上升之路；再者，以他对毕晓的观察，毕晓的志向也不仅限于一家小小的仪表厂，德泉虽然是一个不起眼的小县，但离北京很近，才150多公里，走高速的话也就一个小时的路程，况且仪表厂又是部里的下属工厂，调到部里也不是什么天大的难事。

毕晓如果真的只在意仪表厂一地的得失，目光只盯着仪表厂的一亩三分地，他也就太目光短浅了。商深相信毕晓肯定不愿意在仪表厂终老，以毕晓的资历和职称，足够调回部里了，就看毕晓是不是愿意会不会运作了。

“这事儿……说来复杂了，”杜子静处理完了手头的工作，闲来无事，正好范卫卫挑起了话头，她就有话要说了，“卫卫说对了，一开始人事部门根据小商的专业，本来是要安排到技术部门工作，专门负责厂里的电脑和网络，人事处还专门征求了毕工的意见，当时毕工也是赞成的态度。后来就在人事处准备上报到办公室批准的时候，毕工突然又改变了主意，找到了人事处，说商深刚刚大学毕业就负责厂子的电脑和网络，还是太年轻恐怕经验不足，万一弄坏了电脑弄瘫了网络，既造成了巨大的损失，又不利于商深的个人成长。他认为还是先让商深在办公室锻炼一段时间，熟悉了工作环境、了解了工作流程之后，再让商深负责电脑和网络就顺理成章了。”

作为负责办公室工作多年的老人，杜子静虽然是大大咧咧的性格，但也知道在办公室什么该说什么不该说，办公室政治是每个地方都存在的生活常态，她如果没有生存智慧，也不会混到现在的位置。之所以当着商深和范卫卫的面说出了背后的实情，一是她对商深和范卫卫印象太好了，觉得她就应该像姐姐一样照顾商深和范卫卫；二是妹妹杜子清临走之时特意交代她，让她多关照商深和范卫卫，杜子清说，商深和卫卫都是很好的人，他们以后也会有很大的发展空间，在他们最艰难的开始阶段和他们处好关系，以后等他们发达了，他们会记你一辈子的好。

除了以上两方面的原因之外，杜子静不喜欢毕晓也是她要说出真相的因素之一。毕晓是技术出身，在为人处世上面既生硬又不懂得变通，而且凡事喜欢斤斤计较，不但在许多事情上得罪过杜子静，还和厂子里许多人都有过大大小小的冲突。

“可是……”商深很是惊讶于杜子静透露的内幕，也震惊于范卫卫居然一猜就中，比他看问题还透彻，不过他还是有几分不解，“我来厂子之前，毕工压根就不认识我，也不知道我是谁，为什么就非要和我过不去呢？而且还是先赞成后反对的态度？”

“你算是问到点子上了。”对商深问出的问题，杜子静很是满意，她和范卫卫的感觉一样，刚开始接触的时候，她觉得商深老实巴交像个任人摆布的软柿子，几天下来后，她对商深的看法大有改观，不再当商深是一个腼腆的小男生，而是清楚商深在腼腆的外表之下，其实有一颗世事洞明的玲珑心。

范卫卫若有所思地想了想：“先赞成后反对就说明了一个问题，一开始毕晓没有当商深一回事儿，后来有人对他说了什么，他又改变了态度，想要打压商深了……是谁影响了毕晓的决定？”

“毕京，”杜子静直截了当地说出了真相，她探头朝门口望了望，食指放在嘴上，示意商深和范卫卫小点儿声，“卫卫真聪明，一猜就中。你们别出去乱说，我可是相信你们才告诉你们这个秘密的。也不知道为什么，在听说商深要来仪表厂后，毕京特意从北京打来长途告诉毕工，让毕工千万要防范商深，不能让商深有上升的机会，接到毕京电话后，毕工就改变了主意……”

怎么会是毕京？商深更是疑惑不解了，如果说毕晓和他素不相识，不会在他没来仪表厂之前就对他有什么成见和看法，那么他和毕京更是风马牛不相及，毕京为什么要敌视一个既不认识又没有什么交集的人呢？不对，毕京虽然不认识他没见过他，却知道他，因为毕京是叶十三的同学。

叶十三……商深不愿意再想下去了，他不想去恶意猜测在事情的背后叶十三到底充当了什么样的角色，也不愿意相信叶十三真会暗中针对他，因为他实在想不出来叶十三的出发点是什么。

“叶十三真是你的发小吗？”范卫卫是多聪明的一个女孩，瞬间就联想到了其中的关键环节，嘴角露出了一丝轻蔑的笑意，“杜姐，你劝劝子清，让她还是离开叶十三吧，叶十三这个人太阴险，早晚会害了她。”

"你别说，卫卫，你和我的感觉一样，第一眼看到叶十三的时候，我对他很满意，他又高又帅，和子清很般配。但后来总觉得哪里不对劲，想呀想呀总算想明白了，叶十三太让人琢磨不透了，和小商完全不一样。小商话不多，是腼腆是内秀；他话不多，是心思多是算计多。小商给人的感觉是诚实是阳光，叶十三帅是帅，却总让人觉得阴沉，心机太深。可惜呀，妹妹不听我的话，说她太爱叶十三了，她离不开他。感情上的事情，就是这么没有理智。"

一边说，杜子静还一边摇了摇头，似乎很有感触并且也受过类似的感情之伤。

一上午很快就过去了，基本上没什么正事可做，午饭后，商深陪范卫卫办了一张当地的手机卡，范卫卫的手机正式启用了。

范卫卫的手机是摩托罗拉的翻盖手机，黑白屏，巴掌大小，虽然和现在的大屏智能手机不能相比，但在当时却是最高端的型号最好的款式，价格昂贵，是绝对的奢侈品，一台售价高达六七千元。而当时的六七千元的购买力几乎相当于现在的三五万元！

才刚实习还没有大学毕业的范卫卫就用上了高端的手机，让商深羡慕之余不由更加对深圳心生向往了。作为改革开放的前沿阵地，深圳的富裕程度已经远超北京。他在北京好几年了，身边的人用 BP 机的居多，手机也有，但大多是一般的品牌，很少有人用得起最高端的摩托罗拉。

1997 年的时候，摩托罗拉手机就相当于现在苹果手机的地位。

站在正午的阳光下，范卫卫眯起了眼睛，她手搭凉棚朝烈日下的街道望了望，大街上空空荡荡，没什么人，除了无精打采的树叶和没完没了的蝉鸣之外，县城似乎被太阳晒化了。

对面的路边，有一个老人在卖草帽。花花绿绿的各式草帽摆在一起，组成了一幅五颜六色的好看的图案。

"走，"范卫卫拉起商深就朝对面跑去，她心血来潮，"陪我买一个草帽。"

"买什么草帽，还要花钱，我给你编一个不就得了。"商深用手朝街道的尽头一指，"看，麦地，在麦地捡一些麦秸，麦秸可以编草帽。"

“你不但会编程，还会编草帽？吹牛吧？”范卫卫才不相信。

“我不但会编程编草帽，还会编瞎话。”商深哈哈一笑，拉起范卫卫就朝街道的尽头走去。

街道的尽头是一条柏油公路，公路的两旁就是麦地，麦子已经收割完毕，只留下麦茬和一些麦秸在田地里孤独地坚守。远处，是大片大片的棉花地，也有一片片的粟米迎风招展，田野呈现出勃勃生机。

“知道什么是粟米吗？就是小米。小米比大米养人，所以小米加步枪才赢来了新中国的胜利，”商深伸手摘下一根米穗，在手中摆布几下，“看，米穗像不像一部手机？如果有朝一日我有实力制造手机了，就叫小米手机。”

“为什么叫小米而不是大米？大米多好看，”范卫卫从商深手中接过米穗左看看右看看，“我不喜欢小米粥，不如大米粥好喝。”

“好喝不好喝只是个人的习惯问题，”商深若有所思地笑了，“你觉得大米手机会比小米手机好听？小米听上去既温馨又感性，大米却俗气多了，就像苹果公司叫苹果而不是叫香蕉，为什么？苹果听上去有美感而香蕉没有。命名是一门学问，不能随意。首先要既朗朗上口又容易让人记住，其次还要既通俗又不庸俗，最后必须要有一定的内涵，三者缺一不可。”

“你懂得还挺多，说明你对互联网很痴迷。不过你好像忘了一件事情，苹果公司都快要倒闭了，”范卫卫想起不知从哪看来的消息，心不在焉地笑了笑，“所以不管是叫苹果还是叫香蕉，都不重要，重要的是，说不定以后苹果或是香蕉都成过去式了。”

此时的苹果电脑还没有形成气候，也没有生产手机，在国内的名气别说不如摩托罗拉了，连爱立信、NEC以及联想都不如。不过商深却看好苹果的未来，因为乔布斯回归了苹果。

乔布斯在1977年与沃兹联合创立了苹果电脑，公司发展到1984年时推出了革命性的Macintosh，但是乔布斯却在一年之后被当时的CEO斯库利扫地出门。丢掉了自己创建的苹果公司的他，只好另起炉灶成立了NeXT公司。离开了乔布斯的苹果经营状况每况愈下，到1996年时，已经濒临倒闭。在不得已的情况下，1997 年苹果电脑公司以 4 亿美元的价格收购乔布斯另起炉灶的 NeXT，连同 NeXT 公司一起，乔布斯重新回到了他与沃兹在 20 年前在车库里创建的苹果公司。

“乔布斯重回苹果公司，会重新带领苹果公司走出困境。如果我有钱的话，现在就买进苹果公司的股票，以后说不定会大赚一笔，”商深好心地提醒范卫卫，“卫卫，你比我有钱，去买苹果公司的股票吧，相信我，回报率会在几倍以上。”

商深还是低估了乔布斯的能量，史蒂夫·乔布斯重新掌管苹果公司后仅仅用了一年半的时间即让苹果峰回路转、起死回生，创造了商业历史和其个人职业生涯中最大的一次咸鱼翻身的案例！数年后，苹果公司的股票暴涨了百倍有余。

当然，以他现在初出校门并且身处一处小县城的高度，可以看好乔布斯领导之下的苹果公司的复兴，已经很有眼光很了不起了，这完全得益于他平常对 IT 行业的了解和深入研究。

不过此时的苹果公司确实濒临倒闭的边缘，苹果公司股价从 1992 年的每股 60 美元，跌至 1996 年年底的每股 17 美元，年销售额也从 110 亿美元跌至 70 亿美元，市场份额更是从原来领先的 12% 跌至 4%，前景一片暗淡，几乎看不到一丝曙光。

乔布斯在 1985 年的苹果公司的内部权力斗争中失败后，被迫离开了苹果公司。在离开苹果公司后，他创立了 NeXT 电脑公司，企图与苹果公司竞争，但是最终也失败了。NeXT 电脑公司的硬件业务亏损严重，只剩下软件业务——也就是操作系统——还能与苹果公司抗衡。NeXT 公司开发的 NextStep 系统对后来微软的 Windows 系统产生了深远的影响。

在乔布斯离开苹果公司以后，由于缺少创新，苹果公司经营状况每况愈下，接连更换了 3 名 CEO 都无法帮助苹果公司摆脱破产危机。1996 年，实在无计可施的苹果公司甚至开始考虑采用微软的 Windows 系统，只不过把 Windows 系统美化一下使之更像一台 Mac，乔布斯听到这个消息后，立刻找到了当时的苹果CEO，希望苹果公司采用NeXT的操作系统。加之苹果公司的董事会也纷纷要求把乔布斯请回苹果公司，因此最终苹果以收购NeXT的方式让乔布斯回归了苹果公司。

别说范卫卫对IT行业以及互联网的前景并不看好了，即使看好，她也没有理财的想法，家境太富裕了，她从来对赚钱缺乏应有的动力。

“不买股票，更不买苹果公司的股票，不对，应该是不买任何IT行业的股票。”从小在南方长大的范卫卫没有见过小麦和小米，她对小麦和小米的新鲜和好奇超过了苹果公司，开心地惊呼一声，就要跳到地里，才一有所动作，就被商深阻止了。

商深一下抱住了范卫卫的腰，才没让范卫卫不顾一切地跳下去。由于抱得急了一些，双手突破衣服的阻挡直接接触到了她的腰肉。

柔软、适宜而富有弹性，商深差点醉了，夏天又穿得单薄，他感觉自己的身体和范卫卫的身体只隔了两层薄薄的衣料紧贴在一起，瞬间就有了冲动的感觉。

放眼望去，天地之间除了清风和绿色的庄稼之外，就只有他和范卫卫，空旷而辽远的感觉，让人的心更容易靠近，他的本意是想阻止范卫卫跳到田地之中扎伤脚，但在抱住范卫卫之后，却又不想放开了，将头埋在范卫卫的肩膀之上，任阳光照耀，任轻风吹拂，他沉醉在了范卫卫的温柔之中。

“光天化日之下，商深，你干吗呀！”范卫卫羞不可抑，想要挣脱商深，却又有心无力，觉得没有了骨头一样，浑身软绵绵的，一点儿力气也没有，“你放开，放开呀，让人看见多不好。”

“不放开，”商深心中柔情无限，双手抱得更紧了，“卫卫，我、我真的很喜欢你。”

“我知道……”范卫卫的声音也低了下去，幸好旁边有一棵粗大的柳树，可以遮挡她和商深的身影，极目四望，天蓝地绿，阳光普照，也不知是炎热还是柔情，她感觉自己都要融化了，“我也喜欢你……你先放开我好不好，商深，别闹，听话，放开我。”

商深像个贪婪的小孩儿不肯离开母亲的怀抱一样，就不松手，田地的气息混合范卫卫的体香，直扑入鼻，让他沉迷其中不能自拔，而范卫卫柔软的身躯以及随风飘扬的秀发，让他第一次真切地感受到了异性的美好。

“求求你，放开我好不好？”范卫卫又羞又急，她知道商深动了情，也喜欢商深的拥抱，只是担心在田野之中，被人看到确实不好，“等回到宿舍后，你想怎么抱都行，别在这里，好吗？”

范卫卫的哀求和暗示反倒更加激发了商深的激情，哪个少年不多情、哪个少女不怀春，青春有时就是冲动，就是飞扬，就是不顾一切地喜欢一个人，商深意乱情迷，陷入了迷乱的状态，他的嘴唇亲吻在范卫卫洁白脖颈之下，还不停地寻找，试图找到她的娇艳红唇的所在。

范卫卫再也无力抵抗了，彻底被商深融化在了柔情和男人的气息之中，她闭上眼睛，长长的睫毛颤抖着，充满了期待又有几分害怕，就如一朵含苞欲放的鲜花，在最美时刻等待被人采摘。

“啧啧，好戏上场了！”

“哎呀还真是，亲嘴了，亲嘴了！”

正当商深眼见就要探索到范卫卫的花蕾之时，两个阴阳怪气的声音在身后响起，吓了他和范卫卫一跳。惊醒之余，商深回头一看，顿时大吃一惊。

身后的柏油公路上站着两个人，一个长得又黑又胖，不仔细看还真有几分李逵的风范，另一个长得又白又瘦，还戴了一副坏了一条腿的黑框眼镜。两个人骑着一辆二八自行车，黑胖骑车，白瘦坐车。

不是别人，正是昨天晚上半夜摸到范卫卫房间的黄汉和宁二。

“呦呦，我当是谁呢，原来是你小子，真是冤家路窄，看你今天还能不能耍花招！”见是商深，黄汉顿时又惊又喜，跳下自行车，活动活动筋骨，就要准备动手。

昨晚他和宁二如丧家之犬，一口气跑到了县医院，慌慌张张地冲进了急诊，一边跑一边大喊救命，唯恐晚了一步真会因失血过多而死。等医生出来后，只看他们的手掌一眼，就讥笑他们小题大做，说是根本没有伤到动脉，就是普通的外伤，上点药包扎一下就好了，用不着大呼小叫。

二人才知道上了商深的当，被商深当猴耍了，二人气急败坏，发誓一定要让商深知道他们的厉害。

医生还笑话他们没有一点儿基本的医学知识，手掌上哪有动脉，动脉在手腕上。

没想到他们还没来得及去找商深算账，还在要去串亲戚的路上，看到地里有人抱在一起，本想看个热闹起个哄，却没想到居然是商深和范卫卫，不由大喜过望。

商深也没想到县城这么小，又和黄汉、宁二狭路相逢，他情急之下，急忙思索脱身之策。黄汉和宁二却不再给商深时间，二人对视一笑，如恶虎下山一般，扔下自行车就朝商深和范卫卫扑了过来。

“喂，110 吗？我要报警！”

就在黄汉和宁二以为商深和范卫卫再也无路可逃之时，却见范卫卫手中凭空多了一部手机，而且她还打出了报警电话，二人一下愣住了，纵横德泉县多年，打架无数，还从来没有遇到过在打架之前报警的先例，从来都是双方一哄而上，然后混战成一团。最后不管胜方还是负方，都不会报警。

/第/十/二/章/

冲突升级

打架的事情本来就是私下的事情，报警惊动警察干什么？在二人的逻辑里，打架这样的小事就不应该有警察管，杀人放火一类的大事才值得警察出面。

但不管黄汉和宁二是怎样定位打架一类的小事，范卫卫的报警电话还是让他们望而却步了，虽然他们还没有被抓进去的经历，但县城大大小小的小混混心里都清楚一件事情，警察不抓他们是懒得理他们，想抓他们，是分分钟的事情，谁身上不是一屁股屎？

怎么办？黄汉和宁二对视一眼，想起了昨天晚上的事情，如果真的被警察抓了进来，不提以前的种种恶劣行径，只说昨天晚上的一件事情就足够他们喝一壶了。

但如果范卫卫一个电话就吓得他们抱头鼠窜的话，也太丢人了，黄汉眼睛转了一转，瞬间做出了一个决定——他向前一跳，来到了商深面前，高高举起右手，抡圆了胳膊使出全力朝商深的脸上打去。

就算警察来，也不会说来就来，最少也要十分钟时间，十分钟时间可以做很多事情了，如揍商深一顿，可以摸范卫卫几下，沾沾光，范卫卫青春亮丽的形象比他们见过的所有美女加在一起还要漂亮，放眼整个县城还真没有一个姑娘比得上范卫卫一半好看，还可以趁机抢了范卫卫的手机……

黄汉看得清楚，范卫卫手中小巧的摩托罗拉手机可是价值好几千元的名牌手机，他只听说过，见都没见过，据说全县才只有一部，连县长都没有，只有郝彬有。

郝彬是县里的首富，是百万富翁。

上次吃了商深偷袭的亏，黄汉以为这一次从正面光明正大地出手，商深肯定躲不过去他的雷霆一击。想当年有一次和县里几个同样名声在外的混混火拼，他冲上去，以迅雷不及掩耳之势打了一个耳光过去，当场打得对方原地转了三圈，然后一头栽倒在地，不省人事，从此见到他畏之如虎。

要知道，对方可是经常打架的高手，黄汉相信文弱书生一般的商深必然会被他一着击中，然后倒地不起。

不料让他怎么也没有想到的是，就在他的手臂挥出去的一刻，商深突然在他眼前消失了。

对，就如电影特技一样，眼睛一眨就凭空不见了。黄汉惊得差点眼珠掉在地上，妈呀，活见鬼了不成？

一个大活人肯定不会凭空消失不见，黄汉没有看清商深是怎么做到的凭空消失，跟在他身后的宁二却是看得清楚——商深早有准备，在黄汉刚刚冲到面前的时候，黄汉的胳膊才一抬起，商深就动了，一弯腰一转身，就绕到了黄汉的身后。

黄汉和商深所站的地方是一个斜坡，由于黄汉居高临下，没有注意到商深所站的地方有一个深沟——公路两旁和田地之间，通常都会有一条排水沟，或大或小或深或浅——商深以逸待劳，利用地势只微一弯腰就躲开了黄汉的致命一击，而且还轻松地一跳，就跳到了黄汉的身后。

宁二暗道不好，还没有来得及开口提醒黄汉小心身后，商深已经出手了，不，准确地说是出脚，一脚飞出，正中黄汉的屁股。

黄汉“妈呀”一声，双臂伸开，如大鹏展翅一般朝前飞去——确实是飞，深沟虽然不宽，却够深，黄汉就如折断翅膀的鸟人一头栽倒在了沟底。

“你娘的！”宁二怒极，如果说上次被商深得手，是因为商深阴险狡诈，欺骗了他和黄汉“幼小而善良”的心灵，那么这一次商深再一次抢占先机，到底是因为商深太奸诈，还是他们太蠢笨？不管是哪一种原因，反正他气得暴跳如雷，凌空飞起一脚，直朝商深的脑袋踢去。

这一脚要是踢中了，商深绝对会当场昏迷。

商深一脚踢飞了黄汉，力道已经用尽，现在已经来不及转身，就算及时转身过来，也躲不开宁二的致命一击了。范卫卫岂能让商深受到伤害，刚才和商深的温存已经让她视商深为心中至爱，她情急之下顾不了许多，一扬手扔出了一件物品，直奔宁二面门而去。

宁二满以为可以一脚踢倒商深，不料人在半空，忽然一件东西迎面飞来，黑乎乎的长方形物件，像是一块砖头，他吓得不轻，如果被一块砖头打中面门，他“英俊”的形象说不定就被毁容了——虽然宁二长得尖嘴猴腮，实在谈不上帅，但他却一向自恋，口头禅是“经常被自己帅哭了”——当即顾不上再对商深下脚了，脚收回一半，手向前一伸，一伸手就抓住了飞来的东西。

也得承认宁二确实身手敏捷，人在半空居然也可以如猴子一般灵活，到底长得尖嘴猴腮，原来还真有如猴子般的潜质。

不过接住了飞来的东西，宁二就顾此失彼，顾不上攻击商深了。他人在半空，看清了手中抓住的不是一块砖头而是一部手机时——正是范卫卫手中小巧玲珑价值昂贵的摩托罗拉手机，他顿时一阵狂喜，得来全不费功夫，范卫卫竟然主动送上门了，太爽太开心了。

欣喜若狂之下，他浑然忘记了自己人还在半空，等惊醒过来之后定睛一看，顿时吓得大惊失色——由于手机的意外出现，他一时走神，结果导致他实际落地的地方和他预计落地的地方出现了不小的偏差。

预计落地的地方是一个土坡，而实际落地的地方却是一道水沟——正是黄汉掉下去的水沟——宁二想要再调整姿势为时已晚，“哎呀妈呀”，伴随着一声怪叫，他“扑通”一声也掉进了水沟之中，还很“幸运”地砸在了黄汉的身上。

“你是猪呀！”黄汉在沟底正在努力地爬起来，被宁二砸个正着，闷哼一声，才爬到一半的他又被砸了回去，算是深刻体会到了“不怕神一样的对手，就怕猪一样的队友”的感觉。

好在都是松软的黄土，摔在上面，虽不会摔断胳膊腿，但也摔得不轻，黄汉和宁二身上脸上全是土，水沟里还有一些污水，混杂在一起，二人瞬间成了泥人。

黄汉和宁二火大了，发疯一样向上爬，誓要把商深打成猪头，让他妈都认不出来他是谁。

“活该！”范卫卫扑哧乐了，被黄汉和宁二的狼狈逗得咯咯直笑，她弯腰捡起一块土块，扔向了黄汉，“砸死你，猪头、臭流氓、臭坏蛋、混账东西……”

不过范卫卫骂人的水平实在有限，翻来覆去就那几个词。

商深哑然失笑，一把拉过范卫卫：“还不赶紧跑，等他们爬上来就跑不掉了。哎呀，你的手机……”此时他才发现范卫卫的手机居然在宁二手中，再一想想起来了，是范卫卫为了救他，扬手扔出了手机去砸宁二。

“不要了，一部手机而已，”见商深想回去抢手机，范卫卫心生感动之余，又不免嗔怪商深过于在意东西而不爱惜自己了，用力一拉商深，“手机哪有人重要，不要了，快跑！”

范卫卫自然不知道商深从小在穷苦人家长大，习惯了节俭，何况一部六七千元的手机在他眼中，是非常昂贵的奢侈品，他一年的收入才不过两三千元。

商深虽然不舍，却也知道和钱相比还是小命重要，转身就和范卫卫逃跑，不料才刚一转身，范卫卫忽然脚下一歪，“哎哟”一声，高跟鞋的鞋跟陷入到了泥土之中，崴脚了。

“真倒霉，”范卫卫暗道一声晦气，一脸歉意，“真不好意思商深，又拖累你了。”

“这不叫拖累……”商深反倒平静了下来，不慌不忙一脸镇静，“这叫同甘共苦。”

一句话说得范卫卫心中温暖无限，也不觉得害怕了，握住了商深的手：“不过我要告诉你一个不幸的消息……”她吐了吐舌头，一脸愧疚地小声说道，“刚才我太急了，报警的时候忘了拨出号码。”

“啊？”商深哭笑不得，这么说，是等不来警察了？

黄汉和宁二已经从水沟里爬了上来，二人跟泥猴一样，浑身上下没有一处干净的地方——不对，宁二的右手还比较干净，因为他右手握着手机，为了保护手机，他使出了浑身解数，保持着高举右手的姿势，总算保住了手机的“清白”——他生怕手机被水弄湿了，坏了可就太可惜了！虽然是范卫卫的手机，在他抓到手里的那一刻起，他就把它当成自己的了。

虽然狼狈，浑身酸疼，不过见商深和范卫卫没有跑掉，又羊入虎口了，黄汉和宁二一阵狞笑，围了过来：“跑呀，怎么不跑了？有本事再跑一个试试！不跑了吧？站好了，今天好好给你松松骨，让你长长记性，看你下次还敢不敢放肆！”

也算是第二次照面了，上次商深只听到对方的瘦猴叫宁二，而宁二叫黑胖黄哥，既然逃不掉了，不如坦然面对，他就不慌不忙地呵呵一笑：“黄哥是吧？毕京和叶十三都走了，你和宁二怎么还和我过不去？犯不着吧？”

黄汉还以为商深会吓得屁滚尿流，不想商深居然摆出一副若无其事的样子，他微微一怔，怒了：“你差点害死我和宁二，还想让我们放过你？你傻到家了吧？我警告你商深，你在德泉一天，我就一天和你没完。除非你离开德泉，否则，嘿嘿，你没好日子过了！”

商深提及毕京和叶十三的名字，是想知道到底谁是幕后指使，不料黄汉倒也机灵，没接他的话。

宁二一拳打在了商深的肩膀上，又双手按压手指按得啪啪直响：“黄哥，少跟他废话，先修理他一顿再说。”

“动手！”黄汉旧仇新恨一起涌上心头，他朝宁二使了一个眼色，二人就要对商深拳打脚踢，好让商深品尝一下死去活来的痛苦。

范卫卫还想护住商深，却被商深推到了一边，她绝望地闭上了眼睛，心里清楚商深再有办法也逃不过去了，心里十分后悔当时怎么一紧张就忘了拨号了，要不现在警察已经到了。

商深将心一横，人在江湖漂，哪有不挨刀，算了，不反抗了，让黄汉和宁二打他一顿又有什么？大不了以后再还回来就是了，当年韩信还能忍胯下之辱，他不过是被打上三五拳踢上两三脚，又有什么大不了的？

“黄汉、宁二！你们在干什么？”

眼见黄汉和宁二的拳头就要落到商深的身上之时，突然一个威严的声音响起，如炸雷一般在身后炸响，吓得黄汉和宁二生生打了一个哆嗦。

身后的柏油公路上，站着一个人，他上身穿一件洗得泛黄的衬衣，下身穿一身绿军装裤子，头上还戴了一个草帽，不是别人，正是毕晓。

“毕叔！”

黄汉和宁二毕恭毕敬地叫了一声“叔”，二人不敢再对商深动手，兔子一样跑到了公路上，推起自行车就跑。

“以后你们再敢欺负商深，我饶不了你们！”毕晓冲二人的背影大喊一声，气势十足。

怎么也没有想到，关键时刻竟然是毕晓救了他，商深拉着范卫卫来到毕晓面前，冲毕晓点了点头：“谢谢毕工。”

“县里的小混混不少，以后没事少惹他们，”毕晓摆了摆手，他摘下草帽扇了扇风，“商深，有件事情我要和你商量一下……”

范卫卫气不过，明明是黄汉和宁二故意找碴，怎么成了商深和她惹事了？她就想说个明白，还没开口，却见商深朝她使了一个眼色又暗中摇了摇头，她话到嘴边就只好咽了回去。

“毕工有什么指示？”毕晓毕竟也算是帮了他，虽然黄汉和宁二对他不利的背后到底有没有毕晓的影子就不好说了，场面上的文章还是很有必要圆一圆，商深就拿出了应有的尊敬前辈的态度。

“不是指示，是和你商量……我觉得你在办公室工作，不利于你的成长，所以想让你换一个工作岗位。”毕晓再次强调了一句，他目光中同时闪过一丝迷惑，商深上次解决打印机问题时，出发点到底只是为了解决问题还是为了有意在董博瀚面前露上一手，好让董博瀚注意到他？

又一想，也不对，商深当时应该不知道董博瀚是谁。

不过最让毕晓琢磨不透的是，商深腼腆而老实的性格，让人觉得他很淳朴，怎么才没几天，商深淳朴可靠的面具之下，露出了一张狰狞而野心勃勃的面孔？而刚才发生的一幕，又让他怀疑他对商深的结论是否正确，商深面对黄汉和宁二时的表现又不像是一个胆小怕事的毛头小伙子。

那么商深到底是一个什么样的人呢？毕晓也迷惑了，毕京总说商深为人深不可测，是明傻暗奸的类型，问题是，商深才多大，怎么可能有深不可测的城府？多半是毕京夸大其词了。

商深没想到毕晓突然提出让他换一个工作岗位，他一下猜不透毕晓的真正用意，就含糊其词地说道："我服从安排。"

只说服从安排，没说服从谁的安排，商深也故意留了一条后路。

毕晓听出来商深话中的陷阱，暗暗一笑，才多大就想和他斗心眼儿，他吃的盐比商深吃的饭都多，自作聪明，哼，不过是一个笨孩子罢了。

"服从安排就好。"毕晓点了点头，不说话了，只顾推着自行车朝前走。

毕晓不说话，商深也识趣地闭了嘴，他和范卫卫落后毕晓半米的样子，跟随在毕晓身后，一路回到了厂子。

还以为到了厂子毕晓会把话说完，不料到了之后，毕晓没再理会商深，转身走了，倒让商深颇为郁闷，到底毕晓想怎么安排他的下一步，倒是说个清楚，怎么话说一半没有下文了，让他的心悬在半空落不下去。

范卫卫的心思却不在商深的下一步上，她一回到办公室就拿起了电话，拨打了 110。

"110 吗，我要报警，我的手机被人抢了，对，是手机，是摩托罗拉手机，市场价格 6800 元……"范卫卫报警了，她不是心疼手机，对她来说，一部六七千元的手机虽然也是贵重物品，但还不至于让她放在心上，她是不想太便宜了黄汉和宁二，要为他们挖一个大大的坑。

"抢我手机的人一个又黑又胖像肥猪，一个又白又瘦像瘦猴，肥猪姓黄，名字叫什么不知道，瘦猴叫宁二，对，我不认识他们，听别人说起他们的名字，所以就记住了。是的，我不是本地人，是深圳大学来仪表厂实习的学生，如果事情被新闻媒体曝光了，说是深圳大学来德泉县实习的女大学在县城手机被抢，肯定会引发社会议论，说是你们德泉的治安太差了……”

范卫卫最后强调的部分是大杀器，首先，她来自深圳大学的身份，无形中会提升手机被抢事件的分量；其次，她着重提到的新闻媒体的宣传，也会引起上面的重视，随着网络的出现，社会风气的转变，媒体的监督作用也越来越引起了地方政府的注意；最后，6800 元的案值足够刑事立案了，也就是说，她的报警电话，直接把黄汉和宁二推到了一个大坑之中。

而且还是一个巨大的火坑！

/第/十/四/章/

一拍两散

范卫卫的电话让商深先是一愣，随后又摇头笑了，范卫卫真是一个聪明绝顶的女孩，这一手太漂亮了，不但可以惩治了黄汉和宁二，也算为德泉百姓除了一害。

“什么什么，你的手机被人抢了？是黄汉和宁二干的好事？”杜子静惊讶得张大了嘴巴，“这两个浑蛋平常就游手好闲，不务正业，虽然偷鸡摸狗的坏事干了不少，但还没有抢过手机。没想到，还是贼心不死犯了大事，唉，一个人一两年不务正业并不难，难的是一辈子不务正业，完了，这两个浑蛋完了。”

杜子静的一番话顿时让商深对她刮目相看，尤其是杜子静的“一个人一两年不务正业并不难，难的是一辈子不务正业”的精彩评论，让他有耳目一新的感觉。

放下电话，范卫卫得意地拍手一笑，向杜子静简单地一说事情经过。杜子静先是为了商深力拼黄汉和宁二而叫好，又为商深和范卫卫被黄汉和宁二逼得无路可退而担心，她恰到好处的表情配合范卫卫的讲述，就让人有了身临其境之感。

等说到毕晓想让商深换一个工作岗位的时候，杜子静愣住了，她似乎想了一想才反应过来：“我听到的消息是，毕晓提了总工后，会调到北京部里工作，会不会他临走之前，想调商深到技术处负责电脑和网络呢？如果是这样的话，商深，你的机会就真的来了。你在办公室真的屈才了，办公室成大都是一些琐碎的事务性工作，别说大学生了，就是初中毕业生都能干得来。”

正说话时，桌上的红色电话忽然响了。

杜子静接了电话，说了几句就放下了，边起身边对商深和范卫卫说道：“我去开个会，一会儿就回来了，你们等我，晚上去我家吃饭。”

走到门口，又想起了什么，拿出一把钥匙扔给了商深，她眨了眨眼睛，神秘地一笑：“电话的长途锁了，给你们钥匙，给家里打个电话。”

真是一个热心肠的好大姐，商深感激地冲杜子静点了点头。

在电话费高昂的90年代，许多单位的电话都锁了长途，防止话费过高。

如果真如杜子静所说，毕晓要调他到技术处负责电脑和网络工作，商深充满了期待，他学的是信息系统工程，只有电脑和网络才是他的用武之地，对于目前每天都无事可做的状态，实在是浪费生命。如果真这样下去，一年后别说可以超过毕京了，恐怕连毕京的背影都看不到。

商深先给家里打了一个电话，报了平安，又说了几句闲话，就挂断了电话。范卫卫没打，她之前已经在外面用公用电话打过了。

“其实……商深，我觉得仪表厂不适合你，要不，跟我去深圳发展好不好？”范卫卫大胆地说出了心中的想法，在仪表厂不但委屈了商深，而且从目前的形势来看，只要毕晓在仪表厂一天，商深就没有出头之日。

再说了，就算在仪表厂混到毕晓的位置，又能有多大出息？范卫卫越发觉得商深就是一块璞玉，只不过他没有被放对位置。一旦放对了位置，商深就会被激发出无穷的潜力。

“好呀！”商深笑了笑，“等有机会先和你去深圳看一看，如果发现深圳有合适的发展机会，留在深圳也不是不可以。”

深圳不但是改革开放的前沿阵地，也是IT行业的发达之地，商深很向往深圳，不仅仅因为深圳有一个和中关村齐名的赛格，还有一个王启东。

不知道为什么，商深对远在深圳素不相识的王启东印象很好，或许是互联网拉近了人和人之间的距离，让他总以为和王启东同在一片蓝天下、同在一个网络上，就近在咫尺。

一个小时后，杜子静回来了，一进门她先喝了一大杯水，然后快语如珠地说道："好多事情，不知道该说哪一件，还是先说我的事情吧，小商、卫卫，我要调到北京了，祝贺我吧。"

"部里重新调整了一下，从厂里调了几个人到部里工作，有我，还有毕工。没想到，我还有到北京工作的一天，真是天大的好事。不过去了北京，就顾不上照顾家里了，真是没有两全其美的好事呀。对了小商，会上也重新安排了你的工作岗位……你别沮丧，也别失望，不要在意一时的得失，在一线车间锻炼一段时间，对你的成长也不是没有好处……"

"什么？要让商深去车间？"范卫卫听出了什么，一拍桌子站了起来，"算了商深，不干了，辞职走人，不受这份气。"

开会的时候，毕晓提出让商深到车间一线锻炼，说是可以更好地让商深成长，和一线的车间工人多接触多交流，有利于商深更加深入实际、深入生活，从而为商深以后走向更重要的岗位奠定基础。毕晓的理由很充分，商深的专业虽然是信息系统工程，是高科技，但高科技如果不能具体应用到生产之中，也只是纸上谈兵，所以让商深先具体接触一下仪表的生产过程，以后再从事管理工作，可以更好地做到心中有数。

必须得说，毕晓的理由无法让人怀疑他的出发点不是为了商深好，所以他的提议获得了一致通过——杜子静想反对也没有资格，她在会上只有旁听的份儿，对专业岗位没有发言权。

就这样，商深的命运陡然转了一个大弯儿，在毕晓的特殊"照顾"和"关爱"下，从无所事事的办公室进一步下放到了车间，光荣地成为了车间工人中的一员。

毕晓在离开厂子前夕，还念念不忘商深，煞费苦心地要为商深安排一个"大好前途"，如果仅仅是因为他和商深的那次石子引发的冲突，似乎太小心眼儿了，以毕晓活了一大把年纪的人生阅历，肯定不会因为石子事件而处处刁难商深，商深至此完全相信了杜子静的话——毕晓对他"无比特殊照顾"

的背后，肯定另有深层次的原因。

“我要是在的话，还能照顾你一下，可惜我也要去北京了，不过商深你也不要意气用事，别动不动就辞职，下到车间待一段时间，也未必不是好事，”杜子静以过来人的身份苦口婆心地开导商深，“我刚来厂里的时候，也在车间干过半年。”

“时代不同了，杜姐，况且你当年只是高中毕业，也没有选择，商深可是名牌大学的毕业生，他还是电脑高手，他有选择的机会，也有选择的资本！”范卫卫维护商深时不遗余力，很不客气地反驳了杜子静，也不怕杜子静不高兴，“你也别劝他了，杜姐，我已经决定了，带商深去深圳！”

“小商，你真的要辞职去深圳？”杜子静吓了一跳，她习惯了安稳，在她看来仪表厂的收入虽然一般，但胜在安稳，是国企，跳出国企去南方打工，要冒很大的风险，“离家那么远，又人生地不熟的，不要冲动。”

对范卫卫言语之中微带攻击的嘲讽，她压根儿就没有往心里去，也是她神经大条惯了，对话里话外的意思没那么敏感。

商深正要说几句什么，门一响，毕晓推门进来了。

毕晓满面春风，脸上的皱纹层层叠叠地堆集在一起，如梯田般壮观，他径直来到商深面前，拍了拍商深的肩膀，语重心长地说道：“商深，你不要有心理负担，也不要认为厂里对你不够重视，下到基层锻炼其实是好事，只有经过了一线的实践，才能切身体会生产过程的每一个环节，才能让你在以后的工作中脚踏实地。基础打牢了，高楼大厦才能拔地而起，对吧？我当年也在车间干过一年半，后来每次回忆起在车间的经历，都觉得是最宝贵的人生财富……”

不得不说，毕晓的表演很是到位，表情真诚语气诚恳，一脸和善的笑容让人如沐春风，任谁看了都会觉得毕晓对商深的关心是真心实意，就如前辈对后辈的殷殷嘱托，是扶上马再送一程的提携。

“切……”范卫卫忍不住讥笑出声，她冷眼打量了毕晓几下，“毕工，时代不同了，经验有时候是财富，有时候却是包袱是累赘。你们的时代已经一去不复返了，现在是时间就是金钱的时代，谁有时间到车间去耽误一年半载的青春？你的理论过时了，一年半载太久，只争朝夕。对不起，你的所谓好意商深心领了，不过商深已经决定辞职了。此地不留人，自有留人处，世界那么大，谁会傻到非在一个地方受煎熬？”

“你……”毕晓被范卫卫呛得无地自容，一改刚才春风和煦的脸色，“我走的桥比你走的路都多，跟我讲大道理，你懂个屁！”

“我不懂屁，你懂！”范卫卫不甘示弱，继续反唇相讥，“毕工你今年50多岁了吧？从小到大从大到老一直在北方吧？北方水少，没多少桥，估计你走过的桥不超过100座，好吧，勉强算你100座桥，一座桥按1000米算——实际上北方桥少，1000米的桥更是几乎没有——100座桥是100公里，你走的桥满打满算才100公里，我从深圳来到北京就2000公里以上了，更不用说我从小就天南地北到处旅游，中国都走遍了，国也出了好几次了，请问毕工，你走的桥怎么就比我走的路多了？人老了，应该自尊自爱，不要倚老卖老，更不要为老不尊。”

真是一个伶牙俐齿的丫头，杜子静想忍住笑，但又实在忍不住，只好转过身去，不让毕晓看到她幸灾乐祸的样子。

商深也笑了，尽管笑得很含蓄，但还是没办法不笑，范卫卫的反击固然有几分无理取闹的意味，而且也有对毕晓的不恭，但毕晓也确实欺人太甚了，他脸皮薄心肠软不好意思当面揭穿毕晓假借照顾之意行发配之实，还好有范卫卫把话当面挑明了，也省得让毕晓以为他真的又傻又笨软弱可欺。

商深善良是善良，不愿意去主动招惹别人，但如果有人觉得他人善能被人欺就大错特错了，他一向遵循的原则是，人不犯我，我不犯人；人若犯我，礼让三分；人再犯我，我还一针；人还犯我，斩草除根！

算起来，从开始时横插一脚把他从技术部踢到办公室，是毕晓第一次犯他，到现在想方设法发配他到车间，是第二次犯他了。范卫卫对毕晓的反击，算是替他还了毕晓一针。

如果第三次犯他的话，商深心中冷哼一声，他就要还手了！

当然，毕晓是毕晓，毕京是毕京，毕晓对他的刁难和“照顾”，他会记在心里，毕京对他所下的黑手和所做的一切，他也会另外记上浓重的一笔。虽然毕晓和毕京是父子，但也要各自算账。

“范卫卫，你太过分了！”毕晓恼羞成怒，范卫卫当着商深和杜子静的面让他下不来台，他忍无可忍了，在仪表厂多年，身为副总工程师，不，现在是总工了，他在厂里的地位和资格目前仅次于厂长，谁见到他不是恭恭敬敬礼让三分，范卫卫一个连大学还没有毕业的黄毛丫头居然敢对他指手画脚，这让他再难保持镇静，撕下了伪装，“信不信我一句话就可以让你结束在仪表厂的实习，立马滚蛋！”

“谢谢，”范卫卫不但不怕，反而轻描淡写地笑了，“请毕工赶紧让我和商深滚蛋，我们巴不得离开仪表厂，离你这样的败类远一点。”

“好了，不要吵了，毕工，卫卫还年轻，不懂事，你别和她一般见识，别往心里去。”杜子静见事态有失控的迹象，忙站出来打圆场，“卫卫，你少说几句，毕工也是为了商深好，锻炼商深的方式也许不适合时代的发展，但他的出发点是好的，你得理解毕工的一番苦心。”

杜子静的话，明显有拉偏架的意思，暗中不轻不重地刺了毕晓一下。

毕晓气得满脸涨红，用手指着范卫卫的鼻子：“范卫卫，我会向厂里汇报你的所作所为，你的实习评定是不及格！”

范卫卫来仪表厂实习，会走一个正式的程序，实习期满，还需要实习单位盖章并且评定她的实习成绩。毕晓作为厂子的总工程师，在范卫卫的实习成绩评定上，有一定的发言权。

实习成绩将会直接影响到范卫卫毕业后的分配，在还分配工作的年代，大学毕业后根据各项成绩和实习成绩进行综合评定，然后推荐给用人单位，如果成绩好排名高又是重点大学的毕业生，分配到国家机关、部委或是大型央企都不在话下，许多农村来的孩子，甚至一步登天就从偏僻的乡村留在北京，而且还是最高权力机关。

所以在国家负责分配工作的年代，实习期间的评定分数至关重要，毕晓拿评定分数来要挟范卫卫，也是自认可以一举拿住范卫卫的软肋，让范卫卫屈服。

只不过毕晓不知道的是，南方沿海城市和北方内陆城市在思想观念上的差异巨大，在北方，人们依然是持追求旱涝保收的稳定工作的保守想法；而在南方，稳定工作已经不再是首选，依靠经商先富裕起来的一部分人，他们财富的迅速积累冲击了许多人的观念，在80年代下海潮和90年代下岗潮之后，在新世纪来临之前，在电脑的普及和互联网正一步步渗透到生活的方方面面之时，许多人已经开始在寻找新的出路、新的商机和新的生活方式。

如果让毕晓知道在未来的十几年间，随着互联网的兴起，不但生活方式发生了翻天覆地的变化，而且互联网公司还颠覆了许多传统行业，缔造了许多神话和传奇，他肯定会后悔没有早一些置身到互联网的大潮之中。

不过后悔也没用，许多人在时代的巨变之时没有跟上时代的脚步，最终被滚滚的历史潮流淘汰，不是能力不够体力不足，也不是智商欠缺，而是缺少先人一步的眼光和敢为天下先的勇气。

未来一二十年的巨变，是历史上从未有过的巨大变革，时代潮流对不符合时代发展的事物的淘汰速度，远超过任何历史时期、任何技术革命，有太多人在一愣神的工夫就发现已经被历史的滚滚车轮碾轧了，甚至连思索的机会都没有。

“不及格就不及格，有什么了不起，”范卫卫不但没有毕晓想象中的惊惶失措，反倒不以为然地笑了，“反正毕业后我也不打算服从分配，我要自主创业。”

其实范卫卫还有话没有说出口，如果她当众说出她的家境的话，会让毕晓震惊得张口结舌。以她的家境，别说一个实习评定了，就是一份月收入几千的工作她也不会在乎。

“好，好，好……”毕晓一连说了几个“好”字，被范卫卫逼得他居然无招可使了，范卫卫说得也对，如果不打算服从分配自谋出路的话，实习评定不能说是废纸一张，确实也没什么用处，他怒火冲天，扭头看到了商深，咬牙说道，“商深，你是不是也不想在仪表厂待下去了？”

“还没想好……”既然范卫卫和毕晓已经撕破了脸皮，商深再和毕晓客气也就太虚伪了，他呵呵一笑，笑得很轻松，“是走是留，看形势再说，不过这事儿就不劳毕工操心了。”

言外之意就是，你哪儿凉快哪儿待着去。

/ 第 / 十 / 五 / 章 /

不破不立

嘴上这么说，其实商深心中已经有了决定。许多时候一个人距离成功并不远，只差奋力一跃的距离，但往往大多数人缺乏奋力一跃的勇气。

“行，有种！”毕晓在范卫卫面前碰的是墙壁，在商深这里碰的是软钉子，范卫卫和商深还真是一对优势互补的活宝，他知道再待下去也没有什么意义了，除了自取其辱之外，他冷哼一声，“等着瞧吧。”

说完，转身就走。

刚走到门口，办公桌上的电话忽然响了，杜子静伸手接了电话，只说了一句就递给了商深：“小商，找你的，北京来电。”

北京打来的找商深的电话？会是谁呢？毕晓一只脚在门外一只脚在屋内，也不走了，竖起了耳朵。

“你好，我是商深，”商深也纳闷会有谁找他，他才来厂子几天，知道他办公室电话的人极少，“请问是哪位？”

“是我，商深，董博瀚，”电话中传来了微带南方口音的普通话，董博瀚的语气亲切而热烈，“我就闲话少叙直接正题了，是这样的，上次你修复驱动程序的事情，我回来向陈安平陈总说了，陈总对你赞不绝口，说驱动程序有缺陷的问题公司的技术人员早就知道，只是一直没有找到解决方法，后来还请了许多高手联合攻关，花费了一个月时间也没有攻克下来，没想到这么难解决的问题竟然被你一个人在半个小时内就解决了，陈总说，希望你可以来天马公司工作，待遇什么的都没问题。”

“……”商深愣住了，范卫卫果然没有看错，董博瀚真的想挖他，他在仪表厂被毕晓步步紧逼眼见无路可退时，忽然有一条更宽阔、更光明的大道出现在了眼前，他是迈上去还是留在原地几乎是不用思索的问题。这么说来，当时他主动出面为董博瀚解决打印机的故障问题，就是难能可贵的奋力一跃的勇气。

陈安平居然对他赞不绝口？商深有种受宠若惊的感觉，毕竟陈安平作为前辈在圈子之内的名气太大了，想当年他可是响当当的软件奇才和第一程序员。能被第一程序员赏识，说明他在编程上面确实有超常之处。

商深信心大增！

商深的沉默让董博瀚误以为商深在为去不去天马公司工作犹豫不定，其实商深也确实是在犹豫不定，他现在对于仪表厂已经没有什么留恋，犹豫的是他已经答应了范卫卫要和她一起去深圳，而现在董博瀚却是要让他留在北京。

是留在北京还是南下深圳？人生的对与错，有时往往就在于一个关键的选择。

“你可以先来公司看一看，感受一下公司的企业文化和氛围再做决定，正好还有一件事情要请你帮忙，公司还有一批即将出厂的打印机出现了问题，好像BIOS有什么故障，启动不了，请了许多人都没有解决……”董博瀚尽量让他的语气委婉一些，现在商深还没有发现自己身上蕴藏的巨大的商业价值，他需要的是慢慢引导，既不能让商深过早地意识到自己非常值钱，又要让商深认识到自己可以凭借自身的本事赚钱，而不是窝在一个偏僻的仪表厂里虚度光阴浪费生命。如此，才能既让商深为他所用，又不让商深要价过高。

“当然了，公司不会让你无偿付出，会有报酬，你想要多少报酬，可以提，我们会酌情考虑你的要求。”董博瀚让商深主动报价，是想试探商深对自身价值的评估，如果商深答应留在公司，就可以给商深开一个既让商深满意又让公司有利可图的薪酬。

公司主动开价，太低了，远低于商深的心理预期，会让商深一口拒绝，也不利于以后的合作。开高了，会让商深高估自身价值，以后再深入合作，需要付出更多条件才能留住商深。从利益的角度来说，公司都希望以最小的代价留下最有价值的员工。

开价是一门学问，谁先报价，谁就失去了主动权。

“报酬问题……等见了面再说不迟，还不知道故障的难度有多高。”商深并没有想那么多，他不知道是什么故障以及他能不能解决，如果现在谈好了价钱到时不能解决岂不是成了笑话。

“好，就这么说定了，我派车去接你，”董博瀚见商深答应了，心中高兴，唯恐商深再反悔，当即敲定了细节，“车下午 3 点左右到，向厂子请假的事情，我来出面。”

毕晓从头到尾听完了商深的电话，听得不太真切，即使只听到了一个大概，也猜到了一些什么，心中无比震惊！

什么，商深要去北京了？北京有公司请他去解决问题，这么说，商深的大名冲出仪表厂走向首都了？又一想，北京的公司……除了董博瀚还能有谁？

真是董博瀚？怎么可能？董博瀚可是天马集团的副总，天马公司是国内首屈一指的民营公司，据说今年的销售收入有望达到60 亿元以上，公司净资产就高达 18 亿元，相当于十几家仪表厂。

1984 年成立的天马公司，到 1986 年就发展壮大成了天马集团，十几年来由小到大，到现在已经成长为一家大型集团公司，在和许多跨国公司的对抗中，在佳能、惠普、爱普生等众多国际品牌打印机的夹击下，天马的打印机仍然在国内市场占有一席之地，说明天马集团确实有强大的创新精神和研制能力。

上次商深帮他和仪表厂解决了天大的难题，同时也在董博瀚面前露了一手，回去的路上，董博瀚对商深赞不绝口，连夸商深是不可多得的人才，以后只要有机会，商深肯定可以遇山成仙、得云化龙。

董博瀚对商深的夸奖，毕晓听在耳中苦在心里，总觉得董博瀚对商深的夸奖是对他的嘲讽，因为他对商深有很深的成见。

其实他对商深的成见并不是因为石子意外事件，而是因为毕京。

也不知道毕京怎么就那么不喜欢商深，在商深还没有来仪表厂正式报到之前，毕京就打来电话让他提防商深，说商深是一个心机很深的年轻人，又是名牌大学毕业，来仪表厂后肯定会卖力表现，然后在短短两三年内就会成为工程师、副总工程师，最后取代他在仪表厂的位置，将他一脚踢开。

他一开始并不相信毕京夸大其词的话，商深不过是一个刚出校门的毛头小子，能有什么心机什么本事取代他的位置？但却架不住毕京再三地煽风点火，出于维护自己的利益和对毕京的信任，他对商深的偏见在没有见到商深之前就种下了，并且决定要不择手段打压商深，不让商深在仪表厂有表现的机会。

但人算不如天算，商深刚来报到就抓住了机会解决了打印机难题，不但在董博瀚面前露了脸，也在厂里一举成名，这让毕晓非常不爽，也就更加相信了毕京的话——商深既有本事又有心机，商深来仪表厂的唯一目的就是取代他的位置！

毕晓的危机感顿时上升到了前所未有的地步。

董博瀚不停地夸奖商深，不时流露出要挖走商深的想法，出于嫉妒，毕晓含蓄地说了一些商深的缺点，如浮躁、不安分等，想让董博瀚打消念头。董博瀚听了之后，不置可否，不过也不再当他的面说起商深的好，就让他以为他的话触动了董博瀚，让董博瀚改变了主意。

毕晓哪里知道，董博瀚对商深有自己的判断，他的几句话怎么可能让董博瀚打消对商深的欣赏？何况董博瀚在 IT 行业亲眼目睹了近年来高手崛起的奇迹，知道商深现在所欠缺的就是一个机遇，一旦让他抓住了，他就会一飞冲天。

商深就是一个巨大的金矿，一旦开采，就会创造出来巨大的财富。所以董博瀚回到北京后，先和毕晓办完了公事，等毕晓一走，他就立刻向陈安平汇报了商深的事情。

陈安平是天马集团的总经理，在考入北京大学之前，生长在南方农村的他曾打过零工，1988年毕业于北京大学无线电电子学系，在大学期间，他曾获第一届、第二届的“北京大学五四科学奖”。

1989年，陈安平进入北大方正集团从事专业开发工作。6月，独立研制出国内第一个实用化Windows3.0，被选为北大方正当年七大成果之一。作为第一个写出Windows中文平台的程序员，他以软件奇才扬名业内。

1993年起，陈安平担任天马集团的总经理一职。

身为软件奇才的陈安平听说商深半个小时就解决了打印机驱动程序的故障，深知解决程序故障的难度有多大的他，英雄惜英雄，高手知高手，当时就对商深产生了浓厚的兴趣，想马上见到商深。

陈安平虽然贵为总经理，却还保留了程序员出身的特质——直接干脆、不会迂回，董博瀚则不同，董博瀚比陈安平更有商业头脑，也更懂事缓则圆的道理，他劝陈安平不要太急于约见商深，要缓上一缓，否则让商深知道了自己的重要性和公司对他的迫切需要，他就会待价而沽坐地起价。

其实董博瀚高估商深了，商深刚出校门，哪里懂得待价而沽坐地起价的策略，何况商深又不是一个精于讨价还价的人。

毕晓站在门口，走也不是，留也不是，想了一想，还是硬着头皮问了商深一句：“你要去北京？”

商深一脸微笑，虽不是胜利者的微笑，却也刺痛了毕晓的眼睛：“董总是让我去北京一趟。”

“不许去！”不知何故，毕晓的怒火一下点燃了，他忽然就失态了，“如果你敢去北京，就以旷工处理。”

“毕工，现在是我带商深，商深去北京只需要我批准就行，好像还用不着您操心。”杜子静实在看不下去毕晓的嘴脸了，多大的人了，一点儿度量也没有，认识毕晓这么多年，以前只是觉得毕晓斤斤计较了一些，今天她才知道，毕晓何止是斤斤计较，简直就是不可理喻，她第一次对毕晓有了深深的厌恶之意。

“……”毕晓被杜子静呛得哑口无言，就像喝了一口水卡在喉咙咽不下去一样，他瞪了杜子静几眼，扔下一句狠话，“我想管就管，你算老几，你没资格命令我！商深，你记住了，如果去北京，你等着被开除吧。”

商深也火了，他虽然一向信奉与人为善的原则，但毕晓一而再，再而三地冒犯他，已经触及到了他的底线，他终于忍无可忍了：“本来我对仪表厂还有信心，愿意安心待上几年锻炼自己，没想到仪表厂有毕工这样的人，而且还是总工程师，所谓物以类聚人以群分，和一个为老不尊鼠肚鸡肠的人为伍，会降低我的身份有辱我的人格。现在我决定从仪表厂辞职，只要不和毕工这样的人同事，不要这份工作也无所谓。”

仪表厂的工作虽然一般，但好歹也属于部委直属国企，享受部委同等待遇，升迁调回部里，也是顺理成章的事情，前几任厂长现在在部里是下属局的局长，在大众的眼里，可都算是事业有成的成功人士。商深大学毕业时，有许多同学想进部里的下属企业还不得其门而入。

就连毕晓不也要调回北京工作了？所以当商深正式说出要辞职的决定时，杜子静吓了一跳，正要开口劝商深不要冲动，范卫卫却欢呼起来了。

“太好了，商深，你终于有勇气迈出关键的第一步了，不破不立，相信我，离开仪表厂，你的人生才更精彩。”范卫卫喜形于色，她现在恨不得马上逃离仪表厂，不仅是因为仪表厂有毕晓这样的货色，还有晚上想要绑架她的坏人，她对仪表厂和德泉县没有一点儿好印象。

如果不是认识商深，她都后悔来仪表厂实习，还好认识了商深，她才不虚此行。或者说，正是因为认识了商深，她才一点儿也不后悔来了仪表厂，不但不后悔，还很庆幸。

“辞职？”毕晓冷笑了，冷笑声中，他的脸色铁青，阴沉得能滴水，“仪表厂不是你想来就来想走就走的地方，年轻人就是幼稚，以为世界都得围着你转，告诉你，就算你辞职，你也别想拿走你的关系和档案。”

人事关系和档案在分配工作的年代是制约人才流动的紧箍咒，有太多人才因为关系和档案无法带走而被迫留在不能大展宏图的工作单位，最终一辈子做不了自己想做的事情。也不知道有多少可以创新的人才被关系和档案死死牵绊住，最终没有勇气迈出至关重要的一步。

放弃眼前的既得利益去追求不可预知的未来，绝大多数人没有打破铁饭碗的勇气。对，仪表厂的工作虽然收入不高，但至少是铁饭碗，是目前许多人都想追求的安稳。

关系和档案只对本人有用，对单位和别人来说，不过是废纸一堆，但长年在国企养成的傲慢和颐指气使让许多当权者接受不了别人不巴结他们、不把他们当回事儿的事实，就非要扣下别人的档案来彰显他们的权威和重要性。

“好呀，你留着当宝贝吧。不要也没什么，一堆纸还能约束我一辈子的人生？”商深若无其事地笑了笑，开始收拾东西，其实他刚来没几天，办公桌上也没有什么东西可以收拾。不过想想他才来不到三天就辞职了，比起赵向飞干了三年教师才辞职可谓热血多了，忽然间觉得自己也具备成功的潜质。

“行，行，好，好。”毕晓气得浑身颤抖，他环视房间内的三人，杜子静一言不发，范卫卫兴高采烈，商深镇静自若，他忽然感觉原来他在仪表厂一人之下万人之上的权威全部没有了，心中既愤怒又恐慌。

其实毕晓的气都是自找的，商深也好，范卫卫、杜子静也罢，没有一人主动惹他，是他非要自己找不自在，也怪不得别人。

毕晓愣了半晌，还以为会有一个台阶下，半天却没有一人理他，他大感无趣，只好悻悻地推门出去了。

房间中陷入了沉寂，谁也没有说话，刚才的一幕出乎所有人的意料，就连范卫卫也没有想到商深会这么快从仪表厂辞职，她还以为商深最少还要待上一年半载，等实在看不到希望时才逃离仪表厂。

不只是她，连商深自己也没有料到他一时激奋，还没有想好就辞职了。尽管他也知道他的话有几分赌气的意味，而且向毕晓提出辞职不合规矩，在没有正式向人事部门提交书面辞职信之前，他完全可以当他的话没有说过。

但商深就是说到做到的性格，既然说出来了，就不后悔，也不回头。当然，他也得承认，如果不是范卫卫的出现，或许他还真会在仪表厂待上一年半载的，范卫卫的出现起到了推波助澜的作用。

“决定了？”过了一会儿，范卫卫来到了商深面前，轻轻拉了拉他的衣角，“不后悔？”

“决定了，不后悔。”商深笑了笑。

“总有一天，你会感谢我赋予你的勇气，”范卫卫开心地踮起脚尖，双手放在身后，原地转了一个圈，“因为你刚才的决定，改变了你一生的命运。”

“我不是要感谢你赋予我的勇气。”商深柔情无限地凝视范卫卫如花的容颜，一瞬间心中豪情万丈，世界那么大，机会那么多，为什么非要死守着一个半死不活又处处被人刁难的仪表厂，走就走吧，人生永远没有太晚的开始，“我更要感谢命运让我认识你，不是我的决定改变了我一生的命运，是从遇到你的那一刻起，你的出现注定要改变我一生的命运。”

范卫卫甜蜜地笑了，灿烂如花，开心如莲：“我真的是改变你一生命运的那个人？”

“哎呀，太肉麻了，受不了了！”杜子静呵呵一笑，转身出去了，“你们继续，我回避。”

范卫卫和商深相视一笑，二人都沉浸在了恋爱的甜蜜之中。

/第/十/六/章/

一石千浪

“对了，要不要正式提交一封辞职信？”范卫卫提醒商深，“毕竟是大事，口头说不正规。”

“辞职信早就准备好了。”商深从抽屉里面拿出一个信封，从里面抽出一封信，标准的A4打印纸，抬头正中是三个黑体大字——辞职信。

“啊？什么时候的事情？”范卫卫吃了一惊，原来商深早有准备。

“早了，早在来仪表厂之前，我就先写好了一封辞职信，以备不时之需。”

“什么叫不时之需？”范卫卫更加好奇了，难道说商深在报到之前就已经想好了退路，他想得有这么长远吗？

“不时之需的情况多了去了，刚才的一幕是，实在不想干了也是，工资养活不了自己必须另谋出路也是，反正我设想了许多辞职的可能，所以就提前准备好了辞职信，方便随时走人。不过怎么也没有想到，我才来不到三天，就因为一时冲动辞职了。”商深并不后悔他冲动的决定，年轻如果没有冲动和激情，难道要等到老了再后悔当年为什么没有奋力一跃？

何况他的志向一直是投身到互联网浪潮之中，没有互联网浪潮的地方，就没有他的用武之地，也不是他的久留之地。

“也许你留在仪表厂，10年后你就是总工程师了，现在走，不怕留下遗憾？”范卫卫有意试探商深，想知道商深是不是真的不后悔。

"人生若没有遗憾，该有多无趣。"商深哈哈一笑，笑声未落，桌上的电话响了。

"估计是找我的电话，我来接。"范卫卫抢先接了电话。

放下电话，范卫卫一脸不悦："警察也太笨了，让黄汉和宁二跑了。他们说，黄汉和宁二跑出了德泉县，不知道去了哪里，他们已经组织了力量抓捕，一有消息就会通知……算了，早就应该猜到会是这样的结果，随便吧，反正就要离开德泉了。"

"多行不义必自毙，黄汉和宁二早晚还得进去。"商深心里清楚，多半是有人故意走漏了风声才让黄汉和宁二逃之夭夭了，在法制不健全的今天，在下面的县里，这种事情常见，不足为奇。

"你说黄汉和宁二会跑到哪里去？会不会也去了北京？"范卫卫右手食指放在右脸上，歪头想了一想，又摇了摇头，"爱去哪里去哪里，损失了一部手机，让两个坏蛋如丧家之犬跑路了，也算没有白白浪费……这样吧商深，我先和你一起去北京，等在北京的事情处理好了，你再跟我去深圳，怎么样？"

这样的安排挺好，想了想，商深点头："行，就这么定了。"

商深向人事处提交了辞职信。

人事处处长是一个50多岁的中年妇女，名叫单林，一直单身没有结婚，或许是到了更年期的缘故，她成天板着一张苦瓜脸，见谁都跟谁有仇似的。

也是怪了，从来没有笑脸的单林对商深却是笑脸相迎，尽管她笑起来的时候也是一脸的苦大仇深状，比哭还难看，但总归是笑了。

"哎呀商深，你才来几天就要辞职，太儿戏了吧？你以为仪表厂好进吗？有多少人打破头想进还进不来呢。别冲动，年轻人遇到事情要冷静。辞职信你先拿回去，等想清楚了再说。"单林没接商深的辞职信。

商深是一个决定了就不会回头的人，他放下辞职信，淡淡一笑："谢谢单处长的好意，我心领了。正好我辞职了，好让出位置让打破头想进来的人进来。"

"德行！"商深前脚刚走，单林的脸色就一下阴云密布了，她朝里间喊道，"毕工，我只能压下商深的辞职信，别的就管不了了。"

毕晓阴着脸从里间出来，若有所思地点了点头：“看来商深是铁了心要辞职了，他真以为去了北京就海阔天空了？太幼稚太简单太蠢！”

“你不也要去北京？既然商深得罪了你，你们在北京继续斗吧。”单林斜着眼睛，幸灾乐祸地笑了。

“我和他斗？他也配和我相提并论？”毕晓嘴上这么说，心中却闪过一丝阴晦，忽然又想起了什么，小声说道，“单林，你再帮我一个忙……”

“烦不烦呀你，我忙着呢！”话虽这么说，单林还是拢了拢头发，眼中闪过一丝温情，“什么忙？快说。”

“你这样……”毕晓探头朝门外望了一眼，压低了声音向单林耳语了几句。

一个小时后，商深再次成为焦点人物，一个关于他的流言在厂子里如午后的阳光一样，迅速传遍了每一个角落。

和上次商深因为出手解决了打印机故障而名声大振不同的是，这一次关于他的流言，是负面新闻。

商深和范卫卫都收拾好了东西，刚刚又接到了董博瀚的电话，说是汽车半个小时后会到，让商深做好出发的准备。

商深对仪表厂已经没有了一丝留恋之意，他在等杜子静回来，向杜子静告别之后，就可以毫无留恋地离开仪表厂了。也不知道杜子静去了哪里，出去半天也没有回来。

结果没等来杜子静，却等来了流言蜚语。

商深正和范卫卫说话，说着说着，总觉得哪里不对，似乎外面有动静，他推门一看，顿时惊呆了——门外不知何时站了一群人，有男有女有老有少，众人窃窃私语，对着他和范卫卫指指点点。

出什么事情了？商深愣了片刻，向前一步抓住了一个和他年龄差不多的女孩的胳膊：“怎么了这是？”

女孩长得不很漂亮，也不难看，圆脸，有一双明亮的大眼睛，她叫张华，被商深抓住了胳膊，却不惊慌，大大方方地掩嘴一笑说道：“有人说你因为生活作风问题被人发现，没脸再在厂子里待下去，所以主动辞职了，还说你和范卫卫正在办公室里亲热……然后有人带头来围观，我就凑热闹跟了过来。”

“……”商深气得无话可说了，是谁制造的流言蜚语想都不用想，只是他怎么也想不到的是，毕晓也算是一个有头有脸的人物，怎么能用这么下流的手段呢？

若是别的女孩，或许会气哭，最少也会羞红脸，范卫卫不一样，她反倒咯咯地笑了：“有人说？是毕工说的吧？好吧，先不管是谁说的了，商深未婚我未嫁，我们是正常恋爱，又不是婚外恋，怎么就生活作风有问题了？再说了，我和商深都是成年人了，又是恋人，亲热是再正常不过的事情，值得大惊小怪吗？好，你们不是要看我们亲热吗？我就让你们看个够！”

话一说完，范卫卫伸手抱住了商深，身子一欠，头朝前一送，红唇就印在了商深的脸上。

“哇！”

人群顿时轰动了。

虽然现在电视剧上搂搂抱抱的镜头已经见怪不怪了，但在小县城，还是偏向保守，大街上并肩行走的男女，手拉手的有，勾肩搭背的少，当街亲热的却是没有。所以范卫卫当众做出亲吻商深的举动，立刻引发了人群的惊呼。

不少人都震惊当场，目瞪口呆。

见效果达到，范卫卫哈哈大笑：“怎么样，好看吗？还看吗？”

“就是，还看吗？”商深以前也不是喜欢当众大出风头的人，被范卫卫带动，又被人围观，他突然就迸发了激情，反手抱住了范卫卫的脖子，俯身就要朝她的嘴唇吻去。

“啊！”

范卫卫倒没有受惊，人群却受惊了，不少人被太过香艳刺激的场面吓到了，有人夺路而逃，有人捂住了双眼，也有胆大的跟着起哄。

“亲一个，亲一个！”

到底是亲还是不亲，这是一个问题，商深知道范卫卫不会拒绝他的亲吻，可是如果他的初吻是在大庭广众之下发生，也太没有私密和幸福感了，初吻毕竟是幸福的事情，而且还是两个人的幸福。

“亲呀！”

“亲啊！”

人群见商深欲亲又止，原本要走的又停下了脚步，原本捂眼的又松开了双手，一起哄笑捉弄商深。

完了，玩儿大了，骑虎难下了，商深和范卫卫交流了一下眼神，见范卫卫神情自若，虽有三分羞涩，却还有七分谁怕谁的强势，他心一横，怕个毛，亲就亲了。

然后就要朝范卫卫的嘴唇压下去……

众人都屏住了呼吸，期待商深亲吻范卫卫的一刻，范卫卫紧闭双眼，睫毛轻轻颤抖，既紧张又充满了幸福的期待。她脸色绯红，人比花娇，娇美不可形容。

多年之后，当在场的众人回忆起商深亲吻范卫卫时的场景，还是莫名激动，并且有一丝感动和遗憾。感动的是，亲眼目睹了商深和范卫卫的恋情，是一件值得珍藏的事情。遗憾的是，只差那么一点点，商深就真的亲到范卫卫了，真的，只差那么一点点……

据说后来有人聚会的时候，回忆起当时的情景，有人说亲上了，有人说没亲上，为此，还有两个人争得面红耳赤，差点打架。最后还是被商深抓住过胳膊的圆脸女孩张华一句话结束了争论：“商深到底有没有亲到范卫卫，有意义有区别吗？”

众人听了，都沉默不语了，确实，亲到亲不到，对于以后发生的一切来说，已经毫无意义了。

不过最让众人津津乐道的还不是商深亲吻范卫卫的举动，而是后来发生的惊人的变故……

“嘀嘀！”

几声汽车喇叭的声音在人群后面响起，众人的目光都被商深即将亲吻范卫卫的香艳场景吸引，哪里还顾得上身后发生什么，都没有回头，也没人让路。

可惜的是，汽车喇叭声让商深中止了亲吻动作，他抬头朝人群后面望去，顿时露出了一脸喜色：“来了！”

“呼！”人群对商深的举动喝了一声倒彩，顺着商深的目光，都纷纷朝后面望去。

后面停了一辆通体漆黑的奔驰，耸立在车头的三叉星商标昂然而又高贵，无声地宣告作为曾经的汽车发明者和如今的豪华汽车最著名品牌之一的尊贵和高高在上，是一辆奔驰S500，北京牌照。

奔驰S级轿车是德国戴姆勒集团旗下品牌梅赛德斯－奔驰推出的顶级豪华车，代表着豪华汽车的最高水准。

众人再一次惊呼了，不少人睁大了眼睛，惊喜而夸张地脱口而出：“奔驰，哇，豪车，牛，牛叉！”

德泉县城最好的汽车是首富郝彬的奥迪200，排量1.8，带涡轮增压，而眼前的奔驰S500却是4.0的排量，不管是排量、级别，还是价格，完全不可相提并论。即使是县委书记和县长，也都才是一辆奥迪100，和奔驰S500一比，差了何止十万八千里。

甚至有许多见都没有见过奔驰的人，第一次见到的奔驰居然是奔驰轿车中最顶级、最豪华的S级，都睁大了眼睛，贪婪的目光在奔驰S500的车身上扫来扫去，不肯移开片刻。

从改革开放以来到今天，走过了十几年发展的中国，已经初步摆脱了贫困，正由温饱向着追求品质的阶段迈进。年轻一代中，开始喜欢手机、电脑、网络以及汽车，就算买不起汽车，但大街上日益增多的汽车也让他们开始对汽车产生了浓厚的兴趣，开始了解汽车常识并且研究各种汽车型号，有一些车迷甚至对各个汽车品牌和款式如数家珍。

就算再不关注再不了解汽车的人，也知道几大著名品牌，奔驰、宝马、奥迪和富豪。由于奥迪进入中国较早，又是官车，知名度最高，也最常见。而富豪也就是后来的沃尔沃，因为在许多港台片里对富豪大加推崇，也被深受港台电影影响的年轻一代所熟知。但奔驰和宝马，即使不是官车，没有在港台片中频频露面，但依然被国人推崇为豪车之中的豪车。

实际上，奔驰和宝马也确实是世界豪车之中的典范。

平常只要大街上跑过一辆奔驰或是宝马，都会成为目光追随的焦点，何况现在一辆顶级奔驰停在眼前，众人双眼放光，如见到奇珍异宝一样，围着奔驰转个不停，有人啧啧连声，有人乐得合不拢嘴，有人忙着和奔驰合影，人群顿时乱成了一团。

不过……不少人心中都同时升起一个疑问，奔驰 S500 出现在仪表厂，似乎是来接人，那么到底是来接哪一位重量级人物？厂长的座驾也才是奥迪 100，副厂长和毕工甚至连专车也没有，出去办事经常骑自行车，偶尔可以调用厂里的桑塔纳，整个仪表厂也才五辆汽车，只有两辆是轿车，剩下的三辆都是卡车。

全部汽车加在一起，也买不了眼前的一辆奔驰 S500。看样子，奔驰 S500 显然不是来接厂长、副厂长和毕工的，因为领导的办公室不在这里，难道说，仪表厂还有比厂长、毕工更重要的大人物？

会是谁呢？

所有人在震惊奔驰 S500 的豪华之后，都好奇心大起，想要看个究竟，到底是谁面子这么大，居然惊动了一辆奔驰前来迎接。

奔驰车门打开，下来一人，年龄 40 岁出头，穿着打扮十分讲究，他一下车就很有礼貌地冲人群点了点头，环顾四周，视线最后落在了商深身上。

分开人群，他径直朝商深走去，在众人疑惑不解和难以置信的目光中，司机来到了商深面前，微微点头致意：“请问你是商深商先生吗？”

商深客气地点了点头：“我是商深。”

“受董总委托，我来接您，请您上车！”司机后退一步，身子一侧，伸手做了一个“请”的姿势，他态度恭敬，谦和低调，对商深礼貌有加，让众人看得目瞪口呆。

啊，原来奔驰 S500 是来接商深的，怎么会？怎么可能？！众人面面相觑，不敢相信眼前发生的一切。

商深才来仪表厂上班没几天，对，连三天都不到，而且他才刚出校门不久，有什么资历值得奔驰 S500 出马迎接？难道他是富二代？不对，看过商深简历的人都知道商深出身农村家庭，父母都是农民，还富二代，根本就是穷二代。

那么一个刚出校门才上班不到三天的穷二代，为什么会有奔驰 S500 来接？难道说，商深是一个不可多得的人才？问题是，商深来到仪表厂之后，也没有表现出什么过人之处，除了会修打印机之外。

会修理打印机也叫人才？那我会修理自行车还会木工活算不算是更了不起的人才？我是六级木匠是不是相当于中级知识分子了？

不管众人是不是承认商深的优秀，事实就是事实，活生生地发生在了眼前，不服也好，嫉妒也罢，谁也阻挡不了商深和范卫卫一起迈进奔驰汽车的脚步。

当商深和范卫卫上车之后，奔驰 S500 没再停留片刻，也没有向毕工或是厂长汇报，直接扬长而去，望着奔驰消失在厂子门口的尾灯，众人都呆了一样站在原地未动，所有人都沉默了。

因为所有人都被震撼了，心中大有触动，多少年四平八稳一潭死水的生活被商深的到来、被一辆奔驰 S500 的出现打破了，就如一块巨石投入了水中，激起了惊天的巨浪。

或许互联网的浪潮要很多年之后才会席卷到这个小县城，但商深在这里短暂地停留，并且展现了“知识就是力量”的真谛，提前让许多人感受到了互联网浪潮来临之前的冲击力。

/第/十/七/章/

威　吓

原来生活还可以这么充满激情、充满希望、充满种种可能？原来日复一日的波澜不惊的生活是这样地无聊、这样地沉沦，原来一个人无权无势也可以这么受人尊敬！

是呀，商深既不是高官又不是官二代、富二代，没有资历，甚至连职称也没有，为什么奔驰 S500 来接的人不是厂长不是毕工而是他呢？不少人在震惊之余开始深思其中的原因，也有人想出了为什么，是因为商深是一个人才。

奔驰S500来接商深，是对商深的尊重，同样，也是对知识对人才的尊重。

多年以后，许多忍受不了仪表厂死气沉沉的环境的人，在跳出仪表厂之后，在商海中收获了远超当年成百上千倍的成功时，他们回首往事，最想感谢的一个人就是商深。正是商深的到来让他们看到了人生的另一种可能，商深所受到的礼遇和取得的成功，让他们几经挣扎终于有了不破不立的勇气，才敢于跳出仪表厂下海，并且有了后来的成就。如果没有商深的带头作用，也许他们会在仪表厂无所事事终老一生。

“什么时候仪表厂也像民营企业一样尊重人才，仪表厂就不会死气沉沉了，”过了半晌，圆脸女孩张华无限感慨地说道，“尊重人才就是尊重未来，尊重未来的企业才会有未来。”

如果让商深听到张华的感慨，他一定会赞成张华的说法。

坐在舒适的奔驰 S500 的后座，商深也是感慨万千，天马公司在成立两年之后就发展壮大成了天马集团，绝非偶然，和天马集团对人才的求贤若渴不无关系。只凭上次他出手帮董总解决了打印机驱动程序故障一件小事，董总就派天马集团总裁陈安平的专车来接他就可以得出结论，天马集团是一家有气魄敢为天下先的集团公司，以后还会有更大的发展前景。

对人才的态度就是一家公司对待市场和未来的态度，尊重市场和未来的公司才会有市场和未来。

“谢谢张叔叔。”商深客气地向司机师傅表示了感谢。

通过交谈得知，司机名叫张旭辉，是陈安平的专职司机。前来接商深是董博瀚的提议，但让张旭辉亲自开着陈安平的奔驰 S500 来接，则是陈安平的决定。

“客气了，商先生，应该的，您是陈总和董总的贵宾，能接您是我的荣幸。”本来张旭辉对陈总安排他特意来德泉县一趟接商深还很是不解，见到商深时发现商深只是一个毛头小子，就更是想不明白，一个才 22 岁的小伙子能有什么本事值得如此高规格接待？以前只有在接专家教授时，陈总才会让他亲自出动。

虽然也听董总说过商深解决打印机故障的事情，张旭辉却不以为然，在他看来天马公司上下全是电脑高手，其中有太多人比商深学历高、资历老，还独自写过软件，商深也许就是瞎打误撞解决了一个小小的故障，犯得着对他用这么高规格的接待？

后来陈总的一句话让他扭转了对商深的看法。

“我看了商深解决打印机驱动程序的思路，这个年轻人，是个天才！就是我也想不出来这样的思路，了不起，真的了不起。”

谁不知道陈安平就是程序员出身，以擅长写程序而出名，号称业内软件奇才和第一程序员，他如此盛赞商深说明商深确实有过人之处。

接上商深后，见商深年轻英俊，张旭辉对商深的好感大增，现在又见商深谦逊有礼貌，难得这么年轻就能做到不骄傲，他对商深的印象就彻底改观了。

范卫卫悄悄朝商深伸了伸大拇指，为商深称呼张旭辉张叔叔而不是张师傅暗暗叫好，细节决定品位，张叔叔比张师傅更有人情味，也更能体现出商深对张旭辉的尊重，她越来越觉得商深不但是一个技术人才，也是一个人际关系交往上的人才。

也是，她的眼光怎会差？如果商深不优秀，她怎么可能喜欢上他？轻轻拉住商深的手，范卫卫柔情似水："我和家里说好了，过几天在北京的事情解决了，你和我一起回深圳，见见我爸妈。"

"去深圳可以，但见你爸妈……"商深又腼腆地笑了，"好像进展太快了吧？"

已是下午三四点钟的光景，太阳西斜，阳光透过车窗照进车内，落在了商深的身上，让商深全身笼罩在金黄之中。盛夏的田野，到处是绿色的海洋，一尺多高的粟米、半尺多高的玉米、长势良好的棉花，在阳光的润泽下，茁壮地成长。

奔驰沿高速公路一路北上，行云流水的行车质感展现出奔驰百年品牌的底蕴。

"时间就是金钱，在能创造出三天一层楼的奇迹的深圳，三天时间从认识到结婚，也不算什么大不了的事情。"范卫卫嘻嘻一笑，语气中有调侃取笑之意。

1982 年 11 月到 1985 年 12 月的 37 个月期间，中国建筑第三工程局（集团公司）一公司在承建深圳国际贸易中心大厦时，创下了三天盖一层楼的速度，这在当时的中国是绝无仅有的创举，史称深圳速度。

此后由于众多媒体的引用和宣传，深圳速度就成了形容建设速度非常快的一个代名词，并且被不断地引申和解读。到了 90 年代之后，各大城市的建设和发展速度也都提高了许多，和深圳速度相当甚至更快，深圳速度也就很少被人提及了。

"好，见就见。"商深没再多说什么，他的心思沉浸在了对未来的未知和向往之中，除了兴奋和期待之外，还有一丝不安。

丢掉铁饭碗走向一条自由之路，看似轻松，其实也有相当大的风险。商深毕竟还年轻，难免会有一丝担忧和迷茫。尽管他自信只要有本事走到哪里都会有饭吃，但他也和大多数刚出校门的年轻人一样，对明天的不确定性有天然的畏惧感。

畏惧感来自贫穷，说白了，还是因为口袋没钱。如果现在商深手中有十几万，不，哪怕是几万的存款，他也敢拼上一把，但出身农村家庭的他实在穷怕了，家里供他上大学已经花光了全部积蓄，哪里还有钱再支持他创业。别说创业了，就是他赚的钱都不够养活自己，他没有脸面再向家里伸手要钱。

一分钱难倒英雄汉一点儿不假，对于从小在贫困线挣扎的商深来说，现阶段有一份安稳的工作，可以在养活自己之余还有余力回报家里，就是最大的满足了。所以他虽然下定决心从仪表厂辞职，也不会后悔，但对于明天还是隐有担忧。

不过想到赵向飞为了创业，还当过小贩、卖过鲜花、去过义乌进货，他还怕什么？就算去中关村摆摊也饿不死自己。英雄莫问出处，真正的大人物，也都有落魄的时候，深吸了一口气，商深做好了迎接明天的准备，不管明天是风和日丽还是狂风暴雨。

到了北京，要先安排商深住下。张旭辉为难地说道：“商先生，陈总和董总都有事情，就委托我来安排您的住宿。之前不知道您还有朋友一起，董总就在宾馆安排了一个房间……公司的员工全是北京当地人，都有住房，所以公司没有宿舍。”

民企和国企最根本的不同不是收入的高低和待遇的差距，而是住宿。大多国企都会有职工宿舍，有些是单身员工住，有些是结婚的员工住。

不管是产值还是利润，仪表厂完全无法和天马集团相提并论，天马集团一年的产值就是仪表厂10年的产值，但天马集团再有钱，却没有宿舍，因为天马集团不是国企，没有属于自己的地皮。

“就一个房间啊？”商深挠了挠头，他可没钱再为范卫卫开一个房间，“怎么办呢？”

“一个标间吧？”范卫卫脸微微一红，又大大方方说道，“只要有两张床就行了，我无所谓，你呢商深？”

女孩子都无所谓了，商深难道还要矫情说不行？他就点头说道：“好吧，只能这样了。”

张旭辉礼貌地笑了笑，没有说话，安排好商深住宿之后就走了。

宾馆叫颐宾楼，位于中关村大街，比中关村历史还悠久，是中关村的标志性建筑，距离天马集团的总部不远。不过遗憾的是，几年之后，颐宾楼就被爆破拆除了，从此永久地画上了句号。

只有几层高的颐宾楼设施还算不错，入住之后商深才知道，天马集团特意为他长租了一个房间，说明天马集团对他确实器重。

房间不算大，20 多平方米的样子，除了两张单人床之外，还有桌椅和电话，只是没有电脑。当然也不可能有电脑，电脑太贵重了。

商深的行李很少，一个背包就全部装下了，范卫卫的行李多一些，有一个大大的行李箱。商深躺在床上想事情，范卫卫一边收拾行李一边说个不停。

“旁边就是中关村，现在还没有关门，赶紧陪我去买一部手机。不对，我就要离开北京了，买一部手机也没什么用，也不打算用北京的号了。算了，不买了。”

“等下晚上吃什么？我请客。是吃肯德基还是麦当劳？”

“肯德基吧。”商深躺在床上懒洋洋地不肯起来，看着范卫卫忙来忙去的样子感觉很温馨，尤其是她弯腰收拾衣服时腰身纤细、双腿笔直，再想起晚上要和她住在一起，不由得心惊肉跳，一时胡思乱想了起来。

“想什么呢？”范卫卫哼着一曲《你快乐所以我快乐》，轻手轻脚地收拾好了东西，忽然发现似乎房间中太过安静了，回头一看，哑然失笑，商深居然躺在床上睡着了。

商深最近太累了，不是身累，而是心累，他一出校门就经历了太多的事情，范卫卫心中涌动着柔情和怜惜。熟睡中的商深，嘴唇微抿，双眼轻闭，安静的表情微露坚毅之色，他的耳朵不是很大，耳垂却不小，从侧面望去，圆润且好看。

原先不觉得商深有多帅，如果按照范卫卫的打分标准，顶多70分。但相处时间久了，她越来越发现商深初看之下并不是英气逼人的帅，但却非常耐看，看久了，你就会发现他的脸形以及五官都是那么和谐并且充满了男人魅力。

也许是情人眼里出西施，也许是商深真的是一个有内涵的男孩，有内涵的人才耐看，范卫卫心中充满了爱意，她来到商深身边，为他盖上了被子，就让他多睡一会儿吧，他承担了太大的压力，和他不一样，她还没有大学毕业，而且毕业后爸妈就会为她找好一个收入丰厚又安稳的工作，不管是在北京还是在深圳，都有门路。

刚为商深盖上被子，商深突然就醒了，醒来之后的他坏坏地一笑，一伸手就抱住了范卫卫，范卫卫嘤咛一声，就倒在了床上。

商深将范卫卫揽在怀中，见范卫卫双眼微闭，既羞涩又期待，他就再也按捺不住心中的跃跃欲试，直接将嘴唇压在了范卫卫的嘴唇之上。

“不……”范卫卫又羞又急，想要推开商深，哪里还推得开，被商深结结实实亲个正着，感受到商深强烈的男人气息和他粗重的呼吸，她也被商深的情绪感染，先是笨拙地躲避，然后又一点点地回应商深的激情，再然后……她就再也无法矜持，用力抱住了商深。

商深在前途不明后退无路之时，在身心疲惫之际，有了范卫卫的陪伴，在和范卫卫的肌肤相亲之中，他的身心全部沉浸在了范卫卫的温柔之中，就如长途跋涉的旅人忽然找到了可以休息的港湾，他贪婪而放肆地在范卫卫的身上挥洒青春的激情和迷茫。

“嘀嘀……”正当商深和范卫卫两具年轻的身体互相靠近就要燃烧年轻的欲望之时，商深的BP机忽然很不合时宜地响了。

BP机一响，范卫卫清醒了过来，一把推开了商深，整理了一下头发，脸红如云：“谁呼你？没听你BP机响过，好像第一次。”

商深也从意乱情迷的状态中恢复了正常，他翻身抓过放在床头的NEC牌的汉显BP机，蓝色的荧光照耀之下，显示出了一行字：“商深，北京欢迎你！别以为你打败了我们，其实，我们之间的战争才刚刚开始。黄汉、宁二。”

这款汉显的NEC牌BP机价值1500元，是商深毕业之前，省吃俭用积攒了将近一年的钱才买的，最主要的用处是为了找工作时方便联系之用。

商深一言不发将BP机递给了范卫卫，范卫卫只看一眼脸色就变了。

“我的BP机号码一共没几个人知道，连你也没有告诉，算上叶十三和杜子清在内，不超过十个人，”商深低头想了一想，眼中闪过一丝疑惑，“知道号码的这些人中，认识黄汉和宁二的就只有叶十三、毕京和杜子清了，而我来北京，还没有来得及告诉叶十三和杜子清。”

“这么说，肯定是毕京了，”范卫卫顺着商深的思路说了下去，“肯定是毕晓告诉了毕京，然后毕京告诉了黄汉和宁二……不用担心，商深，我们就在北京待几天，然后就去深圳了。”

商深点了点头，他倒不是担心黄汉和宁二会拿他怎样，他想不通的是，如果黄汉和宁二是受毕京指使，那么他现在已经离开了仪表厂，毕京为什么还非要和他闹个没完没了？好吧，就算毕京是因为喜欢范卫卫当他是情敌，问题是，范卫卫对毕京一点儿感觉也没有，毕京又不是不知道感情上的事情不是说打败情敌就可以赢得爱情，他又另有什么企图呢？

“算了，别想了，先吃饭吧，”范卫卫见商深想得入神，一拉商深，“这里是北京，是首都，不是小县城，黄汉和宁二再敢胡来的话，就等着被抓吧。”

漫步在北京的街头，繁华、喧嚣、热闹，大都市的气象自然是小县城无法相比的雍容大气，不过也缺少小县城的安静和从容。

相比之下，商深更喜欢城市，因为城市充满了活力和奋发向上的气息，也充满了机遇和挑战，对于每一个想要有所作为的年轻人来说，城市是可以大展手脚的舞台。

商深双手插在裤兜里，走在范卫卫的左侧，范卫卫挽着商深的胳膊，依偎在商深的肩膀上，一对热恋中的恋人，就这样不紧不慢地走着，享受黄昏时分华灯初上的夜景。

穿了一身粉色连衣裙的范卫卫，娇美如玉的脸上还挂着一丝淡淡的红晕，她低着头看着脚尖走路，有一句没一句地和商深说话。

“商深，你爸妈人好不好？”

“他们人很好，老实巴交，都是农民。爸爸当了一辈子的代课老师，一直没有转正，就一边教书一边种地。妈妈种了一辈子的地，去过的最远的地方就是石家庄。”商深的老家是安济县，在石家庄以南40公里，虽然是省会的下辖县，却是贫困县。

/第/十/八/章/

较　劲

商深的爸妈都很善良，教初中历史的爸爸经常告诉商深做人就是要秉承修身齐家治国平天下的理念，用现代话说就是，一个人在没有人脉和资源的时候，要先提高自身价值。因为你既改变不了别人也改变不了世界，却能改变自己。成功先从改变自己开始。

而从来不会讲大道理也没有读过多少书的妈妈只反复地强调一句话——做人得有担当，得负责任。

爸妈的言传身教让商深在心中树立了一个信念，不管什么时候，为人处世都要本分、都要有所为有所不为。

“你爸妈呢？”商深怜惜的目光落在了范卫卫的秀发之上，他伸手摸了摸她飞扬的长发，指尖划过长发，有淡淡的香气。

“我爸经商，他名下有一家公司。我妈在政府机关工作，是个处长，他们人也很好，他们是第一代深圳人，在深圳刚刚成立之时就带着梦想和激情去了深圳，然后就在深圳扎根下来。”

1980 年 8 月全国人大常委会颁布了《广东省经济特区条例》，深圳经济特区正式成立，地域包括今罗湖、福田、南山三个区。特区成立之后，从全国各地抽调了许多人才到深圳支持深圳建设。当年第一批入驻深圳的支援者，现在大多数已经事业有成，成为各个行业的领军人物，是第一代深圳人。

第二代深圳人大多出生在20世纪80年代和90年代之间，伴随着深圳的成长而成长。他们有的就出生在深圳，但在他们的籍贯一栏里却写着湖南、湖北、四川、山东、青海、北京等全国各个地方，范卫卫就属于第二代深圳人。

说话间，二人来到了肯德基中关村大街店，由于来得早，还好有位置。范卫卫找了一个靠窗的位置，让商深去占座，她去点餐。

商深想去，范卫卫却不肯："好了，我去点，你不知道我爱吃什么，而你吃什么都行。"

摇了摇头，商深无奈地笑了，他知道善解人意的范卫卫是想以一种委婉的方式请客，心想有朝一日等他有了钱，一定要请范卫卫吃大餐。

商深和范卫卫刚进来的时候，还有空位，不多时就客满了。肯德基在2000年后才开始加速扩张，此时还只在大城市布局，即使北京的店面不多，但每到用餐高峰，都是人满为患，一座难求。

范卫卫排了半天队才买来两份套餐，她鼻尖微有汗水，挤开人群来到商深面前："哎呀，太火爆了，像吃东西不要钱一样。不就是一个肯德基，怎么都抢着吃，至于吗？"

是不至于，不过国人喜欢洋快餐也没办法，商深笑道："洋快餐一是快，二是干净卫生，三是新鲜，几年后，估计全国各地都会遍地开花，甚至连县城也会普及。"

"不会吧？"范卫卫饿了，拿过一个炸鸡腿就啃，淑女风范全无，含混不清地说道，"肯德基别看是快餐，可是不便宜，一般收入的家庭消费不起。就和现在的电脑一样，七八千上万一台，谁买得起？电脑不普及，网络就普及不了，所以我劝你，帮天马集团解决了问题之后，别听董博瀚的许诺，别留在天马，跟我去深圳发展。"

商深的看法和范卫卫不一样，他拿起一个汉堡一口咬下了三分之一，呵呵一笑："我留不留在天马先不说，只说肯德基的扩张和电脑的普及，肯德基的消费虽然不便宜，但你别忘了居民的收入每年都在提高，不用多久全民就都吃得起肯德基了。电脑也一样，现在虽然一台电脑要七八千甚至上万，但你不要忘了，电子产品整体是一个降价的趋势，BP 机刚出来的时候，一台也能卖到三五千，现在呢？一两千。手机刚出来的时候，大哥大跟一块砖头似的，现在比手掌还小，价格也从当初的一两万降到了五六千，科技的进步就是功能越来越先进，价格越来越便宜。”

“请问，这里有人吗？”

正当商深侃侃而谈之时，身后忽然有一个声音响起，商深回头一看，身后站了一个个子不高、身形瘦弱的男人，年约 30 岁，上身是一件衬衣，下身黑色裤子，脚上一双黑色皮鞋，头发梳得一丝不乱，应该还打了摩丝，很亮很有型。

尽管摩丝男人的衣着很讲究，明显精心打扮了一番，但不得不说干净的衬衣和笔直的裤子并没有衬托出他“伟岸的身姿”——主要也是他的身姿实在无法用伟岸形容，个子矮一些倒没什么，只要长得周正大气就行，可问题是，他不但个子矮，而且长得实在不算英俊。

其实说不算英俊还是商深不好意思说人坏话，如果让范卫卫形容，会说摩丝男人长得惨不忍睹、无法直视并且对不起观众。也确实，如果说毕京的丑是因为长得歪瓜裂枣，那么摩丝男人的丑却是无法形容，或者也不能说是丑，而是一种很奇特的长相，身材不高大，所以显得头更大，脸大，眼睛也大，额头宽，但下巴却很窄，乍一看，很像科幻电影中的外星人。

商深和范卫卫坐的是四人座，摩丝男人是一个人，正是用餐高峰，座无虚席，虽然大多数人不愿意和陌生人同桌，但商深出于礼让就不假思索地说道：“没人，您可以坐。”

“谢谢。”摩丝男人点头一笑，却并不坐下，“我去买东西，麻烦你帮我先占一个座位，好吗？”

“好的，没问题。”

“干吗让他坐？”范卫卫回头看了一眼摩丝男人的背影，微带不快地说道，“我们两个人吃东西多好，平白多了一个陌生人，多尴尬。再说他长得那么丑，和他坐在一起，影响食欲。”

“他长得是不帅，不过也不算丑了，至少看上去比毕京顺眼多了。有些人是其貌不扬，不过却面善。有些人不但长得丑，而且还凶，”商深笑道，“与人方便自己方便，况且我们两个人占四个人的座，也算是多占了社会资源。”

“好吧，我说不过你，让他坐好了，”范卫卫白了商深一眼，“哪里有这么多所谓的社会公德，这是一个竞争的社会，你不争取，别人就抢走了。”

商深部分赞同范卫卫的理念：“该争取的时候自然要争取，但该礼让的时候，还是要礼让几分……”

商深话未说完，一个女孩从旁边突然出现，二话不说就一屁股坐在了他旁边的座位上。

“喂，这里有人了……”范卫卫生气了，一下站了起来，做了一个请你离开的手势，“对不起。”

如果说刚才彬彬有礼地问商深可不可以坐下的摩丝男人是丑而有礼的话，那么问也不问一屁股就坐下的女孩就是美而无礼了。确实，女孩长得很漂亮，不说她明亮的眸子明净清澈、灿若晨星，只凭她一张白嫩而红润的面孔就足以颠倒众生了，她的美丽，不是清丽脱俗之美，也不是娇艳妩媚之美，而是温雅秀美、雍容华贵的端严之美。

是的，别看女孩不过20岁的年纪，却目光淡然、面容温雅，一个眼神一个举动之中，自有一股不可亵渎的高贵。

只不过容貌出众、气质高贵的她却并没有做出高贵的姿态，她只是漠然地看了范卫卫一眼，轻轻地吐出了一句话：“我坐下就是我的座位了。”

“你！”范卫卫气得扔掉了手中的鸡腿，“你怎么不讲理呀？”

“我有吗？”女孩依然是漠然的态度，目光低垂，似乎连看也不想再多看范卫卫一眼，“你们两个人占四个人的位子，就是讲理了？是你无理在先，我不过是替所有没座的人讨还公道罢了。”

“……”向来能言善辩的范卫卫居然被对方说得哑口无言了，也是因为对方镇静自若高高在上的态度让她无比气愤，一气，就失去了应有的理智，反倒卡壳了。

“我们两个人占了四个人的座位是不假，可是也没有规定两个人只能坐两个人的座位不是？”商深出面了，他清楚范卫卫说不过对方不是因为理亏，而是失之于急躁了，范卫卫性子急，而对方性子慢，事缓则圆、话慢则坚，而且对方又有强大的心理优越感，范卫卫败北也就不足为奇了。

女孩穿了一件T恤，下身是七分裤和运动鞋，显得既青春又干练，她漫不经心地笑了笑，不以为然地说道：“是没规定两个人不能坐四个人的座位，但也没规定在有空位的时候别人不能坐，对吧？”

“对。”商深点头认可了对方的说法，一脸诚恳，他憨厚的笑容很容易让人信任并且放松警惕。

“知道就好！”女孩被商深的外表和态度欺骗了，她点头一笑，“所以我坐这里你没有意见吧？”

“我没意见。”商深挠了挠头，一脸腼腆。

“没意见就好。”女孩以为她已经说服了商深，就打算扭头到一边，不再理会商深，商深一身衣着一看就是极其普通的品牌，不对，甚至没有牌子，她一向不屑于和穷人打交道，不，连话都不屑于多说，何况她还看了出来，商深刚出校门不久，估计是大学毕业后留在北京工作的外地人，在她眼中，不管是大学毕业留在北京工作的大学生还是初中毕业在北京打工的工人，一律被她归为外地来京务工人员。

“不过……”商深含蓄地笑了，笑得依然真诚腼腆，他用手一指手端托盘大步过来的摩丝男人说道，“我是没意见，可是他有意见，因为你坐的是他的座位，他比你先到一步。虽然说座位无主，但先来后到的规矩得遵守吧？”

女孩脸上刚刚洋溢的一丝得意之色顿时凝固了，她才知道上了商深的当，他看似老实诚实，其实是表面憨厚内心奸诈，真是一个十足的坏人，只照面一个回合，她就在心里将商深划归到了垃圾站里。

摩丝男人一脸温和的笑容，来到座位前，愣住了：“你朋友？”

商深摇头：“我不认识，她说座位无主，谁都可以坐，正好四个人的座位还空了一个，就让她坐了，希望您别介意。”

“这样呀……”摩丝男人敦厚地笑了笑，他虽然长得不帅，但笑起来的时候还真有几分商深式的憨厚，“不介意，当然不介意了。座位空着也是空着，让她坐了，也算是不浪费资源。请坐，请坐。”

女孩却蓦然站了起来，涨红了脸，也不知是被摩丝男人的长相吓着了，还是觉得被商深愚弄了，她忽然就伸手拉了商深一把：“我不是一个人，是两个人，需要两个座位，你让开。”

如果说刚才她漠然而高傲的占座理论还算讲理的话，那么现在就是无理取闹了，范卫卫推开了她的胳膊：“你太过分了，占座也就算了，还想抢座是吧？”

“我们不抢座，我们买座还不行吗？”范卫卫话音刚落，女孩身后忽然又闪出一个男孩，男孩看上去和女孩一般大小，穿着也是一样的款式，像是情侣装，手里端着托盘。

男孩也是一脸居高临下的姿态，他和女孩长得很像，个子比女孩稍高一些，还戴了一副眼镜，黑框眼镜看似平淡无奇，却衬托得他多了几分文气和雅致。

商深不认识是什么眼镜，范卫卫却看了出来，是华伦天奴，有钱就了不起呀，不就是一副华伦天奴眼镜吗，几千块而已，谁还买不起？

“说吧，如果我出钱买你的座位，你想要多少？”眼镜男孩昂起下巴，微眯眼睛，盛气凌人。

摩丝男人若无其事地坐了下来，埋头开吃，似乎这是眼镜男孩和商深之间的矛盾和他完全无关。

“好吧，要买座是吧，行呀，拿200块。”范卫卫嘻嘻地笑了，她一下又不生气了，既然对方真的人傻钱多，她又何必替对方省钱。

两个人一顿肯德基也不过五六十元，再花200块额外买一个座位，可就真是冤大头了，范卫卫要的就是让对方舍不得。哼，不是钱多嘛，钱多就花，跟谁还没见过钱似的。北京虽然是首都，但北京人还真没有广州、深圳的人有钱，有句话不是很形象地说，不到北京不知道自己官小，不到广州不知道自己车不好，不到深圳不知道自己钱少，不到东北不知道自己胆小，不到重庆不知道自己结婚早……

范卫卫不无自豪地想，拜托，我是深圳人好不好！

“200块？你抢钱呀？”眼镜男孩恼了，将托盘放在了桌子上，用手指一点商深的肩膀，“给你50块，要么拿钱走人，要么……我就不客气了。”

“没钱装什么大爷！”范卫卫冷笑了，“这样好了，我给你200块，你立马滚蛋，怎么样？”

说完，范卫卫取出两张百元大钞，“啪”的一声拍在了桌子上。

正在埋头吃东西的摩丝男人闻言愣了一愣，抬头意味深长地看了范卫卫一眼，片刻，又将视线转移到了商深身上。

商深一脸平静，既不冲动又不胆怯，好整以暇的态度似乎不是在和对方对峙而是在心平气和地谈判，摩丝男人心中顿时暗叹一声，好一个镇静自若的年轻人。

“不就是200块吗？谁还没有？！”眼镜男孩被范卫卫咄咄逼人的气势惊呆了，也无路可退了，他也从身上拿出200元拍在了桌子上，“200块，拿走，让座！”

“对不起，你出价太低了，现在座位又涨价了，”商深呵呵一笑，不慌不忙地从口袋里掏出了一张百元大钞——也是他身上仅有的一张100元——和范卫卫的200元放在了一起，“我们出300元请你滚蛋。”

商深还特意加重了语气，强调了“滚蛋”两个字。

摩丝男人此时已经吃饱了，他一边用纸巾擦嘴，一边抱起双肩，似笑非笑地袖手旁观。也不知他是故意使坏还是别有用意，此时他已经用餐完毕，只要他让开座位，商深和范卫卫与男孩女孩的对峙也就迎刃而解了。

但从他安然端坐的姿态来看，他显然没有让座的想法。

“好，有种！”眼镜男孩被商深充满挑衅意味的举动激怒了，他二话不说又拿出两张百元大钞，和先前的两张钞票凑在一起，一共400元拍在了商深面前，“我出400元请你们滚蛋！400元！立刻，马上！”

他的声音一下提高了八度，引起了周围人群的注意，人群纷纷投来了关注的目光，还有好事者连美味的汉堡也顾不上吃了，围了过来。

/ 第 / 十 / 九 / 章 /

针锋相对

上次在仪表厂就被围观过了，不想才回北京就又被围观了，商深颇感无语。不管是哪一次围观，都不是出自本心，他是多好的一个淳朴善良的年轻人，从来不想出风头，奈何他英俊的外表、真诚的眼神和腼腆的笑容都深深地出卖了他，让他不管走到哪里都是最拉风的一个。

自嘲一番之后，商深伸手摸了摸口袋。

周围人群见事态发展到现在，都纷纷猜测商深下一步的举动。

“你说庄家会不会再跟进下注？”一个染了一头黄毛的新潮女孩问旁边的同伴，在她口中，从不赌博的商深很不幸成了一场赌局的庄家了。

同伴是一个戴了眼镜文质彬彬的小年轻，他的形象和新潮女孩反差太大，以至于二人站在一起不像是能一起愉快玩耍的好朋友，他推了推眼镜，神情忧郁地说道：“肯定会了，都被逼到这个份儿上了，不跟不男人呀。”

“你猜他会跟多少？”

“最少 100，少了拿不出手。”

“我看庄家不敢跟了，你看他穿的衣服和神态，明显是穷人，刚才的 100 元多半是他身上唯一的一张百元大钞，他拿不出来更多的钱了。”旁边一个中年男人插嘴说道。

“没有 100 元，再拿出 50 或是 10 块肯定有，庄家现在认输就太怂了，是爷们儿就不能认输！”又一个留着寸头一脸凶悍的小青年发表了自己的意见，他甚至跃跃欲试，拿出了自己的钱包，“庄家要是没钱，我赞助，哼，我最看不惯仗势欺人的有钱人。”

“庄家的女朋友有钱，等着瞧吧，我猜最后赌注得上千了。”一个文静的女孩也加入了“辩论团”，她虽然长得很秀气，但双手握拳一脸紧张和期待的样子让她显得很有唯恐天下不乱的劲头，“姐们儿，赶紧上呀，别让你男朋友太尴尬了，现在正是你拿钱征服他的时候。”

“我觉得庄家肯定会拿钱走人，毕竟400块不是小数目，可以凭空赚400块的好事，可遇而不可求。”一个须发皆白的老者也忍不住说出了自己的看法，“和400块钱相比，面子就是小事了，反正谁也不认识谁。”

围观人群的议论，商深听到了一部分，他摇头笑了笑，然后做出了一个被须发皆白的老者不幸言中的举动——他伸手拿过男孩的400块，动作麻利地装进了自己的口袋，然后呵呵一笑：“成交！从现在起，座位归你们了！”

“哄！”人群一阵哄笑，有人摇头叹息，觉得商深为了400块认输太丢份了，面子才最重要。也有人会心一笑，觉得商深简直太聪明了，引诱对方上钩，让对方的赌注越来越大，然后及时收网，大赚了一笔。

要知道，许多人一个月的工资都没有400块。

范卫卫虽然觉得赚了400块也算是一笔意外之财，但还是气愤难消，对商深见钱眼开的做法微有不满，如果现在拿上400块在对方的嘲笑声中、在众人的注视之下灰溜溜地离开，也太丢人了，她宁肯拿500块砸在对方脸上，也要扬眉吐气。所以在商深来拉她的时候，她推开了商深。

“哼，算你识趣。既然拿钱了，就赶紧让开。”眼镜男孩虽然心疼400块，但不管怎样还是胜了，他趾高气扬地要求商深赶紧麻利地滚开。

商深猜到了范卫卫的不悦，他也不恼，悄悄一笑，再次拉住了范卫卫的手，冲男孩女孩微一点头，就让开了座位：“从现在起，座位就归你们所有了，请吧。”

范卫卫不好意思当着众人驳了商深的面子，只好不甘地让出了座位，暗中瞪了商深一眼，表达了她强烈的不满。商深却嘻嘻一笑。

让开座位之后，眼镜男孩和高傲女孩得意地坐在了原本属于商深和范卫卫的座位上，而商深端着托盘，站在座位旁边，虽然赚了400块，却犹如落魄的无家可归的失败者。

都以为商深肯定会转身离开，400块钱到手了，一顿肯德基吃不吃已经不重要了，不料让所有人大跌眼镜的是，商深不但没走，反而又将托盘放在了桌子上——不是刚才他和范卫卫的桌子，而是对面摩丝男人的桌子上。

座位是四人座，现在坐了三个人——眼镜男孩、高傲女孩和摩丝男人。正当众人不知道商深葫芦里卖的是什么药时，商深却从容地一笑："这位先生，您已经吃完了，可以让座给我们吗？"

不是吧？众人惊得目瞪口呆，这也行？商深也太无耻了！

不对，不应该说无耻，应该说是太有计谋了。

不过……众人都不看好商深的要求会得到积极回应，摩丝男人看长相就知道是一个很精明、很现实的人，他亲眼见到商深赚了400块，他就算肯让座，也不会白白地让，肯定会提出报酬方面的要求。

果然不出众人所料，摩丝男人笑眯眯地站了起来，主动和商深握了握手："让座没问题，不过我有一个条件……"

"什么条件？"商深波澜不惊，一脸镇静。

都是见钱眼开的人呀，众人本来就觉得摩丝男人长得有点丑，现在再看到他的贪婪就更打算对他嗤之以鼻了。

摩丝男人的回答却让所有人都惊掉了下巴。

"我很欣赏你刚才的机智，想和你交个朋友。你如果答应和我交朋友，我就让座给你。"

交朋友才让座，不交朋友就不让座了？什么逻辑！

摩丝男人面带微笑，静候商深的回答。

"我姓商，叫商深，很高兴认识你……"商深没让摩丝男人等候，立刻回应了他的热情。

“我姓赵，叫赵……”摩丝男人见商深爽快，非常高兴，正要自报家门时，却被人打断了。

“你们演戏给我看是吧？我看你们故意挖了一个坑让我跳，不行，还我钱。”眼镜男孩察觉到了不对，商深表面上是让了座，只不过换到了对面，却白白赚了他 400 块，他被人当猴耍了，不由怒极，一拍桌子站了起来，“不还钱就别怪我不客气了。”

范卫卫才知道原来商深玩了一手偷梁换柱，她最欣赏机智的男孩，商深的随机应变、始终掌控事情节奏的本事让她惊喜交加，原来商深并不完全是见钱眼开，而是既不丢面子又不放弃原则，行，真行，有一手。

得了便宜又卖乖，她喜欢。

摩丝男人起身和商深握手，让开了座位，范卫卫才不客气，直接就坐下了，然后强势回应眼镜男孩：“愿赌服输，输不起就别赌。还不客气？怎么个不客气法？”

范卫卫的话无异于火上浇油，高傲女孩拍案而起，和范卫卫针锋相对：“谁输不起了？你们分明是耍赖，是故意坑我们。你们是骗子、是坏人、是流氓、是……”

高傲女孩骂人的词实在有限，想不出更脏、更有杀伤力的词语了，她翻了翻白眼：“反正你们就是无赖！不要脸！”

“我们没有骗你们，”摩丝男人开口为商深和范卫卫辩解，“我确实不认识他们，这是第一次见面。刚才我见他们这里有空余的座位，向他们借座才坐在了这里。要不是你们上来就提出拿钱买座，事情也不会是现在的样子。”

摩丝男人的普通话微带南方口音，肯定不是北京人。相比之下，商深和范卫卫无论长相还是口音，都让人辨不出来是北方人还是南方人。

范卫卫虽然从小在深圳长大，但爸妈却都是北方人，深圳作为移民城市，也不像广州因为有太多本地人都说广东话，深圳普通话的普及率远高于其他南方城市。

眼镜男孩和高傲女孩不管是口音，还是时刻流露出“我是北京人”的高傲的姿态，很明显就是本地人。

“大家评评理，刚才是谁非要盛气凌人出钱买座的？又是谁出尔反尔现在反悔的？”摩丝男人朝周围人群笑着拱了拱手，“出来吃饭，图的就是一个开心，花钱也一样。钱多就多花，钱少就少花，但不管多花少花，只要花了就别后悔，后悔就是自找不自在了，对吧？你们说，是谁的错？”

商深暗笑，摩丝男人对事态发展的节点掌握得也挺有水平，而且比他高明的是，他还很会利用舆论的力量为自己所用，就暗暗赞叹。

“你们有错在先，现在又想反悔，是错上加错，”人群中一个仗义执言的中年妇女首先发话了，她的目光从摩丝男人身上转到了那对本地男女身上，“他说得对，你们先是盛气凌人，现在又出尔反尔，太没素质了。”

“就是，就是！”一个白衬衣的圆脸女孩附和了中年妇女的话，“有钱是好事，但有钱就胡作非为就是坏事了。”

“是呀，敢做就敢当，输了就敢认，别输了就赖账。刚才我也看到了，他和他们不是一起的，小伙子是和那姑娘一起进来的，这位大哥是一个人，他们不认识。”又一个穿花裙子的方脸姑娘也回应了摩丝男人。

随后，又有几个人对摩丝男人的话表示了赞成，商深发现回应的人大多是女性，从中年妇女到年轻女孩，从三四十岁到十几岁都有，他哑然失笑，别看摩丝男人长得一般，还挺有女人缘。

摩丝男人显然也意识到了这一点，他再次拱手向人群表示感谢：“谢谢各位姐姐妹妹，你们是我坚强的后盾，都说妇女能顶半边天，要我说，妇女能撑起一片天，能创造一个奇迹。如果以后我事业有成，一定是因为你们的支持。一个成功的男人背后都站着一个伟大的女人，一个非常成功的男人的背后，一定会站着千千万万个伟大的女人。”

“啪啪啪啪！”人群中响起了热烈的掌声，有人喝彩叫好，还有人哄笑眼镜男孩和高傲女孩。

“别说没用的，不还钱就别想走！”眼镜男孩逻辑思维比不上商深，高傲女孩辩论辩不过范卫卫，他们又不懂得发动舆论的力量，在对抗赛中，输得一败涂地，眼镜男孩何曾受过被人围观、被人嘲笑的屈辱，恼羞成怒之下，伸手抓住了摩丝男人的衣领，扬手要打。

眼镜男孩犯了三个错误，一是一开始太盛气凌人，但在范卫卫甩出200块时，他又没有表现出足够的勇气追加赌注，先强后弱，没有一强到底，就落了下风；二是他输了之后不懂得争取别人的同情，更不知道分化对手的力量，反倒站在了商深、摩丝男人以及大部分人的对立面，就让他成了众矢之的；三是他动手的时候，应该先冲商深下手，毕竟商深才是事主，摩丝男人只是帮忙者，他却要打摩丝男人，在别人看来就是气急败坏了。

商深一伸手就抓住了眼镜男孩的胳膊，他不能让眼镜男孩的拳头落在摩丝男人的身上，事情由他而起，得由他承担。

“讲理讲不过就比拳头？好呀，冲我来，放开这位先生！”商深一用力就将眼镜男孩拉到一边，他双脚分开和肩同宽，稳稳地站在眼镜男孩的对面，“想打架是吧？没问题，我奉陪到底。”

商深往前一站，摆出双脚分开的姿势，很有我是流氓我怕谁的风范，当然，商深从小到大都是好孩子，从来不是流氓，但从小在农村摸爬滚打长大的他，经过风吹日晒，比在城市温室中长大的花朵茁壮多了。

眼镜男孩虽然和商深年龄相仿，但不论成熟度还是沉稳度都比商深差了许多，他被商深的气势吓住了，而且商深一方又人多势众，他迟疑了一下，忽然做出了一个让所有人都大吃一惊的举动……

“不和你们一般见识！”话一说完，他一把拉过女孩，打算夺路而逃。

高傲女孩却还不肯走：“放开我，涵柏，放开我，我不走，我要和他斗争到底。”

她挣脱了男孩的手，转身回到了商深的面前，质问商深：“你叫商深？”

商深点头：“我叫商深，请问你叫什么名字？”

“我叫崔涵薇，”高傲女孩还以为商深不会回答她的问题，不料商深不但回答了，还反问了一句，她就下意识地说出了自己的名字，说完才觉得不对，脸一红，羞愤地说道，“商深，我记住你了，以后别让我再遇到你，否则，我和你没完！”

“怎么个没完法？”商深笑了，崔涵薇粉脸涨红，在高傲之中显露出了可爱的一面，他就忍不住调侃了她一句，“不好意思，我已经有女朋友了。”

“谁要当你女朋友了？自恋狂！臭流氓！”崔涵薇愣了一愣，蓦然脸红过耳。

“我什么时候说让你当我女朋友了？”商深一脸无辜，他憨厚的笑容让他看上去似乎真的受了不白之冤，“你不要这样好不好？我是一个很专一的人。不过呢，你如果真喜欢我的话，私下偷偷告诉我就行了，不要当着这么多人的面说出来，多不好意思。”

“哈哈……”

众人哄堂大笑。

范卫卫也笑了，虽然商深有点无赖，但他的无赖中又有几分可爱，而且很明显，他是有意缓和气氛，并非真的要戏弄崔涵薇。

崔涵薇……名字倒是起得不错，不过，范卫卫心里哼了一声，还是没我的名字好听，也没有我长得好看，更没有我性格好。

摩丝男人暗暗一笑，商深不仅沉稳有内涵，还有风趣幽默的一面，更让他有意结交了。如果说之前他向商深借座时就对他的好心有了好感，那么在商深轻松处理矛盾事件的表现上，就更让他坚定了自己的判断，善良又聪明的人，谁不愿意和他成为朋友呢？

/第/二/十/章/

握手言和

只是让摩丝男人心中不解的是，商深真的会贪图对方的400块吗？如果真是如此的话，会让他多少小看商深几分。虽说400块是一笔不小的数目，但他信奉君子爱财取之有道，商深刚赚的400块确实有投机取巧之嫌。他想，如果商深真的拿走了对方的400块，他和商深以后也就不再往来，就此一面之缘了。

商深自然不知道他接下来的决定会影响摩丝男人对他的判断，他见在众人的笑声中又羞又急的崔涵薇快要哭了，忙说道："开个玩笑，别当真，相见也是有缘。能相见还能坐在一起，就更应该珍惜。善待你遇到的每一个人，因为你不知道哪一个人会改变你一生的命运。我们对每一个认识的人说你好，对每一个遇到的人微笑，世界将会多么美好。"

说完这一大篇话，深吸了一口气，商深无比真诚地说道："崔涵薇，现在这里有两个空余的座位，你和你的男朋友可以坐下和我们一起。"然后他又朝眼镜男孩微一点头，伸过手去，"我叫商深，认识你，很高兴。"

眼镜男孩万万没想到事态会这样发展，商深作为胜利者，没有得意扬扬地炫耀，反而主动和他握手言和，他怔了一怔，余怒未消地说道："别装腔作势了，你骗了我的钱别想让我……"

话未说完，忽然感觉手中多了什么，低头一看，手里多了四张百元钞票。

原来是刚才握手的时候，商深借机放在他的手中。

“你……”眼镜男孩不知道说什么好了，他手中攥住那400块钱，举在半空，愣了半天才点头说道，“我叫崔涵柏，很高兴认识你。其实她不是我的女朋友，她是我妹妹。”

“好！”摩丝男人带头叫好，尽管他也想过商深把钱还给对方的可能，却没想到商深会采取一种春风化雨的巧妙方法，说服或是感化对手远比征服对手更有成就感，他激动之下，大声叫好并且鼓掌。

“好！”

“说得真好！”

人群在沉寂了片刻之后，蓦然爆发出热烈的掌声，商深说得太好了，“善待你遇到的每一个人”是多么理想化多么美好的事情，虽然很难做到，但人人都有一颗孜孜以求的向往美好的心灵，多么难能可贵。商深的话引起了许多人的共鸣。

最主要的是，商深不仅仅是说说而已，他还说到做到，还了崔涵柏400块。400块在许多人眼中都算得上一笔巨款，商深已经赢了，完全可以装进自己的口袋，他却毫不犹豫地还给了崔涵柏，就让大家更加信服了商深的话。

说到做到是最难能可贵的品质，有太多人夸夸其谈却做不到一件实事，知行合一说说容易，真要做到确实太难了。如果商深只是滔滔不绝说了半天，固然会引起一些人的共鸣，但肯定不如他还钱的举动更打动人心。

范卫卫右手攥拳，用力一挥，她心中的激动和欣赏无法形容，心中只有一个念头在不停地回响：太棒了，商深太棒了！

在众人的叫好声中，商深请崔涵柏和崔涵薇入座，摩丝男人见状，朝周围笑笑：“谢谢大家捧场，没事了，没事了，该吃吃，该喝喝，有事儿别往心里搁，想怎么乐呵就怎么乐呵。”

众人听了，哈哈一笑，一哄而散。

谁也没想到事情最后会以皆大欢喜的方式圆满解决，众人在欣慰之余，又都记住了商深和摩丝男人。没错，商深和摩丝男人的表现都让众人印象深刻。

以至于事后多年，摩丝男人经常在电视上露面并大谈特谈他的成功史时，有不少和他在肯德基餐厅有过一面之缘的围观者认出了他，可见有些成功者举手投足之间天生就具备了成功者的不凡之处。

但也有人觉得，商深的表现比摩丝男人还要沉稳机智，为什么商深没有和摩丝男人一样获得巨大的成功呢？有好事者开始搜索商深的经历，越研究越吃惊，到了最后就变成了难以置信……

商深四人，面对面而坐，气氛虽然不是十分融洽，却也没有了刚才的敌视，崔涵薇虽然坐在范卫卫对面，却将头扭到了一边，既不看范卫卫，也不理商深，气鼓鼓的样子显然还在生气。

“刚才自我介绍了一半，现在重新来一遍，”摩丝男人站在四人的旁边，他拿出名片依次递给几人，娴熟而恭敬的递名片的手法说明他以前经常向别人推销自己，“我姓赵，叫赵向飞，在杭州办了一家叫中国黄页的网站，来北京是帮外经贸部做网站的。”

赵向飞？商深大吃一惊，惊讶得站了起来，不是吧，他就是赵向飞，就是叶十三的老总，是创办了中国黄页的传奇人物赵向飞？

刚才和赵向飞一打照面商深就觉得赵向飞长得太另类了，却没有想到他就是让他敬佩的赵向飞，是他的偶像之一的赵向飞！

“原来您就是赵总，失敬，失敬！”商深站起来微微弯腰致意，他平生最佩服有创新精神敢为天下先的人物，“赵总的中国黄页，开创了中国电子商务的先河，以后中国的电子商务如果兴起的话，赵总会是一个写进历史的人物。”

“过奖了，过奖了。担当生前事，何计身后名？写进历史什么的，不过是事后的定论，人活着，还是要为现在而活，要对时代负责，要顺应时代成为时代的弄潮儿，才算活得精彩。”赵向飞摆手笑了笑，他忽然谈兴上来了，很想和商深聊一聊。这时饭点已过，店里的人已经没有刚才那么多了，赵向飞扭头一看，身后已经空出了一把椅子，就拉过椅子坐下，“商深，坐，站着说话太出类拔萃了，容易树大招风。”

“呵呵……”赵向飞的玩笑话逗乐了商深，他坐了下来，想起了赵向飞的传奇经历，许多问题涌到了嘴边，“赵总，你是怎么想到要创办中国黄页网站的？你觉得电脑以后会普及吗？互联网会影响到生活的方方面面吗？”

“这事儿说来话长了……”赵向飞忽然想起了什么，先反问了一句，“商深，你学的是什么专业？”

一听商深和赵向飞聊的是电脑和互联网话题，范卫卫微一皱眉，她对电脑和互联网毫无兴趣，而崔涵柏也是一脸漠然，显然也是对此全无兴趣，倒是崔涵薇扭过头来，不再是漠然的神情，眼神中流露出期待之意。

崔涵薇坐在商深的斜对面，穿着一件简单的白色T恤，随意束了一个马尾辫，但天生丽质却不因衣着的简单而逊色半分，相反，更显得她清纯秀丽。

“信息系统工程。”商深回答。

原来商深是计算机相关专业毕业，怪不得他对电脑和互联网感兴趣，赵向飞笑道：“我大学学的是英语。1995年之前，我没有接触过网络，1995年我去了美国，在美国第一次上了互联网。当时我上的网站就是雅虎网。在雅虎网上搜索中国电器，却搜索不到任何一家中国企业，我就意识到了一个问题，中国企业为什么在整个雅虎网里面，没有任何踪迹呢？国外的企业可以通过网络搜索查找，中国企业为什么不可以？我就想通过电子商务，应该能够让中国企业走出去。”

商深点了点头：“雅虎网的创始人是杨致远，是一个华裔。他在1994年创办了雅虎，雅虎很快就在美国崛起，成为美国最大的搜索引擎和美国最大的新闻门户网站……”

“我知道杨致远，他是我的偶像，”崔涵薇忽然发言了，“他是中国台湾人，1994年与大卫·费罗创办全球第一入口网站雅虎Yahoo！，他上的是斯坦福大学，读的是电机工程，创办雅虎时，他还是博士在读。1996年第一季度，雅虎与竞争对手Infoseek、Excite、Lycos相比，每天的访问量就超过对手的两倍。到了年底，日均访问量就比所有对手访问量的总和还要多……”

崔涵薇说话像在抢答老师的提问一样。她对杨致远的经历如数家珍，应该是没少关注杨致远的成长史。

“互联网就是一个工具，人们习惯于使用工具却不会对工具投入感情和资金，”范卫卫也发表了自己的高见，“虽然现在电脑越来越普及，互联网网站越来越多，也有很多投资，说是电脑和互联网是下一个经济增长点，不过在我看来全是泡沫，早晚会烟消云散。”

“一孔之见，”崔涵薇斜了范卫卫一眼，“你对互联网有偏见，不要用你有限的见识来判断无限的未来。”

“卫卫，你为什么认为互联网会是泡沫呢？”赵向飞唯恐范卫卫和崔涵薇争论个没完，就及时介入引导话题不偏离正轨。

“我也不认为以后电脑会有多普及，想娱乐了，有电视和电影，要电脑做什么？想看新闻了，有电视和报纸还有杂志，谁会傻呵呵地坐在电脑面前上网看？”崔涵柏也加入到了讨论之中，他有一台电脑，却很少打开，一是打开后没什么事情可做，二是上网没什么内容可看，慢慢地对电脑和网络的新鲜感就过去了，他就不看好电脑和互联网的未来。

“哥，你想象力不够，思维的空间太小，所以理解不了电脑和互联网蕴藏了怎样巨大的能量。”崔涵薇忍不住反驳崔涵柏。

崔涵柏笑笑没有说话，关于电脑和互联网的话题，他和妹妹争论太多了，谁也说服不了谁，他也懒得再和她争个没完，就让时间去证明谁对谁错吧。

“电脑也许以后会和手机一样，成为家家必备的一个电器，如果电脑的价格能降下来的话，”范卫卫一拢头发，莞尔一笑，“但从目前的形势来看，两三年内，电脑和手机一样，很难普及，还是因为价格太高。一部两三千的手机，一部五六千以上的电脑，又不是生活必需品，有多少家庭可以承受？电脑普及不了，互联网就是无源之水。中国和美国不能比，中国是发展中国家，美国是发达国家。而且还有一个让我一直坚定地认为互联网不会有什么太大作为的原因是，只有实体经济才能真正地创造财富，互联网太虚了，不会直接创造财富，只能依托于实体经济……赵总的中国黄页也一样，赚的还是实体企业的钱。”

“说得好！”赵向飞一拍桌子，鼓掌笑道，“卫卫的见解很现实，也很有实用价值。商深，你怎么看？”

崔涵柏在范卫卫侃侃而谈时，视线漫不经心地落在了她的脸上，虽然范卫卫长得很漂亮，但和妹妹崔涵薇相比，也算不上惊艳，见惯了崔涵薇一张出众的面孔的他，很难再被其他女孩的美丽点亮眼睛。

但在范卫卫莞尔一笑的时候，他忽然就有一种被什么东西射中了心脏的感觉，一瞬间内心深处最柔软的地方为之一动，然后就再难控制自己的心绪，变得心神不定了。

怎么会？难道还真有所谓的一见钟情？

商深没有注意到崔涵柏的异常，他正沉浸在和赵向飞认识的兴奋之中，如果说在仪表厂他是被限制了才华、束缚了手脚，那么来到北京，他才发现天地是如此广阔，思路是这样开阔，尤其是遇到了赵向飞更让他深刻地意识到，环境对一个人成长的重要性真是无可替代。

“我很看好电脑和互联网的前景。手机从出现到现在，体积越来越小，功能越来越多，价格却越来越便宜，电脑也是，也一定会遵循摩尔定律。”商深不是因为他学的是信息系统专业才看好电脑和互联网的前景，而是根据自己平常的知识积累和对形势的观察得出的结论。

摩尔定律是由英特尔（Intel）创始人之一戈登·摩尔（Gordon Moore）提出来的，内容是：当价格不变时，集成电路上可容纳的元器件的数目，每隔 18~24 个月便会增加一倍，性能也将提升一倍。换言之，每一美元所能买到的电脑性能，将每隔 18~24 个月翻一倍以上。

换句话说，根据现在科技发展的速度，性能越来越快，价格越来越低。从半导体诞生以来，摩尔定律的正确性趋势已经持续了超过半个世纪。

“摩尔定律总有失效的时候。”范卫卫虽然喜欢商深，但喜欢归喜欢，她不会因为喜欢商深而顺从他的所有观点，而是会坚持己见。

“我承认摩尔定律不会永远正确下去，但能保证在未来二三十年正确就足够了。二三十年的时间，完全可以让电脑的价格降到人人买得起的地步，同样，互联网也会随之兴起。”商深点头冲范卫卫笑了笑，又转头对赵向飞说道："赵总，您觉得电脑可以飞入寻常百姓家吗？互联网可以改变时代吗？"

"完全可以！"赵向飞对商深又加深了印象，直觉告诉他，商深是一个不可多得的人才，他对电脑和互联网的认识已经超前许多人了，成功有时候并没有太惊心动魄的内幕，只因为比别人快了一步。

一步先，步步先。

/ 第 / 二 / 十 / 一 / 章 /

天下大势

“1995 年年底，杨致远第一次到中国。当时我在外经贸部推广我的中国黄页，因为我的英语好，去过美国，而且了解雅虎网，所以外经贸部就派我去接待杨致远。从那以后，我和致远就成了朋友，”赵向飞说话时眉飞色舞，显示出他的演讲天赋，“我就劝致远尽快来中国发展，因为中国是全世界人口最多的国家之一，但电子商务非常薄弱，可以把雅虎很多经验放到中国来，一定可以做出成绩。致远答应了，前几天我还和他通话，他说最晚明年雅虎就会落户中国。”

雅虎真要来了？商深忽然心中豪气陡升，1995 年中国电信开通了北京、上海两个接入 Internet 的节点，成为中国互联网一个历史时刻的开端，到赵向飞创建中国黄页，再到 1997 年 1 月傅开诚在北京创办祥麟网站，6 月纪德佑在广州创立韵舟公司，现在又得知雅虎也要来中国，一切都说明，互联网浪潮正在以势不可当之势汹涌而至。

他是信息系统专业毕业，又喜欢电脑和互联网，对电脑和互联网的关注就更多一些，兴趣是最好的老师，此话一点不假，正是因为兴趣才让他希望电脑和互联网可以成为潮流。而且以商深的所思所想，电脑的普及可以大大提高生产效率，而互联网的兴起，可以改变生活习惯，让许多事情变得更加便利和快捷，甚至可以颠覆许多传统行业！

晚上九点多，北京的街头依然车水马龙，足足聊了一个多小时还没有尽兴的商深和赵向飞，大有相见恨晚的感觉，二人又找了一家茶馆喝了半天茶，才算结束了第一次见面的畅谈。崔涵薇和崔涵柏从肯德基出来后就走了，二人也没有留下联系方式。商深也知道，虽然他和崔氏兄妹化解了矛盾，但终归不是一路人，也许就只有一面之缘，以后再无相见的可能。

其实临走的时候，崔涵柏犹豫过要不要范卫卫的联系方式，但见到范卫卫紧挽着商深的胳膊，他又收回了心思，带着妹妹走了。他也没有察觉妹妹的目光在商深身上多停留了几秒钟，但如果让他发现他就可以看出妹妹眼神之中的好奇和留恋。

崔涵薇也对互联网感兴趣，只是苦于身边没有志同道合者，她和商深有共同语言，她对他好奇也再正常不过。但妹妹一向高傲，身边有诸多追求者，她从来都没有留恋过其中的任何一个，为什么她会对商深有了留恋？

崔涵薇也不知道是出于嫉妒还是争强好胜之心，忽然觉得商深和范卫卫在一起并不合适，不是说范卫卫配不上商深，而是范卫卫和商深在许多事情上看法不一致，尤其是对电脑和互联网的发展前景之上，范卫卫和商深分歧严重，她并不理解商深。

想起范卫卫对她的刁难，她心中多了一个古怪的念头，如果从范卫卫身边夺走商深，会不会让范卫卫品尝到惨败的痛苦？

不过，这个念头只是一闪而过，并没有在崔涵薇的心中留下什么痕迹，她甚至在想，也许以后都不会再见到商深了……

从茶馆出来，赵向飞又一路送商深到了颐宾楼下。

“不早了，以后有机会再聊。”赵向飞再次和商深握了握手，他比商深大了正好10岁，他想了想，说,“商深，以后别叫我赵总，太疏远了，叫我赵哥吧。”

“赵哥，”商深嘿嘿笑了笑，搓了搓手，“我接下来会帮天马集团解决一个BIOS问题，估计会在北京待几天，然后去深圳。”

“好，有机会我就过来找你，我会在北京待上一段时间，说不定会是一年以上。”赵向飞拍了拍商深的肩膀，又看了看范卫卫，“天马集团也是很有实力的大公司，你也可以考虑留在天马集团。”

“我不喜欢赵向飞！”回到房间，范卫卫的第一句话就是对赵向飞开炮，“他太自我太自负了，长得那么矮、那么丑，还一副指点江山的激昂，好像世界都得围着他转，典型的自恋！”

“是不是因为赵向飞劝我留在北京？”商深知道范卫卫不喜欢赵向飞是因为强烈的个人情绪，他呵呵一笑，“他劝我留在北京我就留在北京了？再说他的出发点也是为我好，你别因为他长得不帅而对他有偏见，以貌取人要不得。”

“你……”范卫卫被商深气笑了，想了想，“算了，不说他了，反正我讨厌他。他说话太有煽动性，总想说服别人无条件接受他的想法，你以后离他远一点，要不你早晚被他洗脑。”

范卫卫看问题很准确，商深也意识到了赵向飞很有演讲天赋，不管他提出什么建议，都很有鼓动性和诱惑力，很容易让人相信和接受。

不过商深清楚自己的优点和缺点，优点是接受新事物快，善于学习，缺点是认准的事情轻易不会回头，在原则问题上过于固执。

“说说崔涵薇吧，商深，你说实话，她和我，谁更漂亮？”范卫卫美目盼兮，吃吃一笑。

是不是只要是漂亮女孩都喜欢和别人比漂亮，就和男人喜欢比谁更有钱、更有社会地位一样？商深摸了摸下巴，可惜下巴上没胡子，否则他还可以手捻胡须假装高深摇头晃脑地卖弄一番：“这个，这个，真要说实话？”

“当然要说实话了，假话谁要听。”见商深居然不太痛快，范卫卫没来由地心里紧张了几分。

“当然是崔涵薇……”商深故意拉长了声调，偷眼一看见范卫卫果然脸色有多云转阴的迹象，忙说出了下文，“不如你了，你比她漂亮。”

“真的？”范卫卫多云转阴的脸色迅速拨云见日，她喜笑颜开，“我哪里比她漂亮？”

“……”得，难题来了，商深挠头了，用力想了一想，“你比她个子高，性格好，而且比她更有女人味。”

“女人味？臭商深，你老实交代，你有没有喜欢她？”范卫卫上前就要收拾商深。

商深无语了，才见一面怎么可能就喜欢上人家？而且都没有留联系方式，以后也没有再次见面的可能。范卫卫不是挺开朗、挺大方的一个女孩，怎么也这么爱无理取闹？

没有恋爱经验的商深当然不知道，恋爱中的女孩，不管她是多大方开朗的性格，都很紧张自己的恋人，唯恐他被一个潜在的对手抢走。在她看来，她很容易就喜欢上了他，那么别的女孩也会和她一样轻易就被他迷住了。

商深一边躲一边笑：“喜欢怎样，不喜欢又怎样？”

“你还敢跑？”范卫卫怒了，抓住一个枕头扬手扔了过去，“站住别动，让我好好修理你一顿！不喜欢崔涵薇还好，如果喜欢了，我就和你分手。”

商深没躲开，被枕头砸中了，索性不跑了：“不是吧，这么坚决？连精神上的走私都不允许？”

“是的，不允许！”范卫卫追上了商深，却没有打他，而是将头埋在了他的怀里，“我希望你一心一意对我好……”

“会的。”商深抱住了范卫卫，心潮澎湃，范卫卫挺翘的小鼻子骄傲而自信，紧抿的小嘴微微上扬，五官精致得如同画中人。尤其是她长长的睫毛，眨动之间就如洋娃娃一样可爱，动人心弦又令人浮想联翩，虽然每天都能见到她，他还是为她的漂亮暗暗叫了一声好。

范卫卫天生丽质，不提她对他的好，只是她的漂亮就足以让他沉迷，她的性格也让他迷恋，他怎么可能离开她？

商深此时此刻已经知道，他是真的爱上了范卫卫。

“空口无凭……”范卫卫忽然又狡黠地笑了，“敢不敢立字为证？”

“怎么立？”商深明知道范卫卫是半真半假地试探他，就索性陪她玩一玩。

“这样……”范卫卫咬了咬嘴唇，悄然一笑，从行李中拿出一个厚厚的信封递给商深，“拿着。”

“什么？”商深没有多想，接过一看，吓了一跳，里面厚厚的一沓百元大钞，“怎么这么多钱？不对，干吗要给我钱？”

“一共一万块，都给你，不，都借你。”

“我又不缺钱，为什么要借你钱？”商深不明白范卫卫要玩什么花样。

“就让你借，赶紧拿上，少废话！”范卫卫嘻嘻一笑，又拿出纸笔，“来，我说你写。”

“莫名其妙。”商深被她玩晕了，只好拿过了纸笔。

“今借给商深人民币一万元整，如果商深和范卫卫一直相爱，利息就是每天在一起的时光。如果商深不爱范卫卫了，他永远欠范卫卫一万元的高利贷，利息就是每天的思念，还款期限是一万年！立字人：范卫卫、商深。”范卫卫郑重其事地念出了一段话，见商深写完了，她用手一指下面的落款，“签字画押。”

“来真的呀？”商深乐了，也没犹豫，直接签字了。

“不行，还得按手印。”范卫卫也不知道从哪里翻出来一个印台，非让商深画押。

“好吧。”商深无奈，只好听话地按了手印。

“我也来。”范卫卫也签上了名字按下了手印，然后小心翼翼地收起了字据，“只此一份，我来保管。以后如果你背叛了我，哼哼，我只要拿出字据，要你欠我一辈子的情债。”

世界上最难偿还的债是人情债和情债，人情债还有还清的可能，情债却永远无法还清。

商深只当范卫卫是恋爱综合征的表现，也未多想。

“我以后要好好照顾你，日日夜夜，时时刻刻。”范卫卫又说。

“为什么不是让我好好照顾你？”商深笑了，他觉得范卫卫越来越有意思了，“不是应该男人照顾女人吗？”

“因为……”范卫卫嘻嘻一笑，笑容中有说不出来的调皮，但在调皮之中，又有一丝认真，“因为如果让你照顾我，你就是主动的一方，我依赖你而不是你依赖我，你随时可以因为不需要我而放弃我。但我照顾你就不一样了，我是主动的一方，你习惯了我的照顾和我的存在，当我是生活中必不可少的一部分，你就不会轻易离开我。我就是你的视线、你的拐杖、你的全部！”

真是一个聪明的女孩，商深喟叹，许多女孩喜欢让别人照顾，以会撒娇、不会家务、不会赚钱为荣，觉得只要可爱和漂亮就足够了，却不知道，可爱和漂亮会随着时间的流逝而变得一文不值。男孩喜欢一个女孩，可以是因为她的漂亮。男孩离不开一个女孩，不会是因为她的漂亮，而是因为她的性格。而男人愿意天长地久和一个女人生活一辈子，漂亮和性格就都成为其次，习惯她的存在才是最主要的原因。

“好吧。”商深认输了，或者说是妥协了，在恋爱中要允许女孩一定程度的胡闹，胡闹和撒娇一样都是因为爱所以在意的体现，“既然你主动提出照顾我，那么是打算要拴住我一辈子了？”

范卫卫眉毛一挑，正要发作，忽然又低眉顺眼地喜笑颜开了：“是的，相公。”

“相公？”商深哑然失笑，“你们南方不是喜欢叫丈夫老公吗？”

“怎么说？”范卫卫问。

“古代的时候，女子称呼丈夫为良人、官人、相公，都是尊称，好吧，最不济也叫郎君、夫君，到了近代就变成了先生，先生也勉强说得过去，听上去像是有学问、有涵养的人。再到现在，就慢慢演变成了当家的、孩子他爸，当家的多少还有几分尊敬之意，有一家之主的意思，但孩子他爸就完全是平等的对视了。再到今天，北方对丈夫的称呼就变成了爱人、我家那位，而南方却喜欢称为老公，老公在古代是民间对太监的叫法，唉，这样看来，男人的地位是王小二过年，一年不如一年。”

“哈哈……”范卫卫几乎要笑喷了，“我觉得还是相公最好听，叫起来也最有感觉，我以后就叫你相公好了。孩子他爸的叫法最不靠谱了，因为孩子他爸不一定就是丈夫。”

“孩子他爸怎么可能不是丈夫呢？”商深一下没回味过来，还想反驳范卫卫，话一出口又想通了，乐了，“你可真有水平，也真坏。”

“所以说遇到一个好女孩，可千万要珍惜，要不以后就很难遇上了。万一爱上一个喊你丈夫但你不是孩子他爸的女孩，就太惨了。”范卫卫就及时敲打商深并且推销自己，“商深，你可不要被一些女孩的外表迷惑，俗话说娶妻娶贤，我可是既漂亮又贤惠的孤品。”

“孤品？用词不当，应该是极品才对。”

/ 第 / 二 / 十 / 二 / 章 /

英雄相惜

范卫卫的身形呈现一个完美的弧度，腰细臀圆，后背不宽不厚，是恰到好处的曲线。商深心中温暖无边。范卫卫是真心对他，她为他着想，以一种温柔洞穿了他的内心。

今生今世，一定要善待这个女孩，她不但给了他全部的爱和关怀，也给了他辞职的勇气，或许已经改变了他一生的命运。

“极品女孩有很多，又不会只有我一个，但我就是我，是独一无二的孤品。”范卫卫低下头，兀自说个不停，不由得走神了。

“卫卫……”商深声音低沉而温柔，有一股青春的萌动。

“嗯？”范卫卫不知道商深被她感动，心中柔情蜜意如潮水般汹涌，“什么？”

“我……”商深的目光落在了范卫卫身体曲线玲珑的地方，秀美的脖颈、性感的双肩、纤细的腰身，他浑身燥热，有一种要拥范卫卫入怀的冲动。青春就是对未来一无所知的迷茫、对异性义无反顾的向往，就是一无所有穷得只剩下了年轻却还念念不忘天长地久的荒唐，就是不顾一切地为了爱情而勇往直前的纯真，就是再苦再累也要微笑着面对明天哪怕摔得遍体鳞伤的张狂。

“你怎么了？”范卫卫没有意识到商深意乱情迷，已经对她有所意动，话还没说完，就被商深迎面抱住了。

“商深……”范卫卫感受到商深深埋在她胸前的头热烈而奔放的情感犹如

火山爆发之前，她心慌了，用力一推商深，“不要这样，我还没有准备好。”

范卫卫说得对，太快了，她没有准备好，他又何尝不是？商深瞬间又清醒了，轻轻抚摩着范卫卫的后背。

商深的激情又迅速退潮了，范卫卫心中长舒了一口气，如果商深真要对她有所动作的话，她是该拒绝他还是顺从他？顺从他，她过不了自己的心理关，她是喜欢商深不假，但还没有喜欢到那种地步。拒绝他，又怕伤了他的自尊让他和她的感情出现裂痕。

还好，商深自己止步了。

范卫卫换了睡衣上床准备睡觉。天气很热，只搭了一床薄薄的毛巾被。侧卧在床上，她曲线玲珑，起伏之间，青春与饱满之美一览无余。

没敢睁眼，范卫卫背对着商深，唯恐看到黑暗之中商深明亮的双眼。虽然她比一般女孩大方而大胆，但她毕竟是女孩，应有的矜持和羞涩让她还是不敢和商深隔床相望相视而眠。

和商深同居一室，就已经是她最大的底线了。

胡思乱想了一番，不知不觉就睡着了。

第二天一早，张旭辉就到了楼下来接商深。范卫卫不好跟着商深一起去，毕竟商深是办公事，她就以去拜访同学为由，独自出行了。

商深跟随张旭辉一起，来到了天马集团总部。

天马集团的总部距离颐宾楼不远，走路十几分钟，但张旭辉还是开车来接，足见公司对他的重视。商深受宠若惊之余他更感觉重任在肩，如果不能帮董博瀚解决问题，会不会让董博瀚大失所望。

和周围林立的建筑相比，天马集团的办公楼整体呈现灰色色调，并没有什么出奇之处，不注意观察的话，甚至很难发现门口的铜牌上有天马集团的名字，给人一种低调而神秘的感觉。但天马集团在业内的名气之大，让许多同行仰视。

1995 年微软推出 Windows95 操作系统，是天马集团一个重要的转折点。1995 年下半年，包括惠普、康柏等厂家也开始使用天马集团的产品，天马集团是国内第一家采取这一策略的商家。在1996年，政府部门在中国大陆的几十家大型网上服务提供商，以及IBM、惠普、英特尔、摩托罗拉、康柏、联想和同创等品牌机陆续预装天马集团的中文环境系统软件，覆盖面达到70%以上。

毫不夸张地说，天马集团现在就是行业内的巨无霸，拥有无人可及的市场占有率，是行业的领军企业。

穿过办公区格子间的时候，商深强压心中的激动，他再清楚不过天马集团的影响力和地位，也知道如此有分量的行业领军企业，必然会会聚行业的最顶尖人才，他初出茅庐，真的可以解决许多高手都解决不了的难题？

商深倒不是对自己没信心，而是想给自己打气，如果他能够在人才济济的天马集团崭露头角，就说明他已经是行业内的顶尖水平了。作为新兴事物的电脑行业，他虽然不算是先行者，但也不比别人晚上多少。

商深还以为直接领他去解决难题，不料张旭辉领他来到了董博瀚的办公室。

“董总有话要和你说。”张旭辉任务完成，朝商深点了点头，转身走了。

“谢谢张叔。”商深不忘感谢张旭辉的工作。

敲门进去，房间中不只董博瀚一人，另外还有一个人。

戴一副金丝无框眼镜，长方脸，厚嘴唇，大鼻子，大耳朵，头发有些乱，似乎没怎么梳理，此人给商深的第一印象是不修边幅但沉稳可靠，值得信任。

许多时候第一印象很重要，第一印象会决定你对一个人的最终印象，虽然有时并不准确，但又不得不说，第一印象往往会左右你的判断。

董博瀚的办公室不大，装修很简单，素净而实用。房间中除了一张办公桌之外，另外还有一个电脑桌，电脑桌上放着一台台式电脑。

商深很羡慕，董博瀚的办公桌上还有一台笔记本电脑。

“商深来了！”董博瀚一脸笑容，上前和商深握手，然后为商深介绍金丝眼镜，“来，我介绍一下，陈安平，天马集团总经理。陈总，这就是商深。”

陈安平呵呵一笑，笑容真诚，他向前一步和商深握手：“商深，早就听过你的大名，请来你帮我们解决难题，辛苦你了。说吧，你有什么条件，尽管说。”

他就是传说中的陈安平，曾经的软件奇才和第一程序员？商深暗暗激动，陈安平的大名在北京乃至全国的IT圈子之内几乎无人不知无人不晓，如果列出一个IT英雄榜的话，陈安平至少排名在前五名。

当然，商深不知道的是，一年多后，陈安平的名字就席卷了整个互联网！

果然是性情中人，开门见山先提条件后让人干活，商深按捺住心中的激动，想了想，不好意思地笑了：“我没讨价还价的经验，陈总看着给吧。”

“哈哈！”陈安平大笑，“这样吧，解决了BIOS启动问题，给你2000块，怎么样？”

商深在仪表厂每个月的工资才200块，2000块几乎相当于他一年的收入了，商深很满意，点头笑道：“行，我同意。如果解决不了的话，就不收费了。”

“现在就开始？”陈安平见商深真诚，而且不贪心，对商深的印象就更好了，他急切地想亲眼看看商深的本事，作为程序员出身的他，只有亲自验货才相信商深是货真价实的人才。

“没问题。”商深也早就跃跃欲试了，对电脑有超常兴趣的他，几天不摸电脑就手痒，一见电脑就双眼发亮，同样，他天生对解决难题有莫名的兴奋，二话不说就坐在了电脑前，打开了程序。

陈安平和董博瀚相视一笑，一左一右站在了商深背后，他们就是要亲眼目睹商深怎样解决许多高手都无法解决的难题，尤其是陈安平本人都无法办到的。技术出身的人都比较自负，通常都认为自己解决不了的难题别人也解决不了，商深可比他小了七八岁，会比他高明？

陈安平清楚，写程序和写文章一样，需要一定的天赋，或许商深就是一个天才的程序员。

商深一坐到电脑面前，就如变了一个人似的，平时的商深就和一般人没有区别，甚至还有点腼腆，坐在电脑面前的他，就如一个深藏不露的高手突然抽出了宝剑，迸发出凌厉的气势和冲天的杀气！

商深十指如飞，快速地在键盘上敲击代码，一行行代码就如行云流水的音符一样出现在了电脑屏幕上，他目光专注而犀利，紧盯电脑屏幕就如紧盯对手的剑招。在他眼中，不管是驱动程序的难题还是BIOS故障，都是一个狡猾的对手，他在浩如烟海的代码之中找到故障的原因，就和通过观察发现对手的破绽一样。

三分钟。

五分钟。

他目不转睛地盯着电脑屏幕，眉头微锁，商深从最常见的手法开始查找代码的错误之处，陈安平不由微感失望，他的第一招出手太常见了，丝毫没有出奇之处，既不是剑走偏锋，又不是大刀阔斧，毫无创意和新奇。

十分钟之后。

陈安平微锁的眉头舒展了几分，他惊奇地发现，在平庸的开局之后，商深渐入佳境，开始了大刀阔斧的跳跃，只几个回合就检查了半数以上代码。

又过了三分钟，陈安平脸露惊喜之色，一颗心终于落到了实处，他朝董博瀚点了点头，又悄悄竖起了大拇指。

“呼……”董博瀚紧绷着的一颗心也舒展开来，他之前竭力向陈安平推荐了商深，却也是冒了一定的风险。

技术出身的陈安平是一个很注意细节的人，尤其对于技术型人才，他都会亲自把关。不符合他的要求的人，或者说哪怕技术水平很高但在思路上和他不同步的人，他也看不上。

本来董博瀚犹豫着要不要向陈安平介绍商深，以陈安平的为人，商深进入他的视线会有两种结果，一是被他看上，得到重用，成为公司的骨干；二是没被他看上，从此被天马集团拒之门外，甚至以陈安平的影响力，有可能会让整个IT业都对商深关上机会的大门。

此事对商深来说既是一次难得的机遇，也是一次严峻的考验，因为这一次的难题类似于一次通关考试，通过了，商深就能登上通往春天的地铁；失败了，商深就会从哪里来回哪里去。

商深来北京之前已经从仪表厂辞职的消息，董博瀚也听说了，商深背水一战的勇气让他佩服，也让他暗暗惊叹。他没有多数技术宅男的较保守的特性，却没想到商深居然会断了后路，破釜沉舟了。

正是因此，董博瀚决定不告诉商深这一次的难题难度有多大，通关和不通关的后果落差有多大，就让商深轻装上阵，以初生牛犊不怕虎的精神来挑战他人生之中遇到的第一个难关，面对他人生之中第一个重大选择吧。

董博瀚心中一直在鼓励商深，给商深加油，希望他施展自己全部的才华，一路劈荆斩棘，不管有多大的难题都能所向披靡，如果能得到陈安平的认可，商深就在业内迈出了坚实的第一步，等于是初步站稳了脚跟。

要知道能得到陈安平认可的人并不多，尤其是近一两年来。以陈安平在业界的教父级的地位，他如果推举谁，谁就会一举成名，身价大涨。

此时北京的房价才 4000 元到 8000 元一平方米。

陈安平的眉头一直紧锁，董博瀚的心就一直无法放下，不过让他感到少许安慰的是，商深全神贯注地投入到了程序之中，好像他和陈安平不存在一样。

不错，有定力。一个做事时认真并且投入的人，才是可以成事的人。心无旁骛是成就大事的基本功，如果商深左要观察他的脸色右要在意陈安平的神色，商深能写好程序才怪。

还好……还好，二十多分钟后，陈安平严肃的表情终于有了一丝缓和，董博瀚也就稍微感到了放松。

如果让商深知道董博瀚对他这么关心，他肯定会感动得一塌糊涂，可他不知道，因为他正沉浸在难题中无法自拔。

确实比他以前遇到的所有难题都要难上十倍甚至几十倍。商深开始想用常用的办法找到问题在哪，但查找了十几分钟还是不得要领，他意识到这样的方法不行，所以决定另辟蹊径。

又过了十几分钟，商深心中有了解决难题的初步思路，他停了下来，回头对陈安平说道：“给我一个晚上。”

陈安平也知道问题的所在，但一直没有想出解决之道，就惊讶地问道：“一个晚上？你确定？”

“应该问题不大，”商深腼腆地笑了笑，“主要我时间不多，修复了故障后，我要去深圳，不能在北京久留，所以……争取一个晚上解决！”

陈安平难以置信地笑了：“如果你真能一个晚上解决问题，我给你的报酬增加到3000块，怎么样？”

“不用，就说好的2000块就行，不用加钱，”商深诚恳地说道，“已经说好的事情，我不会反悔，没有事先说好解决问题的时间，也说明了陈总对我的信任。”

/ 第 / 二 / 十 / 三 / 章 /

恰逢其时

陈安平自己从一个程序员做起，到今天当上了天马集团的总经理，也算是经历了许多，今天，他却被商深的话深深地触动了。他知道商深正是缺钱的年纪，对主动送到手边的钱却能坚守本分不多拿一分，太难得了，他感慨地拍了拍商深的肩膀：“商深，你能站在别人的立场上考虑问题，很是难得。好，今天晚上你要在办公室加班也行，不想在办公室加班，就回宾馆，我给你配一台笔记本电脑。”

“好呀！那太贵重了吧！”商深憨厚地笑了，搓了搓手，“谢谢陈总。”

“不用谢，”陈安平愈加喜欢这个腼腆真诚的小伙子了，“总有一天你会拥有属于自己的笔记本电脑，不，拥有属于自己的成功。”

陈安平说完就离开了，房间中剩下了董博瀚和商深。

“商深，你真的有把握一个晚上解决BIOS难题？”董博瀚还不太相信商深，“你不要急着离开北京，北京还是比深圳机会多，我希望你认真考虑一下留在北京的可能。”

商深笑了笑：“我答应卫卫要陪她去深圳，就一定要去，说到就要做到。”

董博瀚想了想：“你去了深圳还想不想从事 IT 行业？”

IT 行业是指包括现代计算机、网络、通信等信息领域的统称，包括三个方面，即硬件、软件和应用，电脑和互联网以及程序相关应用，都属于 IT

行业。

“应该会！”商深的梦想就是从事 IT 行业，但具体从哪里入手，还没有想法，“按照我的兴趣，其实我还是想从事 IT 行业。”

“天马的月工资可以到 500 元以上，自动化研究所的工程师一个月才 110 块，而且天马年终还有分红。”董博瀚想说服商深，商深是他发现的人才，他希望通过他的努力让商深留在天马，“传统行业在今年是一个崩塌之年，在山东，标王秦池酒业崩盘、三株口服液瓦解。在东北，沈阳飞龙奄奄一息。在珠海，时代偶像史玉柱的巨人大厦停工。在中原，郑州亚细亚商场陷入绝境。”

“而现在处在中关村的联想公司却是另一番景象，在过去 12 个月里，联想卖出 43 万台电脑，超过 IBM 成为全球认可的中国市场销量第一。商深，电脑制造商的辉煌是互联网公司的曙光，预示着新的历史时期的到来。傅开诚在北京创办了祥麟，纪德佑在广州成立了韵舟，陈总也准备在天马利方论坛的基础上再成立一家网站，现在已经到了最后的冲刺阶段。不出意外的话，到了 9 月，陈总会用天马的股权换来一笔来自美国的投资，最晚明年，天马也会一脚迈进即将到来的互联网浪潮之中。”

后来人们才知道这样的资金有一个很好听很诱人的名字，叫风险投资。

阳光从窗户中透射过来，照在董博瀚意气风发的脸上，呈现欣欣向荣的生机。商深也被董博瀚的话感染了，仿佛在万道金光之中，他恰逢其时，成为乘风破浪的弄潮儿。

以商深对陈安平、傅开诚和纪德佑的对比，经历丰富、资金雄厚又是专业出身的陈安平如果做网站，应该会比傅开诚、纪德佑更胜一筹。如果他选择留在天马，新网站上线后，他作为第一批加入的员工，以后肯定会成为元老级人物。如果工作出色的话，有原始股在手，等上市之时一夜之间成为百万甚至千万富翁也不是没有可能。

不过……商深还是想先去深圳一趟，范卫卫对他影响很大，还有，他对深圳也充满了向往：“谢谢董总的一番好意，我想先解决了难题去了深圳之后看看再说。如果从深圳再回北京的话，我会回来再找董总，到时董总别不认识我了。”

见商深主意既定，董博瀚也不再勉强，哈哈一笑：“怎么会？我的大门永远向你敞开。”

“对了，董总认识赵向飞吗？”商深突发奇想，想听听董博瀚对赵向飞的看法。

“不太熟，见过一两面，怎么了？”

“董总觉得他的中国黄页网站有没有前景？”

“从目前的发展来看，还是门户网站更有发展空间，我也相信以后的网站会是门户网站的天下。”尽管现在赵向飞的中国黄页网站已经盈利，而且赵向飞还受到了外经贸部的重视，但董博瀚还是不看好电子商务的未来，他认为上网的网民大多以浏览新闻和时事为主，谁会在网上做生意？

商深却不这么看：“女人喜欢逛街购物，男人就不喜欢，如果以后会有一个网站可以和商场一样出售各种东西，坐在家里点点鼠标就可以买到喜欢的东西而不用去逛商场，这样的网站一定会大受欢迎。而且现在是信息时代了，当人们都习惯了在网上查找东西的时候，哪家企业不上网就落后于时代了。以前想查哪家企业的电话，也要通过 114 查号台，网站就可以取代 114……”

“你的说法也有一定道理，不过，这个功能都可以集成在门户网站的分类下面，不用单独做一个专业网站，”董博瀚部分赞同商深的观点，“明年我们的网站上线的时候，就会在分类里面提供相关的信息。一个门户网站既可以浏览新闻和时事，又可以查找感兴趣的商品或是信息，包罗万象一网打尽，才是网站的最高境界。”

“……”尽管董博瀚的说法不无道理，商深却总觉得哪里不对，想再和他理论几句，又无从说起，也许还是他想得不够全面，他就笑了笑，结束了对话，“我回宾馆了，争取明天交作业。”

阳光明亮得刺眼，北京已经进入了盛夏，走在太阳底下，很快就会晒出一身大汗。

走在中关村大街上，看着新修好的双向八车道的宽阔道路，商深有一种物是人非的感慨。以前中关村大街还叫白颐路的时候，道路两侧的杨树遮天蔽日，在炎热的夏季带来不一样的清凉，置身树下行走，心情舒畅而美好。现在道路虽然拓宽了许多，但两侧的大树全部被铲除。

道路是宽了，树却没了，除了喧嚣还是喧嚣，不再有当年走在树荫之下的凉爽和美好。发展总要付出这样那样的代价，北京在都市化的过程中，也迷失了自己，许多很有传统和民族特色的建筑被推倒，盖起了千篇一律的高楼大厦。

不过，扩建后的中关村大街，也确实在时代的飞速发展中，见证了许多历史时刻。曾经是倒爷一条街的中关村大街，现在是诸多知名公司的所在地，除了天马集团之外，还有联想。而在和中关村大街不远的知春路上，也是日后许多赫赫有名的公司的诞生地，如金山、小米。

许多年后，当许多传奇从这里诞生并走向了全国、冲向了世界，留在商深印象中的知春路依然是氛围单调、餐饮粗糙并且缺乏娱乐的灰色基调。现在，有许多创业者如飞蛾扑火一样涌到了这一带，带着迷茫、焦灼和疲惫在知春路和中关村大街出没，在周围破旧的居民区和简陋的写字楼里，几乎每个角落里都潜藏着野心勃勃的创业者和口若悬河的演讲家，都梦想着一举成名或是一夜暴富。

不管是投身于演艺界做着明星梦的北漂，还是投身于 IT 行业做着暴富梦的北漂，都拥有同样的青春、激情和野心，不管你的才华能否支撑起你的野心，也不管你最终是成功还是失败，总之在年轻的时候没有尽力没有放手一搏，到老了就会后悔。

只有尽力了，你才有资格说运气不好。

如果说商深之前从仪表厂辞职，一半有赌气的成分，一半是因为范卫卫，那么去深圳的决定，一大半是因为范卫卫的鼓动，一小半也是他想走一走、看一看，开拓眼界增加见识。但现在，从天马总部出来后，走在熟悉的街道上，看着周围熙熙攘攘的人群，以及道路两旁各类醒目的电子产品的广告，感受到肩上沉甸甸的电脑包中的笔记本电脑，他忽然做出一个重要的决定！

回到宾馆，范卫卫还没有回来，想了想，商深还是没有呼她，而是打开董博瀚为他配备的笔记本电脑，准备修改程序。

这台电脑是 IBM 于 1996 年推出的 ThinkPad 560,560 机身超薄，只有 1.2 英寸厚，重量只有 1.9 公斤，超级便携从 560 开始成为移动计算机的主流发展方向之一，而且 560 还可通过红外线进行数据的无线传送和通信。作为 IBM 最先进的产品，560 获得过业界的几乎所有荣誉。

作为笔记本电脑的发明者，IBM 是笔记本电脑领域一个举足轻重的品牌。若干年前，IBM 研制出一种便携式计算机，如何命名让许多人绞尽脑汁。一次命名会上，当时的项目负责人随手把一个封皮上印着“THINK”的小本子扔到桌上，所有人的目光都随着这个小小的黑色便笺本在空中划过，“啪”一声便笺本落到会议桌上。一个人灵光一闪，喊道：“ThinkPad……这个名字怎么样？”

从此以后，ThinkPad——会思考的笔记本——就成了 IBM 笔记本电脑的品牌，最终这个会思考的笔记本影响了整个世界。

商深一直梦想可以拥有一台 ThinkPad，可惜以他的收入远远买不起业内第一的笔记本电脑，现在手拿最先进的 ThinkPad，不免十分激动。

男人对电子产品的热爱就如女人对衣服和化妆品的热爱，狂热而痴迷。商深可以对诸多电脑的型号和配置如数家珍，如硬盘的大小、内存的多少以及 CPU 的频率等，却对衣服品牌和化妆品品牌一无所知。

总有一天，他想要哪台电脑要哪台，想要哪款手机要哪款，想要收购哪家公司就收购哪家公司……不对，最后一个梦想太遥远了，还是先实现前两个再说。

年轻的心有梦想，只要梦想不太脱离实际就行。现在的商深，野心不大目光却很长远，立足实际，想先要解决温饱问题，如果在解决温饱问题的同时还能拥有一些基本的奢侈品，并且奠定事业的基础，他就更心满意足了。

刚打开电脑，还没有打开程序，BP 机忽然响了。

“速回电话，叶十三。”

房间内有电话，可以打市话，商深拿起电话打给了叶十三。

“商深，你来北京怎么也不和我说一声？不当我是哥们儿了？”叶十三的声音焦急中透露出一股关切之意，“听说你从仪表厂辞职了？你疯了，不要关系和档案了？这么大的事情，怎么事先也不和我商量一下？还有，你也没有和叔叔阿姨商量吧？”

听到叶十三熟悉的声音，商深心中闪过了一丝温暖，到底是从小一起长大的发小，虽然他有过怀疑黄汉和宁二事件的背后有叶十三的影子，但只是怀疑，没有证据，他对叶十三多年的感情还是难以割舍。

叶十三说得对，他辞职的事情，确实没有和爸爸妈妈商量，怕的就是爸妈不让他辞职。爸妈思想传统，对他大学毕业后分配到了国企很是自豪，如果告诉爸妈他辞职了，爸妈肯定会气得骂他一顿。

“事情已经发生了，你埋怨我也没用了，十三，先替我保密，我不想让爸妈知道后为我担心，”商深呵呵一笑，故作轻松，“关系和档案以后再说，现在只能走一步算一步了。我来北京只待一两天就去深圳了，怕没时间见你，就没和你说。”

商深的解释叶十三并不满意：“你太冲动了，商深，不是我说你，你是被爱情冲昏了头脑。是，范卫卫漂亮、大方、新潮，思想观念也超前一步，但你才认识她多久？我都认识你快20年了，你认识她还不到20天，商深，几天时间你觉得你真能看清一个人？现在回头还来得及！”

“你是劝我和卫卫分手？十三，你是毕京的说客？”商深听出了叶十三的弦外之音。

“我是劝你悬崖勒马，不要再错下去了。你去深圳又能怎样？她保证给你安排一个不错的工作，还是保证爱你一辈子，一定嫁给你，和你在深圳成家立业？”叶十三越说越气，声音也越来越大，“商深，我对你很失望，你为了一个女人丢掉工作不说，还怀疑你十几年的哥们儿，我算是看透你了！”

商深愣了，在德泉县见面时，叶十三还对范卫卫印象不错，并没有反对他和范卫卫交往，现在是怎么了？难道他辞职真让叶十三这么生气？不应该呀，作为他多年的死党，叶十三不可能不了解他的脾气，他辞职的因素中固然有范卫卫的因素，但并不是完全因为范卫卫，而是他实在受不了仪表厂死气沉沉的状态以及毕晓的刁难。

还有一点，他意识到与其在仪表厂耽误一年甚至两年的时间，还不如先跳出来，投身到时代的洪流之中。现在不比以前，现在是日新月异的时代，嗅觉敏锐的他意识到，错过第一波互联网浪潮，也许就会错失许多良机。

商深有理由相信，IT 行业本身就是一个只争朝夕的行业，而互联网的兴起，更是让 IT 行业的发展进入了一个关键时期，他之所以想去深圳一趟，一是既然答应了范卫卫，就要说到做到；二是也很想到改革开放的前沿阵地亲自看一看，感受一下沿海开放城市的气象；三是想亲身体会一下作为经济特区的窗口的深圳，IT 行业的发展是不是和北京一样充满了活力和机遇。

“十三，你听我说……”叶十三突如其来的发火让商深大感奇怪，他就想向叶十三解释几句，想告诉叶十三，他去深圳，固然有爱情的因素在内，也有更长远的打算，同时他心中也隐隐有气要生，想问清楚叶十三，在他和毕京之间，叶十三到底更倾向谁。

“算了，我不想听你解释了。”不等商深说完，叶十三气呼呼地挂断了电话。

“哎……”商深还想再问叶十三几句关于赵向飞的问题，叶十三是赵向飞的手下，应该比他更了解赵向飞多一些，没想到叶十三居然连解释的机会都不给他，让他大感无奈，叶十三到底是怎么了？

在育慧南路一个名叫京夜的茶馆里，叶十三、毕京在一个包间里并排而坐。二人的对面也坐着两个人，一个黑瘦，一个白胖。

赫然正是黄汉和宁二。

茶馆取名为京夜，大概是取自北京之夜的意思。

“商深要和范卫卫一起去深圳？”尽管窗外阳光明媚，毕京却脸色阴云密布，“这么说，我以后真的没有半点机会再追到范卫卫了？”

叶十三喝了一口茶，不加冰糖的菊花茶入口之后，有一丝微微的苦涩，此时他的心中也是苦涩难言，但没有苦涩怎会有甘甜？当断不断，必受其乱！他把心一横，时不我待，就一条路走到黑吧。

/ 第 / 二 / 十 / 四 / 章 /

怦然心动

“也不一定就没有机会了，商深也许在深圳待几天又回来了，”叶十三不明白毕京怎么就那么喜欢范卫卫，他劝毕京，“天涯何处无芳草，毕京，你何必非要单恋范卫卫一枝花？范卫卫漂亮是漂亮，但北京的漂亮女孩也多的是，我就不明白了，一个男人怎么会因为一个女人而不顾一切？太不理智了。”

“你不懂，无情未必真豪杰，你以为都和你一样觉得除了赚钱之外其他一切都无所谓？杜子清那么喜欢你，你对她总是不冷不热，我都替子清委屈。你不懂爱情！”毕京嘿嘿一笑，笑容中带有七分调侃三分惋惜。

叶十三不以为然地摇了摇头：“我不懂爱情？我对爱情的理解比你深刻多了，不只是你，就连商深也不知道，我的爱情在高中时就死掉了，以后再也没有复活。你知道心如死灰是什么感觉吗？就是全世界都是大火，你却感觉不到一丝温暖。”

“你高中时才多大，就有了刻骨铭心的爱情？别逗了。是谁？是哪个女孩伤透了你的心，让你对爱情绝望了？”毕京挤眉弄眼，八卦火焰熊熊燃烧。

“不能告诉你她是谁，”叶十三落寞地一笑，笑容中有说不出来的悲凄，语气低沉声调低落，“人的一辈子或许会遇到许多人，但真正走进你心里的只有几个人，两三个知己和一个知心爱人而已。许多人一辈子爱来爱去，爱过许多人，其实那不是爱，只是好感、只是荷尔蒙分泌的副产品，真正的爱，一辈子只有一次。当你真正爱过一次之后，你会发现，除了她的面容清晰之外，世界上所有的人都只是模糊的面孔。”

“到底是谁？是不是男人，吞吞吐吐的，不爽快！”毕京更加好奇了，笑道，“不会是你喜欢过的女孩只喜欢商深，而商深不知道，所以你才一直把对商深的不满和恨深藏在心底？”

“喝茶，喝茶！”叶十三含蓄地笑了笑，顾左右而言他，“在商深和你之间，我可是一直在帮你，甚至连你想从商深身边抢走范卫卫，我也没说什么。以我和商深的关系，不反对你就是对不起商深了。”

“天下乃天下人之天下，唯有德者居之，同样，美女是所有人的美女，有本事的男人才配拥有，哈哈！”毕京哈哈一笑，“别说范卫卫还没有嫁给商深了，就算她嫁人了，我也照样会想尽一切方法把她抢到手。只要锄头挥得好，哪有墙脚挖不倒？”

叶十三摇了摇头：“你的世界观不正确，怎么总是喜欢抢别人的东西？”

“偷东西会做贼心虚，但抢东西会有成就感，哈哈，”毕京放肆地大笑，笑声传出了房间，惹得外面安静喝茶的客人皱眉反感，他才不管不顾，“我好歹有一说一，事情都做到明处，就是要和商深竞争范卫卫，就算是不择手段，至少也明人不做暗事，你呢？你可是在背后算计了商深好几次，又不喜欢杜子清却和她在一起，对你来说，商深算什么，杜子清又算什么？”

对毕京半是玩笑半是认真的指责，叶十三不动声色，他扭头望向了窗外，装修风格古色古香的圆形窗户，很有古代深宅大院的味道，窗外是几株高大的白杨树，风一吹，叶子哗哗作响，就如夏天最动人的乐章。

小的时候，他常常和商深一起跑到村子南边的杨树林里玩耍，在两棵杨树之间搭一个树床，躺在上面，仰望遮天蔽日的宽大的杨树树叶，听风过杨树发出哗哗的声响，轻风习习，浑然不觉夏天的炎热，反而觉得夏天充满了乐趣。

还记得他和商深在树林里追逐打闹，除了他和商深之外，还有宝家和甜甜，儿时的笑声穿透了十几年的岁月在耳旁回响，近在咫尺又远在天边。

童年的欢乐是那么纯真那么开心，只是一切都过去了，而且永不再重现。

“商深是我关系最好的死党，曾经的发小。杜子清是我的女朋友，现任的女朋友。”叶十三收回目光，回答了毕京的问题。

“曾经的发小，现任的女朋友，言外之意是，曾经是过去式，现任也会变成前任，十三，你可真是一个见异思迁的人。”毕京眼中闪过一丝亮光，一闪即逝，他含蓄地笑了笑，“商深和杜子清都成了备胎，真可怜呀。当然了，杜子清更可怜，她不但是备胎，而且还是你将就的爱情。友情将就倒没什么，毕竟友情可以有很多，但爱情就不一样，爱情是一对一，真不公平。”

“爱情、友情还有事业，哪里有真正的公平？不说这些了……”叶十三摆了摆手，不以为然地笑了笑，“还是说说正事吧，毕京，祝贺你被微软正式聘用了，以后前途一片光明，比我强多了。我可是跟着赵向飞，本来以为要回杭州，没想到赵向飞要留在北京和外经贸部合作，我也只好继续留在北京了。说实话，我不喜欢北京，气候太干燥，人太杂，还是杭州安逸。”

“杭州、扬州、苏州，太安逸了，你没读过历史？有多少英雄一到江南就没有了进取心？温柔乡英雄冢，我还是喜欢北京，北京资源多、机会多，适合创业适合拼搏，”毕京和叶十三看法不同，“我的目标是争取在一年内打败商深抢到范卫卫，三五年内做到微软中国的中层，达到年薪10万。5年后，在北京买房买车，成为真正的北京人。怎么样，目标还算立足现实没有好高骛远吧？”

“打败商深还不容易？毕哥，你现在是跨国公司的白领了，商深还是无业游民，他哪能和你比？”黄汉憋了半天，终于忍不住插嘴了，“再说哪用一年的时间，除非商深不回北京了，只要他再回到北京，我和宁二一出马，保管一天之内就把他收拾得服服帖帖，立马拱手送上范卫卫。”

宁二却没有黄汉乐观：“先不说商深诡计多端，很难收服，就说商深万一去了深圳不回来怎么办？要不就现在趁商深还在北京先收拾他一顿再说，有仇先报才是好汉。”

“商深住哪里？”毕京问叶十三。

“我没问他住在哪里，不过他打来电话时用的是宾馆的电话。”叶十三一边说，一边拿出了手机。

毕京没有说话，拿过叶十三的手机就回拨了回去，片刻之后笑了：“颐宾楼，211 房间。”

黄汉和宁二对视一眼，二人一言不发起身就走了。

“这样……不好吧？”叶十三等黄汉和宁二走了之后，才不安地说道，“好像我刚才呼商深是故意套他住在哪里。”

“和你没关系，你也不是有意透露他的住址，刚才是我无意中查到的，对吧？”毕京嘿嘿一笑，“商深让我爸在仪表厂名声扫地，还敢当面顶撞我爸，父辱子死，不收拾他一顿，我枉为人子。”

和别的白领说话时喜欢中英文结合以显示高端不一样的是，毕京说话时喜欢古今结合，以显示他高人一等的古文功底。

“希望商深以后知道了真相不要怪我才好，我真的不是有意套出他的住址的……”叶十三摇头叹息，似乎很是无奈，“你和商深都是我的好朋友，我还是希望你们能握手言和，如果有机会的话，你、我和商深联手合作，也许还可以开创一番了不起的事业。”

“以后的事情以后再说，现在先让我出了恶气我才心里舒坦！”毕京冷冷一笑，“商深太可恶了，我爸那么大年纪了，他一点儿也不知道尊重，既没教养又没水平。”

正说话时，忽然房门被人推开了，一个女孩施施然闯了进来。

正在对商深口诛笔伐的毕京一下没反应过来，抬头一看，顿时愣住了。

叶十三正端起一杯茶想要喝下，茶杯举到嘴边，目光落在女孩身上的一刹那，也是为之一怔，像被施展了定身法一样，一动不动了。

女孩一袭白色长裙，长发，鹅蛋脸，眼睛明净而清澈，灿若晨星，一张白嫩而红润的面孔是温雅秀美、雍容华贵的端严之美。

她长裙及膝，露出了匀称而健美的小腿，粗细正好，脚上是一双阿迪达斯白色运动鞋，再配上一双白色的袜子，犹如美不胜收的白莲花，亭亭玉立。

“哎呀……”女孩见房间中的叶十三和毕京都不认识，才知道走错了房间，忙歉意地一笑，“不好意思，走错房间了。”

说完，转身就要出去。

“等一下！”在女孩出现的一瞬间，毕京的眼睛被点亮了，而叶十三更是夸张，他端着茶杯忘了喝茶的目瞪口呆的形象，出卖了他内心对女孩惊艳容貌的震撼，见女孩要走，他不想错过机会，忙站了起来，“房间可以走错，但走过路过不要错过，你生命中遇到的每一个人，都是你应该遇到的人，既然错了，不如将错就错认识一下，也算不辜负上天错误的安排，你说呢？”

叶十三口若悬河说了一气，微微弯腰向女孩致意，还主动伸出了右手：“自我介绍一下，我叫叶十三，在外经贸部工作。很想认识你，请问芳名？”

毕京蓦然愣住了，不是吧，叶十三刚刚还说对爱情心如死灰了，怎么一转眼就对人家女孩一见钟情了？这也太搞笑了吧？好吧，他承认女孩是挺漂亮，漂亮之中还有一丝高贵，但他和叶十三大学同学四年，学校和班上漂亮而有气质的女孩也有不少，没见叶十三对谁这么积极主动过，就杜子清也是倒追了叶十三好久，叶十三才和她在一起。

女孩被叶十三的殷勤吓到了，手足无措地愣了片刻，然后就如受到了惊吓的小鹿一样，一下跳到了门外，转身就跑了。

尽管穿了长裙，女孩转身离开的一瞬，她纤细的腰身和浑圆的臀部勾勒出完美的弧度，再加上跳跃之间，修长的美腿匀称有力，让人呼吸都不由为之一窒。

直到女孩的身影消失在了拐角处，叶十三才不甘心地收回目光，坐回到了座位上，怅然若失。

“怎么了，十三，一见钟情？”毕京伸出右手在叶十三眼前晃动几下，一脸戏谑的笑容，“谁刚刚还说真正的爱一辈子只有一次，你真正的爱不是已经遗留在了过去，怎么，现在又来了？”

叶十三如梦方醒，自嘲地笑了：“以前我不相信一见钟情，现在相信了，刚才的女孩真的让我动心了。毕京，能不能帮我打听一下她到底是谁？”

“这怎么打听？人海茫茫，以后肯定见都见不到了，世界那么大，你却那么傻。”毕京哈哈大笑，笑到一半，笑声戛然而止，他用手一指窗外，急切地说道，“那个白裙女孩在外面，好像在等人。十三，你又多了一次机会。”

“真的？”叶十三探身朝窗外一看，刚才的白裙女孩果然站在门口的阳光下，裙裾飞扬，就如夏日的一个梦。

叶十三一拍桌子就站了起来，夺门而出。

“有很多人自以为经历了爱情，其实经历的只是伤痛。自以为经历了青春，其实经历的只是懵懂。”毕京又生发了莫名的感慨，他向后靠了靠，让自己坐得更舒服一些，端起茶杯轻轻抿了一口，“生年不满百，常怀千岁忧。昼短苦夜长，何不秉烛游！为乐当及时，何能待来兹？”

一边背诵古诗一边摇头晃脑，流露出自得其乐的神色。

崔涵薇今天约了哥哥和祖纵来京夜茶馆谈事情，说好了十点见面，结果久候不至，她既没有“有客不来过夜半，闲敲棋子落灯花”的兴致，又没有程门立雪的耐心一直等下来，主要是她下午还有事情要忙，就想离开。

不料哥哥打来电话说他已经订好了房间，在101，让她先到房间点了茶水等他，他和祖纵马上就到。如果仅仅是祖纵，她早就不等下去了，但有哥哥出面，她只好答应了。

也不知是哥哥记错了还是她听错了，推开101房间却发现里面有人，她才意识到走错了房间，本来就等得心烦意乱的她，一时就更加慌乱了。

更让她没有想到的是，房间中的英俊帅气身高过人的男孩一见面就想认识她，她不由芳心大乱。尽管对方的英俊帅气确实让人只看一眼就怦然心动，但她更在意男孩的内涵。所以虽然叶十三英气逼人，高大帅气的外表确实让人心生好感，但她是含蓄内敛的性格，不相信一见钟情，只相信日久生情。

跑出了101房间之后，她来到门口，站在阳光下，虽然阳光强烈而耀眼，却让她恢复了平静，心中暗笑自己刚才真是太不应该了，不管叶十三是何许人也，对方喜欢她既不是错又是她的荣幸，尽管她有太多人喜欢，但多一个喜欢者和追求者又有何妨？

她就算不留下名字，也应该大方地拒绝叶十三，而不是落荒而逃，像她有多怕他一样。她怕什么？他又不是坏人，或者说，至少从外表上看，他不是坏人。

哪里有这么英俊帅气的坏人？

怎么哥哥和祖纵还不到？崔涵薇看了看手上的欧米茄手表，微有不耐。她知道哥哥撮合她和祖纵见面的原因，虽然也有谈一笔合作的出发点，但另外还有想撮合她和祖纵的考虑。

可是……她讨厌祖纵！

尽管崔涵薇很清楚祖纵对她和哥哥公司的重要性，但她就是不想见到祖纵，谁不知道祖纵的为人是出了名的好色加贪婪，他再有人脉再有钱，她也不屑于和他这样的富二代打交道。

祖纵的名字谐音祖宗，为人真跟祖宗一样，为人无知又对人傲慢无礼，不时流露出高人一等的优越感，让人无比反感，让崔涵薇也无法忍受。

但哥哥总认为祖纵可以为公司的发展带来资金和渠道，非要安排她和祖纵一起面谈。公司是哥哥和她共有的公司，为什么非要让她出面，她当然清楚哥哥的心思，哥哥曾经不止一次暗示过——祖纵喜欢她。

哥哥也真是，难道没有听说过祖纵的外号叫祖一夜？意思是祖纵天天在外面流连花丛，和无数女孩儿过夜，而且只过一夜，一夜之后，就视之如草芥弃之如敝屣。

这么一个只玩弄女性却不付出真情的人渣，哥哥会认为祖纵真的喜欢她？算了吧，对祖纵来说，她不过是又一个猎艳的目标而已，新鲜感一过，她一样会被无情地抛弃。

/第/二/十/五/章/

无妄之灾

崔涵薇也知道哥哥并没有坏到宁肯让她当祖纵的玩物也要赚祖纵的钱的地步，哥哥是打算拿她当诱饵诱惑祖纵上当，等生意谈成之后，她再转身离去，祖纵也不能拿她如何。哥哥难道不知道祖纵是一头狼，狼行千里吃肉，谁见过吃素的狼？谁又见过吃亏上当之后不报复的狼？狼心狗肺狼子野心，都是在说狼是最不可相信的畜生。

和祖纵合作，等于是与狼共舞与虎谋皮。

祖纵劣迹斑斑，据说放眼整个北京，祖纵为非作歹的种种事迹，圈子里无人不知无人不晓。但祖纵一直嚣张狂妄却无人敢和他为敌，不仅仅是因为他有钱，还因为他除了有钱之外还有势。

可是有钱就可以为所欲为了吗？为了赚钱就宁愿和狼子野心的人合作了吗？崔涵薇既想不通又说服不了自己。

怎么还不来？阳光很热烈，她朝树荫下站了站。盛夏的阳光就如一个恢宏的梦境，让人很容易陷入其中，她眯起眼睛，手搭凉蓬朝远处张望了几眼，不知为何，脑海中忽然就闪过了一个人影。

……他长得也算有几分英俊之气，尽管没有刚才那个叫叶十三的高大帅气，但却比叶十三更可爱、更纯真，尤其是笑起来的时候，有几分腼腆和憨厚，嘴角上弯，眼睛微眯，样子既淳朴又真诚。

没人喜欢太憨厚的人，太憨厚就是愚笨了，也没人喜欢太精明的人，太精明就是奸诈了。憨厚一半精明一半最好了，就是不知道他是不是在憨厚和精明之外，还有没有看清形势的眼光，如果有，他以后说不定可以成功。

不对，他成不成功和她又有什么关系？是呀，她和他只是萍水相逢，而且也许只有一面之缘，以后能不能再见面还不知道，管他以后会有什么样的发展，管他和他的女朋友范卫卫会不会有结果。

这么一想，她心中忽然轻松了几分，但在轻松之外，又莫名有几分失落。

“你好，我又来了，希望没有吓到你，没有让你觉得讨厌。”

正当崔涵薇胡思乱想之时，身后忽然传来了说话声，着实吓了她一跳，她如受惊的小鸟一样跳到了一边，回身一看，原来是刚才走错房间时问她名字的高大帅气的男孩，她想起来了，他叫叶十三。

“你……你要怎样？”崔涵薇心里有几分慌乱和不安，脸色就不太好看，“你不要没完没了好不好？我不想认识你，再纠缠下去，我就会讨厌你了。”

叶十三没有知难而退，他站在距离崔涵薇一米远的地方，崔涵薇在一棵合欢树的树荫之下，他在树荫之外，虽然被阳光暴晒，却没有再向前迈进一步。

“我相信缘分，也相信一见钟情。我曾经深深地喜欢过一个女孩，可惜她不喜欢我，而且她还走向了一条不归路，从此以后我就再也不相信爱情了，直到遇到了你，”叶十三相信深情表白的力量是每个女孩都无法抵挡的浪漫，也相信凭他的高大帅气、一往情深的表情和充满磁性的声音，80%以上的女孩会被他击中而缴械投降，“从见到你第一眼时起，我就知道我一生的意义就在于等你出现的一刻。如果你一直不出现，也许我会一直在不相信爱情和无望的等候中虚度一生，还好，上天还是安排了我们的相遇，所以我想，既然遇到了你，如果错过，我会一辈子无法心安。”

崔涵薇有那么短暂的一瞬间被叶十三的表白打动了，目眩神迷的感觉只是一闪而过，还好，明亮的阳光和轻拂的微风又让她清醒了。许多女孩喜欢甜言蜜语的男孩，以为他对她说的话是唯一的，其实一张口就会说出一大通加了牛奶和蜂蜜的情话的男孩，天生就是一个泡妞高手，他在你面前所有的甜言蜜语只在一个转身的时间，就会对另外一个女孩再重复一遍。

可惜的是，有太多女孩没有分辨能力，往往会被对方的糖衣炮弹攻陷，最终爱上了一个不该爱的人。

“你一辈子是不是心安和我无关，你现在已经影响到了我，我讨厌你，请你离开。”崔涵薇本来就心情不好，又被叶十三的出现搅乱了心绪，她不由得心烦意乱。

叶十三抑制不住想要认识她的迫切心情：“请给我一个认识你的机会好吗？我只想知道你的名字，其他的不需要告诉我，我会不惜一切代价打听到你的一切，然后愿意付出一切去赢得你的好感。”

“你谁呀？干吗骚扰我的妞？滚一边儿去！”叶十三以为他的一番话说完，即使白裙女孩不会给联系方式，至少也会告诉他她的名字，不料话才说完，女孩还没有开口，身后却传来了一个人嚣张而傲慢的声音。

回头一看，身后不知何时停了一辆奔驰，是一辆高大威猛的奔驰GL，叶十三虽然还买不起车，却和大多数男人一样对汽车有着根深蒂固的热爱，GL是奔驰的高端SUV，100万的起价，是名副其实的豪车。

从GL上下来两个人，一人长得又瘦又高，就如电线杆一般，上下几乎一般粗细，还长了一对大大的招风耳和金鱼眼，第一眼给人的印象不是丑陋而是滑稽，是的，是让人很想发笑的滑稽。

招风耳脖子上有一条金链子，手上戴了一块江诗丹顿，身上的衣服是国内不常见的名牌，脚上的皮鞋，是叶十三一年工资也买不起的芬迪。

招风耳圆睁双眼，凶神恶煞一般朝叶十三冲了过来。

招风耳的身后还有一人，唇红齿白，和招风耳完全是相反的类型，他长得不但英俊，还很好看，对，确实是比英俊更夸张的好看，和女孩一样圆润的脸庞，眉毛很细，眼睛不大不小，如果他唱戏去演花旦，都不用怎么化妆。

叶十三一愣神的工夫，招风耳就已经冲到了他的面前，他还想和招风耳解释几句什么：“你好，我叫叶……”

话未说完，招风耳的拳头已经落了下来，他怎么也不会想到招风耳居然上来就打，躲闪不及被打在了肩膀上。

别看招风耳长得精瘦，力气却不小，一拳打得叶十三疼入骨髓，他后退一步，忘了身后站立着崔涵薇，就一下撞在了崔涵薇的身上。

“啊！”崔涵薇也没反应过来被叶十三一撞，后退两步，撞倒在了树上。

“你他妈的！”招风耳勃然大怒，上前一步，一脚踢中了叶十三的肚子，还不解恨，又跟上一脚踢在了叶十三的腿上，“我不打死你我就不是你祖宗！”

叶十三只不过是想表白，做梦也没想到泡妞也会遭遇这样的无妄之灾，他被打了一拳又挨了两脚，心头怒火突然就爆发了，盛怒之下，他转身见地上有一根木棍，拿起木棍就朝招风耳的脑袋上挥了过去。

“你他妈的！”叶十三怒骂，“招风耳、傻大头、瘦麻杆、丑八怪！”

能说甜言蜜语的人都有过人的口才，口才可不是只会说好话不会说坏话，叶十三一边骂一边又接连打了招风耳几下，打得招风耳双手抱头无力反抗，他觉得还不解气，抬腿一脚踢在了招风耳的腰上：“你还想打死我是吧？来呀，不打死我你就是孙子！”

祖纵被木棍打得抱头鼠窜没有还手之力，他气急败坏地大喊：“你是谁？你敢打我，信不信我让你下半辈子生活不能自理？停，停！”

叶十三才不会听他的，继续追打招风耳，不仅是因为招风耳坏了他的好事，还因为招风耳刚才的话刺痛了他的神经——不是吧，这么漂亮娴静的女孩，怎么会是招风耳的女朋友？真是一棵好白菜让猪给拱了。

“住手！”崔涵柏怎么也没想到会出现这样的意外，他跑到叶十三身后，伸手去拉叶十三，不料叶十三看也未看，回手一棍，正打中他的肩膀。

“哎呀！”夏天穿得单薄，崔涵柏被棍子打中，疼得一咧嘴，顿时火起，转身从车上拿出一把铁锁，又冲了过去，一下砸在了叶十三的后背上。

后背被铁锁击中，一阵巨痛传来，叶十三差点没一个踉跄一头栽倒！

不等他反应过来，祖纵回身一脚踢来，他躲闪不及，被踢中了肚子。

肚子是人体最柔软最不经打的地方，轻轻一击就会巨痛难忍，叶十三闷哼一声双手捂着肚子蹲在了地上，再也没有力气站起来了。

刚蹲到地上，后背上又挨了一脚，他一头朝前栽倒，趴在了地上。

然后他就感觉有无数的拳头和脚落在了身上，算是切身体会到了什么叫拳打脚踢。

“别打了，你们别打了！”崔涵薇惊呆了，没想到平常温文尔雅的哥哥也会发疯，她担心叶十三被打坏了，上前制止祖纵和哥哥，“你们都住手，再打就出人命了。”

“出人命怕什么？我出钱摆平，打，往死里打。”祖纵刚才被叶十三打得浑身巨痛，对叶十三恨得牙根痒痒，现在有了还手的机会，他肯住手才怪。

“再不住手我就走了！”崔涵薇实在看不下去了，虽然她很讨厌叶十三的过于殷勤，但也不愿意他被打得满地打滚。

崔涵薇说走就真走了。

崔涵柏先住了手：“涵薇，你回来。”

祖纵这才停下了手，又朝叶十三吐了口唾沫，才朝崔涵薇的背影喊道：“小薇，我听你的，不打这个狗东西了，你别走。”

崔涵薇却依然头也不回，大步流星地越走越远，祖纵的目光之中流露出不耐烦，他站立原地不动，一只脚的脚尖轻轻敲击地面。

“涵薇！”崔涵柏急了，他太清楚祖纵的脾气了，稍有不周之处，他一律会翻脸不认人，“不要任性，赶紧回来！”

崔涵薇的脚步仍然没有要停下的迹象，崔涵柏急得就要跺脚了，他追了过去：“涵薇，你站住！你太不懂事了，太让我失望了……”

才跑出几步，只听祖纵阴阳怪气的笑声：“行了，涵柏，今天就这样吧，我也没有兴趣了，回见。”

话一说完，祖纵转身就走，他要的就是欲擒故纵，相信崔涵柏肯定会不惜一切代价留住他，这样他就可以比预期更快地拿下崔涵薇，要好好地在床上蹂躏崔涵薇一番，敢跟他叫板，哼，让你尝尝祖一夜的厉害。

不料才一回头，眼前一团黑乎乎的东西呼啸而至，由于来得过快而且离得过近，他连反应的机会都没有就被正中面门。

就如被人在脸上迎面打了一拳，祖纵感觉鼻子一酸，和吃了一斤酸杏一样，眼泪顿时流了出来。他怪叫一声蹲在了地上，双手捂脸，哇哇直叫："谁扔我？谁拿臭鞋扔我？我要弄死你！"

狂妄的人永远不懂好汉不吃眼前亏的道理，不管什么时候都会摆出一副高高在上的姿态，如果韩信和祖纵一样，在受胯下之辱的时候拔剑杀了那个屠夫，就不会有以后攻无不克战无不胜打败项羽的淮阴侯了。可惜的是，祖纵从来不读历史。

所以祖纵话音刚落，一只不穿鞋的大脚迎面踢来，正中祖纵的嘴巴。祖纵"啊"的一声惨叫，仰面倒在地上，再也无力起来了。

/第/二/十/六/章/

交　心

崔涵柏去追崔涵薇，跑出了十几米远，想回来帮忙也来不及了，只能眼睁睁看着一个长相丑陋的人扶起叶十三夺路而逃。

祖纵被打，崔涵柏也无心再追崔涵薇，忙返回来扶起了祖纵。祖纵气得暴跳如雷，揉了半天眼睛才看清东西，跳上车就要去追叶十三，不料发现，四个轮胎不知道什么时候全没气了。

下车一看，每个轮胎上面都有一个被刀扎破的口子，估计就是刚才的丑八怪划破的。

崔涵柏望着叶十三和他旁边的小个子消失在了远处的拐弯处，他没有再追，反而暗暗笑了，祖纵平常嚣张惯了，圈子里大大小小的人物都让他三分，没想到今天被一个无名小卒打得这么惨，而且对方看上去也就是 20 岁的样子，传出去，祖纵的脸面都丢光了。

“此仇不报，我就是孙子！”祖纵狠狠地一拍车前盖，怒不可遏，“涵柏，你帮我查到刚才那两个人都是谁，我就给你的公司投资 300 万！”

崔涵柏大喜过望，如果不用妹妹出面就可以让祖纵投资公司，他自然求之不得。

他还以为出了这样一档子意外，公司和祖纵的合作就黄了，没想到突然之间事情就有了转机，他赶紧拿出了电话打给崔涵薇。

“涵薇，刚才和你搭讪的那个男的叫什么名字，知道吗？”

“叶十三，说是在外经贸部工作，怎么了？”崔涵薇已经走出很远了，接到了崔涵柏的电话，也没多想，直接就说了出来。

“没什么，你先回去吧。对了，下周去深圳出差，我可能去不了了，你自己去，能行吗？”本来下周崔涵柏要和崔涵薇一起去深圳出差谈一笔生意，现在他突然改变了主意，决定要抓紧帮祖纵摆平今天的事情。

“应该……没问题吧？”崔涵薇不知道哥哥为什么突然变卦，她不是十分自信地说道，“一个人出差倒没什么，就是到时和对方谈判，我怕我不能应付。”

“谈判的事情，看对方怎么说好了，也未必一定就要和他们合作，只当一个备选。”如果有了祖纵的资金支持，和深圳的生意成或不成也不重要了。

“好吧。”崔涵薇一个人走在人流如织的街上，心事重重。

叶十三、商深……不知为何，她总是有意无意地对比叶十三和商深，他们本是不相干的两个人，为什么非要将他们放在一起呢？崔涵薇也回答不了自己。不过她能明确告诉自己的是，虽然叶十三比商深看上去更高大、更英俊，但她还是更喜欢商深那样的人。

不是看长相，商深不会油嘴滑舌地对只见过一面的女孩大献殷勤，她还是喜欢沉稳从容的男孩，不喜欢夸夸其谈的类型。

也不知道还有没有机会再见到商深？也不知道商深现在正在做什么？崔涵薇一时胡思乱想，想得入神了。

此时的商深正在宾馆的房间噼里啪啦地敲击着键盘。

答应了陈总和董总，要用一个晚上的时间解决BIOS启动故障问题，说到就要做到，商深已经想好了解决方案，不过修改工作是一项系统工程，不出意外的话，半个晚上就能搞定，但万一出现什么意外呢？

意外就是意外，是谁也想不到并且阻止不了的转折，所以商深凡事都要打出提前量，正好范卫卫出去访友未归，他一个人在宾馆里，可以做一个“安静的美男子”。

不对，是做一个努力工作的美男子。

一开始进展还算顺利，一切都如商深的预期，如果按照这个速度进行下去的话，甚至不用到晚上就可以拥抱胜利了。

但进展到了一半的时候，商深遇到了难题，有一个地方似乎比他预测的情况要更复杂一些。商深花了一些时间才解决了意外的故障。

看看时间，已经快 12 点了，还没有吃饭。这时，BP 机忽然就响了，是范卫卫的留言。

“我不回去了，你自己吃饭吧，乖，不许乱跑，不许看美女，更不许不想我，听到没有？”

商深一头大汗，也不知道寻呼台的寻呼小姐在接到范卫卫的留言时，会不会被范卫卫的肉麻逗乐。

商深想起楼下就有一家面馆，去吃一碗面条解决温饱问题，然后再回来继续干活。

刚一起身，门外传来了敲门声。

会是谁呢？商深就去开门，门一拉开，他一下愣住了，门口站着一人，一脸笑容，手中还拎了一堆食物。

“我刚才去天马总部办事，正好路过，一想估计你也没有吃饭，就自作主张买了面条和盒饭，欢不欢迎？”赵向飞一扬手中的塑料袋。

“欢迎，热烈欢迎！”商深哈哈一笑，摸了摸肚子，“赵哥来得真是太及时了，我正要出去吃饭，再晚一步，我就下楼了。”

“我一向是及时雨！”赵向飞推门进来，打量了一下房间，看见了桌上的 IBM 笔记本电脑，眼睛顿时亮了，“最新款的 560。怎么样，好用不？”

“好用，当然好用。”

“我一般只是当作工具用，对于电脑的配置和参数一概不懂，我是地地道道的电脑盲。”赵向飞哈哈一笑，放下手中的食物，捧起了 560 端详了一番，啧啧连声，“不愧是业内的第一，每一个细节都很精细，以后国内不知道有没有可以和 IBM 媲美的电脑厂家。中国的互联网想要发展壮大，必须在硬件上跟上才行，从国家层面来说，硬件就是网络的铺设和普及，对硬件厂家来说，就是电脑的制造和销售。中国错过了跟上世界工业化潮流的最佳时机，现在的互联网时代，中国和世界起点相同，是中国最有可能引领世界潮流成为世界第一的行业。”

赵向飞不愧是赵向飞，随便几句话就很有煽动性和感染力，让商深听了热血沸腾。是呀，中国错过了前两次的工业革命，勉强赶上了第三次工业革命，却还是落后了世界许多，现在是电脑和互联网的革命，是 IT 行业的革命，中国恰逢盛世赶上了，而且还和世界潮流基本上保持了同步，如果再一次错过就太可惜了。

“现在国产电脑品牌有清华同方、北大方正和联想，还有七喜、实达等，从实力和影响力来看，清华同方、北大方正还有联想，以后有可能成为最有影响力的品牌，”商深接过了赵向飞的话，“相比之下，我更看好联想的未来，去年联想卖出了 43 万台电脑，很了不起。”

“说出来你也许不会相信，我不但是电脑硬件上的电脑盲，对互联网技术也是一窍不通，哈哈！”赵向飞自嘲地大笑，“我的团队许多人都说我是典型的外行领导内行，我就说了，我虽然是技术上的外行，但我是发展趋势上的内行。我不需要懂太多的电脑技术，也不需要会编写程序，我只需要看清方向，告诉你们向哪个方向走就行了，至于怎么走就是你们的事情了。”

商深顿时对赵向飞肃然起敬！

之前他就对赵向飞充满了强烈的好奇心，赵向飞的人生经历堪称传奇，他的百折不挠的精神以及认准一件事情坚持到底绝不回头的勇气也让他佩服！

现在认识了赵向飞，果然没有让他失望，这个个子不高其貌不扬的男人浑身上下散发的魅力和感染力远超大多数人，而且口才出众、思维敏捷、视角独特，在他身上，有太多值得他学习的东西。最主要的是，商深深知作为技术出身的他有太多的局限性，技术可以成就一个人纵横天下，也可以束缚一个人思维的宽度和广度。就如他懂硬件、会软件也会编写程序，但由于他太专注于一件事物而被局限在了其中，从而无法做到高瞻远瞩。

古人说得好，君子不器，形而上者谓之道，形而下者谓之器。一个人如果只会做一件具体的事情，如编程，哪怕编得再好再是业内奇才，甚至是第一程序员，也终究只是一个器皿，是形而下的工具，而不是形而上的大道。

用现在的话来说就是，君子不器，应该文理一身，而不是偏理或偏文。古代都是文人治国，相对来说，文的境界比理和武高一些。

再通俗一些说就是，劳心者治人，劳力者治于人，真正引领这个行业未来方向的掌舵者，基本上都不是技术出身，他也许不会编程、不懂代码甚至不懂电脑，只会开机关机和最基本的简单操作，但并不妨碍他可以通过现象看本质，发现 IT 行业的发展趋势，从而先人一步地做出正确的决定。

除了拥有过人的眼光之外，可以团结大多数人，可以说服大多数人，可以让许多懂技术、会管理的人才为他所用，这样的人，才是真正的人生赢家。

商深再一次被赵向飞的思维影响了，他想到韩信。韩信是一个帅才，文武双全，战无不胜。而萧何是一个相才，安邦治国，雄才大略。张良是一个谋士，用兵如神，决胜千里。但为什么所有人都臣服在了刘邦的脚下？因为不管是韩信、萧何还是张良，都太专注于一件具体的事情，而刘邦什么都不专业，却比三个人都站得高、看得远，所以最终让三人都为他所用，从而助他赢得了天下。

刘邦自己也说：“夫运筹帷幄之中，决胜千里之外，吾不如子房；镇国家，抚百姓，给饷馈，不绝粮道，吾不如萧何；连百万之众，战必胜，攻必取，吾不如韩信。三者皆人杰，吾能用之，此吾所以取天下者也！”

不过……商深的思绪回到现实之中，又哑然失笑，怎么把赵向飞和刘邦类比了？刘邦是千古帝王，缔造了一个伟大的王朝——汉朝，汉族就是从汉朝之后才有的说法，本意是汉朝之人，后来才演化成了种族的意思。

赵向飞虽然开创了中国电子商务的先河，但他不过是一个商人，怎么可能和千古帝王相比？除非赵向飞也开创了一个前所未有的帝国，哪怕是商业帝国也行。

“赵哥的团队一共多少人？”一个人想要成功，必须有与他协同作战的团队，商深对赵向飞的兴趣更浓了。

其实此时的商深还没有意识到，赵向飞对他今后的影响有多大，正是赵向飞凡事从大局出发的眼光以及协调团队的领导能力，让他在以后面临重大抉择时，做出了影响一生命运的正确决定。正如他自己所说的一样，善待你遇到的每一个人，因为你不知道你遇到的哪一个人会改变你一生的命运。

赵向飞拿出了塑料袋里面的食物："来，边吃边聊，想不想听听我的故事？绝对比你听说过的任何故事都精彩。"

"想。"商深高兴极了，他听到的关于赵向飞的传奇故事都是别人的转述，转述哪有本人亲口叙述来得真实、来得精彩，他二话不说坐在赵向飞对面，拿起一个包子就咬了一口，笑道，"也许就在我咬下包子的一刻，就确定了未来的历史走向，哈哈。"

"最开始我想创办互联网公司时，杭州还没有开通拨号上网，我邀请了 24 个朋友来家里，我滔滔不绝地演讲了两个小时，说实话，我自己都觉得讲得稀里糊涂，他们也听得一头雾水。最后你猜怎么着？我两个小时的演讲只打动了一个人，23 个人说算了吧，别胡闹了，只有一个人说你可以先试试看，不行再撤。我想了一个晚上，第二天起来就有了决定——干，不管别人怎么想，哪怕别人全部反对又怎样，我只想干好我自己的事情，我自己的事情也只能由我自己干好。"

"我不懂电脑，所以我就不预测未来的电脑王者是联想还是清华同方了，但我看好电脑的未来，更看好互联网的未来。商深，我送你一句话，你一定记住——互联网在未来，一定会改变世界！"正午的阳光正好照在他的身上，就如一团火焰在他的身上燃烧，有凤凰涅槃一般的壮观。

商深当然不会知道，若干年后，他和赵向飞躲在中关村大街上一个宾馆中坐在地上促膝谈心的往事，会成为许多后来者津津乐道的逸事。不过未来事情的发生，也是由眼下的一刻决定，他只需要知道的是，他和赵向飞一见如故，现在已经成了关系莫逆的好朋友就足够了。

"我从来不是一个精英，现在不是，从前更不是。从小到大，我不但没有上过一流的大学，而且连小学、中学都是三四流甚至是不入流的。初中考高中考了两次，高中考大学考了三次。第一次高考，数学只考了 1 分，太惨了。在我第三次参加高考前，我的老师对我失望到家了，他说，你要是能考上的话，我的名字倒过来写！”赵向飞笑了，笑容中有自嘲也有自豪，“还好我经历第三次高考后总算考上了大学，虽然只是大专，但也算是考上了。当然，我没让老师倒着写他的名字，呵呵。”

/ 第 / 二 / 十 / 七 / 章 /

谁主沉浮

商深不说话，只是安静地做一个合格的听众。虽然和赵向飞才认识，但他也看了出来，赵向飞为人好交朋友，并且很有演讲天赋，听赵向飞演讲，不但可以从中学到许多道理，也是一种享受。

天气炎热，商深开了空调，老式的窗式空调发出嗡嗡的响声，赵向飞的声音伴随着空调的嗡嗡声继续响起。

“1984 年，历经辛苦经过三次高考的我终于在别人惊讶的目光中考入杭州师范大学外语系，可惜的是，我的成绩只够专科分数，离本科线还差 5 分。但幸运的是，当年恰好本科没招满人，我就被破格录取上了本科，当时的感觉就好像名落孙山只差一名没有考上进士，但前面有一名进士作弊被取消了进士资格，我递补考中了进士，我一直觉得，这件事情是我一生幸运的开始。每个人的一生都有一两件幸运的事情，就看你是不是能抓住机会了。我以前学习不好，好不容易考上大学了，再不好好学习就太对不起来之不易的学习机会了。”

“上大学后，凭着热情和一身侠肝义胆，我当选了学生会主席。在大学期间，我认真学习英语，为以后打下了坚实的基础。大学毕业后，我被分配到杭州电子工业学院教英语。1991 年，我一边教书一边下海，和朋友成立一家翻译社。结果怎么着？第一个月收入才 700 元，而房租却是 2000 元，许多人讥讽我，说我没有经商的才能就不要瞎折腾了，越折腾越赔钱。许多人动摇了，劝我不要再干了，这样下去，赔了钱不说，还赔了时间成本。我不想放弃，做事情不能半途而废。只要做下去，就一定有前景，我相信我的眼光比别人长远，也相信我的坚持会有回报。”

“翻译社只依靠翻译的收入肯定无法维持，怎么办？除了承接翻译的活儿之外，我就兼卖礼品和鲜花。别人不愿意去进货，没关系，我自己去。我就背着一个大麻袋去义乌、广州进货……”

商深暗暗感叹，在最艰难的时期，赵向飞一个人扛起了全部的压力，所以说成功没有偶然，每个成功者的身后都有别人所不具备的闪光点，多从成功者身上发现成功所需要的要素，你才能更容易摸到成功的门路并且更快速地接近成功。

阳光逐渐偏移，不再将赵向飞笼罩在内，而是一半在地上，一半在他身上，正好让他一半是阳光一半是阴影。

“礼品和鲜花的利润可以维持翻译社的日常开支，就这样，我坚持了两年。两年的下海经商经历让我明白了一个道理，就是真正想赚钱的人必须把钱看轻，如果你脑子里老是钱的话，一定不可能赚钱的。在教学期间，我不但组织了杭州第一个英语角，同时还成了全院课程最多的老师，你想象不到我在讲台上讲课的英姿吧？哈哈，许多学生都喜欢上我的课，因为我的课生动有趣。也正是两年多边教书边下海的经历，让我既夯实了英语基础，又学会了经商。热情不会浪费，每一段人生都有特定的价值，哪怕当时你不知道，等以后再回想的时候，你一定会发现所有的付出都是值得的。现在，翻译社已经成为杭州乃至浙江省最大的翻译社了。”

赵向飞打开了一瓶啤酒递给了商深：“来，喝点儿。”

商深已经为范卫卫破了戒，何况遇到值得举杯的人，和赵向飞碰了碰瓶，直接对着酒瓶喝了一大口。

“我酒量不大，也就是二两白酒的量。”赵向飞见商深喝得爽快，呵呵笑了，“不过我爱喝酒，更爱参加酒局，因为酒品如人品，一个人是不是可以重用，从他喝酒的态度上就可以看出来。”

“哦？”商深大感兴趣，“怎么看？”

“先说说你对喝酒的态度，”赵向飞有心试试商深的为人，“你酒量怎样？爱喝吗？在酒桌上劝别人酒吗？”

“我酒量还算可以，但很少喝，在酒桌上也不劝别人酒，我对酒文化的理解是，悉听尊便，你爱喝就多喝，不爱喝就少喝。”商深实话实说。

“我总结了三类人在酒桌上的表现，”赵向飞对商深的回答不置可否，说道，“酒桌文化，是中国特有的文化。喝酒可大俗可大雅，可论社会大事可谈风月小事，可攀交情可见性情，可怡情可乱性，可养生可伤身，可豪饮可小酌。酒桌，还是识别人才的一个重要场所。”

“第一类人，明明自己不会喝酒，但又争强好胜喜欢硬撑，结果三杯下肚，丑态百出。第二类人，虽然自己很能喝，却非要装着不会喝，而且想方设法唆使别人喝。第三类人，自己会喝酒，只根据自己的酒量和场合喝，对别人不劝酒，不唆使……以上三类人，商深，你说哪类人可以重用？”

商深认真地想了想：“第二类人，人品大有问题，喜欢看别人出丑，属于唯恐天下不乱的类型，绝对不能重用。第一类人，虽然人品没问题，但做事不够谨慎不够理智，遇到极端事情时容易失控，所以即使能重用，也不可以委以大用。第三类人，人品很好，做事严谨，严于律己又宽以待人，完全可以放心重用。”

“哈哈，说了半天，是说你自己人品很好做事严谨了？”赵向飞哈哈大笑，商深的回答和他的答案一模一样，他的判断不错，商深确实是一个可交并且值得深交的朋友。

“我从来不自夸，好不好，让别人说了算！”商深嘿嘿地笑了笑，“不知道我的回答赵哥满意不？”

“完全正确！”赵向飞扬了扬手中的酒瓶，“来，当浮一大白。”

当浮一大白原指罚饮一大杯酒，后来引申为满饮一大杯酒，商深也喝了一大口啤酒，一时高兴，问道：“后来呢，赵哥？”

“后来……”赵向飞眯了眼睛，“1994 年年底，我才第一次听到互联网，杭州并不是一个开放的城市，地处中部，既没有北京深厚的文化底蕴，又没有深圳轻装上阵的轻松，杭州好像落人一步。1995 年，我有了一个出差去美国的机会，去了美国才真正接触到了互联网，上的第一个网站是雅虎。当时在雅虎上可以搜索到许多美国的企业，让我既羡慕又有了不安分的想法。我说过，我是电脑盲，对电脑一窍不通，但我意识到原本费了九牛二虎之力也可能没办法让别人知道你的企业的努力，现在只要有了互联网，在网上查找就一目了然了，多方便、多快捷的渠道，互联网就是一个巨大的宝藏，只要你在合适的时间和合适的地方喊出那声芝麻开门，成功的大门就会打开，你就会进入通往宝藏的山洞。”

“我请人做了一个翻译社的网页放在了网上，结果才 3 个小时就收到了 4 封邮件，我又惊又喜，如果中国早就普及了互联网，翻译社早就不愁没有业务了，也就是在收到 4 封邮件之后我就强烈地意识到——互联网必将改变世界！然后我又进一步想，既然我可以把翻译社放在网上，为什么不能把中国所有的企业都放到网上，做一个网站，向全世界推广中国的企业呢？名字我都想好了，就叫中国黄页！”

黄页，起源于北美洲，1880 年世界上第一本黄页电话号簿在美国问世，至今已有 100 多年的历史。黄页是国际通用按企业性质和产品类别编排的工商企业电话号码簿，以刊登企业名称、地址、电话号码为主体内容，相当于一个城市或地区的工商企业的户口本，国际惯例用黄色纸张印制，故称黄页。

商深暗道一声惭愧，在互联网浪潮之中，他已经落后赵向飞这样的人不是一步而是很大一截了，他虽然是专业毕业，对互联网的发展趋势还不如赵向飞这个外行信心十足，也没做到像赵向飞一样一步步规划人生的每一步。

看来，他要向赵向飞学习的地方还很多。

赵向飞似乎看出了商深的想法，呵呵一笑：“心急吃不了热豆腐，你才刚大学毕业就想找到自己的方向，怎么可能？我大学毕业后整整摸索了六七年才终于知道自己到底想干什么、该干什么——美国之行让我建立了互联网必将改变世界的理念。既然有了理念，就要去实现它。回国后，我决定辞职，为了我梦想中的互联网改变世界的想法。当时，我已经步入了而立之年，也是杭州十大杰出青年教师，校长刚刚许诺我一个外办主任的位置，一切都是那么的安逸美好，如果我不辞职还继续留在学校任教的话，也许有一天我还会当上校长，到达我人生的巅峰。但是，那不是我想要的生活，我不想重复别人都有过的生活，如果人人都活得一样，不就太没意思了？世界那么大，总需要一些特立独行的人来让世界显得多姿多彩，对吧？我谢绝了校长的挽留，挥了挥手，放弃了在学校的一切地位、身份和待遇，毅然下海了。”

“我也从仪表厂辞职了。”如果说之前商深还对他的辞职有过一丝犹豫和不舍的话，赵向飞的经历让他更加坚定了信心，凡事不破不立，如果他一直在仪表厂待下去，日复一日年复一年，永远没有尽头，直到他老迈而两眼昏花的时候再回首，才会后悔当初为什么没有在最美好的年华之时去搏击风浪。只是真到了那个时候，再后悔也没有用了。

他在仪表厂还一无所有的时候辞职，也没有什么损失，而赵向飞已经是十大杰出教师了，而且还有大好的前途等着他，就在他前方一步之遥的地方，他却还是放弃了唾手可得的一切，和赵向飞相比，他的辞职轻松多了，完全就是没有包袱的轻装前进。

“我支持你的决定。人总有一样要在路上，不是身体就是灵魂。如果身体和灵魂都在原处，生活还有什么意义可言？”赵向飞低头一看手中的啤酒瓶，只剩下小半瓶啤酒了，他和商深碰瓶，“干了，为了庆祝我们的第二次见面。”

商深受到了感染，一饮而尽，然后一抹嘴巴笑了：“我听说这样一个故事，古时有一个禅僧，天天在外面行脚，一天他到一个旅店歇息，晚上躺在床上，听到隔壁一个人在唱歌——张豆腐，李豆腐，枕上思量千条路，明朝依旧卖豆腐。张豆腐，李豆腐，是指卖豆腐的人，枕上思量千条路，是躺在床上在想每天在外面卖豆腐很辛苦，明天是不是还干这一行，要不改行做些别的营生，也许可以赚大钱，好过起早贪黑地卖豆腐又赚不了几个钱。想着想着就睡着了，天一亮就又赶紧起来磨豆腐卖豆腐去了。然后年复一年，等到老了就认命了，别说去做了，连想都不想着改变了。”

“这个故事好，我得记下了。”赵向飞和商深越聊越投机，在他看来，商深和当年的他很像，不甘平庸，想要突破，但商深比他更有优势的是，商深更沉稳更有才华，对 IT 行业的了解也比他深入，以商深的性格和能力，如果再给他一个可以施展的舞台，他一定可以大有作为。

“我采取了先斩后奏的策略，辞职后才告诉家里，家里就算反对也晚了，哈哈。不过当时家人有反对有赞同，还没有形成一边倒全部反对的声势。”赵向飞想起辞职时的情形，既感慨又开心地笑了，“但当我提出要开办一家互联网公司时，却遭受到了家人一致反对，不对，除了家人之外，还有亲朋好友。因为在当时，互联网对于绝大部分中国人来说还是非常陌生的领域，即使在全球范围内，互联网也刚刚开始起步——在大洋彼岸，尼葛洛庞帝刚刚写完《数字化生存》，杨致远创建雅虎还不到一年。在北京，中国科学院教授钱华林刚刚用一根光纤接通美国互联网，收发了第一封电子邮件——在这样的情形下，在杭州连拨号上网业务都还没有开通的前提下，我要用互联网来开公司、下海、盈利的想法在大多数人眼里不但是天方夜谭，还是空中楼阁，一提出来就立即遭到了所有人的强烈反对！”

“是非常非常强烈的反对！”赵向飞又强调了一句，摇头一笑，“还好家人毕竟是家人，见我态度坚决，虽然不相信我能做成，却最后还是选择无奈并且无条件支持了我。但亲朋好友就不一样了，我想拉他们和我一起干，结果你也知道了，24 个人里我只说服了一个人。但我没有灰心没有失望，不能和张豆腐李豆腐一样，睡了一夜之后起来，还去卖豆腐，于是我决定哪怕是单枪匹马也要干下去。”

“赵哥，你在只接触了互联网一次之后就对互联网有这么大的信心？”商深最佩服赵向飞的不是他的眼光，眼光有时候有很大的赌注成分，他最佩服赵向飞的是赵向飞想到做到的决心，有太多人想到了做不到，最终只在幻想之中错失良机。想到并做到，知行合一，才是一个人最了不起的优秀品质。

“想不想听实话？呵呵，其实最大的决心并不是我对互联网有多大的信心，而是我觉得做一件事，无论失败与成功，经历就是一种成功，你去闯一闯，不行你还可以掉头；但是你如果不做，就像晚上想想千条路，早上起来走原路一样的道理，你永远是原地踏步。”赵向飞继续说道，“我力排众议决定创办中国黄页，支持我的人只有我的妻子和一个朋友，三个人，凑了两万块。网站上线后，公司成为中国最早的互联网公司之一。”

/ 第 / 二 / 十 / 八 / 章 /

智擒歹徒

“知道我为什么非要力排众议也要上马中国黄页吗？因为一件衣服被我穿上了，80% 的人都说好看，那我一定会买！一个生意机会被我遇上了，80% 的人都说可以做，那我绝对不会去做！我深信世界上的 2/8 定律，为什么世界上 80% 是穷人，20% 是富人？因为 20% 的人做了别人看不懂的事，坚持了 80% 的人不会坚持的正确选择！成功只属于有远见，敢挑战懂坚持的人！”

“网站上线之初，没什么生意，许多人都等着看网站关门大吉的笑话。3 个月后，上海正式开通互联网，网站的业务量激增。许多企业开始意识到建立自己主页宣传企业的重要性，而中国黄页已经先人一步占领了市场，我的先见之明为我带来了丰厚的利润。当时，制作一张主页，中英文对照的 2000 字内容、一张彩照，开价就是 2 万元人民币。不到 3 年，就轻轻松松赚了 500 万元利润，并在国内打开了知名度。”

“啊？ 500 万？”商深大惊，他尽管知道赵向飞的网站已经盈利了，是国内最早盈利的第一批网站之一，却没想到，利润居然如此丰厚，第一个吃螃蟹者比别人付出了更多，也比别人收获了更多。

“是呀，怎么了，我看着不像是百万富翁是吧？”赵向飞从口袋中拿出一把梳子，梳了梳头发，哈哈一笑，“人不可貌相，海水不可斗量，难道不帅的人就不能是百万富翁了吗？”

“哈哈……”商深被赵向飞的举动逗得乐不可支。也不怪他震惊，在几年前万元户就是有钱人的大环境下，最近几年虽然经济飞速发展了，但百万富翁还是凤毛麟角一样少见，或许在南方沿海城市可以常见，北京也好说，而如杭州一样的中部中等发达城市，确实是太少了。

“那我就不明白了，既然赵哥靠中国黄页成了百万富翁，为什么还要来北京和外经贸部合作？”就商深所想，赵向飞完全可以继续把中国黄页发展壮大下去，也许有一天成了国内最大的企业交流平台，别说500万，5000万甚至5亿也不在话下。

“中国黄页打出名气之后，外经贸部邀请我来北京建立了外经贸部官方网站、网上中国商品交易市场、网上中国技术出口交易会、中国招商、网上广交会、中国外经贸等一系列国家级站点。我一开始和你的想法一样，觉得继续做好自己的中国黄页就足够了，不用北上。但后来又一想，杭州既不是政治中心又不是经济中心，还比不上沿海发达城市，在杭州毕竟眼界太小，思维的宽度和广度会受到局限，来北京和外经贸部合作，可以登高望远，可以了解国家未来的发展方向，学会从宏观上思考问题，每个人都是井底之蛙，但只要有跳出井口的勇气，你的世界就比别人广阔多了。”

“为此，外经贸部特意成立了中国国际电子商务中心（EDI），任命我担任信息部总经理。因为中国黄页在国内独一无二的影响力，所以外经贸部为了能够打动我和我的团队，开出了非常好的条件：提供200万元的启动资金，并给团队30%的股份。我带领一共8个人的团队，从现在开始准备常驻北京，要办好国家层面的对外贸易的网站。”伸了一个大大的懒腰，赵向飞抬手看了看时间，又打一个哈欠说道，“本来只是想路过，没想到和你一聊，就聊了这么久，我该回去了，下午还有许多事情要忙。对了商深，你什么时候去深圳？什么时候再回北京？”

“还不知道呢，得先完成手中的工作才能走，去了深圳，也不知道要在深圳停留几天。”商深想了一想，笑道，“既然赵哥要从杭州来到北京，要的是登高望远，我说什么也要去深圳一趟，亲眼见识一下改革开放的前沿阵地的万千气象，才能对未来有一个更贴近现实的规划。在北京可以登高望远，在深圳可以开拓眼界接触新事物。”

“好，去看看也好。如果再回北京，记得一定来找我。”说话间，赵向飞站了起来，起身就走，来到门前，他又站住了，“我感觉你还会再回北京，北京才最适合你。一个人遇到一个知己不容易，遇到一个知心爱人也不容易，找到适合自己发展的城市，更不容易。知道为什么杭州离上海那么近，我不去上海发展，非要来北京？因为上海不是一个适合创业的城市，或者说，不是一个适合我创业的城市……好了，不说了，走了。”

朝商深挥了挥手，赵向飞说走就走，也不让商深送他一送，拉门就要出去。不料刚一拉开门，顿时吓了一跳，门口站了一黑一白两个陌生人。

两个人一个黑胖一个白瘦，反差十分强烈，乍一看，直让人疑心是传说中的黑白无常索命来了。赵向飞问道：“你们是谁？找谁？”

话说到一半时他忽然意识到了哪里不对，门口的两个人，明显是来者不善善者不来的姿态，二人不但人手一根木棍——没错，黑胖和白瘦的手中都拎了一根棍子——而且二人目露凶光，一副吃人不吐骨头的凶狠。

黄汉和宁二从茶馆出来，马不停蹄直奔颐宾楼而去，二人也没坐地铁，直接打车过来。到了楼下，想了想，觉得对付商深虽然是二比一，但鉴于之前商深的所作所为太阴险狡诈，赤手空拳的话可能会吃亏，二人决定还是要拿上武器比较稳妥。

在门口没找到称手的武器，二人溜到了宾馆里面，发现了清洗厕所的通便器挺好，就去掉了吸头，只拿了半米长的木棍来到了楼上。

二人刚来到门口，琢磨着假装服务员敲门引商深开门，不料还没有敲门，门自己就开了。

门开了也就算了，里面出来的人不是商深，而是一个不认识的小个子，小个子不但个子不高，长得还吓人，黄汉和宁二对视一眼，一时晕了，不知道出现了什么状况。再抬头看了看房间号，没错呀。

“你是谁？”黄汉愣了愣，又恢复了镇静，问道，“商深呢？我们是他朋友，找他有事。”

赵向飞从小打架无数，他目光如电，一眼就看出了黄汉和宁二不是商深的朋友，是对头还差不多，他回身关上了房门，还轻轻在房门上敲了两下，提醒商深不要露面。

“商深刚才下去了，你们没有遇到他？他去一楼找服务员要拖鞋。走，我带你们去找他。”赵向飞迅速有了决定。

“不用了，我们在门口等他就行。你下去后遇到他，麻烦告诉他一声，就说他在北京的老乡来找他。”黄汉不相信赵向飞，有了提防之心。

“这样也好。”赵向飞见对方不上当，也不勉强，点了点头，下楼去了。

“会不会是商深的帮手？”宁二盯着赵向飞下楼而去的身影，他对赵向飞印象不好，“我总觉得他哪里有问题，刚才不应该放他走。”

“不放他走？你又不知道他是谁。”黄汉敲了敲房门，“我总觉得商深就在房间里，刚才应该推门看一看。”

“也不好，如果推门让商深发现了我们，他叫住刚才的朋友，他就有了帮手。”宁二忽然有了主意，“这样，你在这里守着，防止商深逃跑，我去服务台偷来房间钥匙，我们来一个瓮中捉鳖。”

“行呀宁二，平常你憨乎乎的，没想到关键时候还挺有主意，行，就这样办了。”黄汉一拍宁二的肩膀，又一扬手中的木棍，“我就守在门口了，不信商深不出来，也不信他不回来。”

宁二得了夸奖，就如得了糖果的熊孩子，嘿嘿一笑，扛着棍子就如猪八戒扛钉耙一样，乐呵呵地下楼去了。

黄汉总觉得商深会在房间里，他轻轻敲了几下：“商深，我知道你在里面，这样，你出来，我们有话好好说，我保证不打死你，怎么样？”

里面悄无声息，没有一点儿动静。

“男子汉大丈夫，怎么能像个缩头乌龟一样呢？你躲得一时躲不了一世，赶紧出来，我们的事情今天做一个了断，怎么样？只要你出来，我保证一不打死你，二以后再也不找你麻烦了，怎么样？如果你不出来的话，以后我会变本加厉地折磨你，非要让你神经了不可。”

黄汉絮絮叨叨就如一个中老年妇女，不料他说了半天，说得口干舌燥，房间内别说有反应了，还是静得连一根针掉在地上都能听到。难道真的没人？黄汉都怀疑自己判断的正确性了，一扭头，见宁二兴冲冲地回来了。

宁二的身后还跟着一个服务员，服务员低着头，跟在宁二身后，他个子不高，身材瘦小，头上还戴了一顶帽子，让人看不清楚他的长相。

怎么宾馆还有男服务员？不都是女服务员吗？黄汉脑中奇怪的念头只闪了一闪，也没深想，就急急地问宁二：“你不是去偷钥匙了吗，怎么服务员也跟来了？”

宁二挤眉弄眼地笑了笑：“人太多，没机会下手，正好这个服务员说商深的房间该打扫了，我说我是商深朋友，来找他，他就跟我上来了，还说商深该交房费了，他正好催催……怎么样，我聪明吧？”

“聪明……”黄汉高兴地伸手去拍宁二的肩膀，不料手伸出一半突然就停下了，“不好，上当了！”

“上什么当了？”宁二还没弄明白是什么状况，就感觉后背上结结实实挨了一脚，力气不小，他感觉腰像要断了一样，“妈呀”一声朝前一扑，就扑到了黄汉的怀里。

“谁他妈的打我？”宁二怒了，回头一看，踹他一脚的人不是别人，正是跟在身后的服务员。

宁二火冒三丈：“我和你什么仇什么怨，你干吗踢我？”

话刚说完，门突然打开了，商深从里面冲了出来，以迅雷不及掩耳之势，飞起一脚正中黄汉的腿上。

正紧盯着服务员的黄汉做梦也没想到商深这个时候会冲出来，而且还敢冲他下手，不，出脚，他猝不及防被一脚踢中，一阵钻心的疼痛传来，再也站立不稳，身子一歪就倒在了地上。

他一倒，也带动了宁二，二人就如一条绳子上的蚂蚱，一前一后摔倒在了地上。

“啊，原来是你。”宁二在倒在地上的一瞬间忽然想起了什么，指着服务员叫道，“你到底是谁？你不是服务员！”

“我当然不是服务员，我是你牛爷爷。”赵向飞嘿嘿一笑，一抬腿又一脚踢在了宁二的肚子上，“敢找商深的麻烦，你个粪球。”

商深也没放过黄汉，一拳打在了黄汉的后背上：“黄汉，你和宁二不见棺材不落泪是吧？刚才我已经报警了，你们等着在北京进局子吧。县里小地方，有熟人通风报信，北京可就没人照应你们了。”

一听商深报警了，黄汉和宁二顾不上还手，二人对视一眼，同时在地上打了几个滚，躲开了商深和赵向飞的攻击，然后连滚带爬地站了起来，转身就跑。

“别跑！”赵向飞指着二人的背影大喊，“站住，我保证不打死你们！”

二人哪里还敢停留半分，跑得比兔子还快，慌不择路，一头撞在了拐角的墙上，然后二人双手捂头下楼而去。

“真报警了？我刚才还通知宾馆保安了，也不知道能不能截住他们。”赵向飞一边脱服务员的服装，一边笑道，“好久没打架了，不过瘾。我原本想好好逗逗这两个家伙，没想到你一说报警他们都溜了。你也是，让我修理他们一顿多好，才踢了两脚就跑了，不好玩。”

商深刚才在房间中听得真切，知道是黄汉和宁二找上门了，他也留意到了赵向飞的暗示，就故意躲在房中不出来，等赵向飞去而复返还手的时候，他才趁机杀了出来，打得黄汉和宁二措手不及。

“这两个家伙是亡命之徒，一个叫黄汉一个叫宁二，在德泉县是一霸。我在德泉的时候和他们有了矛盾，没想到他们还真有‘锲而不舍’的精神，北京那么大居然也能找到我。”商深简单一说他和黄汉、宁二交恶的经过，忽然想到了一个环节，他来北京的事情知道的人不少，但知道他住哪里的人不多，而知道他住在哪里的人同时又和黄汉、宁二有交集的就更少了。

和叶十三通话，他也没有告诉叶十三他住在哪里，不过，可以从电话号码查到宾馆的名字，商深心中一阵悲凉，难道说真是叶十三透露了他的住址？

“以后北京有我在，就没有人敢再欺负你。”赵向飞虽然个子不高，不过说话时昂然和自信的气势，俨然一副不可战胜的表情，他一拍商深的肩膀，“对付坏人，不要心慈手软，要打到对方心服口服，以后再也不敢找你的麻烦。记住了，以后如果遇到商业上的对手，要么直接强行收购了对方，要么动用一切手段逼得对方无路可走，最后不得不主动求你收购。”

赵向飞是一个坚决果断的角色，商深点了点头：“下楼看看，希望保安能抓住黄汉和宁二。”

刚才赵向飞下楼，先是通知了保安，说是有坏人来宾馆闹事，然后再返回楼上准备和商深并肩作战。开玩笑，有坏人找商深的麻烦，他会转身走人置之不理？他不是临阵脱逃的人。不等他上楼，见宁二下楼，鬼鬼祟祟的样子像是要偷钥匙，他就临时改变了主意，顺手拿过服务员的衣服穿上，假装服务员骗过了宁二，然后和宁二一起上楼。

还以为保安会紧随其后上楼，不料架都打完了，还不见保安的影子，反应真是够慢。赵向飞摇了摇头，北方的硬件不比南方差，但软件方面还有待提高，服务意识太落后。

等他和商深下楼之后，才看到两个保安扭着一个人正往警车上送。原来保安没上楼是在楼下抓住了一个，商深仔细一看，被抓住的人是宁二。

宁二也看到了商深，恶狠狠地瞪了商深一眼，商深朝他伸出手指做了一个胜利的姿势，笑了笑，然后宁二就被推进了警车。

警察过来后，简单问了几句，在得知宁二在德泉县抢劫了一部价值近7000元的手机后，警察乐了：“犯事了还敢跑北京来？来就来吧，夹着尾巴老实点也许还能躲过去，却还敢光天化日下摸到宾馆来打人，也太傻太二了。”

北京的警察挺可爱，挺有人情味儿，商深也乐了。

可惜的是，只抓住了宁二却跑了黄汉，警察又说：“这家伙跟黄汉焦不离孟孟不离焦，他被抓了，黄汉也跑不了了，放心。对了，我叫历江，你留个联系方式，一旦抓住了黄汉，我就通知你，也许还需要你来做个证。”

警察年纪不大，也就是二十五六岁，一笑就露出了一对虎牙，圆脸，浓眉，一口浓重北京口音的普通话，很热情很随和。

/第/二/十/九/章/

旗开得胜

“好。”商深对历江印象很好，他以前接触警察少，还以为警察都是要么刻板严肃要么凶巴巴的形象，没想到历江这个年轻的小警察彻底颠覆了他对警察的偏见，他很热情地和历江握了握手，“我叫商深，很高兴认识你，历警官。”

“什么历警官，叫我历哥。”历江用力摇了摇商深的胳膊，记下了商深的联系方式，开车走了。

随后赵向飞也走了。

商深回到了房间，看到一地的狼藉，想起和赵向飞促膝谈心的一幕，会心地笑了。

不过当他再想起黄汉和宁二的出现，心中还是闪过了一丝阴影，就如丽日晴空之上的一片乌云，点缀在美丽的天空之中，让天空平白多了一丝阴翳。

算了，不去想了，商深收拾干净了地上的食物，也重新收拾了心情，坐回到了电脑前，开始投入到程序之中。

刚才黄汉和宁二的出现，丝毫没有影响到商深的心情，相反，却让商深心情舒展了不少。因为黄汉和宁二作为试金石考验了他和赵向飞的友情，如果说和一个人接近，融入他的家庭是最好的办法，那么检验和一个人的友情铁不铁，打架的时候看他是留下帮你还是夺路而逃是最好的测试。

商深很高兴可以和赵向飞成为好友，赵向飞在他遇到麻烦时，不但没有溜走，还留下来帮他，并且还从容地想好了退路，和当年他制止偷井盖时的策略如出一辙，不，更进一步了。

也许是刚才的突发事件激发了商深的灵感，又也许是和赵向飞的一番长谈让商深充满了斗志，总之再次投入到程序之中的他状态极好，以势不可当的锐气一口气解决了好几个难题，速度之快手法之妙，连他自己都惊呆了。

整整一个下午，商深没有离开椅子半步，他就如一名指挥千军万马的将军，指点江山激扬文字，以粪土当年万户侯的气概，勇往直前，所向披靡。在许多人眼中犹如天书的代码，在他眼中不过是一个个被他随意调遣的士兵，不管是龙门阵还是八卦阵，只要他一声令下，士兵们都会前仆后继地排列成行，或冲锋陷阵，或侧面包围，或迂回包抄，所有的士兵都臣服在他的绝对权威之下，在代码的世界里，他就是唯一的帝王。

在历时 4 个小时一动不动的工作之后，商深写完了最后一个代码，然后保存了程序，他伸了伸懒腰，合上了笔记本电脑，又打了一个大大的哈欠，忽然脸色一变，飞速站了起来，箭一般冲向了卫生间。

半晌之后，从卫生间出来的商深又恢复了精神，才注意到外面的天色已经黑了下来，卫卫怎么还没有回来？想打电话，又想起卫卫的电话被宁二抢走了。

眼见就到了晚饭时分，卫卫不会连晚饭也不回来了吧？商深现在完成了手头的工作，很想告诉范卫卫他明天就可以和她一起去深圳了。

又等了一会儿，还是没有范卫卫的消息，商深坐不住了，拿起电话打给了董博瀚。

“董总，故障已经排除了，现在方便的话，我就送过去。”

董博瀚正在办公室收拾东西准备下班，接到商深的电话时，有三分意外七分突然。

刚才陈安平还就商深的事情和他交流了一下看法，陈安平虽然相信商深可以解决故障，但不认为商深一个晚上就可以摆平，之前请了不少专家高手出马都功败垂成，甚至连香港方面都束手无策，商深一个初出茅庐的大学生，哪里有这么高超的水平和高明的手法？

陈安平倒不是怀疑商深的能力，之前他也看到了商深的亲手操作，不管是手法还是思路，确实也是他视线之内罕见的一等一的高手，即使是他认可商深一等一高手的身份，却还是不认为商深能够在短短一个晚上的时间就可以解决困扰公司很久的难题。

陈安平半是玩笑半是认真地和董博瀚打赌："如果商深真能一个晚上就排除了故障，我就给他一个技术总监当当，月薪 2000 元。"

"好呀。"董博瀚是很希望商深可以留在天马，前提是，陈安平许以重诺，他正盼着陈安平主动提出优厚条件来挽留商深，笑道，"陈总说话算话，不要反悔呀。"

天马虽然待遇优厚，但一般员工月薪能到 500 元就很不错了，要知道在北京普遍月薪 200 元左右的大背景下，陈安平敢以月薪 2000 元的高薪挽留商深，也算是极其难得的厚待了。

说明陈安平真的很看重商深。

"我什么时候出尔反尔过？"陈安平大手一挥，"如果商深可以挑起大梁，不要说 2000 元的月薪，就是给他股份也不成问题。明年网站上线，有他的用武之地。"

陈安平刚走，商深的电话就打了进来，董博瀚大为惊喜："真的假的？商深，这事儿可是大事，开不得半点玩笑。"

商深一愣，笑了："董总，你觉得我像是在开玩笑吗？"

"哈哈，方便，你赶紧过来，我在办公室等你。"

放下电话，董博瀚急急跑到了陈安平的办公室，正好陈安平还没有离开。一听商深已经解决了故障，他惊得目瞪口呆："不是吧？说是要过一个晚上，现在连过夜都不用了？要不要这么快？不是开玩笑吧？！"

董博瀚哈哈大笑："陈总，你觉得商深那么老实巴交的一个人，会开这样的玩笑吗？"

陈安平回过神儿来：“今晚还有应酬，不去了，推掉，赶紧让商深过来。”

十几分钟后，商深来到了董博瀚的办公室，此时距离他早上离开董博瀚办公室还不到10个小时，也就是说，在不到10个小时的短暂时间内，他解决了天马集团一直没有解决的BIOS故障顽疾！

而且中间他还和赵向飞聊天，在聊天的空闲时间里，又和黄汉、宁二干了一架。

后来，商深的事迹成为了传奇，业内称之为商深速度。在此后相当长的一段时间内，无人超越商深的速度，商深的纪录保持了长达数年之久。

商深来到董博瀚的办公室，见陈安平也在，笑了一笑，也顾不上多说什么，打开了电脑就开始测试他的程序。

陈安平紧盯着商深的举动，直到现在他还不相信商深真的解决了故障，故障是有多麻烦多难他最清楚了，作为曾经的第一程序员，他本身就是技术出身，知道技术上的问题有时真的很难解决。或许会卡在某一个环节一天一个月甚至半年，就和某个品牌的汽车总是大规模集体烧机油一样，烧了很多年还在烧，甚至一度被一些不懂汽车的中国消费者误以为混合动力汽车就是以燃烧汽油和机油为动力的汽车。

这一批打印机的BIOS启动故障已经拖了足够久了，如果再解决不了，生产出来的打印机堆积如山无法推向市场，将会为公司带来巨大的损失。他表面上没有太多地表露出来焦虑，其实心急如焚，每多耽误一天，就是巨额损失，既是他身为总经理的失职，也是公司进一步占领市场扩大市场份额的挫败。

陈安平原本指望这一批新型的打印机出厂之后，可以进一步扩大市场份额，面对惠普、爱普生和佳能等国际大品牌的围剿，天马打印机在夹缝中生存，能有现在的市场占有率已经实属不易了，想要进一步扩大自身影响，为国产品牌争光，希望全寄托在这一批技术先进的打印机之上。谁知在即将出厂的前夕却突然发生了BIOS启动故障问题，解决了很久也没有一个完美的方案，他只能眼睁睁看着竞争对手一个又一个推出新的型号的打印机一步步吞食市场。空有报国志，却无杀敌力，才是最悲哀的事情。

说到底，还是国家的技术力量太薄弱，IT人才太欠缺。电脑和网络本来就是起始于西方，是用英文作为基本语言，所有的程序和操作系统的底子都是英文，所以每一个电脑高手必须同时也精通英文。而英文是文科，编程又是理科，只有文理一身的人才才能成长为一个一流的电脑高手。

陈安平见多了计算机专业出身的程序员，要么思维太有局限性，只懂得按部就班地编写程序，不知道变通，也不知道遇到故障时该怎么解决，也就是说，被学到的知识限制死了，没有突破既定框架的勇气和能力；要么就是思维太活跃，活跃到了天马行空的地步，但编程又不是文学创作，不能随心所欲，必须在一个框架内按照既定的规则进行。

正因如此，陈安平比任何人都清楚一个真正的电脑高手是多么的优秀和稀缺，他不但要有突破既定框架的勇气和能力，对，勇气和能力缺一不可，有勇气没能力，是有勇无谋。有能力没勇气，是胆识不够。而且还要有戴着镣铐长袖善舞的想象力，是的，就如风筝一样，飞得再高再远，也在一根长线的牵引之下，不会脱离主线。

难道商深就是他寻觅多年的万里挑一的电脑高手？

商深打开程序开始测试，他一脸平静，胸有成竹，因为他对自己编写的程序有足够的信心。却不知道，站在他身后的陈安平和董博瀚是怎样的紧张和担心。陈安平的紧张是为他能否见到一个真正的电脑高手的出现而紧张，他有太久没有见到一个可以让他耳目一新的电脑高手了。董博瀚的担心是唯恐商深到底年轻，万一哪里有所疏忽，程序上哪怕有一点儿错误也是不可原谅的失败。

程序不比小说，一部小说几十甚至上百万字，有一个哪怕十几个错字也在情理之中，不影响一部书的叙述。但程序只要有一个小小的代码故障，就有可能导致整个程序瘫痪。商深会不会急于解决故障而难免有一些小小的疏忽，最终会是功亏一篑的结果？董博瀚的一颗心七上八下，紧张得几乎喘不过气。

如果让商深知道了他的程序对于陈安平和董博瀚本人以及整个天马集团

来说，具有多么重大的意义，他或许也不会这么轻松了，他只是当一个普通的BIOS故障来解决，以初生牛犊不怕虎的勇气再加上他自己的才华，以一往无前的士气势如破竹地攻克了在许多高手眼中不可逾越的高山。

商深从容地打开程序，先是运行了一遍之后，又连上了打印机，然后打下了一行字，发出了打印命令。

陈安平和董博瀚的目光都落在了打印机上，目不转睛，一时房间内鸦雀无声，静得吓人。

打印机的电源指示灯闪了几闪，然后……忽然就灭了，没有启动成功！

啊，失败了！董博瀚脸色大变，商深到底还是年轻，肯定没有经过一遍完整的测试，唉，还是功败垂成了，遗憾，太遗憾了。

陈安平也是一脸遗憾加无奈，原以为商深是一个罕见的顶尖电脑高手，不想也只是一个稍微比一般程序员强上几分的普通高手，又一想，也是，顶尖电脑高手可遇而不可求，哪里这么容易遇到？何况商深来自一个小小的县城的仪表厂，能有这样的水平已经远超一般人了，不能对他太苛求了。

想到这里，陈安平不等商深难堪，拍了拍商深的肩膀安慰商深："不要紧，商深，别灰心，今天晚上再加把劲，也许就解决了。"

董博瀚见事已到此，知道责备商深也没用，也安慰商深说道："商深，不是我说你，你太要强了，在我看来，你用三天的时间解决了故障就已经很了不起了，却非要用一天的时间解决，太为难自己了。这样，你先回宾馆好好休息一个晚上，明天再说。"

让陈安平和董博瀚都没有想到的是，商深的脸上不但没有一丝沮丧和不安，相反，却是一脸笑意，他憨厚地笑了笑："不好意思，陈总、董总，程序没有问题，是别的方面的原因……"

程序没有问题？陈安平和董博瀚面面相觑，商深说的什么胡话，程序没问题怎么打印机还是启动不了？有问题就是有问题，改正就行了，也没什么大不了的，但不承认问题推卸责任就不对了，不是应有的正确态度。陈安平和董博瀚本来看在商深年轻的份儿上，对商深还有几分维护，听商深这么一说，二人对商深的观感迅速降低。

陈安平是一个直性子的人，喜怒都写在脸上，他脸色一沉，转身就走："我还有事，先走了。"

董博瀚知道陈安平生气了，心中对商深也是有了几分不满："商深，你要是没有解决启动故障，也不怪你，毕竟时间太短，但你却说不是程序的原因，还会是什么原因？"

商深察觉到了陈安平和董博瀚对他的态度的微妙变化，也不解释，微微一笑："是我刚才不小心碰到了电源线，打印机的电源断开了。"

不是吧？没电了？陈安平走到门口的脚步又停下了，他回身看了一眼，只看了一眼就停止了呼吸！

……商深弯腰插好电源线，再次发送了打印命令，打印机在开机自检之后，发出了咯吱咯吱的打印声，随后，一张纸就被顺利地打印了出来。

纸上八个黑体大字，依然是商深一向最推崇的一句话：与人方便自己方便！

成功了！

陈安平和董博瀚不敢相信自己的眼睛，真的成功了？无数高手解决不了的问题，无数专家束手无策的难题，连香港方面都一直没有找到完美解决方案的故障，真的被商深解决了，而且连一个晚上的时间都不用，只用了几个小时？

太厉害太惊人太不可思议了！

陈安平被急转直下的事态惊呆了，他刚刚还以为商深没能解决故障，他站在门口，愣了半天才问出了一句连他自己都觉得好笑的话："商深，打印机里面的纸在放进去之前是白纸吗？"

董博瀚一下没明白过来陈安平的话是什么意思，微微一想明白了之后，哈哈大笑："陈总，不要怀疑了，商深确确实实是排除了故障，一直启动不了的打印机正常启动并且顺利打印了。恭喜陈总！"

"同喜，同喜。"陈安平知道董博瀚恭喜他什么，是恭喜他发现了一个罕见的电脑高手，就如撞了大运一般神奇，他向前一把抓住了商深的手，“商深，谢谢你，非常感谢。”

生产出来的几千台因为BIOS故障无法启动的打印机一直堆积在仓库中无法销售，BIOS故障问题是现阶段最困扰他的心腹大患，却被商深轻巧地只挥了挥手就完全解决了，给他的感觉就如他得了让许多名医都无法医治的疑难杂症，而商深就如一名略不世出的绝世高手，抓了抓他的胳膊然后抖动了两下，他就痊愈了。

往小里说，故障的解决为他的总经理的履历又增加了一笔光彩的资历；往大里说，避免了集团的巨大经济损失，甚至为集团新款打印机进一步占领市场打响了第一枪。

/ 第 / 三 / 十 / 章 /

暂　别

陈安平不激动才怪，何况曾经作为第一程序员的他，亲眼见识了商深高超的电脑水平之后，颇有一种英雄惜英雄的惺惺相惜，他紧紧抓住商深的手不放："商深，今天晚上我做东，一起吃个饭，不许推辞。"

商深挠了挠头，带着一脸质朴的笑容说道："我怕晚上还有事情，卫卫不知道回不回来。"

"她要是回来，就一起。"陈安平不由分说，拿出了指挥若定的气概，"董博瀚，你订一下饭店，要一个五个人的包间。"

"订哪里？"董博瀚故意有此一问。

"皇冠假日。"

"好。"董博瀚心中一惊，一般公司招待最重要的贵宾才会安排在皇冠假日，这么说来，商深在陈安平的心目中已经上升到了贵宾的高度？

在去皇冠假日的路上，商深收到了范卫卫的信息，范卫卫晚上不回来吃饭了，让商深自己解决，她还说她会尽早回来，让商深不要惦记她。

和陈安平、董博瀚的晚饭气氛很好，感受到陈安平和董博瀚对他的器重和认可，商深对自身价值第一次有了真实的体会，被认可的满足感让他大受鼓舞，以至于因为第一次在如此高端大气上档次的地方吃饭的局促也减弱了不少。等事后再回忆起当时的情景，他无奈地发现，奢华的水晶灯、精美的餐具以及富丽堂皇的装修都没有带给他多少震撼，甚至昂贵的食物也没有让他感受到有多美味，反倒是陈安平向他发出的邀请一直在他的心中不停地回响。

“商深，来天马工作吧，月薪 2000 元起，还有年底分红。明年网站上线，你最少是技术部总监，怎么样？”

第一次体会到被尊重、被重用的感觉的商深，没喝几杯酒就沉醉了。他深刻地体会到了一个道理，一个人可以没钱，也可以没有社会地位，但必须有本事。只要你有本事了，你自身价值对别人有用时，你才有了成功的可能。

所有的成功的前提，都是基于你自身价值的开采度。可开采度越大，你的成功就越大。

对比他在仪表厂受到的冷落和闲置，果然是观念决定发展、思想决定出路，在对待人才截然相反的方式上，也就决定了两家企业未来的命运。

商深必须承认的是，陈安平开出的条件，他心动了。月薪 2000 元，不但相当于他在仪表厂一年的收入，也比北京大部分人的收入还要高上许多，甚至比许多外企的高级白领的收入还要高，就算毕京人在微软，除非到了中层，否则也不可能拿到月薪 2000 元的高薪。

不过既然答应了范卫卫，还是要先到深圳走一走看一看再决定最后的人生方向。商深知道，如果说他从仪表厂跳出来是他的命运转了一个大弯，那么接下来的选择，可能会是影响他一辈子的重大决定。

人生之路，总有几步会非常艰难，也非常重要，一旦迈出就没有回头路可走了。

晚上 8 点多，范卫卫才回来。

“商深，看我给你买了什么？”

一进门，范卫卫就一脸喜色地向商深扬了扬手中的东西，东西不大，方方正正的一个盒子，商深眼尖，一眼就看出了上面的几个英文字母——Motorola，不用猜，是一部手机。

商深手中的2000块钱就没有拿出来，他还想向范卫卫炫耀一下他利用一天时间赚了2000块的赫赫战果，但对他来说2000块的巨款却在范卫卫六七千的摩托罗拉手机面前黯然失色，尽管他的2000元是自己辛苦的劳动成果。

“来，送你。”范卫卫将手机递给商深，一脸讨好的表情，“怎么样，喜欢吗？我觉得有必要送你一部手机，没有手机联系太不方便了，人海茫茫，万一你失联了怎么办？手机是片刻不离身的通信工具，手机在手，你就能时时刻刻想起我，而且我还为你选了一个号码，你要保证24小时开机，要保证永远不换手机号码……”

商深本来想拒绝范卫卫的好意，但听范卫卫的一番话说出之后，他知道如果拒绝肯定会伤了她的心，只好大方地拿在了手里：“是不是还要保证只爱你一个，不许爱上别人？”

“答对了。如果你拿着我送你的手机和别人甜言蜜语，你还能心安理得的话，商深，我会鄙视你的人品厌恶你的为人。”范卫卫一本正经地说完，又扑哧笑了，“本来我想买两部一模一样的手机，可惜还要买去深圳的机票，钱不够了，还差2000块。”

“我有2000块。”商深拿出刚刚从天马得到的报酬，塞到了范卫卫手中，“明天买了去。”

“啊，你哪里来的2000块？”范卫卫吓了一跳，“不会是抢的吧？”

“哈哈。我替天马解决了BIOS启动故障的难题，他们付了我2000块的报酬。”商深又说出了陈安平想请他到天马工作的事情，然后征求范卫卫的意见，“你觉得怎么样呢？”

“一个月2000块呀？”范卫卫歪着头笑，露出了左脸上的酒窝，她习惯性地咬了咬右手食指，“在深圳找一个月收入2000块的工作也不太好找，不过我相信凭你的本事，在深圳肯定更有用武之地。深圳比北京发达多了，以后IT公司不会比北京少。好了，不说了，明天订机票去深圳，好不好？”

商深知道范卫卫还是希望他留在深圳陪她，也就没再多说什么，手中沉甸甸的手机就是范卫卫全心全意付出的沉甸甸的爱，他怎能辜负？虽然深圳没有天马、没有祥麟，但深圳有赛格、有王启东。或许未来深圳也会有和天马、祥麟并驾齐驱的IT公司，甚至还会有所超越。

“好。”商深坚定地回了范卫卫，也没对她说起白天发生的黄汉和宁二的插曲，还是让她生活在童话和无忧无虑的世界之中比较好，在童话里，爱情完美，生活完美，一切完美。

范卫卫在外面奔波了一天，累了，很快就睡下了。睡熟的她，双手抱在胸前，微微蜷着身子，就如一个需要保护、需要爱护的婴儿，让人不由自主心生怜惜之心。朦胧的灯光照在她的脸上，细细的绒毛、白嫩的肌肤以及轻轻颤抖的睫毛，就如一个真实而美妙的梦境，让人沉迷其中不愿意醒来。

商深虽然也是忙碌了一天，却没有睡意，他坐在床上，如观赏珍宝一样端详范卫卫。范卫卫出身富裕家庭，来自沿海开放城市，思想比他开放，家境比他优越，却喜欢上了他，对他全心全意，不嫌弃他贫困，也不在意他有没有明天，只想和他在一起，对于她不顾一切的爱，他怎能不铭记在心？

只是现在的他还一无所有，不能许她一个未来，甚至连一个安身立命之处都无法为她提供。男人的可悲之处在于，在他一无所有的时候遇到了一个全心全意爱他的女孩儿，愿意陪他一生的光阴，他却给不了她任何物质上的保障，让她受尽了生活的颠沛流离之苦。而当他物质丰富应有尽有之时，也许却再也找不到一个全心全意爱他的女人陪他看日出日落，过平凡而幸福的日子。

商深暗暗发誓，他不希望这样的可悲在他身上重演！

商深是被电话铃声吵醒的。

铃声响起的时候，他还以为是做梦，翻了一个身继续睡觉。铃声却响个不停，他终于被吵醒了，醒来的一瞬间意识还不太清醒，电话？什么电话？不记得他有手机。对，范卫卫刚送了他一部手机，不过他昨晚没有开机就睡了。

对了，是宾馆的电话。

商深一下清醒了，睁眼一看，对面的床上已经空无一人了，不知道什么时候范卫卫已经起床出去了。他跳下床，接听了电话。

是董博瀚。

“商深，有一个突发情况，需要你马上来公司一趟，方便吗？”董博瀚的语气焦急之中带有几分客气。

“方便。”商深心中一惊，难道是他解决的BIOS故障又出现问题了，不应该呀，“什么突发情况？”

“有一个软件出现了一点问题，你过来看看，看能不能解决。”董博瀚猜到了商深的担忧，呵呵一笑，“放心，不是你修复的BIOS故障，是另外一个软件。”

“好。”

商深放心了，放下电话，洗漱完毕，见床头留了一张纸条，上面有范卫卫纤细的小字：“我出去买早饭了，等我回来，乖。”

商深笑了笑，拿起笔在后面留了一句话：“有突发情况，我去天马了，你自己吃饭吧。有事打我手机……号码是多少你知道，我不知道，就不留了。”

写完后又觉得太啰唆了，想划掉，又一想，算了，这样才是真情流露。

赶到天马的时候，才早上8点钟，还没有上班。董博瀚却已经到了办公室，一脸焦急地等在门口。

“商深你可来了。”董博瀚让商深进了办公室，打开电脑，打开了一个天马出品的中文文字处理软件，“页面出现了问题，你看看能不能解决？”

商深也不多说，点了点头，坐了下来，检查了一会儿之后，脸色逐渐凝重了起来：“董总，问题不小，一时半会儿解决不了。”

“你出马的话，需要多久？”董博瀚早就知道问题不小了，几天前发现问题时，就请公司的技术人员检查过了，技术部门有人说需要两个月，有人说估计最少一个月以上，有的干脆说无能为力。如果不是大问题，他还不会请商深出手。

“估计最早一周，最晚两周。”商深一脸难色，“可是董总，我已经答应卫卫要去深圳了，没那么多时间。”

“去深圳又不是什么当紧的事情，再说你去深圳，是急着去工作，还是只是看一看？如果只是看一看，早一天晚一天又何妨？”董博瀚劝导商深，“不要为了一个虚无缥缈的机会而放弃眼前近在咫尺的机会，商深，现在正是你在北京 IT 业站稳脚跟的大好时机，如果说上次在德泉仪表厂搞定打印难题，会有人说你是瞎打误撞，那么刚刚为天马排除了 BIOS 启动故障，就是你真正实力的体现。现在如果再进一步解决了中文处理软件的问题，你就等于连过三关，真正奠定了你在北京，不，是在整个中国 IT 业的地位！”

商深动心了，他是男人，男人天生有事业心，想成就一番事业，现在成就一番事业的机会就摆在眼前，他如果错过就太可惜了，机会不是时时刻刻都有的，有时会一闪而过并且永不再来。

“好，我试一试。”

董博瀚满意地笑了：“我安排一下住宿问题，这几天，你的吃住费用全由公司负责，至于报酬，你有什么想法尽管提。”

商深想了一想，笑了：“这个问题比上个问题棘手多了，也要耗费更多的时间，所以我想……”

“5000 元！”董博瀚不等商深开口，主动抛出了大杀器，他知道对商深来说，现在最缺的不是时间，是钱，“等你解决了问题拿到了这 5000 块后，再去深圳，不管是想留在深圳发展，还是去见范卫卫爸妈，也有了底气，是不是？”

“是这么回事儿。”商深摸了摸脑袋，嘿嘿地笑了，董博瀚说到了他的心里，现在他虽然有了 2000 块，却依然是一个不名一文的穷小子，难道要双手空空去见卫卫爸妈？总要买一些礼物上门才合礼仪，现在有一个一周时间就可以赚 5000 块的机会摆在眼前，他肯定要紧紧抓住。

5000 块是绝对的巨款，在北京许多人月薪在两三百元的大环境下，5000 元相当于许多人两年的工资，商深深知这一次来北京是真的来对了，否则他在仪表厂浪费两年的时间，也许不但赚不到 5000 块，而且对自身价值的提升没有丝毫帮助。

回到宾馆，一开门，范卫卫就扑入了他怀中。

“怎么了？”感受到怀中范卫卫的情绪波动，商深轻轻抚摩她的头发，“吃过早饭没有？”

“没有，等你呢。”范卫卫抬头幽怨地看了商深一眼，“是不是你不和我一起去深圳了？”

“我又接一个活儿……”商深艰难地开口了，“时间不会太长，顶多一周多。”

“就知道你会这样。”范卫卫有几分生气，推开商深坐到了床上，背对着商深，不说话了。

商深坐在了范卫卫的身边，拉住了她的手，感受到她的小手微有冰凉，轻声说道：“我不过是晚几天过去，又不是不去，卫卫，我理解你，你也要支持我。北京也好，深圳也好，哪里先有机会就要先抓住，何况天马给出的报酬很诱人，我现在也需要钱。”

“可是，我今天和爸妈通话，他们要求我今天就得回去。我不想一个人回去，想你陪我一起。”范卫卫抱住了商深的胳膊，靠在了他的肩膀上，“以前不认识你的时候，我一个人也习惯了独自上路，但认识了你以后，不知道为什么，就不想一个人孤单了。”

商深用力抓住了范卫卫的小手，他也不想离开范卫卫。感情就是这么奇怪，没来的时候，不觉得一个人有多孤单，感情来了，习惯了两个人的相处，一旦离开，却像失去了身体的一部分一样痛苦。

所谓爱情，其实还是因为一个人与生俱来的孤独感终于找到了合适的寄放对象，和对方在一起，可以感受到温暖和阳光，感受到心安。

“你先走也好，省得叔叔阿姨挂念。我在北京处理完手中的活儿，就去深圳找你。”商深抱了抱范卫卫，“不过就分开几天而已，又不是生离死别，以后再也见不到了。你是一个坚强的女孩，听话，别胡思乱想了，也别有什么离愁别绪了。”

“讨厌，不解风情。”范卫卫一推商深，站了起来，拿过早餐，“来，吃饭了。我买了油条、小笼包、豆腐脑——咸的，可不是甜的，深圳的是甜豆腐脑，太难吃了，还有花卷、馒头，你吃哪一种？”

“天啊，撑死我也吃不完。”商深见范卫卫聪明而巧妙地转移了话题，心想卫卫真是一个好女孩。不纠结于一件事情不放，见好就收，是一个好女孩的基本素养。

“吃不完也得吃。”范卫卫笑着拿起一个包子塞到了商深的嘴里。

在打闹中，二人吃完了早饭。

饭后，范卫卫收拾好行李去了机场。商深说要送她，她不让，送她上出租车的一瞬间，虽然她扭头过去不让商深看她的悲伤，但她眼角滑落的泪水还是映入了商深的眼帘。

商深的眼角也湿润了。

虽然和范卫卫认识的时间不长，但迅速升温的感情让二人感觉似乎认识了很久，爱情就是不理智、不可思议的情感，谁也不知道为什么陌生的两个人一旦相爱，就会不管距离有多遥远，也会深深地思念对方。

不等范卫卫的车开走，商深就回了宾馆，与其在原地无望地遥望，还不如开始着手手中的工作，早完成一天，也好早一天和范卫卫见面。

/ 第 / 三 / 十 / 一 / 章 /

恩断义绝

在商深的再三坚持下，范卫卫还是接受了他的 2000 元，现在他身上已经接近山穷水尽了。谁也想象不到，让曾经的第一程序员——现在的天马集团的总经理陈安平视为 IT 业第一高手的商深，居然穷到了几乎身无分文的地步。

好在天马负责食宿，除了吃住之外，商深也不需要额外开支，范卫卫给他留下的手机，一次性交了 1000 元的话费，足够他使用了。

以后不管遇到什么样的难题，他都不能辜负卫卫！商深心中暗下决定，范卫卫对他不但一往情深，而且还考虑得十分周到，又顾及到他的面子，细致入微让他心中的感动无以言表。

范卫卫落地后，打来了一个电话，说她一切安好，让商深不必挂念，还让商深保重身体，注意休息，别太劳累了，然后就匆匆挂断了电话。

商深听到电话中传来的喧嚣和嘈杂声，还有范卫卫爸妈催促她赶紧上车的声音，他就放心了，回到了爸爸妈妈身边的范卫卫，肯定不会再出什么意外了。

收心之后的商深，全力以赴地投入到工作之中，期待尽快完成，以便早日和范卫卫重逢。

和范卫卫在一起的时候，还不觉得，等她一走，第一天，商深除了工作就是吃饭睡觉，由于过于投入，再加上他发现这一次遇上的难题比上两次强上许多倍，让他几乎没有时间思念范卫卫。

第二天，理顺了思路，找到了脉络，商深在初步有了解决方案之后，忽然就不可抑制地思念起了范卫卫。范卫卫的一颦一笑，范卫卫的亦喜亦嗔，范卫卫的撒娇，范卫卫的胡闹……一幕幕如在眼前，怎么也挥之不去。

第三天，回到深圳的范卫卫买了手机补了新卡，给商深打了一个长长的长途电话，一诉相思之苦。电话足足打了有半个小时，光是话费估计就不下一两百元了。

“我和爸妈说了，他们欢迎你来深圳。”

“你到底什么时候才能完工？上次两个故障，一个半个小时，一个一天，这个故障怎么要这么久？你不是骗人吧？是不是不想见我故意拖延时间？”

“真不好玩儿，没听出来是逗你玩儿呀，不理你了。”

放下范卫卫电话，商深索性躺在床上，回味和范卫卫在一起时的美好时光，嘴角流露出了一丝玩味的笑容。如果此时有人在他身边的话，会发现商深笑起来的时候，乍一看很憨厚、很腼腆，但在憨厚和腼腆的背后，还有一丝不易察觉的坏坏的意味。

如果是叶十三肯定会微微感慨，商深变得世故了，也变坏了。

当然，商深不会承认他变得世故和变坏了，他只是在范卫卫的影响下，更喜欢真实地表露自己了。现在他相信了一个事实，范卫卫出现在他的生命里，改变了他一生的命运。

午睡了一小会儿，商深迷迷糊糊又从床上爬了起来，洗了一把脸，打开电脑，继续才完成了三分之一的工作。难题比他想象中复杂，也比他想象中庞大，他给自己内定的是一周搞定，现在看来几乎没有可能了，最少也要一周半。

范卫卫一走，他几乎和外界断绝了一切联系，两耳不闻窗外事，一心只当工作狂。不过说是断绝，也没有关了 BP 机和手机，毕竟还要随时和董博瀚、陈安平保持沟通。

工作了两个小时之后，商深起身喝水的时候，BP 机响了。

“请回电话，我是杜子清。”

杜子清？商深的眼前立刻浮现出了杜子清清秀的容颜，想起在德泉杜子静对他的照顾，再想到他离开德泉时都没有来得及向杜子静告别，心里忽然很是过意不去。

商深急忙回了电话。

“子清，你好。”

“商深，你是在北京吧？我想见你。”杜子清的声音中透露出一丝焦急和迫切。

“怎么了？”商深心中一惊，莫非出什么事情了？

“见面再说，好吗？电话里不方便说。”

“好……吧。”商深想了一想，去哪里都不方便，主要是不管是喝茶还是吃饭他都没钱，就在宾馆好了，“我在颐宾楼，你直接过来找我吧。”

“……好。”似乎是稍微犹豫了一下，杜子清答应了。

一个小时后，杜子清赶到了。

几天不见，杜子清又消瘦了几分。还是穿一身洁白长裙的她，清秀的面容以及瘦削的双肩，再加上楚楚动人、如水如雾的双眼，就如一朵风中怒放的杜鹃。

不知为何，见到杜子清微有憔悴的容颜，商深瞬间想起了李白的一首诗：“杨花落尽子规啼，闻道龙标过五溪。我寄愁心与明月，随风直到夜郎西。”

“进来。”商深让杜子清进屋，为她倒了一杯水，递到她的手中，“你还好吗？最近工作还好？十三呢？”

“工作还好，祥麟的待遇还不错，傅开诚人也挺好，对员工很照顾，公司的前景也很好。我……我不太好，十三不知道去了哪里，我好几天没见到他了，怎么也联系不上他，他没有联系你吗？”杜子清一脸焦急，端起水杯一口喝完了杯中的水，放下水杯，忽然抓住了商深的手，“商深，你最了解十三了，你帮帮我好不好？十三太让人琢磨不透了，我都不知道他到底喜不喜欢我，我……”

意识到了自己的失态，杜子清脸一红，又松开了商深的手：“对不起，我太着急了。”

“叶十三失踪了？”商深一惊，脑中蓦然想起几天前黄汉和宁二上门找他麻烦的事情，隐约觉得叶十三的失踪也许和黄汉、宁二事件有关，“到底是怎么一回事儿？”

“我也不知道。”杜子清低下头，一脸哀愁，“前几天他说要和毕京谈事，谁知道去了之后就再也没有回来，打他手机也是关机，联系毕京也联系不上，吓死人了。不管是他的公司还是毕京的公司，都不知道他们去了哪里，我也知道估计你也不知道他们在哪里，可是实在没有办法了，就只好来麻烦你了，商深，你能不能想想办法……”

商深虽然在北京上了 4 年大学，但如果让他在北京找到故意躲藏起来的两个人，无异于大海捞针，别说是他，就是警察估计也无能为力。尽管不知道发生了什么事情，但他也猜到了一二，叶十三和毕京肯定是躲了起来，是不是因为黄汉、宁二事件他不去猜测，但两者之间肯定有某种不为人所知的联系。

“我是真没有办法……”商深摇了摇头，一脸无奈，“你联系不上他，我也没办法联系上他，除非他主动联系我。”

杜子清眼中仅有的一丝希望破灭了，她用低低的声音说道：“我知道十三在有些事情上对不起你，商深，我替他向你道歉，希望你能原谅他。他也许不是有心要伤害你，只是想获得一种心理上的平衡……”

杜子清的话似乎暗示了什么，商深想问个明白，又觉得他和叶十三之间的问题，还是他和叶十三直接面对面解决为好，话到嘴边就又咽了回去。

正要再安慰杜子清几句什么，忽然 BP 机又嘀嘀地响了起来。

“请回电话，我是历江。”

历江……商深微微一怔，随即又想了起来，是抓走了宁二的那个警察，难道是宁二案件有了进展？他当即拨通了历江的电话。

“历警官……”

“什么历警官，叫历哥，哈哈。”历江爽朗的笑声传来，很有感染力，“商深，告诉你一个好消息和一个坏消息，好消息是，宁二因为抢劫罪证据确凿被正式批捕了，不出意外，判他个三五年问题不大。坏消息是，他承担了所有的罪名，暂时拿黄汉没有办法了。你以后要提防黄汉一些，防止他拿你出气。”

宁二被批捕确实是好消息，范卫卫够狠，一部手机就葬送了宁二三五年的青春，量刑是根据抢劫数额来定罪的，如果范卫卫的手机价值是一万元的话，宁二估计得判得更狠。

至于黄汉……商深并没有放在心上，相信经过了宁二出事的打击，黄汉暂时也不会再有心思对付他。

“谢谢历哥，回头我请历哥吃饭。”商深客气地说道，他想请历江吃饭，不是想讨好历江，是真心想交历江这个朋友。

“好说，好说，你刚毕业，没什么收入，还是我请你吧。正好跟你说说宁二被批捕的过程。”历江对商深的印象也非常好，“今天晚上怎么样？”

商深没想到历江是个急性子，说吃饭就吃饭，他没好意思拒绝：“行吧，就今天晚上。我还在颐宾楼，历哥过来？”

“晚上 6 点，准时到。”历江见商深答应得爽快，也是心里高兴，“就这么说定了，不见不散。”

“对了，黄汉和宁二前几天来找我的麻烦，最后宁二被保安抓住了，然后警察赶到，抓走了宁二。”商深放下电话，简单地一说黄汉和宁二事件的经过，“刚才历警官打来电话，说是宁二已经被正式批捕了，不出意外的话，会判三年以上的有期徒刑。”

“啊！”杜子清惊吓得花容失色，站了起来，声音颤抖，“宁二要被判刑了？当时……有没有叶十三？”

商深喟叹一声，杜子清太不了解叶十三了，以叶十三的为人，怎么可能会亲自现身在现场？同时让他无语的是，她也太单纯、太善良了，刚才的话等于是间接承认叶十三是事件的幕后推动者了。

其实商深早就猜到了叶十三在事件背后肯定有不光彩的行为，只是他始终不愿意承认不想面对罢了，他很珍惜和叶十三十几年的兄弟一般的感情，但在亲耳听到杜子清有意无意之中透露出来的消息之后，他心中还是无比失望再加一片冰凉。

“没有，怎么会有十三，这事儿和十三没关系。”商深努力替叶十三辩护，他不想对叶十三彻底失望，也不想看到杜子清眼中的绝望越来越深。

“商深，你真善良。”杜子清直视商深的双眼，不知道想起了什么，忽然脸露愧疚之色，低下了头，“我都替十三感到羞愧了，你却还在维护十三。”

“他是我的兄弟，我不维护他维护谁。”商深笑了笑，不想继续沉重的话题，笑了笑，“对了，杜大姐调来北京没有？”

“已经办好交接手续了，昨天正式上班了。她还说你和卫卫走得匆忙，连个招呼都没打，还埋怨你们不够朋友，呵呵。她还说，她帮你暂时保留了人事关系和档案，有一天你需要的话，她可以帮你从仪表厂提出来。对了，她还让我转告你她的联系方式，让你有空的时候就联系她。她很喜欢你和卫卫，希望你和卫卫不要和她断了联系。”

“会的，我和卫卫也很感谢杜姐对我们的照顾。”商深记下了杜子静的联系方式。

“还有，毕晓也调到北京了，在部里，是姐姐的顶头上司。”杜子清面有忧色，“姐姐得罪了他，以后怕是没好日子过了。不过姐姐说她不怕毕晓，反正毕晓左右不了她的命运。姐姐说，毕晓在部里说了你许多坏话，你就算想回仪表厂也没有可能了。”

“谢谢。”商深淡淡地笑了笑，开弓没有回头箭，他既然选择了离开仪表厂，就没有想到要回去的一天，“随便毕工吧，他处处为难一个晚辈，说明他没有自信。”

“商深，有个问题我不知道该不该问……”杜子清咬了咬嘴唇，眼神躲闪。

“问吧。”商深离杜子清不过咫尺，下午的阳光穿透窗户正好照在她的脸上，更显得她的皮肤吹弹可破，白嫩过人。一股淡淡的香气伴随着热气从她身上传来，犹如深谷幽兰的清香，更让人觉得眼前的女子清丽如杜鹃，美丽如月光。

多好的一个女孩，可惜的是，叶十三也不知道怎么鬼迷心窍，不知道珍惜杜子清。商深暗暗叹息，他太了解叶十三了，叶十三对杜子清若即若离说明他根本就不爱杜子清，只当杜子清是没有选择的选择，只要他有了新的目标，他一定会毫不犹豫地抛弃杜子清去追求他自己的幸福，才不会在意杜子清的伤心。

“你和十三以前……有过什么矛盾吗？”杜子清小心地问出了口，她以前问过叶十三同样的问题，结果被叶十三冷头冷脸地顶了回去。

“我感觉中是没有，十三是不是认为有，我就不清楚了。”商深摇了摇头，“我和十三的事情，你就不要管了，子清，我们的事情我们自己会解决。”

商深是出于好心，杜子清连她和叶十三的感情都无法准确把握，何况他和叶十三的友情了？更何况她根本就不了解叶十三的为人。

“嗯。”杜子清听话地点了点头，忽然想起了几日来的担心和不安，鼻子一酸，想哭，“商深，我想哭，能不能抱抱我？”

“这……”商深本想拒绝，见杜子清低眉顺眼小心翼翼的可怜样子，不由得心软了，点了点头。

杜子清轻轻将头靠在了商深的怀里，心中有千般担心万种委屈一起涌上心头，再也无法矜持，痛哭失声：“商深，我真的好辛苦！”

商深轻轻拍了拍杜子清的后背，想说什么却又无从说起，爱上一个不该爱的人是最大的错误，但爱的错误往往又无法及时纠正，他又不愿意说叶十三什么坏话，只好以沉默来回应杜子清。

忽然“咚”的一声巨响，门被人从外面撞开了，叶十三和毕京如从天而降一般出现在门口。

“商深！”叶十三脸色铁青，冷笑连连，“我十几年的发小，从小长大的铁哥们儿，你可真是我的好兄弟！背着我泡我的女朋友，你还是人吗？”

商深大惊失色！

“十三，你误会了，你听我解释……”商深没想到叶十三会突然闯进来，而且时机还如此之巧，他瞬间大脑一片空白，叶十三对他的指责让他无地自容，“我只是在安慰子清，不是你想的那样。”

“安慰？抱在一起安慰？是不是接下来就安慰到床上去了？”叶十三不给商深解释的机会，向前一步，一拳打在商深的肩膀上，“商深，从此以后，我们兄弟恩断义绝！”

“叶十三，你不要侮辱商深，也不要侮辱我，更不要侮辱你自己的眼光和智商！”杜子清一把拉住还想继续对商深动手的叶十三，“我是一直找不到你，才来找商深商量一下怎么办。是我太难受了，快要支撑不住了，才想让商深抱我一下，你就这么没自信，就这么小心眼儿，就这么鼠肚鸡肠？”

杜子清快要崩溃了，没想到她的脆弱之举会给商深带来了无妄之灾，她后悔得要死。更想不到叶十三一上来就不问青红皂白，居然怀疑她和商深有什么事情，她羞辱交加。

/ 第 / 三 / 十 / 二 / 章 /

分道扬镳

商深被叶十三重重地打了一拳，他不躲不闪，硬挨了一下。他目光平静，但在平静之中，却蕴藏了一场蓄势待发的风暴。

“小心眼儿？鼠肚鸡肠？谁的女朋友被别人抱在怀里，谁都受不了，况且又是口口声声自称是发小的好兄弟！”毕京冷笑一声，极尽冷嘲热讽之能事，“商深，你不是有范卫卫吗？怎么还惦记着十三的女朋友？真服你了，脚踏两只船已经够无耻了，没想到你居然无耻到了连兄弟的女人也碰的地步，我以前还觉得你是一个人物，现在才知道，你就是一个人渣！一个他妈的一无是处的人渣！你不配当范卫卫的男朋友！我要替卫卫好好教训教训你……”

一边说，毕京一边扬起胳膊，就要打商深。

商深轻轻一让就躲过了毕京的出手，然后一伸手就拎住了毕京的衣领，毕京瘦小，抓住他就如老鹰抓小鸡一样。

“十三和我是情同手足的发小，他打我，我忍了，不还手。你又算什么东西，敢对我动手动脚？如果不是看在你是十三朋友的分儿上，毕京，我早就一脚踢开你了！”商深恶狠狠地说道，目露凶光，平常的温文尔雅和憨厚消失不见，就如露出獠牙的猛兽，“你再敢对我动一次手，我保证让你后悔一辈子。”

人善被人欺，马善被人骑，毕京见多了商深憨厚腼腆的笑容，总以为商深就是一个胆小怕事任人摆布的软柿子，怎么也不会想到商深直接对他发狠的时候竟然如此凶悍，由于前后反差太大，他被商深的气势震慑，吓呆了："你、你、你，你放开我。"

声音发颤，双腿颤抖，几乎站立不住了。

见毕京这么怂包，叶十三又气又恼，一把分开商深和毕京，他站在了商深的对面，和商深正面对峙。他比毕京高了不少，也比商深高，在身高优势上压了商深一头。

商深却气势不减，镇静而淡然地直视叶十三的双眼，他的眼中有强烈的疑问和愤怒，也有不甘和不满。

叶十三本想利用身高的优势逼商深退让，不料商深寸步不让，还逼视他的双眼，他一开始还能顶住商深平静之中蕴含滔天怒意的眼神，过了一会儿，他心虚了，气势大降，眼神躲闪开了。

回忆几天来的东躲西藏，叶十三感觉如同做了一个真实而恐怖的噩梦，让他一帆风顺的人生第一次出现了惊涛骇浪。

在京夜茶馆门前的一出大戏，让叶十三一向骄傲的自尊遭遇了前所未有的重创！

先是崔涵薇对他的无视。

他对崔涵薇一见钟情，恨不得当场就赢得美女芳心，可惜的是，一向自诩为高大帅的他和高富帅仅仅一字之差，但一字之差就是咫尺天涯，他引以为傲的英俊和高大在崔涵薇眼中不能说是一文不值，至少她没有因为他的帅气而多看并且高看他一眼，就让他大有挫败之感。

如果说崔涵薇对他的态度带来的挫败感还不算十分强烈的话——如果崔涵薇一开始就热烈回应他的殷勤反倒还会让他看轻了崔涵薇，男人都喜欢矜持的女孩，矜持才会更加激发男人的征服欲——那么后来奔驰和祖纵的出现，让他过于自尊的内心遭受了强烈的冲击。

祖纵口口声声说崔涵薇是他的妞，虽然祖纵其貌不扬，甚至可以说长得很丑，和他完全不是一个级别的颜值，但祖纵麻杆儿一样的身材背后高大的奔驰 GL 就如一座高不可攀的高山，不但让叶十三深刻地感觉到了自己的渺小，也深深地刺痛了他的眼睛伤到了他的心。

叶十三知道他要长相有长相，要身高有身高，要学历有学历，唯一的不足就是没钱，但他还年轻，他以后也可以赚很多很多钱。但是现在，他真的没钱，别说可以买得起百万以上的GL了，连一辆最普通的捷达都买不起，他就是一个只有青春、只有激情、只有梦想的穷小子。

但他不服气的是，他没有出生在有钱家庭，比富二代起点低了不少，但只要给他足够的时间和机会，他一定可以赶超上来，他相信自己的能力。

只是现在……有许多事情不等人，如眼前的崔涵薇，因为有钱而嚣张无比的祖纵。

谁也不知道的是，在和祖纵正面相遇的一刻，叶十三心中暗暗发誓，有朝一日，他一定要成为一个要风得风、要雨得雨的有钱人！

正是基于对有钱人就可以拥有一切的仇恨，叶十三在面对祖纵的挑衅时，心中蓦然怒火冲天，有钱就了不起呀？我倒要看看你能有多了不起，不就是有钱吗？有钱你不长成刘德华非长成这熊样？

有钱有什么了不起，不一样被我打得屁滚尿流？和祖纵动手的时候，叶十三一边打一边大感解气。

只是后来被祖纵和崔涵柏围攻时，他被打倒在地无力还手时，谁也不知道的是，他倒在地上满嘴是血时，脸上居然还挂着笑，不但脸上在笑，心里也在冷笑，不停地在想，今天你们对我们的侮辱，总有一天我会十倍百倍让你们偿还回来。打，打吧，打得越狠，到时你们就越后悔！

可惜当时没人看到叶十三狰狞的表情，如果看到的话，肯定会被他满脸是血的狞笑吓一大跳。

再后来毕京出现救走了他，扶着他一路飞奔，一直跑出了很远才停了下来。等他知道毕京不但朝祖纵脸上踢了一脚，还扎破了对方四个轮胎后，也不顾浑身的疼痛哈哈大笑，连夸毕京到底是他的好兄弟，一点儿也没有吃亏。

然而接下来的事情却让叶十三和毕京的心情再次跌到了谷底——黄汉打来电话说，宁二被抓了。

宁二被抓，虽然是因为抢劫手机事件，但宁二和黄汉身上的事情太多，如果宁二真的交代了全部事情，他们也有摆脱不了的干系。这一下叶十三和毕京可是吓得不轻。

不过黄汉的一句话又打消了他们的顾虑："毕哥、叶哥，你们就放心好了，他们抓宁二，就只是因为抢劫手机的问题，除了抢劫罪之外，宁二身上没犯别的大事，也牵连不到你们。你们不用担心，不过我得先跑路躲一段时间了，等风头过了我再回来。毕哥、叶哥，青山不改，绿水长流，等我再回北京的时候，说不定比现在还威风，再会了。"

叶十三和毕京商量了一下，觉得宁二被抓事件确实对他们没什么太大的影响，尤其是叶十三，在所有事情中都摘得干干净净，叶十三就觉得没有必要躲起来。

但另外一件事情的发生，让叶十三和毕京第一次感受到了彻骨的寒意和后怕——叶十三在家里养了一天之后，伤好得差不多了，都是一些皮外伤，除了没脸见人之外，不碍事。第二天他刚到公司，就有电话打到公司找到了他。

"叶十三是吧？猜猜我是谁？"是一个沙哑并且有几分阴冷的声音。

叶十三一向不屑于玩猜谜一类的游戏，直接就挂断了电话。刚一挂断，对方就又打了进来，破口大骂："叶十三，你给老子听好了，现在老子知道你在哪里上班了。你给老子等着，别以为你惹了老子还可以好好地活着，告诉你，你麻烦大了。从现在开始，我让你没有一天好日子过，忘了告诉你，老子姓祖叫纵，人称祖宗！"

叶十三顿时浑身冰凉，原来是他，原来是清纯女孩的男朋友，原来他叫祖纵！他怎么就找到了他的公司？对了，他告诉了女孩他的名字和公司，一定是女孩告诉了祖纵，祖纵神通广大，通过他的名字查到了电话。

叶十三是跟随赵向飞从杭州来北京工作的，他在北京无根无底，但面对祖纵的威胁，他也没有吓得心惊胆战，虽然心中也有几分不安，但天生天不怕地不怕的他，强硬回应了祖纵："好，甭管是祖宗还是孙子，尽管放马过来，我要是怕你，我就是孙子。我不怕你，你就是孙子。"

虽然说了硬话，但在毕京知道了之后，还是劝叶十三先躲一段时间为好，因为毕京打听到了祖纵的来历。

“祖纵这个人是圈子里有名的恶少，不但是花心大色狼，还是无恶不作的大流氓。听说他爸很有势力，名下有好几家公司，在黑白两道都很吃得开，而且他的叔叔好像还是公安局的什么头头，所以祖纵嚣张了很多年，一直没人敢惹。”

叶十三一听，也隐隐怕了几分，当即就向赵向飞请假，说是家里有事，要回家几天。

赵向飞并不知道叶十三到底遇到了什么难事，他的团队刚来北京，前期工作千头万绪还没有理顺，现在正是和外经贸部的磨合阶段，叶十三请假也无关大局，就准假了。

毕京为叶十三找了一个偏僻的地方，租了一个胡同里面一间房子，安静地躲了几天。几天来，还真有人到公司以各种名义打听叶十三的下落，结果公司上下没有一人知道叶十三人在哪里，最后对方只好作罢。

叶十三算是逃过了一劫。

觉得一切风平浪静了，叶十三和毕京认为应该暂时没事了，叶十三就重新上班了。上班之后，他才想起几天来忘了告诉杜子清一声他的下落，而且他脑中一直盘旋着崔涵薇的身影，居然一点儿也没有想起杜子清的存在，就让他更加确信他对杜子清没什么感情。

经此一事，虽然受到了几分惊吓，也让他深刻体会到了祖纵强大的影响力，但叶十三却没有放弃对崔涵薇的幻想，如果说之前他喜欢崔涵薇只是单纯的喜欢，是一见钟情式的纯情，那么现在他对崔涵薇的感情之中又多了一丝报复心理，他发誓一定要追到崔涵薇，哪怕只是为了让祖纵被他打败，让他看到祖纵一脸挫败的表情，他也要让崔涵薇成为他的战利品。

打电话给杜子清，却被告知杜子清不在公司，去了哪里不知道，他就又打电话给杜子静，杜子静告诉他杜子清去找商深了，他顿时火了。就算他并不在意杜子清，并不当杜子清是一回事儿，但如果杜子清去找商深，他也无法忍受。

更让他想象不到的是，等他和毕京来到商深的住处，推门一看，却看到商深和杜子清抱在一起的情景，虽然他相信以商深的人品和杜子清对他的痴迷，他们之间不会发生什么，但他还是无法接受眼前的事实。

“商深，你真是我的好兄弟……”叶十三从回忆中回到现实，原本以为商深会对他有所愧疚，却不成想商深不但没有愧疚，反倒理直气壮，就更是让他抑制不住胸中的怒火了，在祖纵身上所受的羞辱，以及如丧家之犬一样躲了几天的憋屈，他有一种要一拳把商深打倒在地再狠狠踩上几脚的冲动，“你如果真的喜欢杜子清，可以和我明说，我看在十几年的兄弟情分上，也许会心肠一软拱手让给你。可是你却在背后挖我的墙脚，为兄弟两肋插刀，哈哈，你就是这样在背后插我两刀是吧？”

商深的脸上是出奇的平静，他淡淡地说道：“十三，如果算上还没有记事以前，我们认识也有20多年了，20多年的情义，我只说三句话，一、请你不要欺负杜子清，她值得你好好珍惜。二、请你不要再挥霍我们的友情，20多年的友情，也许只需要几件事情就可以消耗一空。三、请你珍惜自己，不要一次又一次地扔掉自己最宝贵的东西。”

“说完了？”叶十三冷笑了，商深寸步不让的态度让他大感恼火，“商深，既然你死不悔改，好，那我也就无话可说了，从此我们大路朝天，各走一边。还有，杜子清既然被你抱过了，我就不要了，省得脏了我的手，送你好了。”

“你！”商深忍无可忍了，扬手一拳打在了叶十三的脸上，“你无耻！你不是男人！”

杜子清在一旁已经哭得泣不成声了，听叶十三说完刚才的话，她心如死灰：“叶十三，你真不是东西！”

说完，掩面夺门而出。

叶十三结结实实挨了商深一拳，冷静地擦了擦嘴角的鲜血，冷冷一笑：“打得好，打我，说明你心虚了。既然你明目张胆地抢我的女朋友，商深，也别怪我支持毕京和你争范卫卫了。我不还手，以前不管是你欠我的还是我欠你的，刚才的一拳，我们之间的恩恩怨怨，就全部一笔勾销了。”

夕阳的余晖有气无力地照射在地上，将地毯染成了金黄，坐在地毯上，商深一脸沉静，也不知道是在深思还是什么也没想。叶十三和毕京走了半天了，他一直坐在地毯上一动不动，既失望于叶十三借题发挥的绝情，又伤心于他和叶十三这么多年的兄弟感情怎么就会走到了今天？

到底错在了哪里？或者说，到底是谁的错？

也许永远不会有一个让人满意的答案，只是商深怎么也想不明白，叶十三为什么会变成这样？叶十三为什么如此恨他？叶十三趁机和他断绝了关系，也和杜子清划清了界限，难道说他的眼里，所谓友情和爱情都可以轻易地抛弃，没有一丝留恋？

他什么时候变得这样绝情了？

也不知过了多久，直到响起了敲门声，才惊醒了商深，他起身开门，门口站着一脸清爽笑容的历江。

“怎么啦，哭了？”历江一眼就看到了商深眼中的泪花，微一惊讶，笑道，“怎么了这是，大老爷们儿还哭鼻子，是想家了还是想女朋友了？”

商深笑了笑，很耍赖地一擦眼睛：“哪里有？你看错了，刚才只是打了个哈欠。”

“哈哈，好，哈欠，哈欠。”历江也不多问，一拉商深的胳膊，“走，吃饭去，天大地大，吃饭事大。一饱解千愁，对吧？”

商深笑了，他还是第一次听说一饱解千愁的说法：“说好了，我请客。”

“谁请客并不重要，重要的是，和谁一起吃饭，吃什么。”历江领着商深下楼，打开了他的桑塔纳警车车门，“来，上车，我带你去一个好地方。”

商深长这么大还是第一次坐警车，嘿嘿一笑：“没想到我也有坐警车的一天，还好，不是被押着坐警车。”

“哈哈，是不是坐警车感觉不太习惯？”历江发动了汽车，一脚油门踩下，汽车轰然一声就冲了出去。

起步过猛，商深吓了一跳：“别的倒没什么，就是除了起步之外……历哥，你平常开车都这么猛？”

/第/三/十/三/章/

前尘往事

“习惯了，怎么了？没关系，多坐几次就习惯了。我这个人不喜欢拐弯抹角，开车也一样，一上车就是一大脚油门绝不含糊。”历江很健谈，一边一路狂奔，接二连三地超车，一边和商深聊天，“对了，你是学信息系统工程的，我也喜欢电脑，家里也有一台，可惜我水平有限，总是弄不明白怎么玩。我老姐的儿子也是迷电脑迷得不行，可惜他们家电脑坏了，厂家来修了半天也没有修好，现在还坏着呢，我外甥天天嚷着要买新电脑，一台电脑好几千，哪能说买就买，烦得我老姐呀天天头大……”

历江说个不停，商深只管含蓄微笑，静静聆听。

“你说那些电脑高手怎么这么厉害，电脑这东西太复杂了，别说会修理了，就是光用也能让人头晕。听说电脑高手出马的话，敲几下键盘就能让电脑乖乖听话？真是服了，要是我，打死我也学不会。”

不多时便到了地点，是一家重庆火锅店，不知道为什么起了一个很奇怪的名字——百砂出品重庆火锅店。

等上了火锅之后商深才恍然大悟，原来和别家火锅用不锈钢锅不同的是，这家火锅店的火锅是砂锅，怪不得叫百砂出品，敢情是指火锅店的砂锅有一百个品种不成？

商深不太擅长吃辣，历江爱吃辣，就要了鸳鸯锅。历江也不问商深爱吃什么，就自作主张点了一堆菜，点完了才想起什么似的问道：“我点的你都爱吃吧？”

商深被历江的直爽逗乐了，这样性格的人好打交道，他哈哈一笑：“我也是北方人，没什么忌口，你爱吃什么我就爱吃什么。”

“我就觉得和你一见如故，我们肯定有很多共同点。来，兄弟，测试一下，旁边桌子的三个姑娘，你最喜欢哪一个？”历江嘻嘻一笑，朝旁边的桌子努了努嘴。

旁边的桌子上坐了三个女孩，一个穿七分裤，一个穿白花蓝底裙子，一个穿牛仔裤，三个女孩各有千秋，虽不是一瞥惊艳的第一眼美女，也算是清秀耐看的类型。

商深看了几眼邻桌的女孩，视线在穿牛仔裤的女孩身上多停留了片刻，会心地笑了：“牛仔裤。”

“看，看，我就说我怎么见你第一面时就觉得和你投缘，敢情咱们兄弟还真是连审美观都一致，哈哈。”历江旁若无人地大笑，“七分裤姑娘，稍胖了点，主要是腿粗；蓝裙子姑娘，稍瘦了点，腿形倒是不错，就是胸小了点；倒是牛仔裤姑娘，不胖不瘦正好不说，腿长胸大，极品呀，哈哈。”

历江说话的声音稍微大了一些，惹得周围众人纷纷侧目，都对他投来了不友好的目光，尤其是邻桌的三个女孩，听到了历江的点评，更是对历江怒目而视。

历江浑不在意，还对三个女孩挑逗似的挑了挑眉毛。

商深哭笑不得，历江倒是性情中人，不过他也太张扬了，或许他的张扬之中好玩和夸张的成分居多，并不是狂妄也不是有什么坏心眼，但也太不分场合了。

“历哥，咱低调点儿成不？都看咱们呢，别太出风头了，吃个饭，还是一要埋头吃饱二要用心吃好才是正经。”商深忙伸手在历江的眼前晃了晃，防止历江的眼睛在三个女孩的身上拔不出来，“别闹得连饭都吃不安生，就得不偿失了。”

“说得也是，兄弟，先吃饭了，等吃饱喝足了，再去搭讪小姑娘。”历江嘿嘿一笑，不由分说开始埋头苦干起来。

"……"商深无语了，他可是三好学生，从来没有干过搭讪的事情，怎么就交了历江这样一个朋友，不对，历江还是警察，对了，今天历江虽然开了警车，却没穿警服，在外人看来，他就是一个再普通不过的青春期的小伙子。

也不能对警察太求全责备了，警察也是人，何况是年轻的警察，喜欢漂亮女孩喜欢追逐异性，也是人之常情，这么一想，商深又释然了，见历江一旦吃起东西来如风卷残云一般迅速，他赶紧下手，唯恐落后太多没东西可吃了。

一口气吃了半天，差不多吃饱了，历江才又开始说话。

"有件事情说来很好笑，我们分局有一个领导叫祖长，祖头儿人倒是不错，很照顾手下。他有一个侄子叫祖纵，祖纵你听说过没有？哎呀，我敢说北京城没一半也得有三分之一的人知道他，当然，不是说他真是别人的祖宗别人才知道他，而是说祖纵这个人真拿自己当别人的祖宗了，脾气大得没边了，牛得不行，逮谁跟谁冲，谁都不敢惹。就连道上的许多混混见到祖纵也得绕着道儿走，你说他得有多嚣张吧？"

历江喝了三瓶啤酒，跟没事儿人一样，可见他酒量不小。他喝酒的习惯挺有意思，自顾自喝，自始至终没劝商深一口。

商深饶有兴趣地听历江讲故事，他还真没听说过祖纵是谁，只是觉得祖纵这个名字真的很欠揍。

"我以前不知道祖纵这个人到底有几斤几两，后来遇到了一件事情让我对他有了直观的认识。有一个惯犯叫二小，这小子调戏妇女坑蒙拐骗，无恶不作，我早就想抓住他，但这小子太狡猾，跟泥鳅一样，怎么也抓不住。一天我正在所里值班时，突然就大摇大摆进来一个人，一屁股坐在了我的面前，对我说他要自首。我一看乐了，丫的，竟然是二小。"

历江讲故事时眉飞色舞，再加上他绘声绘色的声调，很容易让人听进去，商深就听得入了迷。

"我当时就惊呆加纳闷了，二小这样一个惯犯也会自首，太阳打西边出来了？结果二小不等我问他为什么，自己就一把鼻涕一把泪地主动交代了，说他得罪了祖纵，混不下去了，如果不自首，就没活路了。哭得那叫一个伤心呀，比死了爹还伤心，惊得我瓜子都掉了，不是吧，你不怕警察怕祖纵，祖纵是有三头六臂还是有七姑八婆，吓也能吓得二小放着外面逍遥的日子不过，宁肯躲进局子，这个祖纵，也太牛叉了吧？”

“但不管我相信不相信祖纵的牛叉，服气不服气祖纵的威风，二小因为调戏了祖纵看上的一个女人而被祖纵下了封杀令，下令不管是黑道白道，谁也不允许给二小活路，结果二小真的就没饭吃了，无奈之下只好自首了。从这件事情以后我就对祖纵有了一个立体的认识，先不说祖纵这人到底是狗仗人势还是自己有真本事，反正他能逼得二小走投无路去自首，他就是一个了不起的家伙。”

“不过我对祖纵一直是只闻其名不见其人，自从二小的事情之后，我就再也没有听过有关祖纵的消息，以为他已经改邪归正了，谁知道就在几天前，祖纵亲自现身在我们所里了。”历江一脸恰到好处的夸张表情，好像祖纵是什么超级大人物，“见到祖纵的第一眼，我当时就惊呆加纳闷了，名字这么敞亮，人长得怎么这么矬呢？不说跟麻杆儿一样的身材了，就是一脸青春美丽疙瘩痘阵亡之后留下的坑坑洼洼的陨石坑就足以让人目瞪口呆了，这就是传说中的祖纵？不是吧，我以为有多高大英俊，哪怕不高大英俊，至少也要比我长得威猛才行，谁知道原来是一个病秧子一样的瘦猴。”

商深快被历江逗得捧腹大笑了，历江有说相声的天赋，不但表情极其丰富，而且配合变化不断的手势，让人就有了身临其境的感觉。他忍住笑，心想祖纵如果知道了历江对他的形容，肯定会勃然大怒。

“祖纵来到所里后，直接找到了我，问我是不是对辖区内的情况了如指掌，我拍着胸脯说那还用说，虽然我来所里才两年多，但跟来了 20 年的老片儿警没什么区别，辖区内每家每户每个公司的外来人口和流动人口，都门儿清。祖纵一听就咧嘴乐了，拍着我的肩膀说，小历呀，帮我找一个人，如果找到了，你就是我朋友。如果找不到，你就离我远点儿，我不喜欢吹牛大王。我一听是找人，二话不说就答应了，别的不敢保证，找人我最在行了。”

“祖纵说他只有名字，还大概知道长相、年龄和身高，但不知道来历和公司，我打了包票，有这些就足够了，不出三天保证把他的祖宗十八代都打探清楚。祖纵高兴了，说他就喜欢这样的人，回头要让他叔好好提拔提拔我。其实说心里话，我相信祖头儿才不会因为祖纵的话而提拔一个人，谁都知道祖头儿是一个很讲原则的人，但好听话谁都爱听，何况祖纵名气很大，他又暗中帮过我一个忙——二小自首最后算成了我的功劳，找人又不是什么大不了的难事，我就高高兴兴地接了下来。”

“也别说，祖纵让我找的人还真好找，别说三天了，不出三个小时我就帮他找到了。那人在外经贸部的电子商务信息中心工作，是从杭州过来的，不是北京当地人。他因为和祖纵抢女朋友得罪了祖纵，还和祖纵大打了一架，惹得祖纵大怒，非要给他开一个染房让他知道什么叫厉害……”

商深终于听出来不对味儿了，外经贸部？电子商务？杭州？他蓦然一惊：“那个人叫什么名字？”

“叶十三。正是因为这小子的名字起得怪，没重名的，所以才好找。如果他叫张志强、刘华一类的大众名字，我还真得找上三天才能找到。这小子也是，起什么名字不好，非起这样的一个怪名，个性是要付出代价的。”历江说出了商深猜测的名字，他不明白商深为什么会有这么大的反应，顿了顿，“怎么了兄弟，你认识叶十三？”

认识，何止是认识，简直是太认识了，商深不知道是该同情叶十三还是该鄙视他，怎么就惹了混世魔王祖纵了，好吧，就算是无意中惹了也没什么，偏偏还是因为和祖纵抢女朋友，他就出离愤怒了，叶十三是有女朋友的人，怎么能脚踏两只船？退一万步讲，就算你想脚踏两只船也要找一个好骗的，却又不长眼碰了祖纵的女朋友，真是自讨苦吃。

“算是认识吧……”商深不想细说他和叶十三的事情，追问，“后来呢？”

“后来祖纵到公司去找叶十三，叶十三事先听到了风声，躲了起来，祖纵好几天没有找到他。祖纵可能是气消了，也可能是事情忙暂时忘了这事儿，暂时不再追究了。”历江想起了什么，又嘿嘿地笑了，“你还不知道吧？祖纵新交的女朋友是谁，你肯定想不到，祖纵人送外号祖一夜，是说他交女朋友，只要过了一夜之后就甩掉了，从来不过第二夜。即使他名声这么臭，居然还有许多姑娘飞蛾扑火一样投怀送抱，图的是什么？一是祖纵有钱，二是祖纵自称认识许多娱乐圈里面的大腕，可以让一些想出名的姑娘上镜出名。不过我怎么也没有想到，崔家大小姐也是那种爱慕虚荣的姑娘……”

“崔家大小姐……是谁？”作为一名光荣的基层人民警察，北京的风土人情了解得比别人多不足为奇，最主要是历江知道许多真真假假的传闻，商深越听越是兴奋，他也很想知道到底是什么样的女孩让叶十三鬼迷心窍不顾后果也要去和混世魔王祖纵抢。

“崔家大小姐是东城崔家崔明哲的掌上明珠……”历江说话的工夫，又喝完了两瓶啤酒，至此，他已经五瓶啤酒下肚了，却丝毫没有醉意，“东城富、西城贵，穷崇文、破宣武……这句顺口溜你听说过没有？是说北京城四大城区，东城最富西城最贵，当然了，现在不比以前了，一些说法不管用了，但东城确实有许多富人也是事实，东城的富人之中，有一个不是最有钱但却是最有名的富人叫崔明哲。为什么说他不是最有钱却是最有名呢？这背后有一个故事……”

崔明哲不是朝鲜或韩国人，也不是朝鲜族，而是地道的中国人，汉族，还是土生土长的北京人。崔明哲发家的经过颇有传奇色彩，当年他祖上传下来一个四合院，和他青梅竹马的初恋情人苏达水也继承了一个四合院。当时苏达水一心想卖掉四合院出国，也希望崔明哲和她一起。

在 80 年代初期，一个四合院可以卖 30 万元的价格，虽然以当时的购买力来说已经是一笔巨款了，但崔明哲犹豫再三，还是更看好未来国内的发展，拒绝了苏达水的提议，留在国内，同时，他凑了一笔钱，买下了苏达水手中的四合院。

苏达水怀揣着 30 万元的巨款，离开了初恋情人崔明哲，远走高飞，去大洋彼岸追求所谓的自由和幸福。至于苏达水临走之时有没有对崔明哲的怀念就不得而知，但可以知道的是，不用多久，苏达水就后悔了，而且还是痛不欲生的后悔。

因为就在苏达水走后不久，四合院的价格开始猛涨，从80年代的几十万一套翻了数十倍到现在的上千万一套，而怀揣30万出国的她，经过10年拼搏，手中的财富增加了十倍，达到了300万元人民币，但和增长了几十倍的房价相比，还是落差太大。

苏达水痛不欲生，后悔当时怎么就那么没眼光，非要一心出国。结果倒好，费了九牛二虎之力，拼了10年，不但付出了所有，还伤痕累累，却还不如坐在家里喝茶看报坐等房价上涨，人生际遇，只因一念之差便是天壤之别！

她就想以现在的市价收回崔明哲手中原本属于她的四合院，她以为，凭借她和崔明哲曾经有过的感情，崔明哲会以市价卖给她，不料崔明哲果断地拒绝了她，没有任何回旋的余地，让她在痛恨崔明哲绝情的同时，又看清了另外一个事实——和崔明哲相比，她还是差了许多，不管是看人的眼光还是投资的眼光。

都以为崔明哲会卖掉手中的两套四合院，两套院子现在价值2000万，没想到，崔明哲不但没有卖出，反而还装修了一番，改造成了私人会馆，以收取高额的入会费用来维持日常运转。甚至有人出到了1100万一套的高价想买走，崔明哲还是不卖。不少人好奇地问道："想捂到什么时候再放，难道房价会一直涨下去？"崔明哲神秘地一笑，伸出了五根手指翻了一翻说道："至少10年之内，我不会卖。"

/ 第 / 三 / 十 / 四 / 章 /

论　战

许多人都觉得崔明哲疯了，一套30万的四合院在10年时间涨到了1000万，难道再过10年还能涨到一个亿不成？别做梦了，房子不可能无限制涨下去。

但不管别人怎么看怎么议论，崔明哲就是紧紧捂住了手中的两套四合院，不但如此，他还四处买进刚开盘的楼盘，高峰时，他手中曾经同时拥有过几十套房子。

目光犀利、出手极准的崔明哲，在短短几年时间内，就利用手中的几十套房子的升值带来的差价，足足赚到了上亿的资金。拿着上亿的资金，崔明哲通过运作拿到了地皮，成立了崔氏房地产有限公司，马上开始了一个房地产项目。以他多年从事房地产操盘手所积累的经验，项目定位和卖点十分明确，很快就销售一空，只此一个项目，崔明哲的个人资产就迅速突破了10亿。

此后，崔明哲又陆续开发了两个项目，再次大赚了一笔之后，此时崔氏房地产的飞速上升之势，足以和保利地产相抗衡，就连刚成立的恒大地产也无法望其项背，而刚刚进军北京房地产市场的碧桂园也对崔氏房地产的锋芒退避三舍，更不用说其他的小型房地产公司了。

正当所有人以为崔明哲会成立房地产集团，进一步巩固其在北京房地产行业的龙头地位时，崔明哲却突然原地九十度转弯，不再全力以赴投身到蒸蒸日上的房地产事业，而是拿出大半精力转行进军 IT 行业了。

有些人惋惜崔明哲的选择是自取灭亡，有些人喟叹崔明哲昏了头，放着好好的房地产不干，非要去干什么虚无缥缈的 IT 行业，电脑和网络是什么东西，能比得上房子？人离了电脑和网络可以活得好好的，但离开了房子，就等于没有了安身立命之所。

但崔明哲就是崔明哲，他在当初一套四合院可以卖到 30 万然后和初恋女友一起出国的情况下，他选择了留下。在一套四合院可以卖掉 1000 万之时，他还是选择捂在手中不放。在房地产行业蒸蒸日上之时，不再选择加大投入全力以赴扩大规模以占领市场，而是选择了不再将鸡蛋全部放在房地产的篮子里，却去冒险投资还远远看不到前景的 IT 行业。谁也猜不透崔明哲的心思并且也跟不上他的思路。

更让人大跌眼镜的是，崔明哲的一对儿女也和崔明哲的性格有相似之处，二人大学毕业后，谁也没有加入崔明哲的公司，而是合伙创办了一家新公司。更离奇的是，二人还很有个性地拒绝了崔明哲的投资，非要自己创业白手起家。

正是因为崔明哲的不按常理出牌，所以崔明哲虽然不是东城最有钱的富人，却是最有名的富人。而他的一对儿女，也是因他之故而名声在外。

当然，除了他的原因之外，也和他的一双儿女确实比同龄人出类拔萃有关。二人同时毕业于美国的名牌大学，而且长相都很俊美，最主要的是，二人还是双胞胎。谁都知道崔明哲有一对龙凤胎的儿女，且都非常优秀，从小到大上的都是名校，出国也是被多家名牌大学争相录取，最后选择了一家奖学金最多的大学。

出身在富贵之家的二人，上学从来没有掏过高价学费不说，还为崔明哲节省了不少学费，此事一时引为美谈。

除此之外，二人毕业回国后创办的公司，在没有崔明哲资金和渠道的帮助下，短短时间内就打开了市场并且在业内有了一定的影响力，就更不得不让人赞叹崔明哲教子有方，到底是言传身教的原因还是强大的遗传因素让崔明哲的一双儿女如此优秀，许多人为此争论不休。

既然成为了争论的焦点，崔明哲以及他的一双儿女也就成了圈子内的名人，儿子由于比女儿早出生几个小时，就被称为崔大少爷，女儿则被称为崔大小姐。如果放到别人身上，这样的称呼或许有调侃的意味，但用在他们身上，却是名副其实的尊称。

……不对，商深越听越是迷惑，崔大小姐也就算了，她还有一个双胞胎哥哥，不会真这么巧吧？他隐隐猜到是谁："崔家大小姐是叫崔……"

话还没说完，却见历江眼前一亮站了起来，冲他暧昧地笑了笑，起身朝邻桌走了过去。

邻桌原本是三个女孩，不知何时又多了一人，多出的女孩上身是一件简单的T恤，下身是一条牛仔裤，脚上是一双耐克运动鞋，不过20多岁的年纪，却目光淡然而面容温雅，在一个眼神一个举动之中，自有一股不可亵渎的高贵。容貌和气质都十分出众，有一种温雅秀美、雍容华贵的端严之美。

历江要搭讪？商深还没有来得及叫住历江，历江已经觍着脸凑了过去，他来到女孩旁边，嘿嘿一笑，朝女孩伸出了油腻的右手："你好美女，我叫历江，很想认识你，你叫什么名字？告诉我，我请你喝酒。"

女孩看了历江一眼，双手插在牛仔裤里，朝旁边让了让，一脸厌烦之色："请你走开！"

"为什么要走开？"历江向来脸皮厚得无与伦比，不知道什么叫被拒绝，他搓了搓手，"美女，长得美是上天的垂爱，既然得到了上天的垂爱，就应该和世人分享，不要珍藏你的美，来，拿来让我陶醉。"

商深差点没有笑喷，他还以为历江只会调侃和逗乐，没想到泡妞的时候也有大有情趣的一面，而且出口成章，很是让他诧异之余又为历江的口才叫好。

女孩再次让开一步，离历江一米开外，冷冷地打量了历江一眼："你再闹个没完的话，我就报警了。"

"报警？我就是警察。"历江哈哈一笑，拿出工作证在女孩面前晃了一晃，"请你给我一个机会，好不好？"

女孩愣了一愣，以前没遇到过被警察追求的先例，突然遇到，一时有些不知所措了，目光一扫，落在了商深身上，先是一怔，脸色忽然就变了："商深，怎么是你？他是你朋友？"

商深不好意思地抓了抓头，点头说道："不好意思，他是我朋友，他喝多了。"

"什么什么，兄弟，你认识她？怎么不早说，差点大水冲了龙王庙，她是你同学还是女朋友？"历江刚才一脸醉醺醺的样子，立马就恢复了清醒，他嘿嘿一笑，朝女孩点了点头，"不好意思，不知道你和商深认识，刚才我的话都是醉话，你别往心里去。"

女孩"哼"了一声，不理历江，她岂能看不出来历江本来就是装醉，转身对商深说道："看一个人的品位，看他交什么朋友，商深，你也不过如此！"然后又气呼呼地答复了历江："我不是他同学，更不是他女朋友。"

商深一头雾水："我怎么了我？"

"上次你是骗子，这次你是流氓。"崔涵薇突然就冒出了一句气话，然后用手一指商深，"商深，请你自重！我希望你和你的酒鬼朋友马上离开，我不想再见到你！"

商深更是摸不着头脑了，崔涵薇的话怎么听上去似乎他和她有多熟悉多有渊源，他和她不过才一面之缘，好吧，算上这次也才两次，她至于对他的反应这么激烈吗？

就算是上次抢座事件他给崔涵薇留下了不好的印象，问题是，崔涵薇也没给他留下什么好印象，除了蛮不讲理就是高傲冷漠，不懂得照顾别人的感受。在听了历江所说的一切后，崔涵薇居然是祖一夜的女朋友，就让他对她的印象更加恶劣了几分，也是，一个纨绔子弟的女朋友能是什么好女孩吗？或者说，有一个无恶不作的恶少男朋友的女孩，会是好女孩才怪。物以类聚人以群分，此话一点不假。

"我也没想再见到你呀，崔大小姐。"商深呵呵地笑了，他一推历江，"我的朋友是被你的长相迷惑了，因为他只看到了你漂亮的外表却不知道你虚伪的内心，毒花最美，烈酒最香，他被你吸引也可以理解。如果让他知道了你是谁，他说什么也不会凑过来搭讪，会躲得远远的。”

历江被崔涵薇和商深的对话弄得晕头转向，他用力抓了抓了头：“兄弟，她到底是谁呀？你们在说什么，我怎么听不明白？”

听不明白就对了，商深想起了和崔涵薇在肯德基的相遇和冲突，想起了因为她叶十三被祖纵满城追打，还是因为她，历江也酒壮色人胆上前调戏，真没想到，一次偶遇之后，他和崔涵薇竟然还会有这么多的纠葛。

“她就是你刚才所说的崔大小姐崔涵薇！”商深意味深长地笑了笑，“历哥，连祖纵的女朋友你也敢调戏，是不是嫌祖纵对你不够特别照顾？”

“啊、啊、啊！”历江大吃一惊，嘴巴张大到塞下一个鸡蛋都没有问题，他后退三步，上下打量了崔涵薇三眼，然后转身就跑，“走眼了，差点动了祖纵的逆鳞，失手，失手。不对，妹子，失礼，失礼，我先走，你们继续。”

话一说完，一溜烟就跑得无影无踪了。

和崔涵薇同桌的三个女孩，被历江夸张的表演逗乐了，三个人相视一眼，一起大笑，笑得前仰后合。

“你才虚伪！”崔涵薇被商深气坏了，虚伪、毒花虽然不是多脏的词语，却让她感觉如万箭穿心一般难受，“商深，你必须向我道歉。”

“凭什么？”商深轻蔑地笑了笑，“就凭你是祖纵的女朋友？就算你是祖纵的女朋友又能怎样，我对你既没有想法，又没有调戏你，凭什么向你道歉？上次在肯德基你先抢座又买座，无礼在先傲慢在后，今天一见面就骂我是骗子是流氓，又是无礼在先，我不要求你道歉就不错了。”

本来上次和崔氏兄妹和平解决了抢座争端之后，又坐在一起说了半天话，商深在许多事情的看法上和崔涵薇有共同语言，他当时对崔涵薇之前的高傲改变了几分看法，觉得她也是一个不错的女孩。后来分开后，他也以为不会再有见面的机会。不想和历江聊天，说着说着就从叶十三又牵出了祖纵，更让他震惊的是，虽然高傲但清纯秀丽的崔涵薇居然是恶少祖纵的女朋友。

商深虽然对富二代、官二代没有太多的偏见，也知道富二代、官二代之中，坏人毕竟还是少数，祖纵更是少数中的少数，但偏偏少数中的少数就让崔涵薇选中了，他对崔涵薇的印象就一落千丈。

更让他没有想到的是，巧的是和崔涵薇又不期而遇，第一个照面他就被崔涵薇骂成骗子、流氓，好吧，历江调戏她是有错在先，但历江的坏多半是调侃玩笑的成分居多，和祖纵的坏不可同日而语。他作为历江的朋友，是该相应地承担一部分历江调戏崔涵薇的责任，但也犯不着被上纲上线骂成骗子、流氓吧？他既没有骗过她什么，更没有对她耍过流氓。

商深生气了，在他的眼中，崔涵薇就是一个傲慢无礼爱慕虚荣又无理取闹的坏女孩。

被商深误会为祖纵的女朋友，崔涵薇先是一愣，随后脸涨得通红，忽然百般委屈千种不甘涌上心头，再也无法矜持，伏在桌子上嘤嘤地哭了起来。

原来他以为她是祖纵的女朋友？原来在他的心目中，她是一个傲慢无礼的坏女孩，原来她对他的好感和思念，都所托非人！

自从上次肯德基一见之后，也不知道为什么，崔涵薇的脑海之中总是不时浮现出商深的影子，商深的机智和风趣，商深的英俊帅气和谈吐，以及商深和她关于未来互联网一定会兴盛的相同看法，等等；对，还有范卫卫。

也不知是出于嫉妒还是就是不喜欢范卫卫的为人，崔涵薇总是觉得范卫卫和商深在一起不般配，也不是说范卫卫配不上商深，而是范卫卫不管是气质还是见解，都不符合商深温文尔雅的风范，她有时想，其实如果是她站在商深身边，会更有郎才女貌的相得益彰。

崔涵薇就假设，如果有机会再和商深见面的话，她一定要表现出她最好的一面让商深记住她的优秀、她的与众不同，不能让商深对她的印象停留在冲突之前，她虽然在外人面前是傲慢冷漠了一些，但对朋友却有足够的真诚和热心，她不想商深对她一直误会下去。

只可惜的是，自从上次一见之后，她再也没有见过商深，也没有留下商深的联系方式，或许世界之大，从此人生隔山岳世事两茫茫了。

却没想到，在她和几个朋友聚会的时候，在她被一个酒鬼调戏之时，商深在她完全没有心理准备的情况下，突然就出现了。

和她设想中的无数种巧遇不一样的是，商深居然和调戏她的酒鬼是朋友，什么样的人才会交什么样的朋友，商深温文尔雅的形象在她的心目中一落千丈，她才知道想象和现实原来真的有巨大的落差，原来她想象中的商深不是真实的商深，而她赋予商深所有的美好感觉，只是错觉罢了。

正是因为和她期待的落差太大，所以她才会对商深说他是骗子是流氓。

商深的反击更是让她伤心难过，尤其是商深认为她是祖纵的女朋友，让她的自尊受到了巨大的伤害，她又不屑于向商深解释什么，心理上的落差、失望再加上被误会的委屈，她只想大哭一场。

崔涵薇的女孩心思，百转千回，辗转反侧，商深又怎能知道？他见才一个回合下来，崔涵薇就被他打得落花流水，哭得梨花带雨，心里一方面纳闷崔涵薇的战斗力似乎没有如此不济，到底是怎么了；另一方面却又隐隐沾沾自喜，有一种胜利的快感。

在商深的潜意识里，虽然叶十三在背后做了许多针对他的事情，但他和叶十三 20 年的兄弟情分不可能说断就断，说没有就没有，所以在听到叶十三因为追求崔涵薇而被祖纵追打得如同丧家之犬，他还是同情叶十三的遭遇并且痛恨祖纵仗势欺人的行为，连带对崔涵薇也有了成见和恨意。

和崔涵薇同行的三个女孩儿对于崔涵薇和商深的论战一直在袖手旁观，因为太了解崔涵薇的她们很清楚，一般崔涵薇绝不会认输，却没想到，才一个回合崔涵薇就落败了，不但败了，还哭得很伤心，几人就不干了，要为崔涵薇讨还公道。

就有一人挺身而出了。

正是被历江和商深同时点评的牛仔裤女孩。

当时离得远，历江一双眼睛倒也好使，对牛仔裤女孩的点评是——不胖不瘦正好，腿长胸大，极品。

/ 第 / 三 / 十 / 五 / 章 /

乱上加乱

牛仔裤女孩中长头发，衣着简单而普通，一张巴掌大的小脸之上，五官十分端正，最好看的还是她小巧而坚挺的鼻子以及一双大而有神并且光彩明亮的眼睛。

当然了，离得近了，腿长胸大的评价也确实符合她的身材。有些女孩，美在脸蛋，身材却是一般。也有些女孩，长相一般，身材却是极好。长得漂亮同时又身材极好的女孩，就算是一等一的美女了。但如果长得漂亮身材极好同时又十分健美的女孩，就是少数中的极少数，也就是极品了。

身材好不等于是健美，所谓健美，是指健而美，健康很多人都有，但健美却只是少数人的专利。身材好可以只是身材顺溜或是玲珑，但健美的要求就更高了，除了顺溜、玲珑以及所有应有的美感全部具有之外，还要有匀称的人体美学之美。

匀称看似容易，其实很难，需要持之以恒的锻炼，需要耐心和毅力，不是一般人可以达到的境界。如果说一般美女的好身材是天生的好，那么眼前牛仔裤女孩的健美则是在天生好身材的基础之上又坚持长久的锻炼才形成的健美。

商深相信，如果眼前的女孩穿比基尼的话，她的小腹上肯定有马甲线。当然，商深不是意淫对方，也不是他比较色，而是他对健美的女孩有天然的好感。

马甲线是什么？小腹上必须没有一丝赘肉——虽然已经很要功力了，但还可以天生；然后，在肚脐两侧有两条直立的肌肉线条，看起来就如自带马甲，故称马甲线。

肌肉线条的形成，必须要有坚持一年以上的健身才行，是后天努力的成果。

有了马甲线，爱恨只在一瞬间。有多少女神在游泳的时候被小腹上的赘肉打回原形，所以女孩们千万不要放纵自己的肚子，想吃什么吃什么，想吃多少吃多少。吃得快乐，身材就不快乐了。因为，马甲线是女孩们腰部的最高境界！

商深之所以只看外在就认定牛仔裤女孩有马甲线，是因为女孩裸露在外的胳膊和小腿，除了具有一般女孩应有的青春光泽之外，还特别匀称，一看就是弹性十足并且健康有力的类型，而且她包裹在牛仔裤里面紧绷而修长的大腿，有一种呼之欲出的紧迫感。

牛仔裤女孩双手插进裤兜，站在商深的面前，轻轻哼了一声："喂，你怎么回事儿，干吗气哭我们涵薇？快向涵薇道歉。"

"我气哭她？是她先挑事的好不好？我只不过是正常还击。"商深很有礼貌地笑了笑，"双方交手，有胜有负很正常，她败了，可以哭。我败了，是不是也可以哭，然后要求你们道歉？"

女孩伸出一根手指在商深面前晃了晃："作为一个男人，向女孩子低个头道个歉，只会显得你更有风度，而不会有损你的任何形象。反倒是见到女孩子在自己面前哭得非常伤心还无动于衷的人，只会显得无情无义，衬托不出你的任何光辉高大。"

这话也对，商深觉得牛仔裤女孩的话真的挺有道理，就算是崔涵薇理亏，但她毕竟是女孩子，也毕竟哭了，他大度一些退让一步也没什么不对，就点头说道："好，你告诉我你叫什么，我就向崔涵薇道歉。"

"徐一莫。"女孩没有丝毫犹豫很大方地说出了自己的名字，"清风徐来，一往情深，莫名其妙，各取一字就是我的名字了。"

“应该是一朝一夕，莫衷一是，各取一字才对。”商深调侃了徐一莫一句。

“胡说八道。”徐一莫美目圆睁，笑骂，“我的名字我做主，要你胡乱解释？徐一莫就是在一个清风徐来的下午，遇到了一个一往情深的人，最后却又莫名其妙地分手的故事。对了，你叫商深是吧？好难听的名字，是不是你小时候爱生气，你爸妈为了让你记住气大伤身，所以为你起了一个商深的名字？”

“……”商深无语了，从小到大，还是第一次听到对他名字如此解读的高见，他索性不理徐一莫了，来到崔涵薇身边，轻轻拍了拍她的肩膀，“涵薇，别哭了，刚才是我不对，对不起。气大伤身，哭多了也伤身。”

崔涵薇虽然在哭，却一直支着耳朵在听商深和徐一莫的对话，听商深这么一说，再也忍不住，“扑哧”又笑了。

笑过之后又觉得不对，忙又板起了脸：“要你管，要你关心？怎么不管你的酒鬼朋友了？赶紧去呀？快走，我不想和你说话。”

商深还没再开口说什么，徐一莫朝他眨眨眼睛笑了笑：“女孩子都是口是心非，她说不想和你说话，其实是想你多说几句话让她开心的意思。”

商深挠了挠头，故意一脸腼腆：“涵薇，徐一莫说的是不是真的？”

笨死了！崔涵薇心里暗骂一句，一时气极，伸手一推商深：“起开！烦人！”

商深以为女孩都如范卫卫一样善解人意，却不知道也有喜怒无常的女孩，如崔涵薇——他没防备地被崔涵薇推在肚子上，身子一晃，就朝后仰。

后面站着的正是徐一莫。

崔涵薇力气并不大，主要也是凑巧了，商深朝后一仰的时候，脚下被椅子腿一绊，他就失去了平衡，手下意识朝后面一伸，想寻找支撑点，却抓住了徐一莫的手。

抓住了徐一莫的手还不算，商深后倒之势继续，带动了徐一莫。徐一莫不慌不忙，身子一错，双手一分，抱住了商深的腰，然后商深就以一个后仰的姿势一手抓住徐一莫的手，一手揽住徐一莫的腰，被徐一莫半抱在怀中，和徐一莫深情对视。

不对，不是深情对视，而是尴尬地对视。

“哇，好浪漫呀。”

徐一莫的另外两个同伴一起鼓掌叫好。

崔涵薇一行一共四人，她和蓝裙女孩并排，徐一莫和七分裤女孩并排。在徐一莫和商深对峙而她伏案哭泣的时候，她旁边的蓝裙女孩拉着她的胳膊在轻声劝她。

蓝裙女孩圆脸大眼短发，齐耳短发配对开的短袖上衣，再配上蓝底白花的长裙，很有民国范儿，有知性而娴静之美。四人之中，她是最安静的一个，也是最用功的一个，桌子上还放着一台笔记本电脑。

若干年后，在咖啡馆、饭店以及各个公共场合，到处可见打开笔记本电脑工作的人士，但在现在，背着笔记本电脑到处跑的人还不多。一是价格太昂贵，二是笨重。此时的笔记本电脑还远远比不上后来的超级本的轻薄和待机时间长，通常情况下，电池可以使用两个小时就不错了。

在劝崔涵薇的时候，蓝裙女孩的电脑没有合上。在商深被崔涵薇推了一把险些摔倒却被徐一莫救下之时，她站了起来，鼓掌叫好，电脑依然没有合上……

然后就发生了一件让她无比痛心的事情——崔涵薇推了商深之后，没想到反而促成了商深和徐一莫的浪漫一抱，她不知为何心中突然无比烦乱，徐一莫和商深的浪漫一抱刺痛了她的眼睛，她伸手拿过水杯，一口气喝了半杯，然后将杯子重重地一放，气鼓鼓地说道：“吃好了，埋单！”

不想她放杯子的时候用力过猛，杯子里剩余的一半水猛然溅了出来，一半水中的一大半水落在了键盘上。

虽然蓝裙女孩的电脑是IBM笔记本电脑，具有防水键盘，但严格意义上讲，防水键盘只是防溅水而不是防泼水，由于水过多，正在开机状态的电脑瞬间黑屏了。

“哎呀，不好了。”蓝裙女孩惊呼一声，再也顾不上鼓掌了，急忙低头去检查自己的电脑。

崔涵薇也是吓得花容失色，一台笔记本电脑一万多，对普通人来说是十分昂贵的奢侈品，对她来说不算什么，但问题不是电脑本身的价值，而是电脑中的文件无法用金钱衡量——蓝袜是设计师，她电脑中有她数年来的全部设计作品，如果因为她的失误而导致蓝袜的设计作品毁于一旦，她将无法接受！

蓝袜——蓝裙女孩儿名叫蓝袜，姓蓝，也喜欢各种蓝色——她见电脑黑屏了，情急之下，伸手要去按下开机键，手还在半空，却听到耳边传来一声果断的命令："不要开机！"

蓝袜的手在落在开机键上的一刻停下了，没有按下，她抬头看了商深一眼："你说什么？"

刚才的声音确实是商深的声音，他二话不说冲了过来，绕过了崔涵薇——崔涵薇和他的鼻子一般高，从她身后走过的时候，无意中一瞥，正好从她的脖颈后面一眼就看到了腰间，后背一片光洁细腻，就如一片洁白的沙滩，光滑喜人，让人流连忘返。

确实是一个一等一的美女，商深脑中的念头一闪，就抛到了脑后，伸手拿过了电脑，翻转过来，让键盘上的水流出，然后又动作麻利地去掉了后面的电池。

"键盘进水的情况下，千万不要强行开机，一开机就有可能烧坏主板，主板一旦坏掉，电脑就报销了。"商深一边说，一边扫了四个女孩一眼，"你们谁有手绢？"

"我有湿巾。"徐一莫拿出一包湿巾递了过来。

"不要湿巾，要手绢，纯棉的干燥的手绢。"商深忽然感觉腿上有轻微的痒意，低头一看，是蓝袜的裙摆摆动，蹭在了他的腿上，事不宜迟，看几个女孩的样子应该都没有手绢，他索性弯腰拿起蓝袜的裙摆，擦起了电池上的水渍。

"你！"商深一拉裙摆，蓝袜的长裙就支起了一个弧度，露出了里面的白腿，蓝袜娇羞无限，面红过耳，想要拉回裙子，却见商深目不斜视，只顾帮她认真地修理电脑，她也知道商深是出于好意，只好强忍着心理上的不适，低头不语。

“流氓！”崔涵薇低低地说了一句，瞪了商深一眼，却见商深理也不理她，不由又气又急，“喂，商深，你不要借机占便宜好不好？你是真会修电脑还是故弄玄虚？”

商深擦干电池上的水渍，又擦了擦电池仓里面的水，然后才放下蓝袜的裙摆，歉意地一笑：“不好意思，唐突了。”说完，又拿起桌子上的纸巾，细心地吸干键盘缝隙里面残留的水。

“我和你说话呢，商深，你怎么不理人？”崔涵薇对商深的态度很是不满，伸手一拉商深，“万一电脑没事，让你一弄反而坏了怎么办？你赔得起吗？”

商深一下火了，扔了手中的纸巾：“你做的错事，你自己收拾残局，我何必多管闲事。”

“我也懂电脑，别以为全世界就你一个人懂。”崔涵薇被商深的态度彻底激怒了，推开商深，拿起电脑装上了电池，然后按下了开机键，“根本就没事儿，非要弄得跟有多大的事儿一样，医之好治不病以为功，你纯粹就是吓唬人……啊！”

话未说完，电脑突然电光一闪，屏幕闪了几下就又黑屏了。

“死了死了，这下真死了，涵薇，你赔我 10 年的心血呀。”蓝袜抱着电脑的尸身，想死的心都有了，眼泪汪汪，楚楚可怜，“刚才还好好的，你干吗非要开机？我 10 年的设计作品全在里面，你小手轻轻一按就全部灰飞烟灭了，我杀了你，你都不屈。”

崔涵薇现在知道错了，低下头看脚尖：“对不起，蓝袜，我刚才是一时心急，觉得应该没事了，主要也是商深太气人了，他……”

“和商深真的没关系，虽然他有点流氓，但他刚才的处理方法是正确的……”蓝袜脸红了一红，双手抱着电脑，可怜巴巴地对商深说道，“商深，不，商深大哥，您老能不能再帮我看看还能不能抢救过来？”

商深深刻地摇了摇头：“刚才还有一口气在，崔涵薇小手一动，就彻底死掉了，没治了，对不起，我也没办法了。”

“哼，笨就是笨，别找客观理由。”崔涵薇就是觉得商深刚才是故弄玄虚，说不定就是为了偷看蓝袜的裙下风光，她就激将商深，一是想还回在肯德基时被商深摆了一道的一箭之仇，二是有意让商深出丑，“刚才要是你修好了，显不出你的本事。现在彻底坏了，你如果能修好，才算真正的电脑高手。”

“商深，你到底懂不懂电脑？能不能修好？”徐一莫一拍商深的后背，干脆利索地说道，“能就是能，不能就是不能，别不懂装懂，给句痛快话。能修好，不会亏待你。不能修好，也没人怪你。”

商深故意挠了挠头，假装为难地说道：“要说用力修使劲修，也许也能修好，但要有动力才行，谁也不愿意无偿劳动不是？”

“切……”崔涵薇嗤之以鼻，“说来说去，不就是想要钱吗？说吧，要多少？”

“5000……”商深拉长了声调，嘻嘻一笑。

“你怎么不去抢银行？”崔涵薇怒了，摆了摆手，“请便吧，对不起，我不和趁火打劫的人打交道。”

“5000 块真能修好？”蓝袜动心了，她拉住了商深的一只手，摇晃几下，哀求说道，“求求你了商哥哥，帮帮我吧，10 年的心血呀，包含了数不清的不眠之夜和无数次以拒绝约会为代价的付出，还有数以亿计的脑细胞的牺牲……那个，我只有 3000 块了，3000 块行不行？”

“别上当，他修不好。”崔涵薇才不想让商深得逞，向前一步站在了商深和蓝袜的中间，“商深，能不能请你离开？”

商深不动声色地看了看手腕上的表，淡淡一笑：“还有 15 分钟时间。15 钟后，里面的水会渗透主板，然后主板烧毁。再 5 分钟后，水会浸入硬盘，硬盘烧毁。硬盘一旦烧毁，别说是我，就是厂家来了也没有办法恢复里面的数据了。所以现在最好马上拿下电池，也许还可以再抢救一下。”

“啊……”蓝袜大惊失色，忙取下了电池，现在她基本上相信商深确实懂电脑，就算不是高手，至少也是半个专家，“好吧，5000 块就 5000 块，我同意。可是我身上没这么多钱，先打欠条行不行？”

“可以，欠条也算。”商深挑衅的目光看了崔涵薇一眼，“不过我有一个条件，就是崔涵薇必须在欠条上签名。”

“凭什么？”崔涵薇刚想反驳商深几句，却被商深的一句话顶了回去。

“就凭你是始作俑者！”

“好姐姐，你就签个名又怎么了？”蓝袜急得不行，又去哀求崔涵薇，“你和商哥哥生气没问题，可是别拿我的电脑当支点。我都不要你赔钱了，只要你签名行不行？”

崔涵薇无路可退了，二话不说拿出了一张纸，唰唰写了几笔，然后签上了自己的名字，交给了商深：“行了吧，满意了吧？赶紧修好电脑。”

“今欠商深电脑维修费用 5000 元整，以后有钱就还没钱就算。崔涵薇立字。”

/ 第 / 三 / 十 / 六 / 章 /

力挽狂澜

商深哈哈一笑，也没计较崔涵薇的字据打了埋伏，当即接过蓝袜手中的电脑，放在了桌子上，开始指挥崔涵薇干活："崔涵薇，把桌子清理一下。对，腾出地方。还有，拿过餐布铺上，把所有的水杯都拿开。哎呀，你坐远一点儿，别挡我的光线……"

崔涵薇被商深指挥得团团转，恨得咬牙切齿，却又没有办法，心里却恨恨地想，商深，你以后别落在我的手里，否则我非让你后悔今天。

"谁有瑞士军工刀？"商深需要打开电脑后盖，却发现没有工具。

"我有。"崔涵薇从包中翻出一个小巧的瑞士军工刀，"能用不？"

"可以。"商深接过，打开上面的螺丝刀，一个个拧开了电脑后盖的螺丝，然后又问，"谁有发卡让用一下？"

"我有，我有。"一直没有说话的七分裤女孩高高举起右手，好像很荣幸被老师点名的高中女生，她欢快地摘下了头上的发卡，递到了商深手里，"哇，你真的会修电脑，太棒了，太厉害了，太了不起了。"

四个女孩，如果说崔涵薇最傲慢、蓝袜最淑女、徐一莫最健美的话，那么七分裤女孩则是最文静的一个，她一直坐在角落里一言不发，不时地看上几人几眼，就算再好奇再有兴趣，也不加入几人的争论中。

等她见到商深动作熟练地打开了电脑的后盖，终于按捺不住了，电脑现在对大多数人来说依然是神秘的奢侈品，许多人连电脑都还没有见过，更不用说见到电脑里面的东西了。在她眼中可以把神秘莫测的电脑玩弄于股掌之间的商深，无疑是她见过的最厉害、最高超的电脑高手！

她从小就崇拜可以熟练地运用工具修理东西的男人，在她眼中，男人在修理东西时专注的神情最性感最迷人。别看商深只是一个大男孩，但他专注的神情依然充满了男性魅力，让她怦然心动。

商深接过发卡，冲她点头一笑："谢谢。"

"不谢。"七分裤女孩灿然一笑，"顺便说一句，我叫卫辛。"

卫辛的笑容淡然如菊清淡如茶，她和蓝袜的圆脸不同，也不同于崔涵薇的鹅蛋脸形，她是标准的瓜子脸，上宽下窄，宽宽的额头显得很有福气，而尖尖的下巴又别有风情，尤其是樱桃小口，红润喜人。虽不是博人眼珠的第一眼美女，但懂得欣赏的人会喜欢她这样的类型，文静如茶花，可以相守相期。

"你好卫辛。"商深很有礼貌地又问了一句好，然后埋头干活了，卫辛则甜甜地一笑，笑容宛如茶花盛开，美不胜收。

"能不能先干活再泡妞？"崔涵薇推了商深一把，很是不满地说道，"万一你一分心弄坏了电脑，你赔得起吗？"

以商深目前的实力是赔不起一台电脑，他呵呵一笑："又不是我弄坏的电脑，干吗让我赔？我是在替你善后好不好？应该是我修好了，是替你挽回了损失。我修不好，你赔蓝袜电脑。我在帮你，你不但没有一点儿感激之心，还冷嘲热讽外加添乱，崔涵薇，你有点起码的待人接物的礼貌好不好？"

"你……"崔涵薇被商深说得哑口无言，翻了翻白眼，居然说不出话了。

"行了，别愣着了，帮忙。"商深打开了电脑后盖，让崔涵薇扶住了电脑屏幕，"不要松手，我数到三再松开，一、三。"

崔涵薇还在等商深数二，不料商深直接跳到了三，她愣了："二呢？"

"送你了。"商深坏笑。

"你才二。"崔涵薇意识到商深变着法子骂她，白了商深一眼，"果然有流氓潜质。”

商深没再理她，分离了键盘和屏幕之后，电脑很快就被他大卸八块了。

在电脑还是罕见的奢侈品的年代，笔记本电脑更是寻常人难得一见的珍品，在大部分人眼中高不可攀的笔记本电脑被分解成了一堆零件，顿时吸引了众人的目光。不多时，商深周围就围了一群就餐的客人，就连饭店的老板也按捺不住好奇之心，顾不上做生意，亲自前来围观。

当众人看到被拆解成一堆零件的笔记本电脑，居然是被一个小伙子用一把瑞士军刀完成的壮举，都更对商深敬佩不已了，不少人议论纷纷，对商深的行为大加点评。

“看不出来，小伙子不戴眼镜也是电脑高手。”

“电脑高手和戴不戴眼镜有关系吗？”

“也是，不是所有的高手都用一副眼镜来渲染自己的学识渊博，对吧？”

“这人也太年轻了，能行吗？别是为了泡妞故意逗几个女孩子玩，万一最后拆散了装不回去，可就丢人丢大发了。”

“我看也是，你看这一堆电脑零件，看着都眼花缭乱，能装回去才怪。就凭他的年纪，也不可能是电脑高手，这台电脑多半要成了他泡妞的牺牲品了。”

“你们别吃不着葡萄就说葡萄酸好不好？你们是没看到刚才他拆电脑时的手法，三下五除二就拆开了，一看就是高手。”

“行了，别吵了，看下去不就知道了。”

对于外界的争吵，商深一概不理，他只专注他需要专注的事情。幸好，电脑的主板没有烧坏，只是有一个线路断了，他抬头问道：“请问哪位是饭店老板？”

“我是。”

一个矮矮胖胖的中年男人站了出来，呵呵地笑了：“需要帮忙吗？”

“有没有电烙铁？”

“有。”饭店老板忙吩咐服务员去对面五金店买了电烙铁，亲自递到了商深手里，“小伙子，一会儿能不能帮我一个忙？”

商深也没多想，只说了一个“好”字就又埋头干活了。

焊好了线路，商深又擦干净了里面的水渍，然后还原了电脑。他安装时的速度比拆卸的速度还要快，虽然手中只有一把瑞士军工刀，却依然在 10 分钟内就恢复了原状。

“好了？”蓝袜被商深的神奇惊呆了，先不说电脑有没有修好，只说商深刚才拆装电脑的手法就足以让她目瞪口呆了，什么是高手？这就是活生生的高手。以前只闻其名不见其人的传说中的高手，没想到被她在现实生活中遇到了，直到电脑被完全还原的一刻，她才相信眼前发生的一切都是真实的。

崔涵薇也被商深的手法震惊了，至此她其实已经相信了商深就是传说中的电脑高手，却还是不愿意承认，心里不无斗气地在想，有什么了不起，不就是拆装一下电脑吗？能修好了才算真本事，修不好，拆开再装上，顶多是一个手工师傅，而不是高手。

卫辛双眼放光，对商深完全就是仰视和崇拜，如果不是有外人在场，她说不定会拉住商深的手，羞涩地让商深留下联系方式。别看她比崔涵薇几个人都文静，她内心却很有主见也很有个性，喜欢就喜欢，不喜欢就不喜欢，从不伪装自己的喜好。

几人之中，倒是徐一莫最是置身事外的态度，她甚至都没有留意商深拆装电脑的整个过程，她心不在焉地东张西望，也不知道在想些什么，还不时低头沉思，心思明显不在当下。

“好了。”商深十分肯定地说道，语气中满是自信，他装上了电池，却没有开机，而是将电脑推到了崔涵薇面前，“你来开机试试。”

“为什么是我？”向来天不怕地不怕的崔涵薇忽然退缩了，手伸出一半又缩了回来，“为什么不是你？万一电脑没好，你是不是会怪我手臭，然后把责任全部推我？”

崔涵薇也太能联想了，商深不过是想既然电脑因她而坏最后再由她重启，也算是一个圆满的结局，谁知她却想了那么多，正要解释几句什么，徐一莫却突然冲了过来，不由分说就伸手按下了开机键。

“真是的，不就是开个机吗，还上升到了阴谋的高度，我来开机，坏了算我的，好了算商深的。”徐一莫快语如珠，嘴快眼快手快，话说一半的时候，就已经完成了她想要完成的动作。

开机键一经按下，就点亮了，随后屏幕也亮了，屏幕亮了之后，就出现了熟悉的 Windows 的开机画面。

众人都屏住了呼吸，紧盯着电脑的屏幕，眼睛都不敢闭一下，唯恐眼睛一眨就错过了最紧张的时刻。许多局外人也一颗心提到了嗓子眼儿，也不知道跟着瞎操什么心，仿佛电脑是好是坏和自己有莫大的关系。

几乎整个饭店的客人都被一台电脑的命运吸引了，都放下了手中的筷子，或近观或远望，期待历史时刻的来临。

开机画面持续了十几秒之后，就进入了桌面，又过了十几秒，桌面也全部打开了。蓝袜的手指放在了小红点上，激动地点开了“我的电脑”，然后打开了硬盘……

“文件都在！”蓝袜在查看了文件之后，伸手做了一个胜利的手势，然后和商深击掌，“太棒了，商深，你就是我的偶像！”

“哗！”

“好！”

人群爆发出热烈的掌声和欢呼声，不少人还冲商深伸出了大拇指，尽管许多人压根儿不知道事情的前因，但只看到了后果就足以对商深佩服得五体投地了。如果让他们知道商深挽救了蓝袜 10 年的心血，他们的掌声会更猛烈也会持续得更久些。

商深很绅士地朝人群挥了挥手：“谢谢，谢谢捧场。”

得意忘形！崔涵薇深深地瞪了商深一眼，忽然又想起刚才徐一莫抢先按了开机键的一出，心中大为后悔，怎么刚才那么没勇气，为什么就不敢按下一个小小的开机键呢？事情由她而起，再由她结束，该是多么美好的一件事情，她却偏偏鬼迷心窍迟了一步。

暗暗瞪了徐一莫一眼，崔涵薇第一次对她这个认识了至少 10 年的闺蜜有了一丝莫名其妙的恨意。

“来，小伙子，你帮我一个忙，如果成了，今天你们这一桌免单。”老板见状，更加相信商深是传说中可遇而不可求的电脑高手了，他热情地拉着商深的胳膊，分开人群，来到他的款台，“我的电脑慢得不行，开个机要好几分钟，而且打开程序特别慢，还总是自动重启，请了许多电脑高手，都没有解决，你帮我看看，成不？”

商深谦逊地笑了笑：“我试试看。”

点开电脑，查看了一下启动项，以及检查了一下C盘下的文件，立刻就有了判断：“一是启动项过多，二是中毒了……这样吧，我写一个小软件，可以清除病毒清理启动项。”

“写、写软件？”老板惊呆了，在他看来，装在电脑里面的软件就如神秘的天书一样，他别说会写了，用都不太会用，一听商深居然要现场写软件，他一时大脑CPU全速运转，“要不要纸和笔？”

“哈哈，不用，不用。”商深哈哈一笑，也不再多说，直接十指如飞敲击键盘，一分钟后就写好了，然后保存了下来，“好了，我保存在你的D盘了，文件名叫365清理，意思就是一年365天，随时可以打开清理一下，就和多喝白开水一样，有百益而无一害。”

“真的假的？”老板半信半疑地打开了商深的365清理软件，软件很小，打开之后，只是窗口闪了一闪就关闭了，然后电脑就自动关机了，“电脑坏了？”

“没坏，正在杀毒和清理。”

一群人围在商深和老板身后，都顾不上吃饭，想继续围观商深的表演，刚才商深修理笔记本电脑的一幕震撼了太多人，都以为商深出手帮老板解决问题，还是要把电脑拆成一堆零件，不想商深只是敲了几下键盘，不少人就想，敲了敲键盘就能解决了困扰老板许久的难题，商深不是偷懒吧？

电脑自动重启了。

重启之后，老板坐在了电脑面前，点了几下鼠标之后，一脸惊喜：“哎呀，真是快多了，太神了。”然后他还不信商深真的完全解决了难题，又重启了一遍电脑，电脑以比往常快了数倍的速度开机了，他高兴地一拍大腿，“太爽了，太好了，以前开个机要好几分钟，现在只要一两分钟，简直飞速了。以前我用电脑记账，每次慢得都能让我恨不得砸了电脑，现在就像装上了涡轮增压一样。”

老板也有意思，乐呵呵地说了一通，然后大手一挥：“你们今天的消费，免单了，我请！”

“好！”人群再次爆发出了欢呼和叫好声，第一次见识到只需要敲击几下键盘就可以赚上一顿美味佳肴的活生生的事实，许多人也第一次意识到了会电脑、懂电脑对生活可能带来的巨大改变。

商深今天在重庆火锅店先是解决了一台笔记本电脑的硬件问题，然后解决了一台台式机的软件问题，他只凭一把瑞士军刀就拆解了一部 IBM 笔记本电脑的大刀阔斧的手法，以及只用几分钟时间写了一个小软件的举重若轻的策略，一时传为美谈，不，传为神话，短短时间内就传遍了北京整个 IT 圈。

事后有不少好事者前来火锅店问个究竟，一时之间火锅店生意大火，有关商深的传奇事迹被无数人传颂并且渲染，最终演绎出了无数个版本。

也有一个有心人从老板的电脑中拷走了商深所写的 365 清理软件，回去后研究发现，商深的软件虽然不大，但思路却是极好，算法也是别具一格，他就借鉴了商深的软件内核，学习了商深的算法，自己重写了一个软件投入了市场，结果一炮打响，他借助这一个软件一举成名的同时，也一夜暴富，从此走上了中国互联网史的历史舞台，并且写下了光彩而浓重的一笔。

当然，他和商深也由此结下了深厚的友谊，他也成为商深成长道路上一个关键人物。

此为后话。

再说老板为商深免单，商深却高兴不起来，因为老板为他免的是崔涵薇一桌的单，不是他和历江的单，对，历江怎么就跑了？不会真跑了吧？等他分开人群回到自己的座位上时才发现，历江还没有回来，好像是真的脚底抹油了。

不是吧，真不够朋友，先不说埋单的小事了，就是扔下他让他独自一人面对崔涵薇等人，就太怂了，怎能让自己兄弟一个人面对众多美女的围攻呢？幸亏是美女，万一是一群暴徒怎么办？

不过还好，崔涵薇几人没走，还在等商深。

“商深，你简直太神了，谢谢你，真的谢谢你，要不是你，我10年的心血就全部毁于一旦了。而且电脑比以前更快、更安静了，你可太厉害了。这样好了，今天我请客。”蓝袜摆弄了半天电脑，发现不但完全恢复了以前的文件，而且速度比以前也有所提升，散热风扇的运转声音也小了许多，有一种焕然一新的感觉，她喜出望外，对商深更是佩服得无以复加。

/第/三/十/七/章/

屡战屡胜

商深憨厚地挠了挠头，嘿嘿一笑："我顺便帮你清理了一下灰尘，又重新插了插内存，理论上讲，电脑会比以前提速 10% 以上。至于请客嘛，就不用了，你们这一桌的单刚才老板已经免了。"

"商深，方便的话留个联系方式给我，我以后也许有事情要请教你或是请你帮忙。当然，不方便的话就算了，当我没说。"本来商深正和蓝袜对话，徐一莫却突然凭空杀出，她双手插在裤兜里面，淡然地笑着，嘴角微微上翘，一副爱给就给不给我也无所谓的样子。

商深觉得四个女孩中，如果说崔涵薇高傲、卫辛文静、蓝袜淑女的话，那么徐一莫是最有个性、最直爽也最淡然的一个人，她的淡然不是淡漠，而是随性，是随遇而安、随缘而行的淡定，是对一切事物既不勉强也不强求的平和。

难得一个这么年轻的女孩有这样的心性，四人之中，应该徐一莫最年轻，商深就好奇地问道："你还没有大学毕业吧？"

"大四了，现在实习，明年就毕业了。怎么了，查户口呀？好吧，都告诉你，我是人大的学生，学的是经济学，名字你也知道了，不用再说一遍了吧？好吧，还想知道什么？"徐一莫一口气说完，意味深长地看了商深一眼。

"已经很详细了。"商深呵呵笑了，这个徐一莫挺有意思，他没再多说，留下了自己的手机号和BP机号。

“我记一下。”在徐一莫记录的同时，卫辛也拿出纸笔记了下来。

“我也记一下。”蓝袜也凑热闹。

“你都有手机了？什么牌子的，让我看看，哇，摩托罗拉，太有钱了。”蓝袜拿过商深的手机左看看右看看，羡慕得不得了，“有钱，真有钱。商深，你大学刚毕业就买得起手机了，比我强太多了。”

“多半不是他自己买的，你们别表错情会错意了，他有一个有钱的女朋友。”崔涵薇想起了范卫卫，又见商深大受徐一莫、蓝袜和卫辛的欢迎，不知何故心里突然就不舒服了，“谁稀罕让你帮忙埋单，说好了今天我请客，不好意思，商深，电脑的事情，谢谢你了，但埋单的事情，就不劳你操心了。”

钱多得没地方花了是吧？商深有点生气：“你们这桌老板已经免单了，你有钱没地方花，就帮我们那桌埋单就行了。”

“好呀。”崔涵薇二话不说叫过老板，要替商深的一桌埋单，不料老板说，刚才和商深同来的客人已经结过账了。

“记得欠我一顿饭就行了。”商深笑了，见崔涵薇气鼓鼓的样子实在好笑，本想再调侃她几句，忽然想起她是祖纵的女朋友的事实，顿时意味索然了，虽然他没有见过祖纵，但只是听说就知道了祖纵的人品，祖一夜的外号和为了争夺崔涵薇而对叶十三大打出手的事情让他对祖纵全无好感，连带对崔涵薇也厌恶了几分。

崔涵薇傲慢无礼也就罢了，身上还有富家小姐特有的不可一世和不可理喻，他对她不但没有了一丝兴趣，连应付的耐心也没有了，说完之后，挥了挥手，不带任何留恋地转身离去。

“太帅了！”望着商深毅然决然的背影，卫辛再也忍不住，像花痴一样双手托在下巴之下，脱口而出，“既然目标是地平线，留给世界的只能是背影……”

“确实很帅，尤其是他头也不回地扬长而去，很有徐志摩的《再别康桥》的味道。”蓝袜也是由衷地感叹，“悄悄的我走了，正如我悄悄的来；我挥一挥衣袖，不带走一片云彩。”

"你们两个人不要花痴了，商深刚才可是闪亮登场，而不是悄悄地来。"徐一莫无所谓地笑了笑，"我承认商深有几分帅，但也不是那种迷死人的帅，只不过他身上既有文人的气质，又有理科生的冷静和理智，就很难得了。"

"以后不许在我面前提商深，我讨厌他！"崔涵薇拿出提包，转身就走，"他就是一个自以为是、自高自大、目空一切的笨蛋加傻瓜！"

怎么了这是？商深自始至终都没有过激的行为，而且是在帮助她们，崔涵薇凭什么对商深有这么大的意见？蓝袜和卫辛面面相觑，不知道崔涵薇发的哪门子火。倒是徐一莫淡定地笑了笑，摇了摇头，小声地说了一句："因爱生恨。"

她的声音很小，别说已经走远的崔涵薇没有听到，就连身边的蓝袜和卫辛也没有听清。

如果徐一莫的话让崔涵薇听到，她肯定会冷笑一声否认："我会喜欢商深？别开玩笑了，商深哪一点配得上我？"

只是表面上的矢口否认却掩盖不了内心的慌乱不安，崔涵薇冲出饭店，以为在门口还可以见到商深，不料门口行人如织，来来往往的无数人中，全是陌生而迷茫的面孔，哪里还有商深熟悉的身影？

她这是怎么了？崔涵薇强压内心的悸动，回想起她和商深的两面之缘，忽然脑中闪过一个惶恐的念头——她只见了商深两面，不会就喜欢上他了吧？

怎么可能？

可是如果不是喜欢上了他，为什么对他的反应这么激烈？换了别人，就算误会她和祖纵的关系，又有什么？随便别人怎么想，只要自己安心就行。但为什么偏偏商深误会了她，她就是那么生气那么接受不了？

就说明了一点，她非常在意她在商深心目中的形象。

不过又一想，就算她真是祖纵的女朋友又能怎样？商深不也有一个有钱的女朋友？他没资格指责她什么！崔涵薇心里稍微平衡了一些，夜色阑珊，远远近近的霓虹灯闪耀着迷离的光线，就如不绝如缕的思念，纠缠、纷乱而又剪不断、理还乱。

真是讨厌，崔涵薇伸手在眼前摇动几下，试图驱散心中的胡思乱想，却无济于事。念头不是蚊子，无形无影又无处不在，怎么可能轰走？

希望以后不要再见到商深了，商深不但有一个有钱的女朋友，还有一个流氓朋友，他也不是什么好人，对，商深就是一个见钱眼开、借女人上位又有狐朋狗友的坏蛋！

崔涵薇在心里为商深下了一个最终版本的定位。

被崔涵薇定义为坏蛋的商深以为历江真走了，走出饭店没多远，一辆警车突然从旁边的胡同里杀出，紧擦着他的身子停在了身边，吓了他一大跳。车窗打开，露出了历江一张得意扬扬的笑脸。

“兄弟，上车。”

“原来你没跑，我以为你扔下我不管了呢。”虽然历江走的时候没忘结账，算是够朋友，商深却还是以为他肯定走了，没想到居然还在等他，不由心里感动，“还行，够兄弟。”

“看你说的，当我是什么人了？我怎么可能扔下你不管？我就是想给你留出空间，好让你和崔涵薇崔大小姐发展发展。”历江放荡地大笑，笑得很开心、很暧昧。

“瞎说什么呢？”商深上了车，坐在了副驾驶，“崔大小姐可是祖纵的女朋友，你一听祖纵的大名就吓跑了，我不要命了去泡祖纵的妞？”

“其实我跑不是因为她是祖纵的女朋友，而是因为我看了出来，她对你有意思。虽然我很怕祖纵，毕竟祖纵的叔叔祖头儿管着我呢，但我又没打崔涵薇的主意，祖纵也不会拿我怎么样。我是为你着想呀，兄弟，哥是过来人，那小妞真的看上你了。”历江嘿嘿一笑，一推商深的肩膀，“行呀，厉害呀，不愧是我历江的兄弟，居然让崔大小姐动心了，有一手。”

“别开玩笑了，崔涵薇和我才见过两面，怎么会看上我？再说人家可是大小姐，我是平头百姓一个，身份差得太远了。”商深憨厚地笑了笑，摸了摸下巴，“行了，不提她了，没意思，我们先回宾馆，我还有事情要忙。”

“祖纵说崔涵薇是他的女朋友，你听听就算了，别当真，祖纵声称是他女朋友的女孩多了去了，连大明星都有，有几个真是他的女朋友？有的确实真是他的女朋友，有的只不过是他看上了但人家没有看上他，他也说是，一是过过嘴瘾，二是先占住再说，省得别人下手。”历江打了商深一拳，“平头百姓怎么了？咱兄弟不是一般人，平头百姓照样让大小姐喜欢上，而且还得倒追，这才叫本事，对吧？上，兄弟，哥支持你拿下崔涵薇。”

商深只是笑，不说话，历江拿商深没办法了，叹了一口气：“男人就得有迎难而上的勇气，不管是事业的高山还是女人的高山，要有山高我为峰的豪迈。商场和情场，都是战场。是爷们儿，不管哪个战场，都要当胜利者……对吧？”

话是如此，商深在商场上愿意拼搏，愿意勇往直前，但在情场上，他还是拿不出一往无前的勇气。主要也是他对崔涵薇没感觉，何况他已经有了范卫卫。

“我有女朋友了……”商深不想再纠缠这个话题了，笑道，“历哥，送我回宾馆，我得赶紧工作了。”

“没问题。”历江见好就收，知道商深到底脸皮薄，嘿嘿一笑就转移了话题，“兄弟，你认识电脑高手不？认识的话介绍一个认识，我有技术上的难题想向他请教。”

还技术上的难题，说得还挺专业，好像历江也懂电脑，商深笑笑，含糊其词地说道：“好呀，没问题。我还真认识几个电脑高手，等我忙完了手头的工作吧。”

“行，看你时间，我不急。”

此后一连一周时间，商深除了加班加点地干活之外，基本上不下楼，有时饿了叫宾馆送餐，有时忙过了头，甚至忘了吃饭，从早到晚，从电脑屏幕上拔出眼睛才赫然发觉，一天已经过去了。

摇头一笑，他就泡一包方便面了事。

第十天的早上，他终于敲下了最后一个回车键，大功告成！

整体来说，程序的难题在中等以上，之所以耗费了十天的时间，一是工作量浩大，二是程序的错误之处隐藏得太深，以至于查找就浪费了三分之一的时间。此事也让商深深思一个问题，怎么才能快速地查找到程序的错误之处，是一个需要认真对待并且必须想方设法解决的问题。

商深并不知道的是，通过他三次帮天马集团解决难题的经历，奠定了他今后的理论基础，为他以后的成长埋下了具有深远影响的伏笔。

伸了伸懒腰，商深站了起来，有几分爱惜地注视着陪伴了他十多天的笔记本电脑，马上就要还回去了，几天来，他习惯了 IBM560 的陪伴，还真有几分依依不舍，作为一个对电脑无比热爱的重度硬件控患者，他对新款笔记本电脑的抵抗力为零。

只可惜以他目前的收入，一款万元以上的笔记本电脑对他来说不但是一种奢望，也太奢侈了。

拿出手机，正打算打给范卫卫，告诉她他已经准备好南下深圳了，忽然 BP 机嘀嘀地响了。

近一周以来，他除了和范卫卫联系不断以及和家里通过一次电话，再和董博瀚保持联系随时通报进展之外，和外界几乎断绝了联系，就连历江也是没有联系过一次。

BP 机上只有一个陌生的电话号码，没留信息，是用自动传呼发来的信息，没有经过人工台。商深犹豫了一下，还是回了电话。

“商深，是我，杜子清。”电话一端传来了杜子清哭泣的声音，“不好意思又打扰你了，可是我实在不知道该和谁说去，我心里难受……”

商深心中喟叹，所爱非人确实是人生的无奈，但谁知道爱情来了，你现在所爱的那个人将来就一定不会辜负你？就像他和叶十三当初的友情一样。

“还是因为叶十三？”

“是的，上次他说要和我分手，我以为他说的是气话，回去后，我去找他，想向他解释清楚，谁知他听都不听，直接把我赶了出来。我不甘心，给他打了无数次电话发了许多短信，他不接电话不回短信，后来被我逼急了，就只回了一句——请你自重！呜呜……”杜子清哽咽悲啼，不能自抑，“商深，你说十三真的要和我分手了吗？他怎么能这样？你能不能帮我劝劝他？”

都说恋爱中的女人智商等于零，果然不假，杜子清是真糊涂还是假明白，她难道真不知道叶十三之所以和她在一起，只是她对他追得太紧了，只是为了将就，在更好的人出现之前，她只是一个备胎而已，只不过有人是备胎后置有人是备胎前置罢了，她属于备胎前置。叶十三以她和他有暧昧为由，非要和她分手，不过是一个恰到好处的借口而已，因为叶十三终于找到了他的最爱——崔涵薇。

当然，如果不是历江向他透露幕后的种种，他也会天真地认为叶十三非要和杜子清分手真的是因为杜子清和他的一抱。可怜的杜子清还希望叶十三能够回心转意，以他对叶十三的了解，叶十三是一个凡事有了决定就绝不回头的人。

在某种程度上，叶十三和他的性格很像。

“叶十三有没有和你说过一句话……”商深略微一思索，“原话应该是——在宁缺勿滥和将就之间，我会选择宁缺勿滥。”

印象中，从上了初中以后，叶十三挂在嘴边的一句话是“宁吃鲜桃一口不吃烂杏一筐”，后来上了高中，他就改成了“在宁缺勿滥和将就之间，我会选择宁缺勿滥”，当时商深还笑着说他太挑剔了，会挑剔到没朋友的地步。他却说，挑剔的人才是对自己、对别人认真负责的人。

“说过……怎么了？”杜子清微一思忖，又明白了什么，声音微微颤抖，“这么说，从一开始我就是他的将就？”

“也许我也是。发小不能一再选择，女朋友却可以一再选择……”商深很不愿意在杜子清面前说叶十三的不是，但叶十三的所作所为太让人心寒，不管他对他怎样，他看在十几年的兄弟情分上可以原谅他，但他对杜子清如此绝情，实在愧为男人，“发小不能一再选择，但发小可以不要，因为长大后拥有了更多的朋友，就不需要发小了，所以对于不将就的人来说，发小和女朋友都可以是备胎前置。”

“可是我实在是太爱他了，我离不开他，商深，你告诉我，我到底该怎么办？”杜子清尽管无比悲伤和绝望，但还是对叶十三保留了最后一丝幻想，希望可以通过商深向叶十三转达她对他一往情深的爱，却不去想，叶十三连商深都可以出卖，又怎会在意她的感情？

商深不知道说什么好了，沉默了一会儿，他才艰难地说道：“去听听陈淑桦的《梦醒时分》就好了。”

/第/三/十/八/章/

绝顶高手

《梦醒时分》是一首由李宗盛作词、作曲，陈淑桦演唱的经典国语流行歌曲，也是台湾唱片工业史上首张销量破百万专辑《跟你说听你说》的主打歌曲，被庾澄庆、伍佰、林忆莲、王菲、梁静茹、周华健、迪克牛仔、高胜美等众多歌手翻唱过，影响之广，几乎人人会唱，其中的“要知道伤心总是难免的，在每一个梦醒时分。有些事情你现在不必问，有些人你永远不必等……”直指女性为爱痴狂却最终被爱所伤的纠结感情。

“有些事情你现在不必问，有些人你永远不必等……”杜子清轻轻哼唱了一句，心中悲伤成河，“谢谢你商深，我现在能见见……你吗？”

“我有事情要忙，等我忙完再联系你好吗？”商深急于要向天马交作业，暂时没时间也没心思和杜子清见面，最主要的是，他也知道就算见面也是无用，感情上的事情，还是需要靠自己化解，解铃还须系铃人。

“好……吧。”杜子清低落地回应了一句，就挂断了电话。

希望杜子清可以调整情绪，很快地适应人生的变化吧，商深也没多想，放下电话就打给了范卫卫。

范卫卫回到深圳后，很快就又找了一家实习单位，在改革开放的春风吹拂了十几年的深圳，对于铁饭碗的追逐和敬畏早就不再那么狂热了，都信奉只要有本事不管走到哪里都有饭吃的信念，所以对范卫卫来说，别说是一个实习机会，就是一个正式的工作丢了也就丢了，大不了再找就是了。

“历来成功都属于不安分的人，是吧？如果赵向飞一直安分地当他的英语老师，一辈子顶多就是一个教授或者校长，不会是现在的他，对吧？如果比尔·盖茨一直老老实实地上完大学，他就错过了创办微软的机会，就不会成为世界首富了，是吧？如果乔布斯没钱上完大学休学后，不是一直琢磨电脑而是去打工，他现在也许只是超市一个普通的收银员，而不是苹果公司的联合创始人，是吧？所以说商深，大胆地向前走，别回头，总有一天你会发现，所有的努力都不会浪费，所有的经历都是财富。”

电话一接通，范卫卫既没有问商深吃饭没有一类的家常废话，又没有关心商深好不好，更没有柔情无限地重复有没有想她有多想她的无聊女生话题，而是一上来就是一通大道理。

商深哑然失笑，他明白范卫卫的心思，范卫卫是担心他已经适应北京的生活，想留在北京而不再南下深圳。

“卫卫，我明天一早的飞机，记得去机场接我。”商深嘿嘿一笑，“我可有言在先，如果到时你不接我，我直接就买了返程机票回北京了。北京不但有许多发达的机会等我抓住，还有好多美女等我归来。”

“哼，吹牛不打草稿。许多发达的机会？不就是一个天马吗？好多美女？除了你的女同学之外，你也就认识一个崔涵薇了，不对，还有杜子清，老实交代，我不在的时候，你有没有和崔涵薇见面？不要骗我，要说实话。”

商深心中一紧，怪事，女孩子的直觉一向就这么准吗？怎么范卫卫一下就提到了崔涵薇？想了一想，他还是没说实话：“我怎么会见她？北京那么大，见一个熟人都不容易，何况陌生人了？”

“话是这么说，但人生无处不相逢，也许你和她有缘呢？”也不知道是什么原因，范卫卫一想起当时崔涵薇注视商深的眼神，心里就很不舒服，虽然她也觉得崔涵薇不可能一见商深就对商深有意思，但她以女孩特有的敏感心思敏锐地察觉到了崔涵薇眼神中对商深的好奇和兴趣。

“我和你才有缘，要不怎么会先认识你？”商深呵呵一笑，“好了，先不说了，我去一趟天马，不出意外的话，明天下午到深圳。”

“太好了。”范卫卫心思浅，不再去想崔涵薇的事情，也是怕商深觉得她无事生非，就说，“不用带太多行李，来了再买也行，还有，要明确告诉天马，除非给你股份，否则你不会考虑到天马工作……”

范卫卫又琐碎地交代了商深一些问题，才依依不舍地挂断了电话，她实在太想商深了，分开的十几天里，无时无刻不想起和商深在一起的日子，太多的甜蜜涌上心头，让她无法忘怀在德泉和北京的日日夜夜。

本来对北方没有什么向往的她，因为商深的存在，北方第一次在她的心中变成了一个温暖的词语。

“卫卫，你过来。”

范卫卫刚收起电话，一转身，发现爸爸一脸慈祥地站在身后，向她招手。

“爸爸！”在家里的范卫卫穿了有卡通图案的睡衣，还有蕾丝花边，既有少女情怀又有公主风范，她扑到了爸爸的怀里，娇声娇气地说道，“你答应我要好好对商深的，不许反悔。反悔的话，我就不理你了。”

“爸爸说过的话，绝对说到做到。”范长天年约五旬，方脸，浓眉，大眼，眉眼之间，和范卫卫有三五分相似，白衬衣黑裤子的他，很有周正的儒雅之气，他怜爱地抱住了范卫卫，“商深来了，就让他住在家里好了，家里房间也够。不过我可事先声明，我可以免费让商深吃住，但不负责为他介绍工作，他能不能找到工作，得靠他自己的本事。”

“可是……”范卫卫噘了嘴，一脸不快，“商深在深圳人生地不熟，就认识我，我不帮他，谁来帮他？”

“当年爸爸来深圳的时候，也是举目无亲，不也有了今天？男人就得顶天立地，就得靠自己的双手打下一片天地。”范长天呵呵一笑，笑容中却是不容置疑的坚决，“就这么说定了，爸爸还要去上班，先这样。”

“好吧。”范卫卫没有办法，只好无奈地接受了事实，心想商深来了后如果知道她不帮他找一份安身立命的工作，他会不会生气？

范长天走出别墅，打开停在院中的奔驰 S500 的车门，坐上驾驶座，回头望了一眼两层别墅巍峨的造型，微微摇头叹气一声：“卫卫去一趟德泉，结果就恋爱了，她再也不是以前那个天真烂漫的孩子了。”

“我反对让商深住在家里。”

副驾驶座上，坐着一人，48 岁的年纪因为保养得当显得才 40 出头一样年轻，她一身职业女装，头上绾了一个发髻，脖间有一串色泽金黄而圆润的珍珠，是价值不菲的南洋珍珠，左手手腕戴了一块宝格丽的女表，右手手腕是一个翡翠手镯，浑身上下散发出雍容华贵之气，正是范卫卫的妈妈许施。

“女儿长大了，也有了自己的想法，我们应该尊重她的选择。”范长天发动了汽车，驶出了别墅，车后，别墅的大门自动缓缓地关闭，“虽然我也反对她和那个商深来往，也清楚商深配不上我们女儿，可是也不能一下就让女儿断了对商深的感情，要慢慢来，要从长计议。”

许施微有怒容：“卫卫还小，还没有大学毕业，我不允许她谈恋爱。就算谈，对方至少也要有出身有学历才行。商深什么都没有，一个农村出身的穷小子，连硕士学历都没有，更不用说出国留学的经历了，他不管哪方面都配不上卫卫。卫卫现在和他谈算什么？卫卫早晚是要出国的人，留在国内能有什么出息？”

“出身农村怎么了？”范长天微有不快，“不要忘了，我也是农村孩子，更不要忘了，你爷爷一辈也是农民！我最看不起动不动就说农民不好的人，如果不是农民，你能天天住别墅开豪车？连饭都吃不上，你还幸福吗？”

“好了好了，我就是随口一说，你别激动好不好？”许施忙解释几句，又说，“反正我的底线是，最多让商深在家里住三天。”

范长天没说话，专注地开车。汽车沿深南大道一路向东，初升的朝阳洒落金光，道路两侧明净晴朗、繁密艳丽的各种鲜花灿烂得让人心醉，木棉树和各类灌木呈现出立体的层次景观，作为深圳的主动脉，深南大道的地位，就像长安街之于北京、外滩之于上海一样重要。

想起初来深圳的时候，深南大道还是一条黄沙飞扬、坑坑洼洼的土路，当时有港商来深圳考察，才一踏入深圳，就被深南大道的破旧不堪吓得止步，直接就返回了香港。此事给当时的市政府以极大的震动，决定要不惜一切代价修好深南大道。

虽然当初深南大道黄沙飞扬的过往影像，已经从范长天的记忆中渐渐远去，但初来深圳时的雄心壮志却没有消磨多少，当年的热血和激情，青春和迷茫，依然历历在目，现在的商深，何尝不就是当年的他？

人生总要有两次冲动，一次是为奋不顾身的爱情，一次是为热血沸腾的事业，这么一想，他心里对商深又多了几分同情。

“卫卫不是说，商深是一个电脑高手？”范长天希望可以稍微帮商深一帮，年轻的时候，谁都有过为爱情奋不顾身的冲动，商深很像当年的他，“在赛格，他说不定有用武之地。”

1998 年成立的赛格，是代理国内外 100 多个电子名牌的电子配套市场，成交额占全国电子产品成交总额的三分之一，在 IT 业有一句话很形象地形容赛格在国内的地位：“深圳打喷嚏，全国就感冒”。

“电脑高手？哼，现在有多少人买得起电脑？就以深圳的发达程度，电脑的普及率还这么低，何况别的地方了，商深学的根本就是没有前景的专业。”许施对素未谋面的商深成见很深，不是因为商深长得不合她的心意——她连商深长什么样子都不知道——而是范卫卫对商深的一往情深刺痛了她的心，让她觉得她用最好的教育以及不惜一切代价培养的女儿，原本指望可以嫁一个地位相等或是更高阶层的人家，却没想到，女儿居然喜欢上了一个土包子，对，在许施眼中，除了北京、上海和广州之外，其他地方的人都是土老帽，而出身农村的商深，更是土包子无疑了。

这让她大感面上无光。

“我也不看好电脑的未来……”想起商深所学的专业和就业前景，范长天对商深仅有的一丝同情又消失不见了，“现在讨论商深也没什么用，还是等他来了再说吧。”

“嗯。”许施将头扭向了窗外，窗外的深圳姹紫嫣红，林立的高楼、匆忙的汽车和人流、正在扩建的道路和正在拔地而起的大厦，呈现出一派欣欣向荣和勃勃生机之景，她忽然心情好了几分。

也正是深圳充满了活力和生机，才吸引了许多人来到深圳寻求发展，商深来就来吧，深圳之大，总有他的容身之处，只要他识趣地离开卫卫，她愿意为他找一份收入丰厚的工作作为补偿。

商深并不知道在范卫卫爸妈的心目中，他已经被打入了冷宫，他和范卫卫通完电话，背上电脑就来到了天马公司。

已经得知他要前来的陈安平和董博瀚特意等候在了办公室。

陈安平本来有一个会议要开，听说商深提前几天完成了工作，心中既惊喜又期待，当即决定推迟会议，要先检查商深工作的完成情况。尽管已经见识过了商深解决 BIOS 启动故障的本事，但他还是对商深可以以一己之力搞定如此复杂而庞大的难题持一定的怀疑态度，不是怀疑商深的能力，而是怀疑商深的速度。

等商深从容不迫地打开电脑，不慌不忙地演示了一遍程序之后，陈安平终于彻底信服了商深身为电脑天才的事实！从他成名之后，在 IT 圈子之内再也没有一个可以和他相提并论的电脑高手，直到商深的出现才让他相信商深不但可以和当年的他媲美，而且假以时日，说不定还会超越他的成就。

因为商深不但在思路上比他更有开创性，而且在速度上比他还要快上几分。天下武功，唯快不破，如果说思路是招势的话，那么速度就是出招。一个招势让人眼花缭乱跟不上节奏的高手，同时出手之快还让人目不暇接，如此高手，绝对是奇才。

绝顶奇才。

陈安平顿生惜才之心。

再次检查了一遍程序之后，确认商深不但完全解决了之前发生的问题，还修复了几个小 Bug（本意是臭虫、缺陷、损坏、窃听器、小虫等，现在人们将在电脑系统或程序中，隐藏着的一些未被发现的缺陷或问题统称为 Bug，即漏洞），他大喜过望，当即向商深发出了邀请：“商深，我以天马集团总经理的名义，正式邀请你加盟天马集团。”

用加盟而不是加入，足见陈安平对商深的重视程度。

董博瀚一颗高高提起的心落到了肚子里，同时对陈安平对商深的正式认可十分欣慰。商深是他无意中发现的人才，如果商深进入了天马，并且在天马成为骨干，那么也等于他为天马的发展出了一份力。再者，商深以后为天马的发展壮大做出了成绩，他也功不可没。

“商深，陈总早就不再负责人才的引进，你是这些年他第一个亲自邀请加盟天马集团的人才，希望你慎重考虑陈总的提议。”董博瀚唯恐商深恃才傲物，说出狂妄自大的话影响到他在陈安平心中的形象，忙暗示商深。

商深歉意地一笑：“说实话，我很敬重陈总的为人，也很感谢董总对我的帮助，可是我已经答应我的女朋友要去深圳，抱歉陈总，如果以后我再回北京的话，我会很愿意来天马发展。”

陈安平虽有遗憾，不过还是由衷地祝愿商深：“人各有志，不能强求，希望你能走出一条属于自己的成功之路。不过我相信，商深，未来是IT的时代，你如果想成为时代的弄潮儿，不管走到哪里，一定不要忘记你的初心。不忘初心，方得始终。北京是一个宽容的城市，也是一个充满机会的城市，我相信，只有北京才有最适合你大展宏图的土壤。”

话虽如此，陈安平也理解商深的选择，年轻的时候，都有为了爱情而不顾一切的激情。他拍了拍商深的肩膀，笑了笑：“直觉告诉我，我们还有再见的一天。深圳不适合你，真的。”

商深也笑了笑，没说什么，他想得没那么长远，现在只想尽快回到范卫卫身边，只要和范卫卫在一起，就安心了。

拿着天马支付的5000元的报酬，商深乐呵呵地回到了宾馆，收拾好了自己的东西之后，忽然有了依依不舍的感觉。他对北京是有感情的，上了4年的大学，有许多同学也在北京，而且经过和陈安平、董博瀚的接触，对天马也有相当深的好感，甚至还隐隐有了一种归属感。

而且也确实如陈安平所说，北京是一个宽容并包容的城市，大气，有魅力，也有独特的人文气息，他很喜欢北京既有历史的厚重又充满迎接新时代的朝气。

/第/三/十/九/章/

无巧不成书

躺在床上一边想事情，一边昏昏欲睡，最近实在是太拼了，现在突然闲了下来，商深才感觉疲惫如潮水一般袭来，不知不觉就睡着了。

也不知睡了多久，商深被敲门声惊醒了。

“商深，商深！”

谁呢？商深迷迷糊糊地醒来，才发现天色已经黑了下来，说明他至少睡了五六个小时，真能睡，看来最近一段时间以来确实是太累了。

开门一看，门口站着一人，个子不高，一脸淡淡笑意，正是赵向飞。

“明天你就要去深圳了，我来为你送行。”赵向飞没进门，伸手一拉商深，“走，出去吃烧烤，我请客。”

盛夏的北京之夜，街头人流如织，在迷离的灯光之下，商深跟随在赵向飞身后，来到了中关村大街路边一家无名的烧烤小店。两个人要了十几串烤串、几碟凉菜和一捆啤酒，在简易的塑料桌椅前相对而坐。

喝了一口啤酒，赵向飞眯着眼睛望向了夜空：“商深，你的梦想是什么？”

“我的梦想就是赚钱、成家、买房子、买汽车……然后过上幸福的生活。”商深才喝了一瓶啤酒，就微微有了醉意，也不知是醉人的夏风还是他一下放松了下来，心情格外舒畅的缘故。

“哈哈，你和当年的我一样，有想法的日子才是快乐的日子，哪怕梦想卑微而渺小，只是为了满足基本的生活需要，但只有满足了基本的生活需要之后，才会考虑到更高、更长远的发展。不过你刚才说的不是梦想，只是想法。”赵向飞笑了。

“满足基本的生活需要，是想法，超过基本的生活需要的更高目标，才是梦想。”商深也笑了，他忽然就生发了感慨，“我的梦想就是要和新生的IT行业一起成长，要和互联网大潮一起改变整个世界！怎么样，梦想远大不？狂妄不？”

“不管梦想有多远大、多狂妄，一定要有，万一实现了呢？”赵向飞并没有嘲笑商深的梦想，而是说道，“你真的相信互联网会改变整个世界？”

“相信！”商深斩钉截铁地说道，“人类社会从工业革命以来，从蒸汽机到内燃机，再到电动机，上百年的历程比以前几千年的发展还要巨大，而电脑的诞生以及互联网的出现，是不亚于内燃机发明的又一次重大变革。而且还有一点，内燃机从诞生到现在，虽然技术一直在进步，却进步不大，但电脑才出现没几年，更新换代的速度，超过以前任何一项技术革新。”

商深喝了一大口啤酒，又倒满了一杯：“互联网更是一项前所未有的创新，如果说内燃机的发明导致了汽车和飞机的出现，从而大大缩短了世界的空间距离，让地球变成了地球村，那么互联网的出现，更是将地球村缩小在了一个小小的屏幕之上，不管是中国还是世界上其他国家发生的事情，只需要瞬间就可以通过互联网传遍世界上的每一个角落，这就是互联网的神奇和便利。如果说21世纪有什么改变可以让社会发展得更美好，我会说是互联网。”

“联通世界，沟通你我，不说别的，只说互联网带来的交流上的方便，就足以证明互联网会有强大的生命力。”商深又喝了满满一杯啤酒，一时之间想起了许多事情，酒意和回忆一起涌上心头，忽然就有了一种要置身于互联网浪潮之中的豪迈。

“1995年的时候，不太有人相信互联网，也不觉得有这么个互联网对人类有什么用，所以我当时用了比尔·盖茨的名字，我说比尔·盖茨说互联网将改变人类的方方面面。结果很多媒体就把这个说法登了出来，但是这句话是我瞎说的，比尔·盖茨并没有说过这句话，1995 年比尔·盖茨还明确表示他反对互联网，也不看好互联网的前景。”赵向飞的表情在昏暗的灯光下，凝重如夜色，“其实当时我就鼓励自己，相信互联网会改变世界是我的梦想，虽然梦想很遥远，遥远到就和天上的星星一样可望而不可即，但梦想一定要有，因为万一实现了呢？我就一直坚持了我的梦想，直到今天。我希望你也能和我一样，要坚持自己的梦想，不要放弃，要采取行动，给梦想一个实践的机会，不要只是怀揣着梦想，永远空想梦想而不迈出关键的第一步。”

最后，商深和赵向飞都喝醉了，两个人你扶着我我搀着你，跌跌撞撞一路沿中关村大街步行。

“他说风雨中这点痛算什么，擦干泪，不要怕，至少我们还有梦。他说风雨中这点痛算什么，擦干泪不要问，为什么……”

商深和赵向飞一起放声大唱《水手》，二人也不管是不是跑调是不是扰民，只管放开喉咙近乎声嘶力竭地唱个没完，唱到最后，二人眼中都有泪光闪动。

青春未老，梦想还在，时间还有，未来不远。北京街头深夜的高歌一曲，许多年后还在商深的记忆中鲜亮，生动如昨日，以至于后来赵向飞一路上都对他说了一些什么，他都记忆犹新。

“你给陈安平写的软件，陈安平给你 5000 块，等于是 5000 块永远买断了你的版权，你知道他的软件卖多少钱一套吗？5000 块！他一套就卖 5000 块，你知道他一年能卖多少套吗？根据我对市场的保守估计，最少是一万套。也就是说，他们花了 5000 块，却赚了 5000 万。商深，你算过没有，如果你不要他们 5000 块的报酬，要求一套提成 10%，那么你一年可以赚到 500 万！”

“如果你在深圳没有找到合适的发展机会，回北京记得找我，我给你一个副总的位置。跟着我干，我永远不会亏待你！你是我的兄弟，加入我的团队，我敢保证，不管十年还是二十年，我们同甘共苦，携手共进。”

天不知何时下起了雨，雨不大，街上的行人纷纷避让，只有商深和赵向飞在雨中依然不紧不慢地走着，闲庭信步。不多时，二人都淋湿了，只是淋湿了衣服，却淋不湿青春和激情。感受到赵向飞倾情一醉的真性情，置身于灯红酒绿的夜晚的北京街头，商深醉意上涌，感觉自己就如汪洋大海之中的一叶扁舟，随时有被淹没的可能。

想起当初初来北京上学时的举目茫然，年轻时的奋力一跃，从小县城来到大都市的惶恐和无助还恍如昨日。转眼间 4 年的大学时光让他成长为现在的青葱青年，就如一棵经历了风吹雨打的小树终于长大，虽然还没有遮天蔽日，至少也有了成材的迹象。

而现在走出校门、走向社会的他，与生活短兵相接，开始真切地体验生活所能给予他的一切，痛苦和欢乐，希望和失望，但不管是哪一种，他都格外用力、格外投入，就如一个初生的不怕虎的牛犊，懵懂却又充满了斗志。就和万千投身到这座城市的年轻人一样，投入了全部的生命，燃烧了城市的全部梦想，让梦想热气蒸腾，让理想热血沸腾。

他的生命曾经和北京有过共振，4 年间，有过明亮的笑、有过悠扬的哭。而如今，他依然是青春狂放年少莽撞，却要告别北京，只凭一颗勇敢的心和一个简单的行囊，相信自己的才华，相信凭借一双手就可以开拓一片天地的奔放，他即将南下，忽然之间，心中竟然有了一丝不舍和一丝彷徨。

想起了当时他从天马出来之后做出的决定，商深虽然醉意汹涌，却无比清醒地认识到，不管深圳是怎样热火朝天的景象，在他眼中的北京，空气中漂浮的同样都是年轻和理想。

他再一次下定了决心——就如赵向飞所说的，梦想一定要有，万一实现了呢？

想起以前周末的时候，他和同学结伴回宿舍时在路上情不自禁引吭高歌或是鬼哭狼嚎；想起和志同道合者组建乐队时亢奋得彻夜不眠，只为练习一支曲子而热血沸腾；想起当时大块吃肉大碗喝酒甚至只有一碟花生米也能下酒的自在……商深眼睛湿润了。北京寄托了他太多的回忆，承载了他太多的伤感，现在要离开了，才知道许多往事是如此的固执和难以割舍。

和赵向飞告别之后，商深一人回到了宾馆房间，躺在床上，他思绪万千，无法入睡。忽然想起了叶十三，他有一种强烈地和叶十三说话的想法，拿出手机正要打给叶十三时，叶十三的电话就刚巧打了进来。

“深子，什么时候去深圳？”

叶十三的声音在深夜传来，伴随着窗外滴滴答答的雨声，有一股异样的味道，尤其是他称呼商深为深子时的亲切，瞬间让商深回到了从前。

小时候，叶十三一直称呼商深为深子，直到商深考上高中之后进了重点班而他没有进去，他就开始直呼商深的大名了，也不知道他是出于自卑或是别的什么原因，反正在商深的印象中，自从他迈进高中重点班大门的一刻起，他就明显感觉到了叶十三对他有意的疏远。

“三子……”商深心中一阵温暖，也叫回了他和叶十三还是小伙伴时对叶十三的称呼，“我明天一早的飞机。”

“我明天还有事，就不送你了，祝你一路平安。”叶十三微一停顿，“前一段时间我心情不好，对你不够照顾，你别往心里去。”

“不会。”商深不知道叶十三要说什么，“我们这么多年的朋友，怎么会因为一两件小事而耿耿于怀？不管以前发生过什么，我们还是发小，还是好朋友。”

叶十三没接商深的话，而是转移了话题：“杜子清最近找过你没有？”

“没有，只打过一次电话，说让我劝劝你。三子，你到底想和杜子清怎么样？”商深意识到了他和叶十三之间的友谊温情也许只是昙花一现，人心已经变了就再难回头，心中暗叹一声，就顺着叶十三的话往下说。

“不怎么样，分手了。”叶十三轻描淡写地说道，他深吸一口气，尽量让他的语气显得很平和，“性格不合适，在一起只会互相折磨，不如分开。”

商深心中隐有怒火燃烧，现在才说性格不合适，以前干什么去了？不就是因为以前叶十三还没有遇到崔涵薇吗，所以暂时将杜子清这个备胎当作主胎，既然从来没有喜欢过杜子清，为什么不敢承认？什么时候叶十三变得这么虚伪了？

“备胎终究是备胎，不管是前置还是后置，对吧？”商深不轻不重地点了叶十三一句，“杜子清人长得漂亮，性格也不错，对你又是百般忍让，你为什么就不能对她好一些呢？”

“怎么了，心疼了？”叶十三冷笑一声，“如果你真的看上了她，你就明说，商深，我不会拦着你们的，相反，我还很乐意见到你们在一起。说实话，你和杜子清真的挺般配，你脾气好，她性子柔，你们在一起一定会幸福。”

“叶十三，你浑蛋！”商深终于忍无可忍了，“你打来电话，就是为了问一问杜子清有没有和我见面对不对？你既然本来就不喜欢她，为什么当初要和她在一起？现在又要和她分手，为什么又要关心她和谁在一起？你压根儿就是既不想彻底放弃备胎，又想显示出你的高冷，却又担心杜子清真和我在一起让你面上无光，你的心理就是，就算是你不要的女人，我也没有资格要，对吧？”

“商深，你真了解我，哈哈。”叶十三放声大笑，笑声穿透了雨夜的深沉，带来了彻骨的寒意，“杜子清是我的女人，就算我抛弃了她，她也得为我守身如玉，不能便宜了你。退一万步讲，就算让她便宜了毕京，也比便宜了你强。”

“不要拿你的龌龊想法来猜测我，叶十三，我明确告诉你，我喜欢范卫卫是真心喜欢，从来没有当她是备胎，不像你，你从一开始就对杜子清没感觉。我喜欢了范卫卫，就不会再喜欢别人，不管她是杜子清还是崔涵薇！”

“崔涵薇？谁是崔涵薇？”叶十三愣住了，不明白为什么商深突然提到了一个陌生的名字。

上次叶十三自始至终都没有问出崔涵薇的名字，后来他被打倒在地时，虽然崔涵柏喊过崔涵薇的名字，却只是喊了涵薇，而他当时被打得头晕目眩，别说根本没有听清了，就算听清了，也记不住。

“崔涵薇就是祖纵的女朋友，是你的梦中情人，也是你被痛打一顿又躲藏了好几天的导火索。”商深不留情面地说出了他所知道的一切，他就是要让叶十三知道，不要以为一切都可以瞒天过海。

“你怎么知道我被打的事情？”叶十三大吃一惊，不仅吃惊于商深居然知道崔涵薇的名字，还知道事情的来龙去脉，太不可思议了。原来他一见钟情的女孩叫崔涵薇，可是为什么他费尽心机连名字都没有问出来，商深却知道她叫崔涵薇？这不公平！

更让他又气又怕的是，他以为他和崔涵薇的事情是深藏的秘密，做梦也没想到，商深居然知道！

“再见。”商深没有回答叶十三的问题，也没必要回答，他现在对叶十三彻底失望了，不想再和他多说一句话。

“商深……等下，你回答我的问题。”叶十三不甘心，想知道究竟，商深却没再给他机会，而是直接挂断了电话。

“商深，你等着，总有一天我会让你后悔的！”叶十三紧握手中的电话，恶狠狠地说道。

雨依然下个不停，让炎热的天气稍微清凉了几分，打开窗户，呼吸了一下新鲜空气，商深心中的烦躁平息了一些。叶十三怎么会变成这个样子？

想了一想，商深觉得有必要和杜子清通一个电话，他传呼了杜子清的BP机。在手机还没有完全普及的年代，寻呼机就是最方便快捷的联系方式。他忽然脑中跳出一个念头，会不会有一天互联网发达了，人们可以通过互联网联系而不再完全依赖BP机和手机呢？

也许会吧，科技的发展和人类的进步，有时会超出想象。

过了一会儿，手机响了，商深迫不及待地接听了电话：“喂，子清，是我，商深。”

“商深？”电话一端传来一个七分陌生三分熟悉的声音，“怎么是你？这么巧？”

七分陌生是因为商深想不起她是谁，三分熟悉是因为商深对声音有印象，至少接触过，他愣了一愣：“杜子清呢？你是谁？”

“我是徐一莫。”

“徐一莫？”商深更是惊讶了，“我刚才传呼的是杜子清的BP机……”

“我和子清是朋友，她的BP机现在归我保管。”徐一莫咯咯一笑，“怎么了，想不到吧？后来我和子清说起的时候才知道，原来她也认识你，世界那么大，世界又这么小，原来我们还有共同的朋友。对了，你找子清有什么事情，她去洗澡了，需不需要我转告她一声？”

/ 第 / 四 / 十 / 章 /

名震一时

“也没什么事情，算了，等她方便时让她回我电话好了。”商深虽然吃惊于徐一莫和杜子清的相互认识，却还是觉得没必要和徐一莫说太多，就想挂断电话。

“等一下商深……”徐一莫还有话对商深说，上次一别，她对商深的印象说不上多好，但绝对不坏，不过她对商深却没有任何不安分的想法，“我有一个电脑方面的问题，想请你解答一下，不知道你现在方便吗？”

“方便，你说吧。”商深对徐一莫印象不错，眼前浮现出她淡然如风的俊俏模样，会心地笑了。

商深自信的口气让徐一莫听了很是开心，她最喜欢自信的男孩，觉得一个男孩自信的笑容是最迷人的表情：“我的电脑总是无缘无故地蓝屏，有时正在工作突然就蓝屏死机了，手中的工作都没有保存下来，气死人了。让人检查了，说是一切正常，找不到原因……你能不能帮我看看到底是哪里出现了问题？总是蓝屏不可能没有问题，是吧？就和一个人总是感冒去医院检查医生却总说没事一样，总觉得心里不踏实，想听听你这个专家高手的意见。”

蓝屏，又叫蓝屏死机（Blue Screen of Death，简称 BSOD），是微软的 Windows 操作系统在无法从一个系统错误中恢复过来时，为保护电脑数据文件不被破坏而强制显示的屏幕图像。Windows 操作系统的蓝屏死机提示已经成为标志性的画面。

标志性的蓝屏从Win95时代一直延续到WinXP，直到Win7横空出世之后才算有所缓解，但并不是说蓝屏彻底消失了，而是比以前减少了许多。

引发蓝屏的原因有很多，蓝屏比直接死机要温和得多，至少蓝屏还可以为用户保存一部分数据，不至于让手头的工作全部丢失。可能是由于内存的常规破坏，或者由于硬件设备不能正常工作，如果允许系统继续运行可能导致更多的异常，而且，存储在磁盘或其他外设中的数据可能也会遭受破坏，因此Windows意识到，这样做的风险太大了，为了您的程序、数据安全与完整，为了将您的损失在第一时间减小至最低，Windows忍痛做出了自我牺牲。

蓝屏产生的原因往往集中在不兼容的硬件和驱动程序、有问题的软件、病毒等，只凭徐一莫的口头描述，商深不可能知道是什么原因造成了她的电脑蓝屏，不过以他的推测，以徐一莫有限的电脑水平，不可能是硬件的改动导致的不兼容的蓝屏，那么多半就是软件问题了，想了一想说道："你最近是不是安装了什么驱动程序和软件？"

"我想想，对，装了一个ICQ软件。"徐一莫不太明白，"可是蓝屏和ICQ有什么关系呢？"

商深以前还想过是否可以在互联网上直接交流而不用BP机和手机，当时没想起ICQ的存在，徐一莫一说，他脑中灵光一闪，似乎有一个创意突然在脑中点亮，具体是什么，却又不太清晰，正当他想用心思索时，徐一莫的话又打断了他的思路。

突发的灵感就这么中断了。

"还真是，商深，你还真是厉害，一说就中。我想起来了，最近就装了一个ICQ软件，装了之后蓝屏就开始多了，会不会是ICQ和我的系统有冲突？肯定是了，ICQ是英文版本，我的系统是中文操作系统，可能是中文系统对英文软件支持得不够好，所以频频导致了蓝屏……大侠，我的分析对不对？"徐一莫受到了商深的启发，触类旁通，立刻联想到了问题由何引发的原因。

大侠是最早在BBS论坛上流行的一个网络称呼，原称是大虾，有时也谐音成大侠，是对高手的尊称。

行呀，徐一莫真是一个聪明的女孩，商深暗暗赞叹，不由好奇地问道："你学的是什么专业？你的分析很到位，很可能就是ICQ引起的蓝屏。ICQ并没有中文版本，没有针对中文操作系统优化，而且这个软件还不太成熟，再加上有可能和你电脑上的其他软件有冲突，所以……"

"我学的是经济管理，不是计算机，嘻嘻，怎么样，我厉害吧？"徐一莫得到了商深的赞同，心花怒放，能得到最顶尖的电脑高手的认可，说明她无师自通，对电脑有一定的天赋，"对了商深，ICQ没有中文版权，你能不能破解一下，做一个汉化版出来，这样就更方便使用了。还有，你的ICQ号码是多少？我加一下，方便以后联系。"

ICQ问世以来，推出了许多种语言版本，唯独没有中文版本，是ICQ认为中国太落后，电脑和网络的普及太差，没有市场。好在ICQ页面简单，不需要懂太多的英文就可以使用，所以在国内也有一定的市场，至少有电脑能上网的最先富裕起来的一部分人，是ICQ最早的一批用户。

商深呵呵一笑："我还真没有ICQ号码，等我回头申请一个，你先告诉我你的号码吧。"

"好吧，我的号码是583268，你回头申请了记得加上我。好了，不和你说了商深，我要休息了，晚安。"

雨不知何时停了，商深站在窗前，用力深吸了一口雨后清新的空气，心情舒畅了几分。也许是和徐一莫通话的缘故，徐一莫清脆轻灵的声音让人有莫名的轻松和愉悦之感，又也许是他想到了他刚才的灵感是什么……

徐一莫说得对，ICQ在国内的用户虽然不多，但谁敢说等电脑和互联网普及之后，不会有大批用户加入进来？未来的不确定性永远无法预料，就和当年赵向飞创办中国黄页时一样，谁都不认为赵向飞会成功，却没想到，随着上海正式开通互联网，赵向飞的业务激增，一年的利润就达到了500万。

那么如果他抢先在所有人面前汉化或是改写了ICQ，会不会也可以获得和赵向飞甚至是超越赵向飞的成功？

商深翻来覆去无法入睡，不是因为要去深圳的兴奋，而是忽然被徐一莫点燃了创意的亢奋，他脑中不停地闪动ICQ的画面，为什么他就没有想到要改写ICQ或是自己写一个类似ICQ的软件呢？以他的认知，其实ICQ软件并不复杂，以他一人之力，估计一个月的时间就可以写完。

互联网时代是创意时代，有时一个点子就可能点亮整个互联网的天空，同时也点亮自己的人生。

也不知想了多久，商深迷糊中睡着了，睡得香甜睡得安稳，嘴角还挂着淡淡的笑意。善待你遇到的每一个人，因为你不知道你遇到的哪一个人会改变你一生的命运……也不知道商深在梦中有没有想起他常说的一句话，反正他甜美的睡眠有一大半原因是因为他忽然之间找到了人生的方向和目标。

赵向飞说过，人生梦想一定要有，万一实现了呢？

商深是安然入睡了，熟睡的他却不知道，北京一夜，却发生了一件和他有关的事情，而且还是了不起的大事！

商深为天马修复了程序之后，陈安平和董博瀚连夜加班，召集了十几位程序员进行测试，结果显示程序所有漏洞都被完全修复，而且还比以前更好用、更快捷了，陈安平大喜，要求技术部门立刻重新制作程序发放市场。

由于原先的程序已经制作完毕，只需要修复有漏洞和错误的部分即可，所以比重新制作一个中文处理软件要快了许多。天马集团技术部门全体动员，在几个小时内就生产出来几百套中文处理软件，然后包装完毕，只等天亮发往中关村和全国各地。

许多接到天马通知第二天一早就可以领到全新中文处理软件的经销商都疑惑不解：不是说最少还要一两个月才能解决问题吗，怎么这么快就出新软件了？天马的中文处理软件销量非常好，因为故障，收到了大量的退货，许多经销商都等着天马解决问题再重新推上市场好大赚一笔，对中文处理软件早就望眼欲穿了。

真的解决了问题最好，别再是一个半成品，不但天马的声誉会因此大损，经销商也会因此损失惨重。不少经销商私下商定，如果天马还解决不了软件问题，再遭遇退货的话，他们就联手封杀天马的软件。他们不是不能再忍受顾客的指责谩骂，而是不能因为天马的中文处理软件问题，影响到顾客对他们销售的其他软件的信任，所以经销商在接到天马的通知后，都纷纷表示，如果软件这一次还出问题，他们将集体抵制天马的软件。

陈安平和董博瀚也清楚天马接连出现打印机 BIOS 故障和中文软件处理问题，确实让天马的形象大大失分，但他们更相信商深的实力，主要也是他们亲自测试了商深修复之后的软件，确实解决了所有问题，所以陈安平拍着胸脯向经销商保证，如果这一次再出现问题，天马承担经销商的全部损失。

得到了陈安平的保证，经销商才又重新树立了对天马的信心，同时都想弄明白天马怎么提前那么多时间解决了中文处理软件的问题，是请动了香港还是美国的电脑高手。结果让所有经销商都大跌眼镜的是，陈安平回答既没有请香港也没有请美国的高手，而是一个刚出校门的年轻人出手解决了问题。

年轻人的名字叫商深。

一夜之间，商深的名字就传遍了中关村大大小小的经销商之耳，商深一举成名！

只不过，商深初出校门的年轻让许多经销商不相信他真能凭借一人之力解决了困扰天马集团很长时间的难题，都对中文处理软件能否完全修复持半信半疑的态度。

第二天天刚亮，天马重新制作的中文处理软件就发到了中关村各大经销商手中。拿到软件的经销商第一时间测试了软件，结果出乎他们所有人的意料——软件真的无比流畅，原先的漏洞不但已经修复，而且启动速度比以前快了不少，甚至商深还别出心裁地在软件的启动界面加了一个小小的彩蛋，是一个很不易发现的笑脸。

经销商欣喜若狂，天马的中文处理软件是市场上最畅销的软件之一，断货以来，他们损失了不少客户和利润。现在重新上货了，而且软件比以前启动得更流畅，他们都将软件摆到了显著的位置。

一开门，不少客人涌入了中关村。经销商不约而同地向客人介绍修复之后的天马中文处理软件，许多客人一开始还不相信天马的中文处理软件已经得到了修复，在经销商的演示下，发现软件确实比以前好用了许多，一些Bug也不见了，就都掏钱买了软件。

陈命好是天马公司的金牌经销商，他在中关村的摊位位于人流最密集的黄金地带，一天的销售额非常可观。今天一早，他把天马修正之后的中文处理软件摆在了最显眼的位置，一开门就卖出了四五套，让他异常欣喜，心里十分感激那个叫商深的小伙子，如果不是商深出手修复了软件，他今天还赚不了这么多利润。

有机会一定要认识一下商深，现在电子产品的市场规模越来越庞大，有一技之长的电脑高手在未来会十分吃香，如商深一样更是可遇不可求的天才级别高手，如果能认识商深，将会是他的荣幸，也许他还可以和商深合作成立一家软件公司，只卖商深的软件，而且还是独家授权，一定可以大赚一笔。

他名字叫陈命好，还真的名如其人，一直都是命很好，而且他也清楚，天马的中文处理软件在中关村的零售数额已经足够庞大了，但比起针对大客户的批发销售数量，不过是九牛一毛，这样推算的话，光是一套中文处理软件一年就可以为天马创造至少上亿的利润。

上亿的利润只由一个软件创造，而一个软件的成本除了几块钱的光盘硬件成本之外，就是无法核算的智慧成本。智慧成本来自于电脑高手的创造，陈命好不知道天马会给商深多少钱，但他知道，就算给商深100万也和商深所做出的一切无法对等。别人不知道商深所创造的价值到底有多大，他却是清楚得很，智慧无价，无法用具体数额衡量。

陈命好的柜台只有十平方米见方，是中关村刚开业之后他拿出了全部积蓄买下的店面，虽然不大，但经过几年的升值，现在也算是价值不菲的固定资产了。到了今天，他有点后悔当时为什么不再多借一些钱，买一个更大一些的店面，现在就发达了。

陈命好的店面命名为顶好电子，主营各类台式和笔记本电脑，同时也出售各种软件。刚卖出一套天马的中文处理软件，他坐下喝水的工夫，又来了一个衣着光鲜的客人。

“老板，天马的中文处理软件不是有问题了吗，怎么又摆出来了？”来人一口浓重的广东口音的普通话，穿金利来T恤，戴金丝眼镜，戴劳力士手表，一看就是大有来历的有钱人。

在90年代，操一口南方普通话穿金利来品牌的南方人，是标准的有钱人形象，不是来自广东就是来自香港，自认阅人无数的陈命好顿时眼睛一亮，忙起身相迎，他相信眼前来的南方人是一个有钱的大客户，说不定可以一下卖出好几套软件。

“老板好。”陈命好客气地尊称对方为老板，笑道，“天马的中文处理软件刚出了修正版，已经解决了所有的问题，而且比以前启动更快更流畅，今天刚刚推向市场……您要几套？”

“哦？”金利来推了推眼镜，拿起一套包装谈不上精美的软件看了几眼，眼神中全是疑惑之色，“不是说问题不小，一时很难解决吗，怎么这么快就解决了？我知道的内情是，以天马目前的实力，除非请到美国的高手，否则以国内的水平都解决不了。”

“说得也是，我以前也听人这么说，也不知道天马怎么就捡到宝了，说是遇到了一个罕见的电脑天才高手，只用了一个星期的时间就彻底修复了漏洞。而且听说这个电脑高手年龄还不大，才20多岁，刚大学毕业。”陈命好急于向客人推销软件，话就说得多了一些。

“我先买一套软件试用一下。”金利来拿出一张名片递了过来，他眼中闪动如饥似渴的光芒，“老板，我想和你商量一件事情，如果你能帮我完成，我买你十套软件作为回报，怎么样？”

/第/四/十/一/章/

转折之年

陈命好接过名片，见上面没有常见的名片那样罗列一大串唬人的头衔，只有一个姓名和一个电话号码，他不由得犯了嘀咕："王总，您想让我帮你什么忙？"

很淡雅、很素净的名片，上面有三个宋体大字：王向西。

"帮我打听到商深的联系方式，我买你十套软件，或者给你2000元的报酬，怎么样？"王向西微微一笑，笑容淳厚而温和。

"就这样？"陈命好不敢相信自己的耳朵，只是一个商深的联系方式就值2000元，太容易了吧？不会是骗子吧？

"就这样，怎么，不相信我？"王向西猜到了陈命好的疑虑，想了一想，又拿了两套软件，"我先买你三套软件。"

陈命好信了，三套软件1000多元，也算是价值不菲了，他笑容满面："请王总放心，我一定办到。"

"有了商深的联系方式，给我打电话。"王向西伸出大小拇指，做了一个打电话的手势，呵呵一笑，转身要走。

"王总先不要走，等我几分钟，我现在就能问出来。"陈命好热血沸腾，他可是认识不少软件行业里的人，都是业务上有联系的，天马集团的人也有，当即拿起电话打给了几个人。

“回头我请你吃饭，到时再说。”陈命好哈哈一笑，打了几个电话之后，将商深的联系方式转交给了王向西。

王向西看了一眼，也没验证，当即拿出2000块，数了数，交到了陈命好的手里：“谢谢。”

陈命好喜笑颜开，也顾不上数钱，好奇地问道：“王老板，你找商深是不是有什么发财的想法？”

王向西神秘地一笑：“说发财就太庸俗了，以商深这样的人才，应该说是共同发展才对。谢谢你了，陈老板，以后如果有发财的机会，我不会忘记你。”

走出中关村大厦，一路上看到许多人都在讨论天马新推出的中文处理软件怎样好用如何流畅，王向西连验证都省了，他完全相信商深就是一个罕见的绝顶电脑高手。

招手上了一辆出租车，刚坐上了车，手机响了。

“向西，你现在回深圳，我有重要的事情要和你商量。”话筒另一端传来了王向西熟悉的声音，他微微一惊，“启东，按照约定，我不是还要在北京再待三天？”

“事情有了意外的变故，需要你马上回来。”王启东的声音透露出几分急切，“你坐最早的一班航班回来，我等你。”

王向西知道王启东为人一向镇静，他既然说是事情出现了变故，肯定是大事，也就不再多说什么，放下电话对出租车司机说道：“师傅，麻烦你去机场。”

一路直奔机场而去，手中拿着商深的联系方式，王向西摇头一笑，想在北京和商深约见一面的愿望落空了，以后也不知道还有没有机会再和商深见面，真是太遗憾了。

想了一想，王向西还是按捺不住心中的好奇，拨出了商深的电话号码。

对于自己的大名一夜之间传遍中关村，成为无数人口中的电脑天才，商深一无所知，他一早起来收拾好行李，坐地铁直奔机场而去。

此时的地铁还没有手机信号，商深走进地铁的一刻，感觉到手机似乎响了一下，但周围人流太多了，他又背了行李，不方便拿手机，就没有在意。

商深不知道的是，他错失了一次十分宝贵的机会。王向西拨打了商深的手机，通了之后，只听到响了两声就断了。他有些纳闷，又重拨了过去，却听到传来了无法接通的提示。

什么情况？他无奈地摇了摇头，不甘心地又拨打了一遍，提示还是无法接通。也许是信号不好吧，这么一想，他心中更是遗憾。

将商深的手机号码和BP机号码都存在了手机里，王向西心想，希望下次来北京可以和商深面谈，如果可能，他一定要说服商深加入到团队之中。作为当年在大学期间电脑技术最顶尖者之一，他自认放眼整个深圳，他也算是电脑高手中的翘楚，所以他对商深凭借一己之力解决了天马中文处理软件的高超水平赞叹不已。

天马中文处理软件是目前代表着行业最高水准的一款软件，他系统地研究过天马出品的全部软件，不管是天马打印机的驱动程序，还是打印机BIOS程序，都远超同类产品，但相比之下，还是天马的中文处理软件最为出类拔萃。同时，也是天马最赚钱、市场占有率最高的一款。

天马中文处理软件出现崩溃或是启动失败的问题之后，他也尝试过自己去修复，却没有成功，固然与他没有软件的源代码有关，但他也清楚一点，他和国内最高水平的电脑高手相比，还是有一定差距。

人外有人，天外有天，做人永远不要将目光局限于一地一时，而是要放眼长远才能不断地进步。

正是清楚修复天马中文处理软件的难度有多高，他才对商深大感兴趣，毕竟他也清楚天马的老总陈安平当年也是北京圈内著名的电脑高手，如果商深不是一个罕见的天才高手的话，他连陈安平一关也过不去。

深圳虽然是改革开放的窗口，但毕竟不如北京底蕴深厚，北京还是卧虎藏龙之地，也许商深这样的人物只有在北京才能出现。王向西微有感慨，如果可能，他很希望说服商深到深圳发展，他愿意提供商深超出天马所能给予的条件数倍的丰厚报酬！

也不知道什么时候才能再回北京和商深面谈，王向西望着车窗外面匆匆闪过的绿树和人群，以及庄严的天安门，第一次，他对北京有了些许的留恋。

和王向西对北京的留恋是因为一个人不同的是，商深将要离开北京了，他对北京深深的留恋是因为许多人，如赵向飞、历江、陈安平和董博瀚，还有留在北京的一些朋友——虽然最近没怎么联系，叶十三、杜子静和杜子清……

是的，商深很留恋和赵向飞一起畅想未来的情景，也很怀念和历江在一起大块吃肉、大碗喝酒的任性，也很想和叶十三面对面长谈一次，希望他和叶十三可以化解心结，握手言和，从小一起长大的发小情谊无人可以代替。他还想和杜子静、杜子清见上一面，感谢杜子静在仪表厂时对他的照顾，劝杜子清该放手的时候就放手，不要太为难自己了……

在北京还有太多的事情没有处理，陈安平和董博瀚对他的器重和重用，让他看到了自身价值，也看到了未来，所以他非常感谢陈安平和董博瀚。如果不是他们，他也许还在迷茫中寻找出路。

只是……不管如何不舍，终究是要离开了，而且还不知道是不是回来。想起当初做出的一定要留在北京的决定，商深忽然摇头笑了，到底还是年轻，有时会因为冲动而做出自认是不会再改变的决定，现在回头再看，许多事情真的由不得他来决定，置身在时代的大潮之中，会不由自主地被许多力量推动。

赶到了机场，距离登机还有一个小时，商深坐在候机大厅等候。

手机忽然响了。

是一个陌生的号码，北京号码，他愣了一愣，接听了电话。

“商深，你还在北京吗？我刚安定下来，才有时间给你打个电话，哎呀，我可想你和卫卫了，就是太忙了，实在顾不上联系你们。”

商深眼前顿时浮现出杜子静热情爽朗的笑容，心中一暖：“杜姐，我马上就要离开北京了，卫卫已经回深圳了。我在北京这段时间里，也是一直在忙，没时间去看你，你别怪我。”

“说什么呢？怎么会怪你呢？你现在多不容易，一个人在北京，没有落脚的地方，也没有亲朋好友，肯定有许多困难，唉，我这个当姐的没帮上你，心里过意不去呀。”杜子静还是快人快语的性格，她本来就对商深和范卫卫印象很好，再加上杜子清和叶十三闹了矛盾之后，商深对杜子清很是照顾，杜子清在她面前不止一次说商深如何如何好，她对商深的印象就更是好上加好了。

“你什么时候回北京呀？”杜子静心中突然冒出一个念头，她知道有些话不该说，可是实在忍不住，“如果你再回北京，商深，记得一定找我，听到没有？如果不找我，我就生气了！你比那个叶十三强多了，至少强一百倍。等你再回北京了，卫卫还留在深圳的话，我觉得你和子清在一起算了……”

“咳咳……”商深被呛着了，尴尬地咳嗽几句，“杜姐，你和毕工还在一起办公吗？”

商深的计策奏效了，一提到毕晓，杜子静就立刻把撮合商深和杜子清的想法抛到了一边，她愤愤不平地说道：“别提他了，一提他我就气不打一处来，太气人了。我不但和他在一起办公，还住在同一个宿舍楼，每天都是抬头不见低头见，别提有多碍眼了。幸好他刚来部里，还不敢嘚瑟，比在仪表厂老实。不过我看他早晚有一天会露出狐狸尾巴，对了，最近毕京总来部里找他，这父子俩，一对活宝两个坏蛋。好像毕京正式被微软聘用了，我还听说，毕晓正和别人联合想成立一家公司，也不知道是真是假，毕京在为毕晓牵线……”

对于毕氏父子，商深实在是提不起兴趣，也不想知道他们在做些什么，乍听到毕氏父子居然也要开办公司，他心中微微一惊，想起了毕晓的斤斤计较和毕京的阴险，这样的一对父子如果真的开了公司的话，也不知道会是一家怎样盘剥员工的公司……不过他只是想了一想就闪了过去。

又听杜子静絮絮叨叨说了一气，等挂断电话时商深才发现，已经可以登机了。得，想要消磨时光，杜子静是最好的聊天对象。

商深的座位在中部靠窗，他行李不多，又排在前面，登机后，放下行李坐下之后，后面的人还排了很长的队伍，至少也要 20 分钟才能登完。

闲来无事，商深拿起报纸随便翻看，目光落在了一则新闻上，顿时吸引了他的注意力。

新闻的标题是《1997 年大事记》。

1997 年才过去一半多，就开始统计今年发生的大事了？商深笑了笑，接着向下看。

“1997年3月14日，八届人大五次会议通过设立重庆直辖市的议案；1997年6月18日，重庆直辖市政府机构正式挂牌。1997年6月3日，中国互联网络信息中心（China Internet Network Information Center，简称CINIC）经国家主管部门批准，正式成立。1997年7月1日，中华人民共和国政府决定对香港恢复行使主权，标志着香港正式回归中国……”

真是一个历史转折之年呀，商深一时感慨，算上年初一代伟人的去世，1997年注定是载入史册的大事最多的一年。

当然，还有许多可以载入互联网史册的历史事件，也许在许多年以后才会彰显出来。中国互联网信息中心的成立，也表明了国家对互联网发展的重视。

商深正想得入神时，目光一扫，发现旁边过道之中有一个女孩正在吃力地往上推行李，行李过大过重，而她虽然个子不低，应该在一米六五以上，但还是力气不够，实在推不上去。

空姐在远处被挡在后面，无法过来帮忙。

女孩穿了一袭蓝色长裙，用力推行李的时候，上衣和长裙连接的地方露出了一截粉嫩洁白的腰肉。虽不是健而美的类型，却也没有一丝赘肉，极具青春的气息和诱人的美感。

女孩微弯了身子用力，她挺翘的臀部就撑起裙子呈现出一个浑圆而完美的轮廓，再加上裙中隐约可见的修长美腿，勾勒出一幅曼妙而令人遐想的画面。

一个长相猥琐个子不高的男人站在女孩身后，他30岁出头的年纪，长发过耳，眼睛细长，目光紧盯着女孩玲珑的身材，既不过去帮忙，又不绕过女孩，而是就站在女孩身后，明显是要欣赏女孩的优美身姿。

如果仅仅是过过眼瘾欣赏一番也就算了，还不至于显得他过于猥琐而下贱，他竟然伸出右手在女孩的臀部之上比画，摆出要摸上一把的姿态。

商深无比鄙夷长发猥琐男，他起身来到女孩身边，一伸手就帮女孩将行李推到了行李箱内，然后借势朝旁边一动，就不着痕迹地将长发猥琐男撞到了一边。

“哎，你怎么回事儿啦？没长眼睛是不是？你撞到我了！”长发猥琐男被商深破坏了好事，心中极度不满，就对商深嚷了起来，“赶紧向我道歉，否则我跟你没完。”

商深暗暗一笑，回身站在了长发猥琐男的身前，他挺直了腰杆，足足比长发猥琐男高出了半头有余，再加上他孔武有力的北方人体形，直接就在气势上力压了长发猥琐男一头。

“对不起，不好意思撞了你。”商深礼貌而客气地道歉，然后轻描淡写地一笑，“你说要跟我没完？怎么个没完法？”

长发猥琐男吓了一跳，被商深平和之中强大的自信震住了，愣了一会儿才假装不耐烦地说道：“行了，行了，你已经向我道歉了，我不和你一般见识。赶紧让开，我座位在后面。”

商深点头一笑，一侧身就让开了长发猥琐男，他以为长发猥琐男被他一撞也应该收敛几分了，不料他怎么也没有想到有些色胆包天的人天生就喜欢占女人便宜，而且下贱到了肆无忌惮的程度——和长裙女孩擦身而过的时候，长发猥琐男的左手悄悄伸出，想落在长裙女孩的臀部，好在长裙女孩注意到了长发猥琐男色眯眯的目光，回身过来的她早有提防，身子一错，长发猥琐男的左手就只落在了她的腰上。

“流氓！”长裙女孩被长发猥琐男的左手摸到，感觉如同吃了苍蝇一样恶心，她刚才放行李的时候没有察觉到异常，等商深撞开长发猥琐男时，她已经留意到了长发猥琐男刚才一直站在身边肯定没安好心，没想到他居然胆大包天敢当众摸她，顿时火起，一扬手打了长发猥琐男一个耳光。

“啪”的一声，长发猥琐男的脸上顿时红了一片。

“你打我？”长发猥琐男以前揩油无数，即使被人发现，也可以以无意为之搪塞过去，还从来没有被人打过，今天算是遇到厉害角色了，他顿时愣住了，一愣之后，勃然大怒，“你凭什么打我？”

/第/四/十/二/章/

不期而遇

“凭什么？就凭你耍流氓！”长裙女孩美目圆睁，毫不示弱，“你刚才在我后面色眯眯地偷看了我半天就不说你什么了，你还敢假装无意想摸我一下，不要以为你的龌龊心思别人不知道，你这样的低级流氓我见多了。”

“我就是无意中碰了你一下，我怎么就耍流氓了我？你太不要脸了，别以为自己长得漂亮是个男人都想怎么你。要不让你也摸我几下，我也打你一个巴掌行不行？”长发猥琐男见事情败露，就开始耍无赖了。

“你……”长裙女孩再厉害，毕竟也是女孩，她被长发猥琐男的无耻气得快要哭了。

“要不这样好了，我摸你一下，然后让你打我一巴掌怎么样？”商深好人做到底，再次挺身而出要为女孩解围。没办法，他实在忍受不了长发猥琐男的没有下限的龌龊，一边说，一边扭头看了一眼，顿时惊呆了，怎么是她？

刚才一直和长发猥琐男周旋，都没来得及看清长裙女孩的长相，一看之下他差点惊叫出声，真是人生无处不相逢，怎么又遇到她了？

女孩也注意到了商深，她的惊讶比商深有过之而无不及，张大了嘴巴，震惊得说不出话来。

不过震惊归震惊，她和商深都知道现在不是叙旧的时候，片刻之后，二人都恢复了平静，假装谁也不认识谁。

“干吗让你摸我？你有病呀？”长发猥琐男翻了一个白眼，恶狠狠地对商深说道，“多管闲事多吃屁，等到了深圳，我要你好看。”

话一说完，他瞪了商深一眼，目光中全是歹毒和怨恨，然后拿起手机打出了一个电话：“是我，朱石，两个多小时后落地，到时多找几个人过来接我，有个小子跟我过不去，一起收拾他一顿……”

朱石说话的声音很大，明显是想让商深听到。不但商深听到了，崔涵薇也听得清清楚楚，她不无担忧地说道：“真不好意思，商深，连累你了。”

没错，商深挺身而出帮助的女孩，正是崔涵薇。

商深说什么也不会想到会在飞机上遇到崔涵薇，更没有想到他还无意中又帮了崔涵薇一次，他憨厚地笑了笑：“没什么，我在深圳也有人接，不怕他。”

本来崔涵薇对和商深的意外重逢充满了喜悦，并且对商深的帮忙心存感激，一听商深这么说，心中突然就失落了，勉强一笑：“是范卫卫吧？也是，范卫卫是大家闺秀，家里有钱有势，你来深圳她肯定会保护你。”

商深笑笑，没接崔涵薇的话，问到了别的：“你去深圳是出差？”

“嗯，谈合作。”崔涵薇看了看手表，微微有些焦急，“这个徐一莫，总是喜欢迟到，真拿她没办法，飞机都快要飞了。”

“徐一莫也去？”商深一时惊喜，如果说和崔涵薇意外相遇是“人生无处不相逢”，那么再能遇到徐一莫就是“相逢何必曾相识”了。

“是呀，我让她陪我一起去，我一个人孤军奋战，太势单力薄了。不过她太不靠谱了，到现在还没有赶来……”崔涵薇忽然觉得哪里不对，意味深长地看了商深一眼，“怎么听你的口气，你很想见她？”

“……”商深嘿嘿地笑了笑，崔涵薇可比范卫卫敏感多了，如果她是他的女朋友，就麻烦了，太爱耍小性子太爱吃醋，“就是随口一问。”

崔涵薇的座位在商深的右后方，她坐下之后，和商深意外相遇的喜悦迅速被一些情绪淹没了，尽管一开始她还惊喜交加，一路上有商深陪伴就不会寂寞无聊了，但随后想到商深去深圳是和范卫卫在一起，说不定他留在深圳就和范卫卫成家了，惊喜就瞬间消失了。

等见到商深听说徐一莫也来时的惊喜表情，她的心情更是跌落到了谷底，连带刚才因为朱石带坏的情绪也完全被替代了，现在她的全部心思都在商深身上。

为什么？为什么商深对她如此忽视？就连只有一面之缘的徐一莫也能让他记得清晰，她和他都是第三次见面了，商深对她似乎比陌生人强不了多少。

难道说，她在商深的心中真的没有留下一丝痕迹？

本来就对深圳之行不抱有太大期望的她，因为偶遇商深，她甚至觉得此去深圳不过是一次无望的旅行。哥哥基本上确认可以得到祖纵的300万投资了，暂时缓解了燃眉之急，她是不是再南下深圳和对方谈判，其实无关紧要了。

对于哥哥坚持要和祖纵合作，非要祖纵300万的投资，她一直持保留意见，奈何哥哥固执己见，非要拉祖纵入局。实际上她多半猜到了哥哥与虎谋皮的心思，他想借助的不是祖纵的300万的投资，而是祖纵的名声、资源和人脉。

如果她和哥哥真的无路可走了，爸爸也不会袖手旁观，区区300万的资金缺口对爸爸来说不过是小菜一碟，再者以她和哥哥在北京的人脉，也不会除了祖纵之外拆借不来300万。

只是她总是隐隐觉得哥哥在玩火，祖纵为人，向来只占便宜不会吃亏，哥哥有意借助他的人脉和资源，以他的多疑和精明，怎会被哥哥玩弄于股掌之间？可惜的是，不管她怎么提醒哥哥不要和祖纵交往过深，越深越容易陷进去，说不定还会被祖纵挖坑埋掉，遭受灭顶之灾，哥哥却就是不听。

从深圳回来后，她要再和哥哥好好谈谈，让哥哥认清现实，不要对祖纵抱有任何不切实际的幻想，以免最后被祖纵带进万劫不复的深渊。被祖纵所害的人不是一个两个了，而是一群了，她不想哥哥成为众多对祖纵仍心存幻想的前仆后继的飞蛾之一。

现在她和哥哥的公司正在招兵买马，缺少一个既懂技术又懂市场的副总，商深倒是不错的人选，崔涵薇抬头看了左前方的商深一眼，只看到商深的一个后脑勺，商深的后脑很平坦，没有反骨，据说没有反骨的人会很忠心。只不过，商深是要去深圳发展，他也许会留在深圳不再回北京了。

北京那么大，她和商深在短短时间内见了三次面，是不是说明她和商深真的有缘？崔涵薇不知何故忽然心中又猛然升腾起了勇气，见商深旁边的座位还空着，忽然就想坐在商深身边，要和商深好好聊聊，也许她可以说服商深不留在深圳而是再回北京，加盟到她和哥哥的公司。

而以商深的沉稳和掌控大局的能力，他坐镇公司的话，说不定可以从容应对来自祖纵的明枪暗箭。

这么一想，崔涵薇站了起来，就要坐到商深身边的空位之上……

“不好意思，来晚了，来晚了，薇薇，你别怪我，真的不是我的错，是北京太堵了。”崔涵薇才一迈步，在距离商深身边的座位还有半米远的时候，徐一莫风风火火地赶到了。

头发束在了脑后、只简单系了一个辫子的徐一莫，没再穿牛仔裤，而是穿了一条刚刚过膝的中长裙，露出了极其漂亮的一双小腿，脚上蓝色的运动鞋再配上一双洁白的袜子，干练、青春以及扑面而来的健美气息，让人感受到了年轻的活力。

“你呀……”来得早不如来得巧，崔涵薇既遗憾她好不容易鼓起的勇气被徐一莫的出现又打了回去，又欣喜徐一莫总算没有误了航班，她见徐一莫双手空空，不由得问道，“你怎么没带行李？”

“带了呀。”徐一莫嘻嘻一笑，回头看了看，“遇到了一位绅士，他帮我拿了。”

崔涵薇才注意到徐一莫的身后跟了一位男士，其实应该和商深年纪相差不多，戴一副金丝眼镜，嘴大耳大，既有文质彬彬的气质，又有几分憨厚，十分面善。

徐一莫伸手从身后的男士手中接过行李，嫣然一笑：“谢谢王哥。”

被称为王哥的男士淡然一笑：“不客气，举手之劳的小事。祝你旅途愉快！”话一说完，他朝徐一莫和崔涵薇分别点了点头，起身朝后面走去。他的目光不经意间扫过了商深，见商深也正在看他，就朝商深微微点头一笑。

商深也报以一笑，回应了他的致意。

“你可真行，怎么能让一个陌生人替你拿行李？”虽然对王哥的印象不错，但以崔涵薇的性格，她宁肯自己受累也不会假手他人，别看她出身不错，却从小养成了凡事靠自己的习惯。

“也不是了，是飞机快要起飞了，我背着行李走得慢，他就主动帮我拿了行李，是想我走得快一些……”徐一莫一边说一边往行李箱放行李。

“我来帮你。”商深站了起来。

“啊，商深，怎么是你？”徐一莫才发现商深也在，大吃一惊，然后她恍然大悟地指了指崔涵薇，“哦，我明白了，你们商量好了要一起去深圳私奔，对不对？薇薇你也真是，你和商深去旅游，干吗非拉上我让我当100瓦的电灯泡？”

崔涵薇的脸瞬间红了，她呸了徐一莫一口：“胡说八道什么呢，谁和他私奔了？一莫，不要乱说，商深是要去深圳找他的女朋友，正好在飞机上遇到了而已。”

“真的这么巧？”徐一莫有几分不信，不过等她分别观察了商深和崔涵薇几眼之后，又信了，笑了，“于千万人中遇见你所要遇见的人，于千万年之中，时间的无涯的荒野里，没有早一步，也没有晚一步，刚巧赶上了，那也没有别的话可说，唯有轻轻问一句：哦，你也在这里吗？”

是张爱玲的一段经典名句，本来是很轻柔很温情的一段话，但由徐一莫轻灵的嗓音说出，别有一番情调。不知何故，崔涵薇的脸又红了。

王向西的座位在最后面，他只顾低头走路，一直在想回深圳后的事情，对刚才登机时偶遇的徐一莫并没有太深的印象，虽然徐一莫长得确实漂亮，他帮她拿了行李只是不想她慢腾腾地走在前面影响后面的人通行而已。

紧赶慢赶，居然赶上了最早的一班航班，还算幸运。虽然座位在最后，他也不挑剔什么了。坐下之后，在嘈杂的声音中隐约听到有人说到了“商深”的名字，他愣了愣，还下意识抬头朝前面看了一眼，然后又摇头笑了。

肯定是幻听了，怎么会这么巧商深也在飞机上？是他太想见商深了，才会产生幻听。算了，不想了，想也没用，他做出了一个决定，等在深圳的事情处理好之后，他再飞北京一趟，说什么也要和商深见上一面，好好谈谈。

如商深一样可遇而不可求的人才，遇上了，就一定不要错过。

“缘分可遇而不可求，遇上了，就一定不要错过。真的，薇薇，你和商深是第三次见面了吧？世界那么大，能连见三次的陌生人太少了，就说明你的缘分来了。既然来了，一定要抓住。”徐一莫坐在崔涵薇的身边，她双手插在裙兜里，目光却盯着商深的后脑勺不放，“商深人不错，你看他的后脑勺多平，没反骨，这样的人，不管是对工作还是爱情，都忠诚不二。”

“我不喜欢他，他傻乎乎的样子让人看了没兴趣。”崔涵薇明明心如鹿撞，被徐一莫说得心思大动，却偏偏装作无所谓的样子，“再说他有女朋友了，我才不屑于和别人抢男朋友。”

“这就是你的不对了，薇薇，我们从小一起长大，你的脾气我比谁都了解。你表面上是一个不喜欢和别人争的人，其实骨子里最争强好胜了。”徐一莫嘻嘻一笑，系上了安全带，飞机准备起飞了，“你最大的缺点就是嘴硬，女孩子还是嘴甜一些好，嘴硬最终还是自己吃亏。明明喜欢商深，为什么不告诉他？不要太要强了，薇薇，在感情上面，适当地放低姿态，让他知道你的心意。是，商深是有女朋友了，但那又怎样？他又没结婚。”

崔涵薇不说话了，抿着嘴，目光中流露出一丝坚毅，她望向了窗外，在巨大的轰鸣声中，飞机腾空飞起，外面的景物越来越小。

半个小时后，飞机平稳飞行了，徐一莫起身说是去厕所，过了一会儿她回来后，俯身到商深旁边的大妈耳边说了几句什么，大妈笑着点了点头，来到了崔涵薇面前：“姑娘，我给你和你男朋友重归于好的机会，我同意换座。我刚才观察了一下，你的男朋友真的不错，人长得帅不说，还爱看书，是个好小伙。”

崔涵薇愣住了，大妈说什么呢，莫名其妙！徐一莫嘻嘻一笑，悄悄在崔涵薇耳边说了几句什么，崔涵薇惊讶得张大了嘴巴。

“别愣着了，快去呀，我好不容易才说服大妈换座给你，你再不去，我可就去了。”徐一莫推了推崔涵薇。

崔涵薇本来就对商深有好感，现在又有了徐一莫的鼓励，她心一横牙一咬，谁怕谁？坐就坐。确实就和徐一莫说的一样，她喜欢商深又没错，商深长得帅，又有才，正常的女孩子都会喜欢他。

这么一想，崔涵薇站了起来，二话不说就坐在了商深的身边。

商深正在翻看飞机上的杂志，忽然觉得一股清香袭来，知道身边换了一人，刚才的大妈身上可没有这么好闻的气息，扭头一看，乐了：“怎么换座位了？”

“我有话想和你说。”崔涵薇咬了咬嘴唇，“商深，你觉得我这个人怎么样？”

商深大感莫名其妙，上下打量了崔涵薇几眼，笑道：“挺好呀，长得漂亮，出身又好，对，还有一个很厉害的男朋友，人生很完美。”

平心而论，商深对崔涵薇的印象一般，崔涵薇漂亮是漂亮，但在他眼中，她是一个傲慢无礼的富家小姐，又爱慕虚荣，是一个名声奇臭无比的败类的女朋友，肯定也不会是什么好女孩。

“你！”崔涵薇听出来商深话中的嘲讽意味，本来她想好好和商深谈谈的心情一下变糟了，想解释清楚她不是祖纵的女朋友，但自尊心又让她话到嘴边咽了回去，哼了一声，将头扭到了一边。

就是，凭什么向商深解释？他又不是她什么人！他爱怎么误会她就误会吧，哪怕他当她是一个坏女孩也无所谓，她没有必要在他面前树立起一个好女孩形象。商深误会她是他的损失，又不是她的错。

商深见崔涵薇一言不合就生气了，摇头一笑，不再理她，低头专心致志地看书了。

/ 第 / 四 / 十 / 三 / 章 /

亲密接触

坐了一会儿，崔涵薇困了，她头靠在椅背上，微闭了双眼，头一点一点，慢慢地朝一边滑，然后就靠在了商深的肩膀上。

商深虽然有几分讨厌崔涵薇，却也不忍推开她，只好由她枕在了自己的肩膀上。崔涵薇长得漂亮，气质出众，睡觉的时候，却就没那么淑女了，头枕在了商深的肩膀上，还不时地滑落。滑到一半，又自动回去，如此反复，如小鸡啄米一般。

商深不觉好笑，想了一想，伸出左手轻轻托住了崔涵薇的额头。

离得近了，才注意到崔涵薇不但漂亮，而且皮肤极好，细腻而白嫩，额头光洁，鼻子高挺，肤色红润，锁骨迷人，锁骨以下，隐约可见雪白一片……商深没再继续深入观察下去，他收回了目光。

只从相貌来说，崔涵薇确实是一等一的美女，五官端正，身材苗条，皮肤白皙而细腻，但终究人无完人，她高傲的脾气以及身为祖纵女朋友的事实，让商深始终觉得她和他不是一路人。就算再多遇见她几次也没用，道不同不相为谋，商深是一个很有原则的人，他不会和不符合他的价值观的人来往。

原以为崔涵薇睡上一会儿就会醒来，没想到，崔涵薇也不知道怎么就这么疲惫，一睡不醒了。到了后来，商深左手都托得麻木了，他索性收回了手，用头靠在崔涵薇的头上，防止她再滑落。

不知不觉中，他也睡着了。

迷迷糊糊中，感觉到崔涵薇的双手抱住了他的胳膊，他睡意如潮水，下意识一伸手就抓住了崔涵薇的小手，二人就如热恋中的情侣一样，依偎在一起，甜蜜地睡去。

也不知道睡了多久，商深被一阵嬉笑声惊醒了。

“哎哟喂，太惊悚了，太甜蜜了……”

睁开眼睛，商深才发现飞机正在下降，而他和崔涵薇手拉手相依相偎在一起，甚至……崔涵薇还紧紧地抱住了他的胳膊，二人亲密的姿势任谁看了都以为会是一对恋人。

徐一莫站在商深和崔涵薇前面，一脸调笑的表情不说，手中还拿着一个相机，相信已经拍下了他们刚才依偎的一幕。

商深不觉尴尬，嘿嘿一笑，想解释几句，又觉得语言太苍白无力了，不管怎么说，反正事情已经发生了，多说无用，不如不说。

此时崔涵薇也已经醒来，她先是一愣，然后发现自己不但抱住了商深的胳膊，头还枕在商深的肩膀上，手还紧紧抓住了商深的一只手，完全是主动投怀送抱的姿态外加主动进攻的强势，她顿时面红耳赤，忙站了起来，扭头就走。

“敢作敢当才是英雄好汉。”徐一莫冲崔涵薇的背影吐着舌头大笑，“薇薇，好样的，你们刚才的亲密动作我都拍下来了，回头洗出照片送你珍藏。”

“别胡闹。”商深怕了，一把拉过徐一莫，把她按在了座位上，“刚才是睡后失礼，不算数，你千万别乱说，也别洗什么照片，让我的女朋友知道了，我可就跳进黄河也洗不清了。”

“你还是不是男人？”徐一莫白了商深一眼，“睡也睡了，手也拉了，谁知道你趁薇薇睡着的时候有没有偷亲她一下，反正她现在已经是你的人了，你要对她负责。”

商深被徐一莫的无赖打败了：“徐一莫，你是故意的是吧？你再胡闹的话，我就和你断交。”

徐一莫不怕商深的威胁："断交就断交，才不怕你，反正我和你就和陌生人没多大区别。你没喜欢我，我也没喜欢你，谁怕谁呀？"

见硬来不行，商深就只好以柔克刚："一莫，求求你不要再闹了好不好？我来深圳就是来找我的女朋友范卫卫，如果真让她误会了我和崔涵薇，真的就麻烦大了。她本来就对崔涵薇有意见，君子有成人之美，你本来就是好人，为什么非要使坏？"

徐一莫吃软不吃硬，见商深真的担心，也就不闹了："好吧，看在你深爱你女朋友的份儿上，我放你一马。不过你得答应我一个条件……"

"什么条件？"商深忙问。

"如果你和范卫卫分手了，你优先考虑薇薇当你的女朋友，好不好？薇薇真的喜欢上你了，只不过她太骄傲了，轻易不会表露自己的情感。我认识她这么多年了，还从来没有见过她对一个人这么在意过。"徐一莫的要求很无理取闹也很搞笑，偏偏她说得很认真很一本正经，"我是说真的，不开玩笑。"

"好……吧，我答应你。"商深无语了，见飞机已经落地了，再和徐一莫纠缠下去也没什么意义，反正徐一莫的前提是他和范卫卫分手，他和范卫卫怎么可能分手？

"一言为定！"徐一莫伸手要和商深击掌。

商深伸手和徐一莫击掌："君子一言，快马一鞭！"

飞机落地了，崔涵薇埋头收拾行李，不理也不敢看商深一眼。倒是徐一莫收拾好行李之后，又问商深："商深，你去哪里？要不我们一起？"

"不用了，商深肯定有人接。"崔涵薇拉了一把徐一莫，眼神中流露出埋怨之意。

徐一莫知道崔涵薇吃醋，一吐舌头笑了："就算商深有人接，我们也要等他安全了再走。薇薇，你别忘了，商深为了帮你，可是得罪了一个叫朱石的坏人。"

"好吧，我们和商深一起走。"崔涵薇才想起商深为她挺身而出的事情，一路上她只顾心思浮沉了，居然忘了，真不应该。想到刚才商深为她力斗朱石的勇敢，再想到她居然抱着商深的胳膊睡了一路，还把头枕在了他的肩膀上，长这么大，除了爸爸和哥哥之外，她还是第一次和一个男生这么近距离接触，不由得心跳加快，羞不可抑。

“商深，帮我拿一下行李好吗？”徐一莫聪明地要求商深帮忙，她知道商深很绅士，肯定不会拒绝。

“没问题。”商深哪里会想到徐一莫和崔涵薇是在算计他，也没多想，拎起了徐一莫的行李，又伸手接过了崔涵薇的背包，“我来。”

崔涵薇没让：“不用了，你自己还有行李，够重了。我自己能行。”

徐一莫吐了吐舌头：“不错嘛，知道心疼了。”

“去。”崔涵薇脸又红了，打了徐一莫一下。

下了飞机后，还在机场大厅之中，就感觉到了热浪的威力。深圳还是比北京热多了，而且还是潮热，比起北方干爽的热，难受多了。

商深和徐一莫并肩走在前面，崔涵薇红着脸跟在身后，她还是不敢直视商深，现在手心还潮湿一片，也不知是紧张还是心虚，似乎还抓着商深的手一样，既羞涩又心痒。

怎么了这是？她都讨厌自己了，事情都过去了，你看商深若无其事的样子，好像什么都没有发生，她又何必纠结不放？真是的！真没出息。

但不管怎么安慰自己，她就是停止不了脑海中不停地回忆刚才和商深在飞机上相依相偎的一幕。如果说以前她对商深只是好奇加好感，那么到了现在，在徐一莫的撮合下，又经过了飞机上的第一次亲密接触，她现在一颗芳心完全寄托在了商深身上。

完了，崔涵薇终于意识到了一个可怕的事实——她真的喜欢上了商深！

不行，她不能喜欢商深，不对，应该是至少她不能主动喜欢商深，而要让商深喜欢她并且主动追求她才对。她是女孩，应该享受被追求的虚荣和快感。

只是……浮想联翩的崔涵薇注意到了前面的商深和徐一莫二人并肩而行，有说有笑谈笑自如的样子，忽然有了些许的失落，商深和她在一起时就没有这么放松和开心，为什么他和徐一莫这么谈得来？难道说，徐一莫比她更适合商深，或者说，徐一莫的长相和性格才更符合商深的审美？

胡思乱想什么呢？崔涵薇摇了摇头，商深是有女朋友的人，她和徐一莫，不过都是商深的普通朋友而已。不对，在商深眼中，或许她连普通朋友都算不上。

就这么一边乱想，一边跟在商深和徐一莫身后，崔涵薇都没有留意身后紧紧跟了一人——一个个子不高、颧骨高、眼窝深陷的矮小的南方人，不是别人，正是在飞机上骚扰她未遂的朱石。

朱石紧跟在崔涵薇身后，视线在崔涵薇的腰上和大腿上扫来扫去，有亵狎、有贪婪，也有歹毒。他手中拿着一部摩托罗拉手机，小声地在打电话。

“我马上就出机场大厅了，你们在门口等我。对，那个小子在我前面，他和两个美女在一起。到时下手狠一点儿，好好收拾他一顿，敢让老子出丑，不弄他弄谁？”

朱石顾前不顾后，只顾盯着前面的崔涵薇和商深了，却忘了一个螳螂捕蝉黄雀在后的典故——在他的身后也紧跟了一人，戴金丝眼镜，面相敦厚。

不过就算他回头看上一眼，也不认识对方是谁。对方却认识他，因为在飞机上对方坐在了他的旁边，他在飞机上打电话、假装在地上捡东西偷看空姐裙下风光以及借故和空姐搭讪索要空姐联系方式等一系列的丑陋行径，被对方尽收眼底。

对方除了鄙夷他的所作所为之外，就连和他坐在一起都觉得耻辱。不过朱石却没有察觉到别人对他的厌恶，他一向自我感觉良好，虽然长得油头粉面，而且由于颧骨过高、眼窝过深显得有几分猥琐，却还自认是风流倜傥的帅哥。

朱石不认识身后的人是谁，徐一莫却认识，正是帮她提行李的王哥。

王向西跟在朱石身后，对朱石鼠肚鸡肠的报复行径十分鄙夷，他对徐一莫印象不错，她是一个开朗活泼并且很有个性的女孩，却对崔涵薇不太了解，就是觉得崔涵薇过于傲气了，漂亮倒是漂亮，却不如徐一莫的漂亮更给人亲切和随和的感觉。

相比之下，他还是更愿意和徐一莫交朋友，因为和徐一莫在一起，放松、开心，没有压力。

仗着自己是当地人就想报复人？太丢深圳人的脸面了。不能让见义勇为的人受屈而寒心，想到此节，王向西心生一计，紧走几步追上了前面的朱石，然后身子一晃，就挡在了朱石的前面。

朱石正贪婪地欣赏崔涵薇的身材，冷不防前面多了一人，正好挡住了他的视线，而且离他不远不近，既不妨碍他前进，又让他很难超过，他就感觉十分难受。

朱石就想超过前面的人，不料他紧走几步，前面的人似乎故意和他过不去一样，也加快了脚步，就是挡在他的面前。他就生气了，故意和他过不去是吧？就想试试前面的人是不是有意为之，特意放慢了脚步，果然，他脚步一慢，前面的人也慢了下来。

敢和他作对，真是活得不耐烦了。朱石本来就有气，这一下气就更大了，加快脚步想要冲过去，不料才一迈步，前面的人突然就停了下来。

朱石猝不及防，一下就撞在了前面的人的身上。撞了人还好，主要是他手里还拿着手机，撞击力过大，手一松，手机就脱手飞出，飞到了几米开外，“啪”的一声摔在了地上，当即摔得四分五裂。

不但如此，朱石还撞得浑身生疼，顿时勃然大怒，一伸手就抓住了对方的衣领：“你怎么回事儿？走路不长眼睛怎么着，你他妈的撞了老子了。”

王向西见计策奏效了，心中暗笑，表面上却不动声色：“谁走路不长眼睛了？谁撞了老子了？你睁大眼睛看看，是你撞我不是我撞你。”他轻轻推开朱石的手，“别动不动就动手，像你很能打一样。”

朱石被王向西不慌不忙的气势震住了，仔细打量了王向西几眼，估量了一下对方身材和体形，再观察了一下王向西有力的拳头，立刻得出了结论——凭他的小身板不是对方的对手，好汉不吃眼前亏，何况确实是他撞人在先。

“谁让你不好好走路，突然就站住了？撞你活该。”朱石服软归服软，嘴上还得保持硬气，要不多没面子。

"我想停就停想走就走，是我的自由，为什么别人不撞上，偏偏你就撞上了？追尾是全责，懂交通法吗？"王向西故意拖延时间，好让徐一莫几人走掉。

"别跟我讲什么交通法，我们是行人，不是汽车。"朱石还想继续和王向西理论下去，一抬头，见商深几人已经走远了，也顾不上计较谁胜谁负了，转身就跑，"不和你一般见识，我还有大事要忙。"

"别走呀，撞了人就想跑，还讲不讲道理了？"王向西向前一步，一把拉住了朱石，"你得向我道歉，否则你别想走。"

还较真了，朱石翻了翻白眼，就要发作，转念一想，如果和对方纠缠不休的话，就错过收拾商深的机会了，权衡了一下轻重，他倒也服软了，点头哈腰地一笑："对不起，先生，刚才不小心撞了您，是我不对，请您原谅我的冒失。"

行呀，能伸能屈，倒是小瞧了他，王向西微微一愣，没想到朱石真的会鞠躬道歉，还想再说几句什么，朱石却趁他愣神的工夫，转身跑了。

还好，至少耽误了朱石几分钟时间，王向西摇了摇头，跟在朱石后面，加快了脚步。

商深对于后面发生的事情一无所知，他和徐一莫说笑间出了机场大厅，来到了外面，感觉到深圳滚滚的热浪和刺眼的阳光。

站在门口，映入眼帘的是无数矗立着的广告牌和标语牌。NEC和摩托罗拉的巨幅广告与爱立信的广告争相耀眼，"同在一方热土，共创美好明天"的标语和"时间就是金钱，效率就是生命"的标语相互辉映，只一瞬间，商深的激情就被点燃了。

"同在一方热土，共创美好明天"，多么振奋人心的口号，而"时间就是金钱，效率就是生命"，也是他从未听过的激昂之声，是呀，当内地许多人还在铁饭碗的假象中沉睡，还在"一杯茶、一根烟、一张报纸看半天、吹吹牛皮聊聊天"的生活中沉醉，他们还不知道在改革开放的窗口的深圳已经是这样的气象万千。

/第/四/十/四/章/

瞒天过海

商深深吸了一口气，热，但不干燥，潮湿之中带有微微的腥气，是海的气息。再看来来往往的人群，个个精神焕发状态饱满，连走路都充满活力和激情，就让他感慨万千，深圳，南国之城，空气中飘浮的都是理想、都是奋斗、都是青春、都是激情。

“傻站着干什么呢？接你的人呢？”商深正遐想之时，忽然肩膀被人拍了一下，回头一看，是徐一莫青春飞扬的笑脸，“我们叫上车了，估计会在深圳待三天左右，有时间的话再聚。对了，你有薇薇的电话吧？”

商深没有在人群中发现范卫卫，可能是还没有到，就说：“人还没到……没有她的电话，也没有你的电话。”

“好，都留给你。”徐一莫拿过了商深的手机，输入了两个号码，“我就不帮你存到通信录了，你别弄错了，第一个号码是我的，第二个号码是薇薇的……”

徐一莫伸手做了一个打电话的手势：“记得给薇薇和我打电话，有时间我们一起去吃海鲜，为了报答你的救命之恩和拎包之谊，薇薇请客。”

崔涵薇白了徐一莫一眼，徐一莫太过于热切撮合她和商深了，显得她像多喜欢商深并且愿意和他在一起一样，不过徐一莫说得也对，是应该感谢商深的帮助，请商深吃饭也在情理之中。

“就怕人家顾不上理我们，小别重逢，恩爱的时间都不够，哪里有时间陪我们？”崔涵薇故意激将商深。

商深收起手机，笑了笑：“好，保持联系。”

并不接崔涵薇的话。

崔涵薇自觉没趣，扭头到一边，不想理商深。不料才一转身过去，有一张让她无比厌恶的脸突然就出现在了眼前。

正是调戏她的那个猥琐男人。

朱石一路小跑，总算追上了商深几人，见商深还没有离开，趾高气扬地说道：“你先别走，还有你，等下我们好好算算账。”

崔涵薇心中一沉，这个人怎么阴魂不散，又来了？他到底还想怎么样？不想一来深圳就被人调戏了不说，还如此嚣张，一时火起，一扬手就又打了朱石一个耳光。

“好呀，现在我就先和你算一下账！”

“啪”的一声，朱石再次被打在了右脸之上，他直接被打晕了，这个小妞也太火暴了，脾气这么大，说打人就打人，看来平常也是高傲惯了。

朱石被打火了，在他的地盘上还敢对他动手，他扔下行李，上前一步就要对崔涵薇动粗。

商深虽然不是胆小怕事之人，却轻易也不会主动惹是生非，崔涵薇宁为玉碎不为瓦全的性格他是赞赏，却不赞同不分场合，现在毕竟不是主场作战，何况作为一个女孩子，打又打不过人家，却还主动动手，就有点分不清形势的冲动了。

但不管怎样，商深不能允许朱石对崔涵薇动手，他一伸手就抓住了朱石的胳膊，厉声一喝：“你再动手试试？”

“试试就试试！”

商深话音刚落，从朱石身后闪出了三个年轻人，三个人都穿着半袖衬衣，故意没有系扣，露出了肚皮和胸脯，胸脯上有狰狞的老虎文身。

为首的一个年轻人还是一个光头，三角眼，残眉，样子十分凶恶，他推了商深一把：“怎么着小子，来到了深圳还敢撒野，知不知道我是谁？我是光头强。”

若干年后，有一部《熊出没》的系列动画片中塑造了一个名叫光头强的人物，戴着安全帽、穿着红马甲的光头强形象深入人心。

不过以后的光头强和眼前的光头强完全风马牛不相及。

光头强手劲挺大，商深被他推中，感觉一股大力袭来，不由自主后退了几步。

崔涵薇见状，知道自己惹了祸，不敢说话了，身在异地他乡的无助感让她心生惧意，悄悄躲在了商深的背后。

徐一莫却没有后退一步，她反倒向前一步，和商深并肩而立，小声安慰商深：“不要怕他，邪不压正，我就不信深圳人民没有正义感，会放任他们为非作歹。”

朱石有了帮手，仗势欺人的劲头上来，哈哈一笑，也伸手推了商深一把：“你再动我一根手指试试？怎么不狂了？怂了吧？”

“哎哟，谁他妈的撞我！”刚推了商深一下，还没有再推第二下，朱石就被身后突然闯出的一人撞个正着，身子一晃，朝前一扑，差点摔倒在地。

回头一看，不是别人，正是刚才被他撞了一下的金丝眼镜男，他旧仇新恨一起涌上心头，扬手就朝金丝眼镜打了一个耳光：“找死！”

金丝眼镜一闪，朱石的耳光就落空了。朱石更是火冒三丈，用手一指金丝眼镜男：“打，一起打了。”

光头强身后的两个小年轻，一个黄毛一个红毛，二人一挽袖子就冲了过来，正要对金丝眼镜男拳打脚踢之时，突然身后传来了说话声。

“住手！”

声音威严而充满了震慑力。

几人回头一看，身后来了三个人，为首一人，二十五六岁的样子，白白净净，也戴一副金丝眼镜，很帅，很有儒雅气质，他个子不矮，有一米七五，身材虽不魁梧，却颇有威势。

他身后跟着两个人，中等身材，三十岁出头，平头，方脸，浓眉，是孔武有力的类型。

“你谁呀？”朱石愣住了，看对方来势汹汹并且人多势众，他顿时矮了半分，“你是哪里的？”

“你别管我是谁，你只管好你自己就行了。”儒雅男来到朱石面前，双手交叉在胸前，一只手张开拇指和食指放在下巴上，似乎在掂量朱石的分量，“你是想打架是吧？”

“你和他、他们是一伙的？”朱石一听对方是本地人，立马主场优越感就没有了，再看对方来了三个人，再加上金丝眼镜男和商深，一共五个人，见数量完胜他的一方，他就打了退堂鼓。

“你说呢？”儒雅男虽然气质儒雅，但居高临下打量朱石的时候，还是明显流露出就是要欺负你怎么着的气势。

“误会，都是误会。”朱石迅速对比了一下双方力量，权衡了得失，决定还是三十六计走为上策，他朝光头强使了一个眼色，“不打不相识，都是朋友，以后再聊，再见。”

话一说完，也不等光头强几人，跑得比兔子还快，当前溜走了。

“朱石，等等我，你这人怎么能这样？”光头强哭笑不得，朱石请他来助阵，结果跑得比他还快，这都什么酒肉朋友？

“猪食？什么狗屁名字。”徐一莫望着几人抱头鼠窜的背影，鄙夷地翻了一个白眼，然后回头对金丝眼镜莞尔一笑，“谢谢你王哥，谢谢你替我们解围了。你可真是大好人，我以后认定你当哥哥了。”

王向西被徐一莫甜甜的笑容感染了，心中升起一股异样的感觉，他点了点头：“客气了，作为深圳人，有必要维护深圳的形象，不能让你们北京人小瞧了我们深圳，哈哈。”

商深在一旁暗暗赞叹，刚才的一幕险象环生，却又有惊无险地逃过一关，一切都拜替徐一莫拿行李的王哥，虽然他不知道王哥是何许人也，但陌路相逢对方就能出手相助，也算是侠肝义胆之人。

商深向前一步，主动和王哥握手："你好王哥，非常感谢。"

王向西和商深握了手，呵呵一笑："客气了，以后如果我到北京遇到了麻烦，相信你们也会出手相助，对吧？"

"肯定会。"商深哈哈一笑。

"向西，没事儿的话，我们先走吧，还有好多事情要处理。"儒雅男一拉王向西的胳膊，朝商深点了点头，然后转身走了。

商深微感遗憾，都说燕赵多慷慨悲歌之士，不想在南方大地上，一样有仗义之士，他很想结交王哥，只不过却连互报姓名的机会都没有。

不过……等几人走出十几米远之后，商深注意到儒雅男拿出两张钞票递到了跟在他身后的两个人手中，两个人接过钱之后，转身走了，他愣了一愣，然后哑然失笑。原来刚才的两个人不是儒雅男的同伴，只是他临时雇来的帮手，儒雅男倒是有意思，想得比较周全，也是，如果只是儒雅男一个人过来的话，还真没法在气势上压倒对方。

不知为何，商深对才见一面的儒雅男大生好感，他最欣赏做事情有规划的人，更让他纳闷的是，他突然就将儒雅男和赵向飞相比较了。如果说赵向飞在偷井盖事件上表现出的见义勇为是事先想好了退路的勇敢，那么儒雅男花钱雇人来解围就很有商场之上瞒天过海的交手策略了，倒不是说赵向飞和儒雅男的做法谁高谁低，就事论事的话，赵向飞有一股义无反顾的冲劲儿，而儒雅男则有从容不迫的布局的机智。

性格即命运，不同的性格决定了不同的做事方式。

商深自然不知道，若干年后，儒雅男的名字和赵向飞的名字如日中天，二人经常被放在一起作对比，而且还经常一起出镜。

"就这么让朱石他们走了？"崔涵薇愤愤不平，"要是在北京，非得好好收拾他们一顿不可。"

"是呀，在北京的话，有祖纵出面，他们几个不过是蚂蚁一样的小混混。"商深不无嘲讽地笑道，"可惜这里是深圳，人得识时务，入乡随俗，走到哪里说哪里，别说没用的大话和气话。"

“商深，你诚心气我是不是？”崔涵薇气得不行，就想和商深吵上几句，却被徐一莫劝住了。

“薇薇，行了，不要说了。说到底，刚才朱石找商深的麻烦，还不是因为你？多亏了王哥，如果不是他，我们刚才也许就过不了关了。你除了应该感谢王哥之外，也要感谢商深。可惜的是，我到现在都不知道王哥的名字，他可真是一个好人，长得又面善。”

崔涵薇迟疑着想感谢商深，不等她开口，身后响起了一个脆生生、水灵灵的声音。

“谁说没有什么王哥就过不了关了？有我在，在深圳就没人敢欺负商深！”

回头一看，身后站了一个亭亭玉立的女孩，她一身长裙如丁香花开，脚上一双红色凉鞋，染红的脚趾甲美艳而醒目，脚踝上还系了红绳，红绳上有一个小小的银铃。

女孩双手背在身后，笑靥如花，绽放青春最美好的年华……正是范卫卫。

一段时间没见，范卫卫又稍微丰腴了几分，丰腴而不是丰满，是恰到好处的不胖不瘦。她的背后停了一辆七座商务车，车前站立两名戴着墨镜的壮汉，一看就是司机兼保镖一类的角色。

“刚才我早发现了情况，不过见有人解围，就没有过来。但是现在嘛……”范卫卫鼻子一皱眼睛一眯，眼中闪过一丝寒意，一闪而过，又俏皮地笑了，“估计朱石正在哭爹喊娘，哼，敢和商深过不去的人，就是和我过不去。和我过不去的人，我才不会让他好过。”

崔涵薇和徐一莫对视一眼，都从对方的眼中看出了惊讶和惊心，原来范卫卫除了貌美如花之外，还有心狠手辣的一面，以前还真是小瞧了范卫卫。

以现在范卫卫出场的声势判断，她可真是来头不小。

尽管崔涵薇也是出身于富贵之家，但或许是崔明哲为人低调的原因，从小到大家里除了司机之外，还真没有请过保镖，更没有戴着墨镜穿着一身黑衣服的随从，范卫卫来接商深，不但带了一辆价值百万的豪华商务车，还有数名随从，真是有派。

“看，就在那边。”范卫卫悄然一笑，用手一指远处，“在地上打滚的那个人就是朱石。”

几人顺着范卫卫的手指朝远处一看，果然，远处的一个广告牌下，有一个人在对打两个人，准确地讲，是一个人在狂殴两个人。一个戴墨镜穿黑西服的人，膀阔腰圆，他以一敌二，不但没有落下风，而且还打得两个人只有招架之功没有还手之力，不对，连还手之力都没有，其中一个人还被打倒在地上，被打得满地打滚。

虽然离得远看不真切，但依稀可以分辨出来在地上滚来滚去的正是朱石。

崔涵薇和徐一莫震惊得目瞪口呆。

崔涵薇也算是见过世面，虽然她很高傲，却还从来没有仗势欺人到打人的地步。以前一直以为范卫卫就算是有钱人家的女儿，也顶多和她出身相当，现在她知道她错了，就算范卫卫家里不比她家有钱，但范卫卫却比她强势多了。

范卫卫看出了崔涵薇和徐一莫的震惊，淡淡一笑：“不好意思，让你们受惊了。其实我以前一直是乖乖女，从来不仗势欺人，今天是第一次，以前可从来没有过。如果不是因为朱石动了商深，我也不会叫人打他。但他动了商深，就是找打了，别怪我下手狠，谁也不许动商深一根手指！”

来到商深面前，范卫卫挽住了商深的胳膊，将头靠了商深的肩膀上，甜甜地一笑：“不好意思，商深，让你受委屈了。来到了深圳，如果你还被人欺负，是我的错。”

商深也惊讶得张口结舌。

他之前也有过心理准备，知道范卫卫家境富裕，却怎么也没有想到会富裕到开得起百万的商务车请得起保镖的地步，更没想到，为了维护他，范卫卫不惜大打出手，狠狠地教训了朱石一顿，他心中既感慨又感动，范卫卫对他的一片真心，让他深感爱意如海。

如此惊艳的接机，让商深大加感慨，有钱不一定就拥有了一切，但就算只为了不被人任意欺负，只为了让所爱的人过上幸福的生活，他也一定要努力当一个有钱人。

商深轻轻一抱范卫卫的肩膀："我还以为你会带着一束鲜花来接我，没想到，却带了一辆商务车和几名保镖，还有一出好戏，你真是太有创意了，谢谢你的盛情。不过差不多就行了，气也出了，事情也过去了，不要打出人命。"

"没事，你不用管，他们不会伤筋动骨。"范卫卫嘻嘻一笑，一吐舌头又露出了俏皮可爱的纯真，"对了，刚才的王哥和后来的几个人都是谁呀？"

"不认识。"商深又看了远处一眼，似乎已经住手了，朱石连滚带爬地逃了，他才放心，"是徐一莫上飞机时认识的一个热心的路人，她叫他王哥。"

/第/四/十/五/章/

钩心斗角

“徐一莫？”范卫卫眼睛一斜，迅速在徐一莫脸上扫了一扫，“我不在北京的时候，你认识的新女朋友？好你个商深，见异思迁太快了，你明明告诉我说你喜欢崔涵薇，怎么又喜欢徐一莫了？”

商深大汗，范卫卫真会乱开玩笑，刚要解释几句什么，范卫卫却又狡黠地一笑，来到了崔涵薇和徐一莫中间，一手拉住一人：“涵薇、一莫，来到深圳了，你们就是客人，既然遇上了，就别走了，中午一起吃饭好了，我请客。”

崔涵薇想要推辞，她不想和范卫卫在一起，徐一莫却朝她使了一个眼色，然后徐一莫顺势就抱住了范卫卫：“卫卫是吧？飞机上听商深一直说你，说你温柔大方，漂亮善良，我没见到你之前，就对你已经有了不能再好的印象，现在一见，你比商深形容得还要好一百倍。好吧，既然你人这么好，你请客我和薇薇一定得去，恭敬不如从命，对吧？”

崔涵薇狠狠地瞪了徐一莫一眼，徐一莫嘻嘻一笑，假装没看见。

范卫卫的保镖帮忙将几人的行李放到了车上，七座的商务车容纳几人还算宽敞，主要是几名保镖还有另外一辆奔驰车。

上车之后，徐一莫啧啧连声：“真气派，卫卫，你们家真有钱。商深有你这样的女朋友，他可是赚到了。”

范卫卫对崔涵薇带有天然的敌意，却对徐一莫一见如故，不但没有丝毫敌意，还视为好友，她眼波流转，飞了商深一眼："当然了，他是身在福中不知福。对了一莫，你们怎么就和商深一起了？"

"巧合。"徐一莫早就看出了范卫卫和崔涵薇互相敌视，她就有意让二人冰释前嫌，同时她也喜欢范卫卫直爽的性格，虽富贵而不娇贵，虽高人一等但不傲然，而且待人接物不做作，"事情是这样的……"

听徐一莫说完事情的经过，范卫卫才又欣慰地笑了，初见商深和崔涵薇在一起，她心里很不舒服，虽相信商深和崔涵薇不会有什么事情，但如此巧合也不免让她猜疑。还好，还有一个徐一莫同行，多少让她宽心了几分。

如果是崔涵薇说是巧合，她也许不太相信，但徐一莫说是，她就深信不疑。也许她和徐一莫合缘，反正见到徐一莫的第一眼起，她就对徐一莫大有好感。

"算你是个男人。"范卫卫和商深并排而坐，她一挽商深的胳膊，"不管她是崔涵薇还是别人，被流氓调戏了，你能挺身而出，说明你是一个正直勇敢的男人。"

"什么叫算是个男人，我本来就是男人好不好？"商深和三个漂亮女孩同乘一车，多少有点害羞，他挠了挠头，"卫卫，你知道哪家酒店比较好，为一莫和涵薇推荐一下。"

"就住威尼斯吧。"范卫卫也不征求崔涵薇和徐一莫的意见，敲了敲隔板，对司机说道，"张叔，麻烦你先到威尼斯。"

"不用了，我们已经订好维也纳酒店了。"崔涵薇不想和范卫卫走得太近，也不想承范卫卫的人情。

"没关系，不用客气。"范卫卫坐直了身子，端庄地一笑，淑女风范一览无余，"上次在北京的肯德基，你很大方，愿意出400块买我们一个座位，现在来到了深圳，来而不往非礼也，我一定会好好地一尽地主之谊。"

"在肯德基发生什么事情了？"徐一莫不知道肯德基的事情，一时惊讶。

崔涵薇不愿意再提肯德基的事情，想起当初的傲气，不由脸微微一红："当时是我不对，我向你道歉。不过真的不用麻烦你了，卫卫，我们已经订好了酒店。"

范卫卫却淡淡一笑，口气不容置疑：“我不喜欢矫情的人，涵薇，你当我是朋友就听我的安排。”

“薇薇，你的名字和卫卫的名字读音都相似，以后肯定会是好姐妹，既然是好姐妹，就不要客气了。”徐一莫见势头不对，再说下去就有可能言语不和了，忙出面打圆场，还朝商深使了一个眼色，“你说呢商深？”

商深不好介入范卫卫和崔涵薇的对峙之中，偏向范卫卫，崔涵薇既敏感自尊心又强，说不定她会拂袖而去。偏向崔涵薇，范卫卫肯定会多想，所以说他还不如闭嘴。

被徐一莫点名了，他只好接招了，还不忘狠狠瞪了徐一莫一眼：“卫卫热心又好客，涵薇，你是来自首都的北京姑娘，北京姑娘一向爽快，你就不能痛痛快快地答应下来？真是的，别让南方女孩觉得北京姑娘矫情！”

商深的话很有杀伤力，崔涵薇一下就心里顺畅了：“行吧，就听卫卫的安排，我入乡随俗、客随主便。”

不多时到了威尼斯酒店，下车一看，徐一莫吐了吐舌头，悄声说道：“太高档了，要超支了。”

崔涵薇此时反倒镇静了，她忽然想明白了一个道理，虽然现在范卫卫是主场，但她也不能太露怯了，论相貌，她不比范卫卫逊色，论财力，也不比范卫卫差，难道就因为在深圳就要让范卫卫掌握主动？

轻轻一拢头发，崔涵薇仰望金碧辉煌的威尼斯酒店，心情就如明净的天空一样舒展了。在南国的天空下，她依旧光彩照人神采飞扬，微风吹拂她的秀发，如诗如梦。

“怕什么，又不是住不起。”崔涵薇淡然一笑，拿出一张信用卡，悄声说道，“一莫，等下吃饭的时候，你去埋单。不能让范卫卫小瞧了我们。”

徐一莫才不客气，收起了信用卡，心想好嘛，开始较劲了，都是为了商深呀。想到商深，回头一看，见商深一脸若无其事的表情正和范卫卫说笑，云淡风轻的样子，似乎他真的无辜。

臭男人，徐一莫心中忽然骂了商深一句，觉得商深英俊帅气的脸庞面目可憎了。

其实徐一莫对商深的印象还不错，但也说不上特别好，她本来就是一个淡漠的女孩，对所有的人和事都不会过于冷漠，也不会过于热切，一切随缘就行，所以上次尽管商深表现出了过人的天赋和超人的电脑技能，而且还帮她们修好了电脑，她对商深也只是好奇多于好感。

直到第二次再见，她对商深的印象才渐渐由好奇转变成了好感，缘于商深对崔涵薇的救助。徐一莫是一个很有想法、很有个性的女孩。在她眼中，男孩早晚会成为男人，要承担应有的社会和家庭责任，所以身为一个男人，长相是天生的，过得去只要不是太丑就行，但人品一定要过硬，能力一定要撑得起野心。

短期交往看性格，长久交往看人品，人品决定一个人是不是可交、值不值得深交。能力是一个人的安身立命之本，一个男人如果只长得帅而没有能力，只是小白脸一个。在她的观点中，男人不但要有足够的能力，而且还要有撑得起自己野心的能力。也就是说，心有多大，能力就有多大。

心大而能力达不到，是空腹高心。能力撑不起自己的野心，要么会一事无成、怨天尤人，要么会另辟蹊径甚至走向邪路。

也正是天生的冷静和理智以及看待问题时比别人想得深入而长远，一般人想赢得徐一莫的好感比登天还难。徐一莫是一个很有毅力的女孩，她为了锻炼身体，不但严格控制自己的饮食，还每天都坚持跑步、游泳和跳舞，所以才保持了足够健美的身材。一个对自己严格要求的人，同样也会对别人要求严格。

正是因为商深为崔涵薇挺身而出的壮举让徐一莫对商深的印象大为改观，他为崔涵薇见义勇为之举则是他人品的鉴定，综合下来让徐一莫为商深打了一个她视线范围之内所有认识的异性之中的最高分——70 分。

如果让商深知道他如此优秀、英俊、善良，在徐一莫心中才是刚刚超过及格线的低分的话，他说不定会哭笑不得。不过如果再让他知道了徐一莫从来没有为一个男孩打过 60 分以上的“高分”的话，他也许又会自豪地笑了。

只不过徐一莫对商深的印象由好奇转为好感后，对商深的要求反而更高了，所以见到商深周旋在崔涵薇和范卫卫之间如鱼得水又假装无辜的样子，她忽然就觉得商深太可恶了，害得崔涵薇为他心情忽好忽坏，他却像个没事儿人一样，不厚道，真不厚道。

不过若是让商深知道徐一莫对他的腹诽，他肯定大呼冤枉，天，他什么时候周旋在崔涵薇和范卫卫之间了？明明他只喜欢范卫卫一个人。他对崔涵薇别说有感觉了，不讨厌她已经很不错了。他平生最不喜欢的就是爱慕虚荣的坏女孩，他对崔涵薇没有半点好感，更不用说喜欢了。

阳光大好，南国的阳光比北方的阳光更明亮刺眼，商深眯着眼睛站在威尼斯酒店的门口，仰望十几层高的大楼气势非凡，而门口来来往往的几乎全是豪车，上车下车的男女，无一例外都是衣着光鲜风度翩翩，让商深再一次感慨。

一下飞机看到的标语带给他的是心灵的上震撼，“同在一方热土，共创美好明天”和“时间就是金钱，效率就是生命”带给了他前所未有的激情和热血，眼前的一幕带给他的就是视觉上的最直观的冲击，让他真切地体会到了在经济大潮之中先富起来的人群正在享受着改革开放的第一波红利。

一辆奔驰S600缓缓地在酒店的门口停下，一个西装革履的男人下车之后，很绅士地打开车门，车上下来一位长裙拖地的高贵冷艳女子。女子轻轻挽住了男人的胳膊，二人昂首挺胸走进了酒店的大堂。大堂门口的四个迎宾一齐弯腰致意，欢迎一男一女的到来。

男人的责任就是成为对爱人对家人对社会对国家有用的人。

只有有用的人，才是幸福的人。

商深想起了一个故事，说是有两个人死了，阎王问他们，转世为人有两个选择，一个是什么工作都不用做，天天接受别人的钱；一个是很忙，而且天天给别人钱。一个人就选择了前者，另一个人选择了后者。结果再世为人时，前者成了乞丐，天天要饭；后者成了亿万富翁，到处布施。

你选择的是什么，你就成为什么。

一瞬间商深下定了决心，他要成为一个有用的能对他人给予帮助的人。

“想什么呢？”范卫卫一挽商深的胳膊，注意到商深的目光落在了哪里，嫣然一笑，“总有一天，你也会成为比他还要成功的成功人士。”

商深点头一笑：“这一次来深圳，真的来对了，世界那么大，真的该到处走一走。只有亲眼见到了改革开放的窗口发达到了什么程度，才能知道自己的渺小。”

范卫卫挽着商深的胳膊步入了大堂，虽然不如刚才的一对男女一个风度翩翩一个仪态万千，但也有几分昂然。

步入大堂的时候，门口的两男两女四个迎宾并没有像对刚才的男女那样鞠躬欢迎，只是点了点头。等崔涵薇和徐一莫经过之时，四人更是只是微微一笑，连点头都欠奉了。

显然，迎宾有以貌取人之嫌。

崔涵薇脸色微有不快，不过还好，没有说出来，徐一莫哼了一声：“太势利了吧？不就是我们没穿礼服没开奔驰吗，至于这么区别对待？要是我们也穿上礼服，比刚才的女的漂亮多了。”

等徐一莫和崔涵薇穿过旋转门到了大堂之后，却发现范卫卫和商深不见了，徐一莫张大了嘴巴，一脸惊诧：“怎么回事儿这是？带我们来酒店，又不辞而别了，范卫卫和商深玩的什么花样？”

“不管他们了，我们先住下再说。”崔涵薇嘴上说不管，目光还是在大堂中扫来扫去，试图找到商深和范卫卫的身影，可惜一无所获，她愤愤地说道，“反正我也没打算让范卫卫安排我们，我不喜欢欠别人人情。”

“说得也是，我们去订房。”徐一莫下意识回头看了一眼，见门口的四个迎宾正盯着她和崔涵薇指指点点地说笑，心里明白了什么，“估计是我们穿得太土了，连迎宾都在嘲笑我们，说我们是土老帽。”

徐一莫猜对了，四个迎宾确实是在嘲笑她和崔涵薇，不但嘲笑了她和崔涵薇，还嘲讽了范卫卫和商深。

四个迎宾，两男两女，个高的男人叫王超，矮的叫马寒，瘦一点的女孩叫张珑，胖一点的叫赵蝴。

/第/四/十/六/章/

地主之谊

“快看，他们真要住下，真是奇了怪了，他们是真有钱还是打肿脸充胖子？”赵蝴的目光落在了正在前台拿出身份证和信用卡的崔涵薇身上，“一晚要1000多呢，好多深圳人也住不起。”

“一晚上1000多不是问题，问题是，没有房间。”崔涵薇从小就不知道缺钱的感觉，但她却不是一个大手大脚的人，向来喜欢节省，1000多一晚上的房费对她来说确实不算什么，但如果不是范卫卫带她来到威尼斯，她会住一晚上两三百的酒店，却没想到，当她决定要订房的时候，却被告知，没有房间了。

崔涵薇有几分生气：“范卫卫是什么意思嘛，没有房间带我们来威尼斯干什么？浪费时间。走，一莫，我们不管她和商深了，真是的，办事不能这么没谱。”

徐一莫也生气了：“就是，走了，太气人，他俩居然扔下我们不管了，还以为商深是多负责的一个人，原来也是一个重色轻友的家伙。”

“谁重色轻友了？背后说人坏话不是好丫头。”徐一莫话刚说完，商深的声音就在背后响起了，回头一看，商深和范卫卫款款地走了过来。

二人的身后还跟着一人，女性，年纪30开外，短发，穿一身制服，明显是酒店的管理人员。

“没房间了。”崔涵薇冷冷地看了商深一眼，不知道为什么，商深和范卫卫在一起总让她觉得不舒服，“谢谢你的好意，范卫卫，我们还有正事，就不奉陪了。”

范卫卫听了出来崔涵薇话里话外的讥讽之意，她微微一笑：“我知道没有房间了，其实是有房间，只不过是为重要客人预留的，不对外。”

“说得是，我们不是重要客人。”崔涵薇转身就走，看也不愿意再多看范卫卫和商深一眼，她感觉受到了屈辱，范卫卫就是故意带她来威尼斯，然后让她品尝被拒绝入住的尴尬。

“你们当然是重要客人。”范卫卫快步向前，拉住了崔涵薇的手，“涵薇，我刚才是去找大堂经理了，让她帮你们安排了一个总统套房，现在已经办好了，马上就可以入住。”

什么？崔涵薇震惊了：“总统套房？”

崔涵薇震惊莫名的表情让范卫卫很是满意，她回头冲身后的女性说道：“花姐，麻烦你安排一下她们，除了房费之外，吃饭的费用也全免。”

“是，范小姐。”被称为花姐的大堂经理一脸春风般的笑容，“请二位跟我来。”

崔涵薇和徐一莫面面相觑，震惊当场。

总统套房是酒店最豪华、顶级服务的房间，用来接待最尊贵的客人。置身于威尼斯酒店最豪华的总统套房之中，崔涵薇有一种晕眩的感觉，倒不是她没有见识过总统套房的豪华，而是她到现在还不明白范卫卫怎么有这么大的能量居然为她们安排了总统套房。

而且……还一切免费！

房间不但有主次卧室两间，而且主次卧各包含卫生间，以及休闲娱乐厅一间、会客厅一间，并且设有中央空调、闭路及卫星电视、国内国际直拨电话，同时，还提供拨号上网的电脑一台。

虽说在北京也不乏同等条件甚至更好条件的总统套房，但想要免费入住，崔涵薇深信以她哪怕加上爸爸的影响力，也是不能，那么范卫卫凭什么可以？

怀着疑问，崔涵薇私下问了花姐，花姐却只是笑而不答，表现出了足够的职业素养。

“不管了，白吃白住是多美好的事情。”徐一莫欢呼一声，将自己扔到了床上，“我要好好体会一下总统套房的感觉，不管明天谈判能不能成功，至少住上了总统套房，来深圳就算不虚此行了。”

崔涵薇却高兴不起来：“范卫卫对我们确实很好，可是你有没有察觉，她对我们很好的背后，其实是为了压我们一头，好显示她在深圳多有影响力多有势力。”

“问题要从两个方面看待。第一，就是你说的，范卫卫是为了显摆。好吧，她显摆也没什么错，对吧？至少因为她的显摆我们得了实惠。第二，范卫卫也许确实是为了一尽地主之谊，正好她有能力安排我们住在总统套房，于是我们就住下了，就这么简单。人心简单了，生活就简单了。困了，睡觉。”

崔涵薇被徐一莫逗笑了，一想也是，也许真是她多想了，就躺在了徐一莫的身边：“说得也是，不管那么多了，先睡一会儿再说。”

二人并排躺在床上，玲珑的身材几乎一般胖瘦，只不过徐一莫更显健美一些，两个女孩犹如花开并蒂莲，美不胜收。

和范卫卫一起出了威尼斯酒店，商深留意到门口四个迎宾对他和范卫卫异样的眼神，他淡淡一笑：“迎宾的目光很不屑，估计是认为我们不够资格来这么高档的地方。我也奇怪了，你怎么就认识大堂经理了？而且大堂经理对你还很恭敬的样子？”

“是我一个亲戚。”范卫卫对迎宾异样的眼神不以为然，回头看了一眼，“迎宾见多了形形色色的客人，就以为他们有一双可以看出谁深谁浅的慧眼，哼，自以为是罢了。”

商深却觉得范卫卫和花姐并非只是亲戚那么简单，花姐只是一个大堂经理，她没有权限可以免费让崔涵薇和徐一莫入住总统套房，不过见范卫卫不愿意明说，也就不再多问。

等商深和范卫卫走出很远，王超等人还在谈论二人。

“你说那个女孩到底是什么来头，你看她刚才的样子，好像威尼斯是她家开的。最看不惯这种人了，明明什么都没有，却偏偏摆出像拥有了整个世界一样的不可一世，浅薄，太浅薄。”王超自以为他已经练就了一双慧眼，可以看清每一个人的伪装和真面目。

“何止是浅薄，简直就是肤浅！”马寒也是一脸嘲笑地摇了摇头。

“我怎么觉得那个女孩有点面熟呢？似乎在哪里见过？”张珑想起了什么，歪头想了一想，还是没想明白。

“不可能，你怎么会见过她？”赵蝴大摇其头，忽然又会心地笑了，“不过也没准，也许她以前也带过别人来过酒店，然后对别人说，瞧见没有，这家酒店是我家开的……”

“哈哈哈哈……”几人都被赵蝴绘声绘色的形容逗笑了，一起哈哈大笑。

“胡说八道什么呢？！”

几人笑得正开心时，突然身后传来了一声威严的呵斥声，回身一看，身后站着一脸严肃的花机灵。

花机灵是酒店的大堂经理，也是几人的顶头上司。虽然大堂经理在整个酒店的管理序列中，不算什么有实权的领导，但花机灵和一般的大堂经理不同，她职务不高但实权很大，而且还深受董事会的信任，传言她早晚会升到副总。

毕竟她才 30 岁出头。

王超几人都有几分畏惧花机灵，被花机灵批评，都不敢说话了。

花机灵来到几人面前，趾高气扬：“迎宾最基本的素质是什么？就是对所有的客人一视同仁，不要狗眼看人低。你们知道刚才的女孩是谁吗？”

王超几人低下头，都不敢正眼看花机灵一眼，一同摇了摇头。

“那么知道酒店的最大股东是谁吗？”花机灵本不想说出范卫卫的身份，却又不愿意范卫卫被人看轻。卫卫是多好的一个孩子，从来不自傲不以大小姐自居，却被人在背后这么说，她实在是心里不舒服。

“知道，范长天范董。”王超不知道，马寒却知道是谁。酒店的董事长虽然不是范长天，但范长天却是最大股东，严格意义上讲，范长天就是威尼斯酒店的最大老板。

“刚才的女孩叫范卫卫，是范董的独生女。”

“啊！”王超、马寒和张珑、赵蝴四人目瞪口呆，几乎不敢相信自己的耳朵，什么，刚才被他们讽刺了半天的女孩竟然是范董的独生女？原来人家根本不是在装酒店是她家开的，而是在努力装酒店不是她家开的。

独生女，言外之意自然不言而喻，早晚她会继承范董的股份，成为酒店的最大股东。几人刚才还不服气花机灵骂他们狗眼看人低，现在服了，心服口服。

“酒店不会是你家开的吧？”和范卫卫上了车，商深忽然突发奇想，笑问了一句。

“这个我还真不知道，等回家我问问我爸，看看我到底能继承多少财产。”范卫卫嘻嘻一笑，故意打马虎眼，“有一次我上学，爸爸打来电话说，我拿了块地，等你回家给你。我当时高兴得睡不着觉，天啊，原来我有这么厉害的一个老爸，都玩地皮了，而且还要送给我，岂不是说我瞬间就成了超级有钱人了？你要知道，在深圳拿一块地，没有几个亿可是拿不到的。”

商深嘿嘿直笑，不说话。

“结果怎么着？等我回家一看，老爸递给我一个顺丰快递的包裹。”范卫卫一吐舌头，笑得很灿烂，“我当时的感觉是瞬间从云端跌到了万丈悬崖。”

“好吧，算你狠。”知道范卫卫故意不说真话，商深也不再追问，抓了抓头笑了笑，“现在去你家？”

“嗯。”范卫卫应了一声，忽然就沉默了，她沉静地望向了窗外，头支在了胳膊上，也不知道在想什么。

汽车沙沙的行驶声让车内反而更显得安静了几分，奔驰商务车优良的隔音技术将窗外的喧嚣和炎热全部隔绝，透过茶色车窗望去，外面的景色在真实之外多了几分迷幻的色彩。一闪而过的广告牌和标语，行色匆匆的行人、各式各样匆匆行驶而过的汽车，让商深也一时心思渺茫。

深圳，这个传说中的南国之窗，和他想象中还是有些许不同。除了有期待中的热火朝天和万千气象之外，还有到处施工的杂乱以及炎热之下的浮躁和不安。总之，在商深眼中的深圳，是一个交织着梦想和失望、迷离着光芒和黑暗的综合体。

没有历史包袱，可以轻装前进是优势，同时也是劣势。因为缺少了文化底蕴，缺少一种信仰、一种不可或缺的精神根基。此时的深圳，深南大道花团锦簇，是深圳的骄傲。而北环大道刚刚通车，滨海大道正在规划，科技园南区还是一片滩涂。天很蓝，草坪很绿，路上除了豪车呼啸而过之外，还有拉客的小巴一路狂奔，留下卖票者声嘶力竭的沙哑的声音在尘土飞扬中消散。

此时的深圳，到处人头攒动，无数怀揣着发财梦想的人才或是民工，都涌进了这座南国之城，鱼龙混杂，泥沙俱下。有人在深圳如鱼得水，游刃有余；有人举步维艰，穷困潦倒。每个城市都成就了一部分人的梦想，硕果累累，而让另一部分人梦想破灭，伤痕累累。

在这个移民的城市，大多数谈论的都是暂住证、飞车党、樟木头，或是走私汽车和赌球，也有人谈论未来、青春和理想，谈论团队和协作精神。谈论电脑和互联网，谈论改变世界的种种可能，谈论成功所需要的基本要素，相信拥有了朋友就能拥有明天，相信凭借自己的双手就可以在深圳打下一片蓝天。

希望有朝一日可以在深圳拥有自己的家，就如深南花园一样漂亮的房子，再娶一个漂亮的妻子，生一群漂亮的孩子。

商深感受到深圳的脉搏，忽然生发了感慨，就如赵向飞所说的，梦想一定要有，万一实现了呢？那么他的梦想到底是什么？真的就是留在深圳和范卫卫在一起安家落户？

身旁的范卫卫安静地望向窗外，她的侧脸和侧影优美动人，比起在北京时，她更多了光彩和圆润。一方水土养一方人，从小在深圳长大的她，还是更适应深圳的气候，再加上她的爸妈也在深圳，她气色更好也在情理之中。

再看范卫卫笔直的小腿如瓷器一般散发光泽，她微弯的背部如弯月，瘦削的双肩和纤细的腰身，就如一件精致的艺术品。

车停了。

范卫卫如梦方醒一般先跳下了车，她欢快地替商深打开车门："到家了，下来，别拘束，就当自己家一样。"

商深跳下车，刺眼的阳光让他眼前一片明亮。抬头一看，他站在一栋别墅面前。是独栋三层别墅，目测面积最少300平方米，他对深圳房价不太了解，对各地段的差价也一无所知，但只从门前停放的一辆奔驰一辆宝马以及别墅外墙上的大理石石材就可以得出结论，范卫卫是一个货真价实的富家小姐。

在北京的时候，商深就猜到了范卫卫是有钱人家的女儿，但怎么也没有想到，范卫卫家境的富裕程度，还是远在他的想象之上。毫不夸张地说，在他的视线范围之内，在他认识的所有人中，范卫卫家庭的富裕，当为第一。

/第/四/十/七/章/

孤注一掷

范卫卫大方地挽住了商深的胳膊，小声给商深打了预防针：“如果我爸妈在言语上有什么刺人的地方，你别往心里去，他们习惯了高人一等的优越感，有时候随口就说了出来，有口无心，你多担待点就行了。”

“说什么呢，我是那么小气的人吗？”商深很为范卫卫的心细而感动，伸手一摸她的头发，“再说他们是长辈，就算骂我我也得听着不是？”

“我就喜欢你的聪明和大度。”范卫卫甜甜一笑，和商深一起迈步走进了院子。

深红色的实木大门透露出富贵之气，但在富贵之外，却又有一丝压抑。商深和范卫卫来到门前，还没敲门，门就自己开了。

客厅也是石材地板，奢华而富丽，地毯、水晶灯以及高档的红木家具，无一不彰显出主人的富有和品位。

范长天和许施端坐在沙发之上，二人见商深和范卫卫进来，交流了一下眼色，许施安坐不动，范长天起身相迎。

在商深眼中的范长天，明显是北方人的长相，身材高大，面相方正，而许施则是南方人长相，身材娇小，面容瘦小。

穿一身休闲服的范长天和穿一身正式职业女装的许施形成了鲜明的对比，休闲服有家居的味道，让人有亲切之感。而正装打扮的许施，又稳稳当当地坐在沙发之上连欠个身子都欠奉，她目光冷峻表情严肃，审视的目光在商深身上转来转去。

范卫卫应该是综合了二人的优点，既有范长天北方人的大气，又有许施南方人的娇美。

商深趋步向前，来到范长天和许施面前，微微弯腰致意："范伯伯好，许阿姨好。"

范长天伸手和商深握手："商深，一路上辛苦了。怎么样，还适应深圳的气候吧？我刚来深圳的时候，也是觉得又潮又热，现在适应了，反倒觉得北方太干燥了，呵呵。"

和范长天的热情相比，许施就冷漠多了，她只是轻轻"嗯"了一声，从商深身上收回了目光，一丝失望之色从她眼中一闪而过。

是的，她只看了一眼就对商深失望了。

商深尽管长相还说得过去，身高也可以，但他浑身上下的穿着太寒酸了。而且商深除了长相还算有几分英俊帅气之外，没有半点一个男人应有的气度，更不用提他农村出身的身份了。

许施立即在心中否定了商深，他配不上女儿，她坚决反对女儿和他来往！

和许施一眼定生死的武断结论有所不同的是，范长天对商深的第一印象还算不错，虽然商深稚气未脱，毕竟他刚大学毕业，但他身上也有同龄人少有的沉稳与从容，虽然还欠缺一个男人应有的气度，但要求才 22 岁的商深现在就拥有 40 岁成功男人才具备的气度，未必太求全责备了。想当年他和商深一般大小时，还没有商深这样的从容。莫欺少年穷，总有一日龙穿凤。

当然，商深毕竟还穷，举手投足间还偶尔露怯，范长天觉得可以理解，他也是从穷的时候过来的，知道没钱的时候见到豪华别墅和豪车，确实会有压力。还好，整体来说，商深还算平静地面对了高出他目前境况太多的场面。

商深的平静面对来源于内心强大的自信。范长天的客气之中，有些许的疏远之意，许施的冷漠之中，有拒人于千里之外的冰冷。不管范长天和许施是怎样的态度，他都在内心告诉自己，他来范家，既不求他们施舍一个工作，也不期望他们为他安排一个安身立命之所，他只是来见见他们，如此而已。

人可以渺小可以卑微，但不可以牺牲自我而换取别人的认可。虽然现在他和范长天相比，犹如小草面对高山，但谁敢说有朝一日他不会翻越高山，实现山高我为峰的梦想？

何况他对范家无所求，无欲则刚。

正是午饭时间，寒暄几句之后，范长天就让保姆开饭了。

坐在范家无比高档的餐桌前，看着琳琅满目的西式餐具，商深拿起刀叉，笨拙地在范长天善意的笑容下和许施挑剔而鄙视的目光下，以及在范卫卫充满宽慰和鼓励的小动作下，吃完了他平生最难吃的一顿西餐。

饭后的甜点商深没吃，不习惯，只喝了一些茶。

“还吃得惯吗？”范长天摆出了长谈的姿势，他斜靠在沙发上，有几分随意和慵懒。

许施和范卫卫上楼去了，有意留出了空间。

“还好，还好。”商深淡淡地一笑，“我对吃没太多要求，食无求饱。”

“子曰：君子食无求饱，居无求安，敏于事而慎于言，就有道而正焉，可谓好学也已……商深，你认可敏于事而慎于言的做法吗？”商深“食无求饱”的说法引起了范长天的兴趣。

平心而论，对于商深，如果要打一个分数的话，他只打59分，就是说，还差1分才及格。所差的1分不是因为商深的长相，也不是因为他的出身，而是因为他的沉稳。

没错，虽然范长天很欣赏商深的沉稳，但实际上他还是更愿意商深更活跃、更放开一些，这样，他才能观察到商深最真实的一面。可惜的是，商深太沉稳、太从容了，不管是吃饭还是对话，都很难让他捕捉到他内心真实想法的流露，不免让他微微失望。

不过也没有太大的失望，因为就在刚才范长天已经做出了决定，他不会同意范卫卫和商深来往，更不会允许范卫卫和商深在一起。

因为他还是觉得商深配不上女儿。

就算给商深足够的成长空间，商深最少也要十年以上才能达到和女儿平视的高度。十年，人生能有几个黄金十年？女儿的青春等不及，十年后，她都30多岁了，难道说要让她用十年的时间来下注，赌十年之后商深不但可以功成名就，而且还可以拥有一个成功人士必备的素质和素养？

赌注太大了，女儿等不及，也输不起。

“多做不说是好事，但有时也需要多做多说，因为你做出的成绩如果不让人知道，有时也等于是无用功。现在的社会，需要的是综合型人才。只做不说的人，是将才。又做又说的人，是帅才。”商深如实说出了他的真实想法，他知道在见多识广的范长天面前，任何取巧的行为都要不得，不如以本色示之。

“你是技术出身，性格上应该偏向内向多一些，我觉得你还是适合从事技术方面的工作，不适合做全面型的人才。”虽然商深说得很坦诚，但范长天并不认为商深所说的就是他的真实想法。

“也不一定，我还年轻，还没有定型，进步的空间还很大。”商深谦逊地一笑，“君子不器，文理一身是我追求的目标。”

“有理想是好事，但要立足现实，不要太好高骛远了。”范长天对商深君子不器文理一身的说法基本赞同，但真正能够做到文理一身的人并不多，大多数人可以当好一个器皿就已经不错了，“你觉得未来电脑和网络会有前景？”

“是的，随着电脑的普及，互联网终将改变世界。”商深坚持他的看法，他察言观色间已经注意到了范长天并不看好电脑和网络的前景，相信范卫卫的观念也深受他的影响。

“改变世界？呵呵，怎么改变？”范长天终于忍不住笑了起来，他笑得很含蓄，但还是明显流露出对商深看法的不屑，“不过是一个电子产品，顶多就是影响到日常生活的一小部分而已，说什么改变世界，太轻率、太夸大了，年轻人嘛，追求新鲜事物，可以理解。但不要追求到了盲目的地步，弄不好会耽误了自己。”

“范伯伯，我想请问您一个问题……”商深不想和范长天正面冲突，采取了迂回的手法。说服别人是一项艰巨的任务，他并不打算说服范长天，而且也没必要，他只是想告诉范长天他对互联网前景的坚定信心。

“问吧。”范长天依然保持着温和的笑容。

“古代的帝王比现在的普通人幸福吗？”

“这个不好类比，如果说吃喝，肯定比现在的一般人强了很多，但古代冬天没暖气夏天没空调，出门没汽车上楼没电梯，从某种意义来说，古代的一个帝王，还不如现在的一个普通人享受到的科技进步幸福。”

“在汽车没有普及之前，许多人说汽车改变不了世界，因为当时的汽车还没有马车快。”商深接过了范长天的话，他挖的坑得由他来填满，“在电视机没有出现之前，谁也不知道会有电视这样的传播媒介可以改变整个世界，从汽车到电视、从电话再到手机，现在，轮到电脑和互联网了……”

“呵呵，好一个步步推进的类比。”范长天虽然不赞同商深的观点，却被商深巧妙的类比逗乐了，他笑了一笑，脸色一紧，“不过不能拿成功的例子来验证你的观点，电脑和电视不能相提并论，因为电视是被动接受，谁都可以坐下看电视，不分年龄、文化程度，电脑不一样，没有一定的文化水平，不会操作。所以复杂性是阻碍电脑普及的关键因素，价格也是，但价格会随着制造水平的提高而下降。”

应该说范长天的见解比范卫卫的见解更深刻、更透彻，商深点头一笑，表示部分同意范长天的观点：“范伯伯的话也有道理，复杂性确实是阻碍电脑普及的关键因素，手机刚出现的时候，对许多人来说也很复杂，而操作简单的 BP 机却不存在这个问题。但问为什么现在手机大有取代 BP 机之势呢？原因只有一个，手机虽然操作比 BP 机复杂，但却更实用、更有效。电脑也是，电脑比电视复杂得多，但电视只是纯消费品，而电脑却是生产力工具。生产关系一定要适应生产力的发展，作为生产力工具的电脑，一定会让许多人努力学习去适应。如果不适应，就会被时代淘汰。”

“太危言耸听了吧？以后不会电脑就会被时代淘汰，你这个说法很唯心。”嘴上这么说，范长天心中还是起了一丝波澜，因为商深的话触动了他的内心，确实，电脑是操作复杂，但如果以后电脑真的发展成了生产力工具，人人需要使用电脑才可以工作的话，那么电脑的普及就不是选择题了，而是必选题，但问题是，电脑真的可以成为生产力工具吗？

至少以他目前的见识，看不出来电脑对日常生活和工作有什么不可或缺的作用。

“历史车轮滚滚向前，时代潮流不可抵挡，当然，这只是我个人一厢情愿的不成熟的猜测，就是和范伯伯随便聊聊。”商深继续保持了谦虚的作风，他也明白一点，范长天不可能被他几句话就说服，而且自己对电脑的普及和互联网的兴起的看法就和赵向飞的互联网必将改变世界的看法一样，带有强烈的个人色彩。

不过话又说回来，在时代的潮流中，总有一些有先见之明的有识之士会比别人更快一步地抓住时代的脉搏，从而抢先一步站在潮头，成为引领时代前进的弄潮儿。历史如此，现在也是如此。抓住内燃机革命的契机，成就了奔驰、宝马、沃尔沃和大众等汽车巨头，抓住电子时代的契机，成就了联想、天马集团、IBM、惠普以及佳能、爱普生等 IT 巨头。

时代潮流在每一个时代每一个历史时期都存在，能否抓住成为引领潮流的人物，就看你有没有过人的眼光和先人一步的动作了。

“许多人不知道的是，全世界第一款数码相机由柯达的相机工程师史蒂夫·萨森在 1975 年发明。据他对《纽约时报》说，当时柯达公司高层拿着那台仅有 1 万像素的数码相机原型对他说道：这玩意儿很可爱，但你不要跟别人提起它。”商深举出了柯达的例子，“发明了数码相机并且拥有很多数码成像方面专利的柯达公司却全力推动胶卷技术，因为柯达的胶卷技术全球绝对第一，给柯达公司带来了超额利润，因此柯达本身只把数码成像技术当成储备技术。而日本厂家却在数码成像技术上全力以赴，如佳能的镜头防抖技术，科美的 CCD 防抖——科美后来被索尼收购了——以及尼康的同底叠加技术，等等。现在日系厂家在数码成像技术上的成就已经全面超过了柯达。”

“数码相机？我也有一台。”范长天谈兴上来了，起身去了房间，不多时拿来了一台数码相机，“比胶卷相机差多了，成像效果差，而且还依赖电脑，我觉得数码相机就是一个概念，以后不会有什么市场。有两点会制约数码相机的发展，一是数码相机受制于电脑的普及；二是数码相机保存图像不方便，冲洗技术还达不到。”

必须得承认，范长天虽然是抵制IT时代的一类人的代表，他的观点却正切中要害，符合当下的发展趋势，姜还是老的辣，商深暗暗叹服。

但叹服并不表明他认可范长天的观点，商深拿过范长天的数码相机，是一台Sony Digital Mavica MVC-FD7，十倍光学变焦，存储介质为1.44兆容量的3.5寸盘，像素应该不高。

“市场价格应该在六七千元。”商深也没多看，将相机还给了范长天，他虽然买不起，但却研究过，“虽然现在数码相机还和电脑一样，是奢侈品，没有普及，实用价值也不高，但我相信，在不久的将来，数码相机肯定可以大行其道，完全替代胶卷相机。”

“太盲目乐观了吧？”范长天虽然震惊于商深对数码产品的了解，居然只看一眼就说中了相机的价格，但对商深的过于自信有了几分不满，年轻人有自信是好事，但过于自信就是自以为是了，“给我一个胶卷相机被淘汰的理由？”

“方便，快捷，不需要冲洗。”商深虽然还没怎么使用过数码相机，而且现在数码相机的普及程度还远不如电脑，但他已经敏锐地发现了数码相机的前景，“数码相机拍好照片后，可以直接传到电脑上查看，喜欢哪一张再去洗哪一张，不浪费。而且数码相机可以随便拍摄，不用担心昂贵的胶卷。”

“我敢打赌，数码相机会和电脑一样，只会成为少数人的玩具，不会普及，也不会成为生产力工具。”范长天觉得和商深再讨论下去也没有什么意义，因为谁也不能预测未来，他索性以赌注来结束这个话题，“小商，敢不敢和我打这个赌？”

“敢。”商深笑道，“赌注是什么？”

“卫卫。”范长天终于将话题拉到了正轨之上，“如果你赢了，我同意你和卫卫在一起，只要卫卫想嫁你，我不但欢迎，还会送上丰厚的嫁妆。如果你输了，你无条件离开卫卫，保证不和她在一起……怎么样，还算公平吧？”

/第/四/十/八/章/

棒打鸳鸯

“卫卫不是物品，不是我们用来打赌的赌注。”想起毕京也曾经拿范卫卫当赌注，商深除了替范卫卫叫屈之外，心中蓦然升腾起莫名的悲哀，毕京也就算了，毕竟是外人，可是范长天也拿范卫卫的幸福当赌注，未免太无情了。

不过又一想，商深明白了什么，许施用冷漠和轻视来直接表明她反对他和范卫卫在一起的态度，而范长天则要含蓄许多，用争论的话题来让他跳进了陷阱，用赌注来间接表明他也不愿意他和范卫卫在一起的态度。

尽管商深早有心理准备，猜测范卫卫的爸妈估计不会同意他和范卫卫的事情，但他还心存一丝幻想，认为他可以凭借自己的真诚感动他们，却没想到，范长天和许施并不在意他的真诚，只看重他的出身和实力，在绝对实力面前，任何真诚以及所谓的对未来的许诺，都敌不过眼前的成功。

只可惜，他眼前还只是一个不名一文的穷小子，距离成功还有十万八千里的距离。

“我只问你，你敢不敢赌？”范长天露出一脸云淡风轻的笑容，并不回答商深关于范卫卫是不是赌注的问题，明显是吃定商深了。

“我们决定不了卫卫的选择，卫卫如果同意的话，我没意见。”

“卫卫会同意的，现在就看你同不同意了。”范长天语重心长地说道，“小商，如果你真的爱卫卫，就要替她着想。如果以后互联网没有兴起，你也就没有未来。你没有未来，就不能给卫卫幸福。你爱一个人却不能给她幸福，你觉得你的爱是爱还是累赘？除非互联网兴起了，你如鱼得水，并且拥有了自己的一片天地，你才有资格和卫卫平等地站在一起，现在嘛……你觉得你配得上卫卫吗？你不觉得卫卫和你在一起委屈了自己吗？”

商深沉默了。

沉默不是因为心虚，而是他切实感受到了范长天的拳拳爱女之心。作为爸爸爱护女儿一心为女儿着想，是人之常情，而且范长天也说得没错，以他目前的实力，他确实不配和卫卫在一起。尽管他也察觉到了一些什么，范卫卫故意向他隐瞒了她家境的真实情况，先不用管范家有多少实业和资产，只说范家的一栋别墅和两辆豪车，就是他遥不可及的高山。

先前因为在天马赚了7000元而带来的喜悦和成就感，在范长天高不可攀的雄厚实力面前，渺小得如同一棵小草上的露珠，被阳光一照就蒸发不见了。

当然，商深不知道的是，在几年后，由于电脑的迅速普及，带动了数码相机的大卖，而由于柯达拒绝创新，死守高利润的胶卷行业，结果在2000年以后，胶卷业务迅速下降了70%，与此同时，日系厂家的数码相机不但席卷了中国，也席卷了世界。柯达错过了数码相机的浪潮，从而失去了相机行业老大的地位，等柯达清醒过来再追赶的时候，为时已晚，数码相机市场已经完全被日系厂家占领。

2012年，这家已有131年历史的伟大公司终于彻底被时代的浪潮吞没，申请了破产保护。一代国际影像巨头，在不可逆转的数字信息时代潮流之中，没能跟上时代的脚步，最终被时代无情地淘汰了。

柯达的失败在于拒绝创新，原因很简单，因为柯达本质上是一家化工公司，拥有全线银盐影像产品核心技术，在银盐时代赚钱太容易了。柯达是典型的自己打败自己的案例，其实并非是被时代淘汰，而是自己故步自封，不愿意跟上时代。

实际上曾经有那么一个时期，柯达有机会全面向数字化产品转型，是在前任摩托罗拉总裁乔治·费歇尔在20世纪90年代当柯达总裁的时代。可惜，费歇尔最后还是无力改变百年柯达的化工产业的DNA，无法影响到柯达保守势力的判断，最终黯然下台。更具有讽刺意味的是，费歇尔下台的时候，正是巨人柯达最鼎盛的一年。然而任何事物都是在最鼎盛的时期开始衰落，在柯达保守势力庆祝费歇尔的离去为柯达带来了全新的契机之时，却不知道此时距离柯达的衰落，只是短短几年的光阴了。

而伴随着柯达的衰落，数码相机迅速兴起了，不是少数人的玩具，而是几乎人手一台的日用品。数码相机的销量之大，是现在的范长天无法想象的天文数字。

但这只是后话，而目前的状况依然是卖胶卷的永远比搞数码的有话语权，即使前者只是碌碌无能的守城之辈。

“如果你现在答应了，我可以给你一个保证……”范长天以为商深的沉默是想和他讨价还价，他就加大了筹码，“保证你在深圳可以生活得很舒适，一个月薪超过1000元的工作，一套免费居住的房子，再给你三年的时间让你发展，怎么样？”

月薪1000？商深冷笑了：“范伯伯，我来深圳之前，天马已经开出了月薪2000外加年底分红甚至股份奖励的条件。我之前为天马解决了一个BIOS启动故障，用了半天的时间，得到的报酬是2000块。也许在您看来，酒店业、房地产业等实体才有前景，但您不要忘了，酒店和房地产现在兴盛，是因为国内的基础设施还不完善，经过十几年的高速建设之后，总有放慢增速的时候，因为一套房子一个人可以住十几年几十年，而一台电脑却只用三五年。人在物质上的追求会有止境，但在精神上的追求却没有止境，所以发达国家的发达标志就是第三产业非常发达。”

范长天愣住了，商深的话不无道理，电视普及之后，电视节目催生了许多附属产业，也让许多相关产业大行其道，说明人在精神上的追求确实没有止境，那么是否可以推而广之，电脑普及之后，也会带动整个IT行业及附属产业的兴旺？

不过这个念头只是在他的脑中闪了一闪就过去了，作为名下有许多房产、酒店以及工厂的实业家，范长天实在想象不出 IT 行业有什么前景，一个人整天会忙于许多事务，哪里有时间打开电脑处理工作或是上网？签署文件需要电脑吗？见面会谈需要上网吗？

都不需要。

月薪 2000 元又能怎样？以前有多少昙花一现的行业也有过辉煌，月薪 3000 也不在话下，但现在呢？都死掉了。到底是年轻，目光短浅，只看眼前。

“不说大道理了，我就问你一句，你同不同意我刚才的提议？”

“谢谢范伯伯的一番好意，我心领了。工作我会自己找，房子我会自己租，就不劳范伯伯费心了。”商深拒绝了范长天，他不能拿自己的人格来交换利益，更何况在他看来这样的交换还有辱范卫卫的尊严。

“好，既然你决定了，我也就不勉强你了。”范长天并不生气，淡淡地笑了笑，“今晚就先住在家里吧，等你找到了住的地方再搬走也不迟。对了，刚才我们的对话，我觉得没有必要让卫卫知道，你说呢？”

“我心里有数。”

商深没再推辞，他也知道如果他坚持不住的话，会让范卫卫伤心。他心中暗暗发誓，总有一天他要扬眉吐气地站在范长天面前，和范长天平等地对视！

范家的别墅有三层，五房五卫，每个房间都配有一个单独的卫生间，商深被安排在了三层的一个背阴的房间。本来还有一个空闲的阳面房间，范卫卫想让商深住在阳面，许施却不同意，说是阳面房间是亲戚来的时候才能住，商深是外人。

范卫卫还想据理力争——她还不知道商深和爸爸的一番对话——商深却没让范卫卫再争下去，直接就住进了阴面房间。

房间虽然背阴，却也不错，比商深在仪表厂所住的宿舍强了何止百倍。舒适的软床，空调、地毯还有沙发，房间贴了壁纸，装修风格十分奢华。

堪比五星级酒店。

“还习惯吧？”范卫卫说话很小心，本想问商深还满意吗，一想满意的说法似乎有炫耀之嫌，话到嘴边就改成了还习惯吧，她注意到了商深脸色不是很好，对刚才妈妈故意叫她上楼产生了怀疑，“是不是爸爸和你说什么了？”

“习惯，太习惯了。”商深笑了，他宽慰范卫卫，“别多想了，范伯伯没说什么，就是问了问一些基本情况，我们聊得还不错，虽然在一些问题的看法上分歧，但也能求同存异，而且范伯伯也支持我从事 IT 行业。”

“骗人。”范卫卫白了商深一眼，她关上了房门，坐在了商深的旁边，抱住了商深的胳膊，“如果你真的爱我，为我受点委屈也没什么。男人的胸怀都是被委屈撑大的，我相信你以后会有成功的一天。我愿意把我一生的幸福当作赌注，押在你的身上，你肯定不会让我失望，对吧？”

“我就是一个优质的原始股，现在是一块钱一股，等以后上市了，会暴涨百倍千倍以上，所以现在入手成本最低收益最大。”商深摸了摸范卫卫的头发，嘿嘿一笑，“除非是你先离开我，否则我不会主动离开你，我保证。”

“卫卫，你出来一下。”

范卫卫正要说什么，门外传来了许施不容置疑的声音，她只好站了起来，朝商深做了一个无奈的鬼脸，然后转身出去了。

三楼有一个露台，露台不大，有十几平方米。露台上摆满了花草，还有一个遮阳伞，伞下有铁艺座椅。

下午的阳光少了几分威力，露台又在东面，阳光照不到，感觉很凉爽。坐在遮阳伞下，许施手端一杯红酒轻轻摇动：“卫卫，你和商深认识才多久，不要被他的花言巧语冲昏了头脑！”

范卫卫淡然一笑：“妈，你难道没看出来，商深根本就不是一个会花言巧语的人。我没有冲昏头脑，我很冷静也很理智，如果你知道商深在德泉县对我是怎样的关怀和照顾，你就知道我为什么那么喜欢他了。”

“再喜欢也不行，说什么我也不会同意你和他的事情。”许施喝了一口红酒，“你们身份差距太大，生活习惯也相差太多，在一起不会幸福的，听妈妈的话，和他分手。我和你爸已经决定了，送你出国。”

“我不！”范卫卫缓慢而坚定地摇头，“别想分开我和商深，妈，我明确告诉你，如果你真的要一心拆开我和商深的话，你会先失去你的女儿。”

"你！"许施怒极，拍案而起，"反了你了，你还是我的女儿吗？你还当我是你妈吗？"

"妈……"范卫卫软了几分，"我们不是说好了，给商深在深圳三年的发展时间，如果三年后他还一事无成的话，我会主动离开他，你怎么又反悔了呢？"

"三年时间太长了，我等不及了。"许施叹息一声，将杯中的红酒一饮而尽，"不瞒你说，卫卫，我和你的签证已经下来了，顶多三个月，我们就出国了。"

"啊！"范卫卫水中的咖啡杯失手落地，打碎了一地的惊讶和伤心，"我不出国，妈，你先自己出去好不好？我现在不想出去了。"

"你真的忍心让妈妈一个人在国外孤苦伶仃地生活？"许施太了解范卫卫的性格了，她打出了苦情牌，"妈妈的身体不好，医生说需要休养一年半载也许会好转，你爸离不开深圳，也只有你能陪在妈妈身边，好让妈妈心情舒展一些。如果连你也不肯陪妈妈的话，妈妈一个人在国外怎么生活？"

"……"范卫卫无语凝噎，目光散乱而没有焦点地望向了天空，正是夕阳无限好只是近黄昏的最美时刻，但她心中却是一片悲凉。

她知道妈妈虽然身体确实有病，但并没有严重到非要到国外休养的地步，妈妈是故意为之！为了阻止她和商深在一起，妈妈的手法也太刁钻、太任性了。范卫卫柔肠百结，左右为难。

"好了卫卫，你和商深才认识不久，和他分开后，很快就会忘了他。听妈妈的话，世界那么大，有缘的人那么多，总会再遇到比他更好、更值得你珍爱的人。"许施也很心疼女儿的痴情，当年她也曾抛下初恋只身来到了深圳，当时的感觉确实是生不如死，只是作为过来人，她知道所有的思念和痛苦都会在时间中随风飘散，"这个世界上，谁也没有爸爸妈妈更爱你。只有爸爸妈妈的爱是无私的不要回报的爱，别人的爱，都有很多附加条件，只是你不知道罢了。"

"别再说了，妈妈……"范卫卫泪水长流，她伏在了桌子上，肩膀耸动，既是伤心的痛哭，也是无奈的抗争。

许施轻轻抚摩范卫卫的后背，嘴角闪过一丝心满意足的笑意。

晚上，范卫卫也没心情请崔涵薇和徐一莫吃饭了，正好崔涵薇打来电话，说是有事情要谈，没时间请范卫卫吃饭以表示感谢，范卫卫客气几句就挂断了电话。

晚饭她吃得很少，吃完后，她让商深陪她出去散步。

商深和范卫卫刚一出门，范家就来了客人。

是两个年轻人，一个二十五六岁，一个二十三四岁，二人都戴眼镜，一个是戴黑框，一个戴金丝，黑框眼镜的年轻人个子稍高一些，白净而儒雅，而金丝眼镜的年轻人虽也白净，但大耳朵厚嘴唇为他平添了几分淳朴之气。

如果商深在场的话，会一眼认出来二人正是在机场替他、崔涵薇和徐一莫解围的王哥及其朋友。

范长天起身相迎，热情地和黑框眼镜、金丝眼镜分别握手："启东、向西，来，坐，请坐。"

二人正是王启东和王向西。

王向西北上北京，正是受王启东之托前去寻找电脑高手，结果寻找了一圈之后一无所获，正失望之时，听闻天马发现了一名横空出世的天才高手商深，他就想和商深面谈，力邀商深加盟他和王启东即将成立的计算机系统有限公司。可惜的是，还没有来得及和商深见面，他就被王启东紧急招回了深圳。

回到深圳才知道，原来王启东找到了一个合适的意向投资方，就差说服了。

王启东一脸谦和，并没有直接落座，而是点头向范长天致意："范董，不好意思晚上还打扰您，如果您方便的话，我和向西想向您介绍一下方案。"

"方便，说吧。"范长天再次示意二人坐下，然后让人上茶，"喝什么茶？凤凰单枞还是铁观音？"

"凤凰单枞吧，家乡茶，喝得习惯。"王启东坐下之后，从随身提包中拿出一沓厚厚的文件，想要递过去，却被范长天制止了。

范长天摆了摆手："资料我先不看了，你直接说就行了。"

/ 第 / 四 / 十 / 九 / 章 /

重大决定

王启东点了点头，一脸诚恳："我先说说我的个人经历，以便让范董对我有一个比较直观的了解。"

范长天没说话，只是点了点头。

"我毕业于深圳大学计算机专业，和向西是同学。在大学期间，我们就对电脑有浓厚的兴趣。大学毕业后，我到一家通信公司担任编程工程师，主要从事寻呼软件的开发工作。通过开发寻呼软件让我明白了一个道理，开发软件的意义就在于实用，而不是写作者的自娱自乐，和从事文学创作是一样的道理，要让更多的人喜欢你的作品才是你的成功。"

范长天微微点头，他的目光平和而淡定，在他眼中的王启东和王向西，虽然充满了激情和梦想，却不过是初出茅庐的小伙子，冲动有余而眼光不足。在他面前，还是彻头彻尾的后生小辈。

"1995 年，我在惠多网摸索了半年之后，拿出 5 万元在家里弄了 4 条电话线和 8 台电脑，承担起慧多网深圳站站长的角色。没有多久，深圳站在慧多网上声名鹊起。惠多网聚集了中国最高端的互联网人才，我不但通过这个圈子接触到了世界上互联网的最前沿信息，而且还认识了许多志同道合的朋友，同时，也确定了以后的发展方向。"

"软件必将改变世界！"王启东说出他此行的主题，也是他想要说服范长天的关键部分，“随着电脑的普及以及互联网的兴起，会有越来越多的人坐在电脑面前工作或是上网，工作和上网必须要使用软件，所以，如果成立一家软件公司，编写一款可以让人人都喜欢使用然后养成了习惯之后必须使用的软件，设想一下，如果全国有一半以上的电脑用户一打开电脑就打开我们的软件，那将会是多么巨大的成功。”

王向西见范长天的表情是一如既往的平静，感觉王启东的话没有触动范长天，就及时补充了一些内容：“股霸卡的作者之一就是启东。”

“哦！”范长天终于动容了，“股霸卡就是你写的？”

王启东朝王向西投去了赞许的目光，为王向西准确的补充触动了范长天而暗暗叫好，然后又冲范长天谦逊地一笑：“我是作者之一，是和几个朋友一起完成的，不过我负责了基本的核心部分。”

“厉害，年轻有为。股霸卡是个好软件，我也在用。”范长天点头赞许一笑，“你这么一说，我倒也是觉得如果真有一个可以人人都喜欢使用的软件，确实是了不起的成功。听说你的股霸卡在赛格卖得特别好？”

“是的，卖得非常好，有一段时间都断货了，供不应求。”见终于打动了范长天，王启东微有喜色。

“股霸卡也让我赚了不少钱呀。”范长天微有感慨地朝后靠了靠，对王启东的提议有了一丝兴趣，“说下去。”

从 1992 年开始的几年时间里，股市成为了中国经济的热点，尤其在改革开放的窗口深圳，炒股几乎成为了一项全民运动，人人都是股民，并且到了疯狂的地步。最夸张的时候，在营业厅看盘的时候还是 10 块钱一股，跑上楼找人买股票时，已经涨到了 12 块钱，等下楼时就变成了 14 块钱。有时一个上午账面就能多出几十万，别说干什么都没有兴趣了，就连吃饭都不知道什么味道，股市最疯狂的时候，人人都觉得简直和捡钱没区别。

刚刚参加工作一年多的王启东既然人在深圳，也自然不能免俗，加入了炒股的大军之中。在炒股的同时，他发现有一种安装在计算机上能通过网络实时显示股票走势的板卡，很方便那些希望在家中就能了解股市实事动态的股民们。他就比大多数只知道使用板卡却不会想到别人可以做出板卡为什么我不能做的股民先行了一步，动了自己要做一个板卡的念头。

王启东就联合几个朋友，一起分析了市场上各种股票板卡的优点、缺点，并且集合了所有板卡的优点，通过模仿，开发出了风靡一时的股霸卡。

王启东的股霸卡一经推出，就因为比市面上其他的板卡更先进更易用，迅速占领了市场，打得其他板卡落花流水，没有抵抗之力，成为市场上占有率最高的股票板卡。

除了在股霸卡上大赚了一笔之外，王启东也在股票市场收获颇丰，短短时间内就积累了数百万的资金，是为他人生的第一桶金。而此时，正在广州成立韵舟公司的纪德佑还十分落魄，在广州的街头吃着大排档感慨人生就像一盒手榴弹。

王启东和纪德佑也认识，他还和纪德佑一起喝过啤酒，一起迷茫未来。纪德佑在广州创办韵舟公司，让他也意识到如果想要获得更大的成功，就得有一个系统的规划，就得谋划未来。

“为什么股霸卡可以成功？因为股霸卡为人们提供了有用的信息。人们需要的其实不是股霸卡，而是股霸卡所能提供的有价值的信息。股霸卡的成功让我意识到了一个道理，信息的价值将逐渐被人们所认识，也将成为一种重要的生产力要素，如何将信息转化成实在的商品价值将是未来的发展趋势。如果以后我们可以开发出一种可以为人们提供各种信息的软件，让每个人每天只要打开电脑上网就要打开它，那么我们的成功将会超越现在任何一家 IT 公司。”王启东说出了此行的最终目的，“我和向西打算明年成立一家计算机公司，名字都想好了，叫深圳企鹅计算机系统有限公司，现在还有一定的资金缺口，不知道范董有没有兴趣投资我们的公司？”

范长天虽然认识王启东和王向西，却不是很熟，他也是经人介绍才知道了王启东和王向西，对他们的情况不是十分了解。听他们讲完他们的故事和来历后，他陷入了沉默之中。

客厅落地钟嘀嗒嘀嗒的响声，一声声敲击在王启东和王向西的心上，二人相视一眼，眼中都闪过焦急和不安。

过了有几分钟，范长天才缓缓地开了口：“成立一家计算机公司，是继续开发股霸卡，还是有了新的方向？”

“股霸卡虽然不错，但毕竟局限性太大了，深圳炒股的人多，但放到全国范围来看，股民并不是很多。而且从以后的发展趋势分析，股霸卡早晚会被淘汰。因为以后网络普及了，可以直接在网上实时显示股票信息，就不需要股霸卡了。”王向西接过了话题，他比王启东语速要快一些，“所以启东和我想开发一款即时通信的软件，等以后网络普及了，人人电脑上都会装上我们的即时通信软件，因为联络和社交是现代人最需要的交流。”

“即时通信软件……是什么？”范长天糊涂了，理解不了王向西所说的即时通信软件是什么东西。

“就是通过电脑连接网络可以聊天的软件，现在国外有一款软件叫 ICQ，但 ICQ 对中文操作系统的支持不够好，而且又没有中文版本，还有许多不尽人意的地方，所以我们打算模仿 ICQ 开发一款符合中国人习惯的通信软件，肯定可以成功。”

范长天近年来见多了想要创业的年轻人，他们充满了激情，对自己的想法和创意信心十足，仿佛只要给他们 100 万的起始资金，他们在三五年时间就可以创造出来几个亿甚至十几个亿的产值，完全就是不经大脑信口开河式的吹牛。年少轻狂可以原谅，但轻狂到了无知和狂妄的地步，就是傻子了。

如果说一开始范长天因为王启东是股霸卡的作者之一还对王启东和王向西有几分好感的话，等他听到王向西想要开始一款完全没有市场前景的什么即时通信软件后，他对王启东和王向西的好感顿时降低到了最低点，觉得眼前的两个年轻人也是被所谓的互联网大潮冲昏了头脑，想要抓住机遇傲立潮头，却不知道，互联网大潮不是真正的潮流，只是一阵狂风罢了。

狂风来得快去得也快，狂风过后，会是一地鸡毛一片狼藉。

即时通信软件？范长天心中讥笑加冷笑，现在的年轻人的想法真是大胆前卫又超前，现在有 BP 机，有固定电话，还有手机，谁会傻呵呵地打开电脑连上网再打开所谓的即时通信软件进行联系，不是多此一举吗？难道 BP 机、固定电话和手机还不能联系到一个人，还不能交流完想要交流的事情？

生活中的许多发明都是以便利和便捷为出发点，即时通信软件却要反其道而行之，别说有什么大好前景了，完全就是异想天开的想法，结果只能是死路一条。

“我不看好即时通信软件的前景。”范长天此时已经完全没有了再交谈下去的兴趣，他站了起来，做出了送客的姿态，“今天有点累了，就先到这里吧。”

王启东和王向西也急忙站了起来，二人面面相觑，一脸愕然，范长天说变脸就变脸，刚才还好好的，似乎有兴趣的样子，怎么一转眼就结束谈话了，连回旋的余地都没有？

不管王启东和王向西是怎样的不解，却也只能无奈地接受现实，在范长天面前，他们没有任何讨价还价的资格。

“谢谢范董百忙之中抽出时间，打扰了。”王启东点了点头，又和范长天握了握手，和王向西一起黯然走出了范家别墅。

站在范家别墅的门口，此时华灯初上，微风阵阵，小区内的路灯依次点亮，远远近近，就如梦幻，就如夜空的星辰。

周围花香弥漫，再加上夜空之上的一轮明月，颇有如诗如画的意境。

可惜的是，王启东和王向西的心情跌落到了谷底，良辰美景激不起他们的一丝美感，只感觉眼前一片灰暗。

“太难了，真是太难了。”王启东摇了摇头，一脸无奈，“向西，要不我们也别做什么即时通信软件了，还是继续炒股好了，省心又省事，虽然赚不了大钱，也比上班强多了。”

“不能灰心，启东，想想赵向飞在开翻译社的时候，用了三年的时间才扭亏为盈，我们才刚刚开始，不能才遇到一个小挫折就退缩。”王向西深吸了一口气，忽然心情舒畅了许多，“越是艰难，越说明我们走对了。好走的路，往往才是绝路。碰壁了，我们更应该鼓起勇气大步向前，要让范长天知道他错了，等我们成功的一天，他就算拿着资金来主动投资，我们也不需要，让他追悔莫及。”

“哈哈，说得好。”王启东的心情也好了几分，忽然想起了一个环节，“对了，你说的那个商深，什么时候约见一下？”

“人在北京呢，除非我们去北京见他。”

“值吗？”

“值。”王向西十分肯定地点头，“商深是近年来不可多得的电脑高手，如果我们想做好即时通信软件，他是必不可少的一个环节。”

“好，等过几天抽出时间去北京一趟，我亲自和他谈谈，顺道看看在北京能不能找到投资。现在纪德佑在广州的韵舟公司运营状况也不太好，听说陈安平明年也想进军互联网，想在现在的天马利方论坛的基础上成立一家类似祥麟和韵舟的网站。现在似乎除了赵向飞在互联网上赚钱之外，还没有网站真正盈利，向西，你说我们现在进入 IT 行业，是太早了还是太晚了？”

“不早不晚，刚刚好，恰逢其时。”王向西对未来充满了信心，“走，这里的别墅虽然奢华，但早晚会成为过去，明天属于我们。”

说话间，二人沿着小区的沥青路向外走，走不多远，迎面走来一男一女，男的英俊女的漂亮，二人牵手而行，显然是热恋中的情侣。

虽然有路灯，但小区的路灯不太明亮，王向西并未在意，只下意识看了对方一眼就收回了目光。

等走出了很远，他忽然觉得哪里不对，回头再看时，一男一女已经消失在了拐角处。

“怎么了？”王启东注意到了王向西的异常，“有熟人？”

“好像是在飞机上遇到的小伙子，没看清。”王向西努力回忆了一下，确定刚才虽然只是扫了一眼，却基本上可以肯定刚才一男一女之中的男性就是他在飞机上遇到的见义勇为的小伙子。

“偶遇的一个人，你怎么记得这么清楚？”王启东微感诧异。

“他很勇敢，也很面善，总之，我只见了他一面就对他印象很深。”王向西摇了摇头，笑了。

“刚才的人，好像是王哥。”王向西没有看错，刚才和他擦肩而过的人正是商深和范卫卫，商深的余光也扫到了王向西，一时没反应过来，等到了范家门口才回过味儿来。

“哦。”范卫卫心不在焉地回应了一声，目光就如天边的星星，明亮却遥远，她现在心思除了和商深即将的分离之外，对任何事情都漠不关心。

刚才散步，商深已经注意到了范卫卫的异常，在半个多小时的散步中，她几乎一言不发，和以前的活泼可爱判若两人。尽管嘴上不说，他也大概猜到了什么，范卫卫多半是遇到了家庭的阻力。

商深不想让范卫卫夹在他和她的爸妈之间，过于为难，他已经想好了下一步。

“明天一早我就去赛格找工作，如果顺利的话，也许当天就可以找到一个收入丰厚又提供食宿的工作。不要担心我，卫卫，你要相信我的能力，像我这么拉风的人，不管走到哪里都无法掩盖我惊人的光芒。”商深有意缓和一下气氛，逗范卫卫开心。

范卫卫却只是勉强一笑：“到家了，我有点累了，先睡了，你也早点休息。”

“嗯。”商深点了点头，进门之后，目送范卫卫上楼而去。

“小商，你来一下，我有话要和你说。”商深也要上楼，却被范长天叫住了。

坐在了范长天的对面，正想听听范长天说些什么时，传来了清脆的高跟鞋的声音，许施也下来了。

看阵势，是要对他进行围攻了，商深深吸了一口气，做好了应战的准备。

“商深，你真的打算留在深圳了？”许施安坐在了商深的对面，和范长天并肩而坐，她跷起了二郎腿，目光斜视商深，眼神中闪过居高临下的审视意味，“我可要和你当面说个清楚，你留在深圳，是你自己的选择，和卫卫无关，不要想着你是为了卫卫才留在深圳，总想让卫卫欠你一份人情。”

“阿姨……”商深深吸了一口气，一瞬间他有了最终的决定，想起他在北京从天马出来后在楼下的决定，想起了和赵向飞促膝谈心时的豪迈，如果仅仅是为了证明自己的能力而非要选择在深圳落脚，违背了自己的初衷，人生，总要有一两次为自己而活，“我来深圳只是看望卫卫，是兑现自己的承诺，因为我答应过她要来深圳，言必信行必果，所以我来了。来了深圳我发现，深圳并不适合我……”

/ 第 / 五 / 十 / 章 /

新的旅途

范长天一脸平和的表情微微动容，许施也是一脸愕然，她不相信地瞪大了眼睛："商深，你的意思是，你不会留在深圳了？"

"我会回北京。"想起北京的陈安平、董博瀚以及赵向飞，想起北京的大气和文化底蕴，商深愈加清醒地认识到了一个事实，相比深圳，他更喜欢北京的沉稳和厚重。

当然商深也清楚，他来深圳时间尚短，走马观花之下对深圳的结论未免失之偏颇。但不管怎样，或许是范长天和许施的嘴脸让他对深圳太失望了，他觉得他还是更适合在北京发展。

"好呀，北京好，深圳的节奏太快了，你适应不了。而且深圳对人才的定义更苛刻，在北京也许可以吃得开，在深圳就可能连饭都吃不上。北京到底是内地城市，和沿海的发达城市没法比，除了是首都之外，真的和深圳相差太多了。"许施语气轻蔑、表情轻视，仿佛她就是高高在上的女王，俯视如蝼蚁一般的商深。

"阿姨您是机关事务局的处长吧？"商深对北京和深圳谁高谁低没什么偏见，各有各的好也各有各的不足，谁觉得哪里适合自己哪里就是最好，不必因个人喜爱而贬低别的城市，不但显得自己浅薄，也显露了自己的无知。

"是，怎么了？你爸妈都是农民吧？"许施轻哼了一声。

范长天在一旁默然不语，静静地看着许施和商深的过招。尽管许施居高临下的口吻和姿态有些过分，但他也没有出面制止，商深如果承受不了许施的刁难，他也成不了什么大事。

“我爸妈都是地地道道的农民，他们连北京都没有去过。但我爸经常对我说，做人就要有修身齐家治国平天下的抱负，我妈也说，做人要有担当，要负责任。”商深平静地回应许施咄咄逼人的挑衅，虽然他心中有熊熊怒火在燃烧，却依然保持了足够的克制，“大学毕业时，我被分配到了石油部，户口留在了北京，但工作地点却在德泉县，我当时很苦恼，爸爸说，人生是一粒种子，落地就会生根，人要适应环境，而不要让环境适应人。北京有北京的好，但也有不好，北京到处是官，什么处长局长，天上随便掉下一块砖头，就能砸中两个局长五个处长……”

许施的脸蓦然红了，商深绕了一个大圈，原来是讽刺她的官小，她顿时怒了：“你懂什么，实职实权处长和虚职没有实权的处长，能相提并论？”

“阿姨说得对，一个有上千年传承的古都，有悠久的历史和厚重的文化底蕴，经历了几个朝代的兴衰，每一块砖、每一棵树都有说不完的故事，确实和一个只有十几年历史的小渔村不能放在一起比较。”商深不慌不忙，继续向前推进，他不是故意要和许施辩论一个高低胜负出来，而是想让许施知道，做人要看到别人的长处，不要只盯着别人的不足，否则很容易自高自大，“首都就是首都，你有再多的优越感也超越不了首都的政治中心的超然地位。深圳如果不是一代伟人在南海边画了一个圈，现在还是一个落后闭塞的小渔村。就算比深圳有底蕴、有历史的上海又能怎样？在首都面前，一样俯首称臣。有一句话阿姨一定知道——普天之下，莫非王土；率土之滨，莫非王臣。”

许施张大了嘴巴，先前的嚣张气焰被商深不徐不疾的一番话打击得偃旗息鼓了，想说什么，却又无力反驳，也确实是，商深说话时的口气平和而平静，论点却正中要害，让她所有的骄傲都被辩驳得体无完肤。

“当然了，在国家的层面，是希望北京是唯一的政治中心，同时也是文化和经济中心，而上海、广州可以争当经济和文化中心。等国家足够强大富裕了，上海、广州和深圳也许可以并列成为经济中心也未尝不可，但文化中心嘛……深圳比上海还差得太远。底蕴这东西，不是有钱就可以培养出来，也不是一朝一夕的事情，需要时间的积累。”商深见许施被他说得哑口无言，就有意缓和了语气，退让了一步。

“争论这些没有意义，一方水土养一方人，各有各的优势，只要适合自己就好。”范长天出面了，他呵呵一笑，似乎丝毫没有被商深的话影响了情绪，“小商，你真的决定要回北京了？不在深圳再寻找发展机会了？”

“不了，我决定的事情不会再改变了。”商深郑重地点了点头，“明天我和卫卫商量一下，如果没什么意外的话，明天我就回北京了。”

“希望你前程似锦。”范长天露出一脸温和的笑意，“卫卫还没有大学毕业，她会留在深圳继续读完大学，然后就会出国。如果三年后你事业有成，而卫卫也学业有成，到时你们再重逢的话，也许就拥有了自己决定自己命运的能力。”

商深心中说不上来是什么感觉，有几分悲哀、几分无奈，也有几分悲愤，他很清楚，和许施一样，范长天表面上说得好听，其实也是巴不得他赶紧离开深圳离开范卫卫，至于他以后怎样，全然不在他们的考虑之内，反正只要他和范卫卫分开，他们就满意了。

说到底，还是嫌弃他的出身不好，嫌弃他现在一无所有。为了前途，为了更好的未来，也为了以后有足够的资本和范卫卫平等地站在一起，商深决定回北京创业，不信凭借他的能力和眼光，不能打出一片天地。

回到自己的房间，商深全无睡意，推开窗户，让潮热的风吹进房间，不但没有感觉到凉爽，反而更烦躁了几分。远望深圳的夜景，高楼林立，灯红酒绿，纸醉金迷，深圳在飞速发展的同时，也因为文化的缺失而丢掉了许多东西。

钱是好东西，但人活着不能只为钱，否则就沦为了金钱的奴隶。人要有理想，要有追求，要有信仰，人活的不仅仅是物质享受，还有精神追求。

明天回北京，回北京后，他要自己创业，要改写 ICQ，要和天马合作，要开发属于中国人自己的即时通信软件。相信以他在电脑上面的天赋，他可以成就一番了不起的事业。赵向飞说过他为天马修复的中文处理软件，一套的售价就高达 5000 元，而天马一年就可以卖出上万套，利润相当惊人。

对，就这么愉快地决定了！商深蓦然下定了最后的决心，有所为有所不为，尽管他喜欢范卫卫，但如果没有事业、没有成就，就算范长天和许施同意他和范卫卫在一起，他也无法和范卫卫平等对视，也给不了她幸福。

明天，明天就返回北京，商深关上了窗户，做出了最终的决定。

要善待你遇到的每一个人，因为你不知道你遇到的哪一个人会改变你一生的命运。商深再一次想起了他最喜欢的一句话，忽然无比期待明天的到来，因为明天或许会真正决定他命运的巨变！

……如果梦想还在，如果青春未老，那么你一定要相信，明天不远！